DUISTER ALS DE NACHT

DENNIS LEHANE
DUISTER ALS DE NACHT

the house of books

Oorspronkelijke titel
Darkness, take my hand
Uitgave
HarperTorch, an imprint of HarperCollins*Publishers*
Copyright © 1996 by Dennis Lehane
Copyright voor het Nederlandse taalgebied © 2003 by The House of Books, Vianen/Antwerpen

Vertaling
Piet Kruik
Omslagontwerp
Studio Jan de Boer BNO, Amsterdam
Omslagdia
Image Bank
Foto auteur
Sigrid Estrada

All rights reserved.
Niets uit deze uitgave mag worden verveelvoudigd en/of openbaar gemaakt door middel van druk, fotokopie, microfilm of op welke andere wijze ook, zonder voorafgaande schriftelijke toestemming van de uitgever.

ISBN 90 443 0712 6
D/2003/8899/23
NUR 332

Dit boek is opgedragen aan Mal Ellenburg en Sterling Watson voor hun ontelbare goede argumenten over de kenmerken van het vak en de aard van het beestje.

Verantwoording

Voor het beantwoorden van, hoogstwaarschijnlijk, domme vragen over de medische en pedagogische professie, dank ik dokter Jolie Yuknek van de kinderafdeling van het Boston City Hospital, en brigadier Thomas Lehane van het directoraat penitentiaire instellingen van de staat Massachussets.

Voor het lezen van, het reageren op, en/of het redigeren van het manuscript (en voor het beantwoorden van nog dommere vragen), dank ik Ann Rittenberg, Claire Wachtel, Chris, Gerry, Susan en Sheila.

We zouden dankbaar moeten zijn dat wij de verschrikkingen en neergang die onze jeugd omgeven, in kasten en op boekenplanken, niet kunnen zien.

– Graham Greene
The Power and the Glory

Toen ik een jongetje was, nam mijn vader me mee naar het dak van een gebouw dat pas in brand had gestaan.
 Hij was me net een rondleiding door de brandweerkazerne aan het geven toen de oproep binnenkwam. Ik mocht voor in de brandweerauto naast hem zitten en was opgewonden toen hij slippend de bochten nam terwijl de sirenes huilden en de dikke, blauwzwarte rook voor ons opsteeg.
 Een uur nadat ze de vlammen hadden gedoofd en mijn haren in de war zaten omdat zijn collega's tientallen malen over mijn bol hadden geaaid, zat ik op de rand van het trottoir nadat ik me had volgegeten aan de hotdogs die je een eindje verderop kon kopen. Mijn vader kwam naar me toe, pakte mijn hand beet en nam me mee de brandtrap op.
 Vettige rookwolkjes kronkelden door onze haren en streelden de stenen. We klommen steeds hoger, en door de gebroken ramen zag ik de geblakerde, kromgetrokken vloeren. Door gaten in het plafond stroomde smerig water.
 Ik was doodsbang voor dat gebouw, en toen mijn vader het dak opstapte, moest hij me optillen.
 'Patrick,' fluisterde hij toen we over het teerpapier liepen, 'het is veilig. Zie je het dan niet?'
 Ik keek om me heen en zag de hoge, staalblauwe en gele gebouwen van de stad een eindje verderop. Ik kon de hitte en vernieling beneden me ruiken.
 'Zie je het dan niet?' herhaalde mijn vader. 'Het is veilig hier. We hebben het vuur op de onderste verdiepingen bedwongen. Het kan ons hier niet bereiken. Als je het bij de basis hebt bedwongen, kan het niet verder oplaaien.'
 Hij streek mijn haren glad en kuste mijn wang.
En ik beefde.

Proloog

Kerstavond, 18 uur 15

Drie dagen geleden, op de eerste echte winteravond, was een knul met wie ik opgroeide, Eddie Brewer, één van de vier mensen die in een levensmiddelenzaak werden neergeschoten. Roof bleek niet het motief te zijn. De schutter, James Fahey, had onlangs de relatie verbroken met zijn vriendin, Laura Stiles, die vanaf vier uur 's middags tot twaalf uur 's nachts achter de kassa zat. Om kwart over elf, toen Eddie Brewer een plastic beker met ijs en Sprite vulde, kwam James Fahey de winkel binnenlopen en schoot Laura Stiles eenmaal in het gezicht en tweemaal door het hart.

Daarna schoot hij Eddie Brewer eenmaal door het hoofd, liep langs de diepvriesafdeling en zag een al wat ouder Vietnamees echtpaar dat bij de melkproducten stond te overleggen. Nadat hij ieder van hen tweemaal had geraakt, besloot James Fahey dat het zo wel genoeg was.

Hij liep naar zijn auto, ging achter het stuur zitten en bevestigde het straatverbod dat Laura Stiles en haar familie met succes tegen hem hadden laten uitvaardigen aan het achteruitkijkspiegeltje. Daarna bond hij een van Laura's beha's om zijn hoofd, nam een slok uit een fles Jack Daniel's en schoot een kogel door zijn mond.

James Fahey en Laura Stiles overleden ter plekke. De oudere Vietnamese man overleed op weg naar het Carney-ziekenhuis, zijn vrouw een paar uur later. Maar Eddie Brewer ligt in coma, en hoewel de artsen zeggen dat de prognoses niet gunstig zijn, moeten ze tegelijkertijd toegeven dat het gewoon een wonder is dat hij nog leeft.

De pers heeft de laatste dagen aan dat feit veel aandacht geschonken, want Eddie Brewer, die in onze jeugd allesbehalve een heilige kon worden genoemd, is priester. Op de avond dat hij werd neergeschoten, was hij aan het joggen. Hij droeg een trainingspak en een T-shirt, zodat Fahey niet wist wie hij voor zich had, hoewel ik betwijfel of dat iets uitgemaakt had. Maar de pers, die merkte dat er vlak voor de feestdagen een nostalgische, religieuze sfeer heerste, gaf een nieuwe draai aan het verhaal en maakte veel ophef over het feit dat hij priester was.

De tv-commentatoren en hoofdredacteuren van de bladen vergeleken het willekeurig neerschieten van Eddie Brewer met een teken uit de apocalyps. Intussen werd er vierentwintig uur per dag in zijn parochiekerk in Lower Mills en buiten het Carney onafgebroken gebeden. Eddie Brewer, een onopvallende geestelijke en een zeer bescheiden man, is op weg naar het martelaarschap, of hij nu blijft leven of niet.

Dat heeft allemaal niets te maken met de nachtmerrie die twee maanden geleden in mijn leven en dat van verschillende anderen in de stad verscheen, een nachtmerrie die me achterliet met wonden waarvan de artsen zeggen dat ze heel goed zullen genezen, hoewel mijn rechterhand nog steeds grotendeels gevoelloos is en de littekens in mijn gezicht soms nog onder mijn baard branden. Nee, een priester die werd neergeschoten, de seriemoordenaar die in mijn leven opdook, de laatste 'etnische schoonmaak' die in een voormalige sovjetrepubliek plaatsvond, of de man die niet ver hiervandaan een abortuskliniek onder vuur nam of een andere seriemoordenaar die tien mensen in Utah vermoordde en nog steeds op de vlucht was – er bestond geen enkel verband tussen deze feiten.

Maar soms *lijkt* het alsof er wel een connectie bestaat, alsof al die gebeurtenissen, al die willekeurige, heftige gebeurtenissen door een draad met elkaar verbonden zijn, en dat we slechts het begin van die draad moeten vinden om er dan aan te trekken, zodat alles duidelijk wordt en wij het begrijpen.

Sinds Thanksgiving heb ik voor het eerst in mijn leven mijn baard laten staan, en hoewel ik hem regelmatig verzorg, blijft hij me elke ochtend in de spiegel verrassen, alsof ik elke nacht over een gezicht droom dat glad is en geen littekens heeft, een huid even glad als van een baby die alleen maar door heerlijke geuren en een tedere moederhand is aangeraakt.

Het kantoor – Detectivebureau Kenzie/Gennaro – is gesloten. Ik vermoed dat het bezig is stof te verzamelen, waarschijnlijk hangt het eerste spinnenweb al in een hoek achter mijn bureau, misschien ook wel eentje achter het bureau van Angie. Angie is eind november weggegaan, en ik probeer niet aan haar te denken. Of aan Grace Cole. Of aan Grace's dochter, Mae. Of aan wat dan ook.

Aan de overkant van de straat is de mis afgelopen, en door het onwerkelijk warme weer – hoewel de zon reeds anderhalf uur geleden is ondergegaan, is het nog steeds een graad of vijf – staan de meeste parochianen nog steeds voor de kerk. Hun stemmen klinken helder in de avondlucht terwijl ze elkaar opgewekt fijne feestdagen toewensen. Ze maken opmerkingen over het vreemde weer, dat het hele jaar al zo onvoorspelbaar was, dat het van de zomer zo koud was, dat het in de herfst eerst warm was en toen opeens bitter koud, en dat niemand verbaasd moest zijn als met kerst Santa Ana langskwam en het kwik opeens boven de twintig graden uitkwam.

Iemand noemde de naam van Eddie Brewer, en even spraken ze over hem, maar dat was maar heel kort, en ik merkte dat ze niet wilden dat dit feit hun feeststemming zou bederven. Maar o, zeiden ze, wat een zieke, krankzinnige wereld. Krankzinnig is het woord, zeggen ze, krankzinnig, krankzinnig, krankzinnig.

De laatste tijd breng ik de uren meestal hier door. Vanaf de veranda kan ik mensen zien, en hoewel het dikwijls koud is hier, houdt het geluid van hun stemmen me op mijn plaats, ofschoon mijn slechte hand verstijfd raakt door de kou en ik begin te klappertanden.

's Morgens neem ik mijn koffie mee naar buiten, ga in de frisse lucht zitten en kijk naar de overkant van de straat, naar het schoolplein waar de kleine jongens met hun blauwe stropdassen en de daarbij passende blauwe broeken, en de kleine meisjes met hun geruite rokjes en hun glinsterende haarspeldjes rondrennen. Hun plotselinge gegil en snelle bewegingen en hun ogenschijnlijk onuitputtelijke voorraad koortsachtige energie slopen of stimuleren me, en dat hangt weer van mijn stemming af. Als ik een slechte dag heb, klinkt hun gegil alsof er stukjes gebroken glas langs mijn ruggengraat worden gehaald. Maar als ik een goede dag heb, komen er vlagen herinneringen naar boven, hoe het was om je goed te voelen, als een simpele ademhaling geen pijn deed.

Het gaat, schreef hij, om de pijn. Hoeveel pijn ik voel, hoeveel ik verdragen moet.

Hij verscheen tijdens de warmste, vreemdste herfst sinds mensenheugenis, toen het weer volkomen van slag was, toen alles ondersteboven was gesmeten, alsof je op de bodem van een gat in de grond sterren en sterrenbeelden zag drijven en als je omhoogkeek aarde en bomen zag hangen. Alsof hij de aardbol in zijn vingers hield, hem sloeg, met als gevolg dat de wereld – in elk geval het deel waar ik woonde – rondtolde.

Soms komt Bubba of Richie of Devin en Oscar langs. Ze komen me gezelschap houden en dan praten we over de NHL-playoffs, over de finales van de collegebowls of de laatste films die in de stad draaien. We praten niet over de afgelopen zomer of over Grace en Mae. We praten niet over Angie. En we praten nooit over hem. Hij heeft zijn sporen nagelaten en er valt niets meer over hem te zeggen.

Het gaat, schreef hij, om de pijn.

Die woorden – geschreven op een wit A-4'tje – achtervolgen me. Deze eenvoudige woorden lijken soms wel in steen gebeiteld.

1

Angie en ik waren boven in ons kantoor in de klokkentoren, en we probeerden net de airconditioning te repareren toen Eric Gault belde.

Normaal gesproken vormde een kapotte airconditioning in oktober in New England geen probleem. In tegenstelling tot een kapotte verwarming. Maar het bleek geen normale herfst te zijn. Om twee uur 's middags was het ongeveer vierentwintig graden en onder de zonneschermen hing nog steeds de klamme warmte van de zomer.

'Misschien moeten we er iemand bij halen,' zei Angie.

Ik sloeg met een vlakke handpalm tegen het apparaat vlak bij het raam en zette hem aan. Niets.

'Ik durf erom te wedden dat het de aandrijfriem is,' zei ik.

'Dat zeg je ook als de auto het niet meer doet.'

'Hm.' Ik keek ongeveer twintig seconden kwaad naar de airconditioning, maar die deed niets.

'Scheld hem uit,' zei Angie. 'Misschien helpt dat wel.'

Ik keek haar nu nijdig aan, maar ik kreeg van haar evenveel respons als van de airconditioning. Misschien dat ik eens iets aan die nijdige blik van me moest doen.

De telefoon ging over en ik nam op. Ik hoopte dat de beller een beetje technisch was, maar in plaats daarvan kreeg ik Eric Gault aan de lijn.

Eric doceerde criminologie aan Bryce University. We ontmoetten elkaar voor het eerst toen hij nog lesgaf op de universiteit van Massachusetts en ik een paar colleges bij hem volgde.

'Weet jij iets van airconditioners af?'

'Heb je al geprobeerd hem aan en uit te zetten en dan weer aan?' vroeg hij.

'Ja.'

'En er gebeurde niets?'

'Nee.'

'Sla er eens een paar keer op.'
'Dat heb ik al gedaan.'
'Haal er dan een techneut bij.'
'Aan jou heb ik ook niets.'
'Bevindt jullie kantoor zich nog steeds in de klokkentoren, Patrick?'
'Ja. Waarom?'
'Nou, ik heb een veelbelovende cliënt voor jullie.'
'En?'
'Ik zou graag willen dat ze jou in dienst nam.'
'Prima. Breng haar maar mee.'
'Naar de klokkentoren?'
'Jazeker.'
'Ik zei dat ik graag zou willen dat ze jou in dienst nam.'
Ik keek om me heen naar de kleine kantoorruimte. 'Dat is niet leuk, Eric.'
'Kun je naar Lewis Wharf komen, laten we zeggen morgenochtend negen uur?'
'Ik denk het wel. Hoe heet die vriendin van je?'
'Diandra Warren.'
'Wat voor probleem heeft ze?'
'Ik zou graag willen dat ze je dat persoonlijk vertelde.'
'Oké.'
'Dan zie ik je daar morgenochtend.'
'Tot ziens.'
Ik maakte aanstalten om neer te leggen.
'Patrick?'
'Ja?'
'Heb jij een jongere zus, Moira?'
'Nee. Ik heb een oudere zus, Erin.'
'O.'
'Waarom?'
'Nee, niets. We zien elkaar morgen.'
'Tot ziens.'
Ik hing op, keek naar de airconditioning, toen naar Angie, daarna weer naar de airconditioning en belde de reparateur.

Diandra Warren woonde op de zolderverdieping van een vier verdiepingen hoog gebouw aan Lewis Wharf. Ze had een panoramisch uitzicht over de haven, enorme erkerramen aan de oostzijde van de zolder, waarvan het zachte ochtendlicht naar binnen viel, en ze zag eruit als een vrouw die voor de rest van haar leven niets meer te wensen had.

Haar perzikkleurige haren hingen in een gracieuze golf over

haar voorhoofd en waren aan de zijkant opgebonden in een pagekapsel. Haar donkere, zijden blouse en lichte spijkerbroek zagen eruit als nieuw, en haar vooruitstekende jukbeenderen waren duidelijk te zien onder een huid die zo gaaf en goudkleurig was dat het me deed denken aan water in een kelk.

Ze deed de deur open en zei met een zachte, vertrouwelijke fluisterstem: 'Meneer Kenzie, mevrouw Gennaro.' Een fluisterstem die wist dat een luisteraar zijn uiterste best zou doen om als het nodig was alles te kunnen horen. 'Komt u alstublieft binnen.'

De zolderkamer was op een precieze manier ingericht. De bank en makkelijke stoelen in het woongedeelte waren van een roomkleur die uitstekend bij het blanke, Scandinavische hout van het keukeninterieur paste, en bij de zachte rode en bruine kleuren van de Perzische en indiaanse kleden die strategisch over de hardhouten vloer lagen verspreid. Het accent van de kleuren gaf het interieur warmte, maar de bijna Spartaanse doelmatigheid suggereerde een eigenaar die zich niet zou overgeven aan een ongepland gebaar of sentimentele rommel.

Vlak bij de erkerramen stonden tegen de stenen muur een koperen bed, een walnoten toilettafel, drie berkenhouten ladekasten en een Governor Winthrop-bureau. Nergens zag ik een kast staan of kleren hangen. Misschien toverde ze gewoon elke ochtend schone kleren uit het niets, en hingen ze gestreken klaar als ze onder de douche vandaan kwam.

Ze ging ons voor naar het woongedeelte. Daar gingen we in de comfortabele stoelen zitten, terwijl zij zonder aarzelen op de bank plaatsnam. Tussen ons in stond een bijzettafel waarop in het midden een geelbruine envelop lag en links daarvan een zware asbak en een antieke aansteker.

Diandra Warren glimlachte naar ons.

We glimlachten terug. Je moet snel weten te improviseren in deze business.

Haar ogen ging een ietsje wijder open en de glimlach bleef waar hij was. Misschien wachtte ze tot wij onze kwalificaties opnoemden, haar onze wapens lieten zien en vertelden hoeveel laaghartige schurken we sinds zonsopgang hadden overmeesterd.

Angies glimlach verflauwde, maar ik hield het nog een paar seconden langer vol. Het toonbeeld van een opgewekte detective die een toekomstige cliënte op haar gemak stelt. Patrick 'Sparky' Kenzie. At your service.

Diandra Warren zei: 'Ik weet niet precies hoe ik moet beginnen.'

Angie zei: 'Eric vertelde dat wij u konden helpen uw problemen op te lossen.'

Ze knikte, en haar lichtbruine irissen leken heel even in stukjes te breken, alsof daarachter iets was losgeraakt. Ze kneep haar lippen samen, keek naar haar smalle handen en toen ze haar hoofd ophief, ging de voordeur open en stapte Eric naar binnen. Zijn peper-en-zoutkleurige haar was in een paardenstaart gebonden. Bovenop was hij al een beetje kaal, maar hij zag er tien jaar jonger uit dan de zes- of zevenenveertig jaar die hij was. Onder het gitzwarte sportjasje, waarvan alleen de onderste knoop dicht was, droeg hij een kakibroek en een spijkeroverhemd. Het sportjasje zag er een beetje vreemd uit, alsof de kleermaker er niet op had gerekend dat Eric een wapen op zijn heup droeg.

'Hallo, Eric.' Ik stak mijn hand uit.

Hij schudde die. 'Blij dat je gekomen bent, Patrick.'

'Hallo, Eric.' Angie stak haar hand uit.

Toen hij vooroverboog om haar een hand te geven, besefte hij dat we zijn wapen zagen. Hij sloot zijn ogen even en bloosde.

Angie zei: 'Ik zou me een stuk beter voelen als je tot ons vertrek het wapen op de bijzettafel zou leggen, Eric.'

'Ik voel me een idioot,' zei hij, en probeerde te glimlachen.

'Alsjeblieft,' zei Diandra, 'leg hem maar op tafel, Eric.'

Hij maakte de holster los alsof die elk moment kon bijten en legde een Ruger .38 boven op de geelbruine envelop.

Ik keek hem verbaasd aan. Eric Gault en een wapen pasten net zomin bij elkaar als kaviaar en hotdogs.

Hij ging naast Diandra zitten. 'We zijn de laatste tijd een beetje gespannen.'

'Waarom?'

Diandra zuchtte. 'Ik ben psychiater, meneer Kenzie, mevrouw Gennaro. Ik geef tweemaal per week college aan Bryce en daarnaast adviseer ik staf en studenten. Dan heb ik ook nog een privépraktijk. Je kunt tijdens mijn werk een heleboel dingen verwachten – gevaarlijke cliënten, patiënten die in een klein kantoor in jouw gezelschap een psychotische aanval krijgen, paranoïde, asociale schizofrenen die weten waar je woont. Je leert met deze gevaren te leven, maar ik vermoed dat je verwacht dat ze op een dag werkelijkheid worden. Maar dit...' Ze staarde naar de envelop op de tafel tussen ons in. 'Dit is...'

Ik zei: 'Probeer eens te vertellen hoe "dit" begon.'

Ze liet zich achteroverzakken op de bank en sloot even haar ogen. Eric legde voorzichtig een hand op haar schouder, maar ze schudde met gesloten ogen haar hoofd. Hij haalde zijn hand weg, legde hem op zijn knie en keek ernaar alsof hij niet precies wist hoe die daar gekomen was.

'Toen ik op zekere ochtend op Bryce was, kwam een studente bij me langs. Tenminste, ze zei dat ze studente was.'

'Is er een reden om aan te nemen dat ze dat níet was?' vroeg Angie.

'Op dat moment niet. Ze had een studentenlegitimatiebewijs.' Diandra opende haar ogen. 'Maar toen ik het een en ander controleerde, bleek er geen enkel officieel bewijs van haar te bestaan.'

'En hoe heette deze persoon?' vroeg ik.

'Moira Kenzie.'

Ik keek Angie aan, die een wenkbrauw optrok.

'Ziet u, meneer Kenzie, toen Eric uw naam noemde, dacht ik meteen dat u misschien familie van haar was.'

Ik dacht hier even over na. Kenzie is niet zo'n verschrikkelijk veel voorkomende naam. Zelfs in Ierland wonen er maar een paar in de buurt van Dublin en dan nog hier en daar in Ulster. Als je de wreedheid en het geweld in aanmerking nam die in de harten van mijn vader en zijn broers waren geworteld, dan was het nog zo slecht niet dat deze tak bijna op het punt stond om uit te sterven.

'U zei dat deze Moira Kenzie een meisje was?'

'Ja?'

'Ze was dus nog jong?'

'Negentien, misschien twintig.'

Ik schudde mijn hoofd. 'Nee, dan ken ik haar niet, dokter Warren. De enige Moira Kenzie die ik ken, is een nicht van mijn vader. Ze is ongeveer vijfenzestig, en de laatste twintig jaar niet uit Vancouver weggeweest.'

Diandra knikte, een kort, bitter knikken, en haar pupillen verloren hun glans. 'Nou, dan…'

'Dokter Warren,' zei ik, 'wat gebeurde er toen u deze Moira Kenzie ontmoette?'

Ze kneep haar lippen samen, keek even Eric aan en daarna naar een zware ventilator die aan het plafond hing. Ze haalde langzaam adem door haar neus en ik wist dat ze besloten had dat ze ons kon vertrouwen.

'Moira zei dat ze vriendin was van een man, ene Hurlihy.'

'Kevin Hurlihy?' zei Angie.

Diandra Warrens gouden huid was in één minuut lijkbleek geworden. Ze knikte.

Angie keek me aan en trok opnieuw haar wenkbrauwen op.

Eric zei: 'Ken je hem?'

'Helaas,' zei ik, 'heb ik Kevin ontmoet.'

Kevin Hurlihy groeide samen met ons op. Hij ziet er vrij dwaas uit – een lange, slungelachtige knul met heupen als deurknoppen en weerbarstig stekelhaar, alsof hij het in model brengt door zijn hoofd in het toilet te steken en door te trekken. Toen hij twaalf jaar oud was werd er na een geslaagde operatie een kwaadaardige tumor van zijn stembanden verwijderd. Maar de littekens van de operatie zorgden ervoor dat hij voor de rest van zijn leven met de krakende piepstem van een constant boos dreinend tienermeisje sprak. Hij draagt een bril met glazen die gemaakt zijn van de bodem van colaflesjes, waardoor zijn ogen opbollen als van een kikker. Daarnaast heeft hij de smaak van een accordeonist in een polkaband. Hij is Jack Rouse's rechterhand, en Jack Rouse is de baas van de Ierse maffia in deze stad, dus zo komisch als Kevin lijkt en praat, is hij beslist niet.

'Wat is er gebeurd?' vroeg Angie.

Diandra keek weer naar het plafond, en de huid bij haar keel trilde. 'Moira vertelde me dat Kevin haar angst aanjoeg. Ze vertelde dat hij haar regelmatig achtervolgde, haar dwong toe te kijken als hij seks met andere vrouwen had, haar dwong seks te hebben met zijn handlangers, dat hij mannen in elkaar sloeg die naar haar durfden te kijken en hoe...' Ze slikte, en Eric legde weifelend een hand op die van haar. 'Daarna vertelde ze dat ze een verhouding had met een man, dat was Kevin te weten gekomen en toen heeft hij... die man vermoord en hem in Somerville begraven. Ze smeekte me haar te helpen. Ze...'

'Wie heeft er contact met u opgenomen?'

Ze haalde even een hand over haar linkeroog en stak met de antieke aansteker een lange, witte sigaret aan. Hoewel ze beslist bang was, beefde haar hand nauwelijks. 'Kevin,' zei ze, op een manier alsof het woord bedorven was. 'Hij belde me om vier uur 's morgens. Als de telefoon om vier uur in de ochtend overgaat, weet u dan hoe u zich voelt?'

Gedesoriënteerd, verward, alleen en heel erg bang. Precies zoals een vent als Kevin Hurlihy wíl dat jij je voelt.

'Hij zei allerlei smerige dingen. Hij zei woordelijk: "Hoe voelt het om te weten dat dit je laatste week op aarde is, waardeloze kut?"'

Dat klonk als Kevin. Klasse tot het bittere einde.

Ze haalde sissend adem.

Ik vroeg: 'Wanneer ontving u dat telefoontje?'

'Drie weken geleden.'

'Drie weken?' vroeg Angie.

'Ja. Ik probeerde het te negeren. Ik belde de politie, maar ze zeiden dat ze niets konden doen omdat ik niet kon bewijzen dat Kevin de persoon was die had gebeld.' Ze haalde een hand door haar haren, kroop nog meer in elkaar op de bank en keek ons aan.

'Toen u met de politie sprak,' vroeg ik, 'heeft u toen nog iets gezegd over het lichaam dat hij in Somerville had begraven?'

'Nee.'

'Goed,' zei Angie.
'Waarom heeft u zo lang gewacht voor u besloot hulp in te roepen?'

Ze kwam naar voren en schoof Erics wapen van de geelbruine envelop. Ze overhandigde de envelop aan Angie, die hem opende en er een zwartwitfoto uithaalde. Ze keek ernaar en gaf hem toen aan mij.

De jongeman op de foto was ongeveer twintig jaar – knap, met lange, bruine haren en een baard van twee dagen. Hij droeg een spijkerbroek met gaten in de knieën, een T-shirt onder een loshangend, flanellen hemd en een zwartleren jack. Het hedendaagse studentenuniform. Hij had een aantekenmap onder zijn arm en passeerde op dat moment een stenen muur. Hij leek niet te merken dat er een foto van hem werd genomen.

'Mijn zoon, Jason,' zei Diandra. 'Hij is eerstejaars op Bryce. Dat gebouw is de hoek van de Bryce-bibliotheek. De foto arriveerde gisteren via de normale post.'

'Zat er nog een briefje bij?'

Ze schudde haar hoofd.

Eric zei: 'Haar naam en adres waren op de voorzijde van de envelop getypt, verder niets.'

'Twee dagen geleden,' zei Diandra, 'toen Jason het weekend thuis doorbracht, hoorde ik hem aan een vriend via de telefoon vertellen dat hij het gevoel had dat iemand hem stalkte. Stalken. Dat was het woord dat hij gebruikte.' Ze wees met haar sigaret naar de foto, en nu zag je duidelijker dat haar hand trilde. 'De volgende dag werd dat bezorgd.'

Ik keek opnieuw naar de foto. De klassieke maffiawaarschuwing – misschien denk jij dat je iets over ons weet, maar wij weten wel alles over jou.

'Sinds die eerste dag heb ik Moira Kenzie niet meer gezien. Ze is niet op Bryce ingeschreven, het telefoonnummer dat ze me gaf is van een Chinees restaurant, en ze staat in geen enkele lokale telefoongids. Maar toch kwam ze naar mij. Nu is dit in mijn leven gekomen. En ik weet niet waarom. Christus.' Ze sloeg met haar beide handen op haar heupen en sloot haar ogen. Toen ze haar ogen weer opendeed, was alle moed die ze de laatste drie weken uit het niets bijeen had geschraapt, verdwenen. Ze was doodsbang, en er zich opeens van bewust dat de muren die we om ons heen hadden opgetrokken eigenlijk bijzonder dun waren.

Ik keek naar Eric. Zijn hand lag op Diandra's hand, en ik probeerde te ontdekken wat voor relatie ze met elkaar hadden. Ik had nooit gemerkt dat hij een afspraak met een vrouw maakte en had altijd aangenomen dat hij homo was. Of dat nu waar was of niet, ik

kende hem nu tien jaar en hij had nog nooit over een zoon gesproken.
'Wie is Jasons vader?' vroeg ik.
'Wat? Waarom?'
'Als een kind bedreigd wordt,' zei Angie, 'moeten we rekening houden met voogdijproblemen.'
Diandra en Eric schudden tegelijkertijd hun hoofd.
'Diandra is al bijna twintig jaar geleden gescheiden,' zei Eric. 'Haar ex gaat vriendelijk maar afstandelijk met Jason om.'
'Ik heb zijn naam nodig,' zei ik.
'Stanley Timpson,' zei Diandra.
'Stan Timpson, de officier van justitie van Suffolk County?'
Ze knikte.
'Dokter Warren,' zei Angie, 'aangezien uw ex-echtgenoot de machtigste wetshandhaver in deze staat is, moeten we aannemen dat – '
'Nee.' Diandra schudde haar hoofd. 'De meeste mensen weten niet eens dat we ooit getrouwd zijn geweest. Hij is voor de tweede maal gehuwd, heeft drie kinderen en zijn contacten met Jason en mij zijn minimaal. Geloof me, dit heeft niets met Stan te maken.'
Ik keek naar Eric.
'Daar moet ik het mee eens zijn,' zei hij. 'Jason heeft Diandra's achternaam en niet die van Stan. Afgezien van een telefoontje met zijn verjaardag of een kerstkaart, heeft hij bijna geen contact met zijn vader.'
'Willen jullie me helpen?' vroeg Diandra.
Angie en ik keken elkaar aan. Als je dicht in de buurt van mensen als Kevin Hurlihy en zijn baas, Jack Rouse, woont, beschouwen Angie en ik dat bepaald niet als iets dat bevorderlijk is voor je gezondheid. Nu werd ons verzocht om ze op te zoeken en ze te vragen op te houden onze cliënte nog verder lastig te vallen. Wat een gein. Als we Diandra's verzoek inwilligden, was het een van de meest definitieve beslissingen om zelfmoord te plegen die we ooit hadden genomen.
Angie las mijn gedachten. 'Wat,' zei ze, 'wil je eeuwig blijven leven?'

2

Toen we Lewis Wharf verlieten en Commercial inliepen, had de schizofrene herfst van New England een lelijke ochtend in een prachtige middag veranderd. Toen ik wakker werd, siste een ijskoude bries die op de adem van een puriteinse god leek door de kieren onder mijn ramen. De lucht was grijs en strak als honkballeer, en de mensen op straat liepen ineengedoken in hun dikke jacks en hun dikke, te grote sweaters haastig naar hun auto. De condenswolkjes van hun ademhaling hingen om hun gezicht.

Op het moment dat ik mijn appartement verliet, was het ongeveer veertien graden geworden. Een bleke zon probeerde de grauwsluier te doorbreken en leek precies op een sinaasappel die dicht onder het ijs van een bevroren vijver zweefde.

Toen ik door Lewis Wharf naar Diandra Warrens appartement liep, brak de zon eindelijk door en ik trok mijn jack uit. Nu we weer naar onze wijk terugreden, was het kwik naar ongeveer twintig graden gestegen.

We reden voorbij Copp's Hill, en de warme bries uit de richting van de haven veroorzaakte een ritselend geluid in de bomen boven op de heuvel, en tientallen vuurrode bladeren lagen op de gladde tegels of dwarrelden over het gras. Rechts van ons lagen de kaden in de zon te glimmen, en links de bruine, rode en gebroken witte stenen van North End, die duidden op tegelvloeren en oude, open poorten, en de geuren van vette sauzen, knoflook en versgebakken brood.

'Je kunt op een dag als deze geen hekel aan de stad hebben,' zei Angie.

'Onmogelijk.'

Ze greep met één hand de onderkant van haar dikke haardos en maakte er een paardenstaart van. Daarna draaide ze haar hoofd naar het open portierraampje om de zon op haar gezicht en hals te laten schijnen. Toen ik naar haar keek, met de gesloten ogen en flauwe glimlach op haar gezicht, was ik bijna geneigd te geloven dat ze helemaal gezond was.

Maar dat was ze niet. Nadat ze haar echtgenoot, Phil, badend in zijn bloed en naar adem snakkend op haar veranda had achtergelaten, de prijs voor de allerlaatste mishandeling van zijn kant, bracht Angie de winter door in een mist van steeds korter wordende aandachtsduur en afspraakjes die een stoet mannen hoofdschuddend achterlieten, als ze hen zonder meer had laten staan en al naar het volgende slachtoffer op zoek was.

Omdat ik zelf nooit een toonbeeld van kuisheid ben geweest, kon ik niet veel tegen haar zeggen zonder hypocriet over te komen. Maar toen de lente zich aandiende, was de storm schijnbaar uitgewoed. Ze nam geen warme lichamen meer mee naar huis en begon weer volop mee te draaien, ze ruimde zelfs haar appartement een beetje op, wat in Angies geval betekende dat ze de oven reinigde en een bezem kocht. Maar ze was nog niet helemaal de oude, niet zoals ze vroeger was.

Ze was rustiger, minder eigenwijs. Op de vreemdste tijdstippen kwam ze bij me langs om over de dag te praten die we samen hadden beleefd. Ze beweerde ook dat ze Phil in maanden niet gezien had, maar om een bepaalde reden die ik niet kan verklaren, geloofde ik haar niet.

Daarbij komt ook nog eens het feit dat ik, voor de tweede maal in al die jaren dat wij elkaar kennen, er niet altijd ben als ze me meteen nodig heeft. Sinds juli, toen ik Grace Cole ontmoette, breng ik hele dagen, soms hele weekends als we de kans krijgen in haar gezelschap door. Soms moet ik ook weleens op Grace's dochter, Mae, passen, en daarom ben ik dikwijls onbereikbaar voor mijn compagnon, behalve in geval van uiterste nood natuurlijk. Het was iets waar we eigenlijk beiden niet op gerekend hadden, want zoals Angie eens zei: 'Je zult nog eerder een zwarte vent in een film van Woody Allen zien dan Patrick in een serieuze relatie.'

Ze betrapte me toen we voor een stoplicht stonden te wachten; ze deed opeens haar ogen open en keek me flauw glimlachend aan. 'Ben je weer bezorgd over mij, Kenzie?'

Mijn compagnon, de gedachtelezer.

'Ik bekijk je alleen maar, Gennaro. Puur seksistisch, dat is alles.'

'Ik ken jou, Patrick.' Ze trok haar hoofd terug van het open raampje. 'Je speelt nog steeds de grote broer.'

'En?'

'En,' zei ze, terwijl ze met de rug van haar hand mijn wang streelde, 'het is tijd dat je daarmee ophoudt.'

Vlak voordat het licht op groen sprong, haalde ik een haarlok voor haar oog vandaan en zei: 'Nee.'

We gingen lang genoeg bij haar langs om haar zich om te laten kleden in een kortgeknipte spijkerbroek, en mij in de gelegenheid te stellen twee flessen Rolling Rock uit haar koelkast te pakken. Daarna gingen we op haar achterveranda zitten om naar het in de wind kraken van de stijfgestreken overhemden van haar buurman te luisteren en van deze dag te genieten.

Ze leunde op haar ellebogen steunend naar achteren en strekte haar benen. 'Zo, nu hebben we opeens een zaak.'

'Dat hebben we,' zei ik, en keek naar haar gladde, olijfkleurige benen en verschoten, kortgeknipte spijkerbroek. Er mag dan niet veel goeds in deze wereld schuilen, wijs me iemand die commentaar heeft op kortgeknipte spijkerbroeken, en ik zeg je dat hij niet goed bij zijn hoofd is.

'Heb je een idee hoe je dit gaat aanpakken?' vroeg ze. En toen: 'Kijk niet steeds zo naar mijn benen, perverse kerel. Je bent nagenoeg getrouwd.'

Ik haalde mijn schouders op, leunde ook achterover en keek naar de heldere lucht. 'Dat ben ik nog niet. Weet je wat me dwarszit?'

'Afgezien van muzak, reclame onder het mom van informatie en dialecten uit New Jersey?'

'In deze zaak.'

'Ga alsjeblieft door.'

'Waarom de naam Moira Kenzie? Ik bedoel, als het een valse naam is, wat we gevoeglijk kunnen aannemen, waarom dan mijn achternaam?'

'Er bestaat zoiets als toeval. Misschien heb je er weleens van gehoord. Dat is als – '

'Oké. Iets anders.'

'Ja?'

'Is volgens jou Kevin Hurlihy een vent die een vriendin heeft?'

'Nou, nee. Maar het is jaren geleden dat we hem voor het laatst hebben gezien.'

'Toch…'

'Wie weet?' zei ze. 'Ik heb heel wat rare, lelijke kerels met knappe vrouwen gezien, en omgekeerd.'

'Maar Kevin is niet alleen raar. Hij is een sadist.'

'Dat geldt ook voor een aantal beroepsboksers. Die zie je ook altijd in vrouwelijk gezelschap.'

Ik haalde mijn schouders op. 'Misschien wel. Oké. Hoe pakken we Kevin aan?'

'En Jack Rouse,' zei ze.

'Gevaarlijke lui,' zei ik.

'Heel erg,' zei ze.

'En wie gaan er dagelijks met gevaarlijke kerels om?'

'Wij niet, dat is zeker,' zei ze.
'Nee,' zei ik, 'want wij zijn watjes.'
'En daar zijn we trots op,' zei ze. 'Dan blijft alleen...' Ze draaide haar hoofd om, kneep haar ogen half dicht om tegen de zon in naar mij te kijken. 'Je bedoelt toch niet – '
'Jawel.'
'O, Patrick.'
'We moesten maar eens naar Bubba gaan.'
'Echt waar?'
Ik zuchtte, en was niet helemaal blij met mezelf. 'Echt waar.'
'Verdomme,' zei Angie.

3

'Naar links,' zei Bubba. Vervolgens: 'Twintig centimeter naar rechts. Prima. Je bent er bijna.'

Hij liep een paar passen voor ons achteruit en hield zijn handen voor zijn borst, terwijl hij zijn vingers bewoog of hij een vrachtwagen hielp bij het achteruit insteken. 'Oké,' zei hij. 'Nu je linkervoet iets meer dan twintig centimeter naar links. Goed zo.'

Als je op bezoek ging bij Bubba in de oude fabriek waar hij woont, lijkt het wel alsof je Twister speelt op de rand van een hoge rots. Bubba heeft de eerste twaalf meter ondermijnd met genoeg explosieven om het hele oostelijke havengebied weg te vagen, dus als je de rest van je leven zonder medische hulpmiddelen wilt ademhalen, moet je zijn aanwijzingen tot op de letter nauwkeurig opvolgen. Angie en ik zijn talloze malen hiervoor door deze procedure gegaan, maar nooit vertrouwden wij op onze herinneringen om die twaalf meter zonder Bubba's hulp over te steken. Noem ons maar overdreven voorzichtig.

'Patrick,' zei hij, me ernstig aankijkend terwijl mijn rechtervoet een centimeter boven de vloer zweefde. 'Ik zei vijftien centimeter naar rechts. Niet twaalf.'

Ik haalde diep adem en bewoog mijn voet nog een paar centimeters.

Hij glimlachte en knikte.

Achter me zei Angie: 'Bubba, waarom geef je niet wat geld uit aan een alarmsysteem?'

Bubba fronste zijn wenkbrauwen. 'Dit ís mijn alarmsysteem.'

'Dit is een mijnenveld, Bubba.'

'Dat is jouw opvatting,' zei Bubba. 'Tien centimeter naar links, Patrick.'

Angie slaakte een luide, diepe zucht.

'Je bent erdoor, Patrick,' zei hij toen ik op een stuk vloer stapte, ongeveer drie meter bij hem vandaan. Hij kneep zijn ogen half dicht en keek naar Angie. 'Stel je niet zo aan, Angie.'

Angie had een van haar benen hoog opgetrokken en leek precies op een ooievaar. Een heel opvallende ooievaar, eigenlijk. Ze zei: 'Als ik bij je ben, schiet ik je dood, Bubba Rogowski.'

'O, o,' zei Bubba. 'Ze gebruikt mijn hele naam. Precies zoals mijn moeder altijd deed.'

'Je hebt je moeder nooit gekend,' hielp ik hem herinneren.

'Psychisch, Patrick,' zei hij, en raakte zijn vooruitstekende voorste hersenkwab aan. 'Psychisch.'

Afgezien van die boobytraps, maak ik me weleens zorgen over hem.

Angie stapte op het stukje vloer dat ik zojuist verlaten had.

'Je bent er,' zei Bubba, en ze gaf hem een stomp tegen zijn schouder.

'Is er verder nog iets waar we ons zorgen over moeten maken?' zei ik. 'Speren die uit het plafond vallen, scheermessen in de stoelen?'

'Alleen als ik ze activeer.' Hij liep naar een oude koelkast tussen twee versleten, bruine banken, een oranje kantoorstoel en een stereosysteem dat zo oud was dat er nog een achtsporen-bandrecorder deel van uitmaakte. Voor de kantoorstoel stond een houten kist. Een aantal soortgenoten stond aan de andere kant van het matras dat achter de banken was gesmeten. Een paar van die kisten stonden open en ik kon de lelijke kolven van geoliede zwarte vuurwapens tussen het gele stro zien. Bubba's dagelijks brood.

Hij opende de koelkast en pakte een wodkafles uit het vriesvak. Hij haalde drie glaasjes tevoorschijn uit de trenchcoat die hij dag en nacht droeg. Hoogzomer of hartje winter, het maakte niets uit. Bubba en zijn trenchcoat zijn onafscheidelijk. Precies als Harpo Marx, én onaangepast gedrag én zelfmoordneigingen. Hij schonk de wodka in en gaf ons ieder een glas. 'Ik heb gehoord dat het goed voor de zenuwen is.' Hij dronk het glas in één teug leeg.

Het kalmeerde mijn zenuwen. En vanwege de manier waarop Angie haar ogen sloot, vermoedde ik dat het bij haar ook het geval was. Bubba vertoonde geen enkele reactie, maar ja, Bubba heeft geen last van zenuwen noch van de meeste andere dingen die mensen nodig hebben om te functioneren.

Hij liet zijn honderd kilo zware lichaam op een van de banken vallen. 'Nou, waarom willen jullie Jack Rouse ontmoeten?'

We vertelden het hem.

'Dat is helemaal zijn stijl niet. Ik bedoel, dat gedoe met die foto. Misschien is het effectief, maar het is veel te subtiel voor Jack.'

'En Kevin Hurlihy?' zei Angie.

'Als het veel te subtiel voor Jack is,' zei Bubba, 'dan kun je Kevin helemaal wel buiten beschouwing laten.' Hij nam een slok uit de fles. 'Nu ik er even bij stilsta, de meeste dingen kun je bij Kevin buiten beschouwing laten. Optellen en aftrekken, het alfabet, dat soort dingen. Verdomme, dat moeten jullie toch nog van vroeger weten?'

'We vroegen ons af of hij veranderd was.'

Bubba lachte. 'Nee. Het is alleen maar erger geworden.'

'Dus hij is gevaarlijk,' zei ik.

'O, ja,' zei Bubba. 'Als een straathond. Hij weet hoe hij moet verkrachten en vechten en mensen doodsbang maken. Dat is het wel zo'n beetje, maar die dingen doet hij dan ook goed.' Hij gaf me de fles aan en ik schonk mijn glaasje weer vol.

Ik zei: 'Zo, dus twee mensen die willens en wetens tegen hem en zijn baas willen optreden…'

'Moeten idioot zijn, ja.' Hij pakte de fles weer aan.

Ik keek kwaad naar Angie en ze stak haar tong uit.

Bubba zei: 'Moet ik hem voor jullie vermoorden?' en ging languit op de bank liggen.

Ik knipperde met mijn ogen. 'Hm…'

Bubba geeuwde. 'Het is geen enkel probleem.'

Angie raakte zijn knie even aan. 'Nu nog niet.'

'Echt niet?' zei hij, en kwam overeind. 'Het is geen enkel probleem, hoor. Ik heb iets nieuws gemaakt. Wat je moet doen is, je bevestigt het om de schedel van die knul, hier, en – '

'We laten het je tijdig weten,' zei ik.

'Machtig.' Hij ging weer liggen en keek ons even aan. 'Maar ik had nooit kunnen denken dat een wereldvreemde figuur als Kevin een meisje zou hebben. Volgens mij is hij iemand die ervoor betaalt of het met geweld neemt.'

'Daar moet ik ook steeds aan denken,' zei ik.

'Nou ja,' zei Bubba, 'jullie willen Jack Rouse en Kevin niet alleen ontmoeten.'

'Willen we dat niet?'

Hij schudde zijn hoofd. 'Als jullie naar hen toe gaan en zeggen: "Laat onze cliënte met rust," dan vermoorden ze jullie. Dat móeten ze wel. Ze zijn niet bepaald stabiel.'

Een kerel die een mijnenveld gebruikt om zijn huis te beschermen, vertelde ons dat Jack en Kevin niet bepaald stabiel waren. Dat was goed nieuws. Nu ik wist hoe gevaarlijk zij echt waren, kreeg ik de neiging dansend het mijnenveld in te gaan om er zo snel mogelijk een eind aan te maken.

'We gebruiken Fat Freddy als tussenpersoon,' zei Bubba.

'Ben je wel goed wijs?' vroeg Angie.

Fat Freddy Constantine was de godfather van de Bostonse maffia, de man die de macht van de eens zo machtige bende uit Providence had overgenomen, een macht die sindsdien alleen maar groter werd. Jack Rouse, Kevin Hurlihy, iedereen die ook maar een stuiver verdiende in deze stad, luisterde naar Fat Freddy.

'Het is de enige manier,' zei Bubba. 'Als je via Fat Freddy gaat, hem respect toont, en ik de ontmoeting organiseer, weten ze dat jullie vrienden zijn en slaan ze je niet in elkaar.'

'Een extraatje,' zei ik.

'Wanneer willen jullie hem spreken?'

'Zo spoedig mogelijk,' zei Angie.

Hij haalde zijn schouders op en raapte een draadloze telefoon van de vloer. Hij toetste een nummer in, en terwijl hij wachtte, nam hij nog een slok uit de fles. 'Lou,' zei hij, 'zeg de baas dat ik heb gebeld.' Hij verbrak de verbinding.

'"De baas"?' zei ik.

Hij hief zijn handen op. 'Ze kijken naar alle films van Scorsese en zien álle politieseries, en ze denken dat er van hen verwacht wordt dat ze zo spreken. Ik doe gewoon hun zin.' Hij reikte een hand over zijn walvisbuik en schonk Angies glas nogmaals vol. 'Ben je al officieel gescheiden, Gennaro?'

Ze glimlachte en dronk het glas leeg. 'Nog niet officieel.'

'Wanneer?' zei hij met opgetrokken wenkbrauwen.

Ze legde haar voeten op een open kist met AK-47's en leunde achterover in haar stoel. 'De raderen van het justitieapparaat draaien langzaam, Bubba, en een echtscheiding is ingewikkeld.'

Bubba trok een lelijk gezicht. 'Het smokkelen van luchtdoelraketten uit Libië is ingewikkeld. Maar een echtscheiding?'

Angie haalde haar handen door haar haren en keek naar de verwarmingsbuizen die langs Bubba's plafond liepen. 'Een relatie duurt bij jou, Bubba, ongeveer even lang als het leegdrinken van een six-pack. Dus wat weet jij nu van echtscheiding? Nou?'

Hij zuchtte. 'Ik ken mensen die al het mogelijke doen om dingen in het honderd te laten lopen, terwijl ze die eigenlijk meteen zouden moeten afbreken.' Met een zwaai haalde hij zijn benen van de bank en zette zijn laarzen met een bons op de vloer. 'En jij, huismus?'

'*Moi?*' vroeg ik.

'*Si,*' zei hij. 'Wat was jouw ervaring met je echtscheiding?'

'Dat ging gesmeerd,' zei ik. 'Het was alsof je iets bij de Chinees bestelde – één telefoontje, en er werd overal voor gezorgd.'

Hij keek Angie aan. 'Snap je wat ik bedoel?'

Ze maakte een wegwuivend gebaar met haar hand in mijn richting. 'Geloof jij hem op zijn woord? Meneer Introspection?'

'Ik protesteer.'

'Je protesteert uit je nek,' zei Angie.

Bubba trok een wanhopig gezicht. 'Waarom neuken jullie niet gewoon met elkaar om zo een eind aan dat geruzie te maken?'

Er ontstond een van de ongemakkelijke stiltes, die steeds ontstaan als iemand suggereert dat er meer dan vriendschap tussen mij en mijn compagnon bestaat. Bubba glimlachte, genoot met volle teugen, en toen begon goddank de telefoon te rinkelen.

'Ja.' Hij knikte naar ons. 'Meneer Constantine, hoe maakt u het?' Hij trok een wanhopig gezicht toen meneer Constantine uitgebreid begon te vertellen hoe het met hem ging. 'Blij dat te horen,' zei Bubba. 'Luister, meneer C., ik heb hier een paar vrienden die graag met u zouden willen praten. Het duurt maar een paar minuten.'

Ik zei heel zacht: '"Meneer C."?' Hij keek me kwaad aan.

'Ja, meneer, ze zijn te vertrouwen. Burgers, maar ze zijn ergens tegenaan gelopen dat u misschien zal interesseren. Het heeft met Jack en Kevin te maken.' Fat Freddy begon opnieuw te spreken en Bubba maakte met zijn vuist het universele masturbatiegebaar. 'Ja, meneer,' zei hij ten slotte. 'Patrick Kenzie en Angela Gennaro.' Hij luisterde, knipperde met zijn ogen en keek Angie aan. Hij legde zijn hand over de microfoon en zei: 'Heb jij connecties met de familie Patriso?'

Ze stak een sigaret op. 'Ik ben bang van wel.'

'Jazeker, meneer,' zei Bubba in de telefoon. 'Dezelfde Angela Gennaro.' Hij trok zijn linkerwenkbrauw op en keek haar aan. 'Vanavond om tien uur. Dank u wel, meneer Constantine.' Hij zweeg even en keek naar de kist die Angie als voetsteun gebruikte. 'Wat? O ja, Lou weet waar. Zes kisten. Morgenavond. Komt voor elkaar. Een fluitje van een cent, meneer Constantine. Ja, meneer. Zorg goed voor uzelf.' Hij verbrak de verbinding, slaakte een diepe zucht en duwde met de palm van zijn hand de antenne in het toestel. 'Verdomde spaghettivreters,' zei hij. 'Altijd "Ja, meneer. Nee, meneer. Hoe gaat het met uw vrouw?" Geef mij de Harpbendes maar, die zijn tenminste te gemeen om naar je vrouw te informeren.'

Uit Bubba's mond was dit een groot compliment voor mijn etnische afkomst. Ik zei: 'Waar ontmoeten we hem?'

Hij keek naar Angie met iets van ontzag op zijn rubberen gezicht. 'In zijn koffieshop in Prince Street. Om tien uur vanavond. Waarom heb je me nooit verteld dat je bij die familie hoorde?'

Ze dumpte haar as op de vloer. Dat was geen gebrek aan respect, want dit was Bubba's asbak. 'Ik hoor niet bij de familie.'

'Volgens Freddy wel.'

'Nou,' zei ze. 'Dan vergist hij zich. Het is gewoon een kwestie van bloedlijn, dat is alles.'

Hij keek me aan. 'Wist jij dat ze familie was van de bende van Patriso?'
'Jazeker.'
'En?'
'En daar heeft ze zich schijnbaar nooit iets van aangetrokken, dus ik ook niet.'
'Bubba,' zei ze, 'het is niet iets waar ik trots op ben.'
Hij floot. 'Al die jaren, al die armoe die jullie geleden hebben, en nooit hebben jullie hun hulp ingeroepen?'
Angie keek hem tussen de haren die voor haar ogen waren gaan hangen aan: 'Ik heb het zelfs nooit overwógen.'
'Waarom?' Hij was echt verbaasd.
'Omdat jij al de maffia bent die we nodig hebben, knappe vent.'
Hij begon te blozen. Alleen Angie slaagde daarin, en dat was altijd de moeite waard. Zijn grote gezicht zwol op als een overrijpe tomaat en maakte bijna een weerloze indruk. Bijna.
'Stop,' zei hij, 'je maakt me verlegen.'

Terug in het kantoor zette ik koffie om het effect van de wodka te bestrijden. Intussen luisterde Angie naar de boodschappen op ons antwoordapparaat.
De eerste was afkomstig van een nieuwe cliënt, Bobo Gedmenson, eigenaar van Bobo's Yo-Yo-keten van dansclubs voor minderjarigen en een paar striptenten in Saugus en Peabody, met namen als Dripping Vanilla en The Honey Dip. Nu we Bobo's ex-compagnon hadden opgespoord en het meeste van Bobo's gestolen geld hadden teruggebracht, begon Bobo opeens te mekkeren over onze tarieven en beweerde hij dat hij niet zoveel geld had.
'Mensen,' zei ik hoofdschuddend.
'Je zóu ze,' bevestigde Angie, toen Bobo klaar was.
Ik nam me voor om Bubba met het incasseren van de rekening te belasten, toen de tweede boodschap begon.
'Hallo. Ik vond dat ik jullie heel veel geluk moest wensen met je nieuwe zaak en zo. Ik vermoed dat het een mooie zaak wordt. Ja. Nou, je hoort nog van me. Cheerio.'
Ik keek Angie aan. 'Wie was dát nou, verdomme?'
'Ik dacht dat jij dat wist. Ik ken niemand uit Engeland.'
'Ik ook niet.' Ik haalde mijn schouders op. 'Verkeerd verbonden?'
'"Veel geluk met jullie nieuwe zaak"? Het leek erop dat hij wist waarover hij sprak.'
'Is het accent volgens jou vals?'
Ze knikte. 'Als iemand die te veel naar *Python* heeft gekeken.'
'Kennen we iemand die accenten imiteert?'

'Geen flauw idee.'

De volgende stem was van Grace Cole. Op de achtergrond hoorde je het doordringende geluid van stemmen en het drukke gebrabbel van de eerstehulppost waar ze werkte.

'Ik heb maar tien minuten koffiepauze, dus probeerde ik je te bereiken. Ik ben hier zeker nog tot morgenochtend, maar je kunt me morgenavond thuis bereiken. Ik mis je.'

Ze verbrak de verbinding en Angie zei: 'En, wanneer is de trouwerij?'

'Morgen. Wist je dat niet?'

Ze glimlachte. 'Je bent verkocht, Patrick. Dat weet je toch, hè?'

'Volgens wie?'

'Volgens mij en al je vrienden.' Haar glimlach verflauwde. 'Ik heb je nog nooit zo naar een vrouw zien kijken als naar Grace.'

'En als dat nu waar is?'

Ze keek door het raam naar buiten. 'Dan wens ik je veel sterkte,' zei ze zacht. Ze probeerde weer te glimlachen, maar die poging mislukte. 'Ik wens jullie beiden het allerbeste.'

4

Om tien uur die avond zaten Angie en ik in een kleine koffieshop in Prince Street en leerden van Freddy Constantine meer over prostaten dan ons lief was.

Freddy Constantine's koffieshop in Prince Street was een smalle zaak in een smalle straat. Prince Street loopt door North End van Commercial naar Moon Street, en zoals de meeste straten in die buurt is hij nauwelijks breed genoeg om er op de fiets door te rijden. Toen we daar arriveerden, was de temperatuur naar zo'n tien graden gezakt. Maar de mannen die overal in Prince Street voor de winkels of restaurants zaten, droegen slechts een T-shirt of een mouwloos T-shirt onder een open overhemd met korte mouwen. Ze leunden achterover in hun tuinstoelen, rookten een sigaar of speelden kaart en lachten opeens luidkeels, zoals mensen doen in de buurt waar ze wonen.

Freddy's koffieshop was niet meer dan een donkere kamer met buiten twee kleine tafeltjes en binnen vier tafeltjes op een zwartwit betegelde vloer. Een plafondventilator draaide traag rond, zodat de pagina's van een krant op de balie regelmatig op en neer fladderden. Achter een zwart, dichtgetrokken gordijn aan de andere zijde van een donkere gang klonk de vibrerende stem van Dean Martin.

We werden bij de voordeur verwelkomd door twee jonge knullen met donker haar in Bally-kostuums en identieke, champagneroze sweaters met V-hals en gouden kettingen.

Ik zei: 'Bestaat er een catalogus waaruit jullie je inkopen doen?'

Een van hen vond dat zó grappig dat hij me extra hard fouilleerde, de zijkant van zijn handen kwam zó hard tussen mijn ribbenkast en heupen terecht dat het leek of ze elkaar daar wilden ontmoeten.

We hadden onze handvuurwapens in de auto achtergelaten, zodat ze toen maar onze portemonnee afpakten. Wij vonden dat niet leuk, maar zij trokken er zich niets van aan. Daarna brachten ze ons al heel gauw naar een tafeltje waaraan Don Frederico Constantine in hoogsteigen persoon zat.

Fat Freddy leek op een walrus, maar dan zonder snor. Hij was immens en grijs en droeg verschillende lagen zwarte kleding, zodat zijn vierkante blokhoofd boven al die donkerte leek op iets dat uit de vouwen van de kraag was gebarsten en naar de schouders kroop. Zijn lichtbruine ogen waren vochtig en warm, hadden iets vaderlijks, en hij glimlachte veel. Hij glimlachte naar vreemdelingen op straat, naar verslaggevers als hij de trappen van het gerechtsgebouw afdaalde, en waarschijnlijk ook naar zijn slachtoffers vóór zijn mannen hen door de knieschijven schoten.

Hij zei: 'Ga alsjeblieft zitten.'

Op Freddy en wij na was er slechts één andere persoon in de koffieshop. Hij zat ongeveer zeven meter verder aan een tafeltje naast een steunbalk, met één hand op tafel en het ene been over het andere geslagen. Onder een amberkleurig canvas jack met leren kraag droeg hij een lichte kakibroek en een wit overhemd met daaronder een grijze sjaal. Hij keek ons niet echt aan, maar ik durfde er ook geen eed op te doen dat hij zijn blik afwendde. Zijn naam was Pine, een voornaam die ik nog nooit had gehoord, en in zijn kringen was hij een legende. De man had vier verschillende leiders en drie bendeoorlogen overleefd. Zijn vijanden hadden de gewoonte om op zó'n definitieve manier te verdwijnen dat mensen weldra vergaten dat ze ooit geleefd hadden. Zoals hij aan dat tafeltje zat, leek hij een perfect normale, bijna onopvallende kerel: misschien knap, maar niet op een manier dat je je dat herinnerde. Hij was ongeveer een meter tachtig lang met donkerblond haar, groene ogen en een gemiddelde bouw.

Alleen al door het feit dat ik met hem in dezelfde ruimte was, gingen mijn haren recht overeind staan.

Angie en ik gingen zitten en Fat Freddy zei: 'Prostaten.'

'Pardon?' zei Angie.

'Prostaten,' herhaalde Freddy. Hij schonk koffie uit een koffiepot in een kop en gaf die aan Angie. 'Dat is iets waarover je partner zich geen zorgen hoeft te maken, zoals wij.' Toen hij mij mijn kop gaf, knikte hij naar me en schoof de koffiemelk en suiker in onze richting. 'Ik zeg je,' zei hij. 'Ik heb nu het hoogste in mijn beroep bereikt, mijn dochter is zojuist door Harvard geaccepteerd, en financieel heb ik weinig meer te wensen.' Hij ging verzitten en grijnsde, zodat zijn enorme wangen naar het centrum van zijn gezicht rolden en zijn lippen even onzichtbaar werden. 'Maar ik zweer je, dat zou ik allemaal direct willen inruilen voor een gezonde prostaat.' Hij zuchtte. 'En jij?'

'Wat?' zei ik.

'Heb jij een gezonde prostaat?'
'Bij de laatste controle wel, meneer Constantine.'
Hij leunde naar voren. 'Tel je zegeningen, jonge vriend. Tel ze tweemaal. Een man zonder gezonde prostaat is...' Hij spreidde zijn handen op tafel. 'Nou, dat is een man zonder geheimen, een man zonder waardigheid. Die artsen, Jezus, ze leggen je op je buik en dan gaan ze daar naar binnen met hun gemene hulpmiddeltjes; ze gaan op en neer en heen en weer, ze onderzoeken, ze halen stukjes weg en ze –'
'Dat klinkt verschrikkelijk,' zei Angie.
Goddank, dat remde hem af.
Hij knikte. 'Verschrikkelijk is niet het juiste woord.' Hij keek haar aan alsof hij haar opeens opmerkte. 'En jij, lieve kind, jij bent veel te fijngevoelig om dit gepraat aan te horen.' Hij kuste haar hand en ik probeerde niet met mijn ogen te rollen. 'Ik heb je grootvader heel goed gekend, Angela. Heel goed.'
Angie glimlachte. 'Hij is erg trots op uw vriendschap, meneer Constantine.'
'Ik zal hem zeker vertellen dat ik het genoegen heb gehad zijn knappe kleindochter te ontmoeten.' Hij keek mij aan en de glinstering verdween uit zijn ogen. 'En u, meneer Kenzie, u houdt deze vrouw goed in de gaten om er zeker van te zijn dat haar niets overkomt?'
'Deze vrouw is heel goed in staat om voor zichzelf te zorgen, meneer Constantine,' zei Angie.
Fat Freddy's ogen bleven me aankijken, ze werden steeds donkerder, alsof hij het niet leuk vond wat hij zag. Hij zei: 'Onze vrienden komen ons zó gezelschap houden.'
Toen Freddy zichzelf weer een kop koffie inschonk, hoorde ik een van de bodyguards buiten zeggen: 'Gaat u maar naar binnen, meneer Rouse.' Angie sperde haar ogen een beetje wijder open toen Jack Rouse en Kevin Hurlihy de zaak binnenliepen.
Jack Rouse controleerde Southie, Charlestown en alles tussen Savin Hill en de Neponset-rivier in Dorchester. Hij was mager, stevig, en zijn staalgrijze ogen pasten precies bij zijn kortgeknipte haren. Hij zag er niet bepaald dreigend uit, maar dat was ook niet nodig – daar had hij Kevin voor.
Sinds mijn zesde jaar ken ik Kevin, maar wat er in zijn hersens leeft of door zijn bloed stroomt, is nooit door een menselijke impuls aangeraakt. Hij kwam binnen en weigerde naar Pine te kijken of zelfs maar op zijn aanwezigheid te reageren, en toen wist ik dat Kevin graag wilde zijn wat Pine was. Waar Pine alleen maar rust en zakelijkheid uitstraalde, was Kevin een wandelende open zenuw met pupillen die met hulp van batterijen schenen te zien, het

type kerel dat iedere aanwezige neer wil schieten, omdat het idee opeens bij hem opkwam. Pine was angstaanjagend omdat iemand doden voor hem gewoon een klus was, zoals er duizenden andere jobs waren. Kevin was angstaanjagend omdat hij alleen maar wilde doden, ook al was het gratis.

Nadat hij Freddy een hand had gegeven, ging hij meteen naast me zitten en gooide zijn sigaret in mijn koffiekop. Daarna haalde hij een hand door zijn verwarde, dikke haren en keek me aan.

Freddy zei: 'Jack, Kevin, jullie kennen meneer Kenzie en mevrouw Gennaro toch, of niet?'

'Jazeker, oude vrienden,' zei Jack, terwijl hij naast Angie ging zitten. 'Kinderen uit dezelfde buurt als Kevin.' Rouse trok een oud, blauw Members' Only-jasje uit en hing het achter zich over zijn stoel. 'Dat is toch de absolute waarheid, hè, Kevin?'

Kevin had het te druk met naar mij staren om commentaar te leveren.

Fat Freddy zei: 'Ik speel graag open kaart – Rogowski zegt dat jullie beiden oké zijn en een probleem hebben waar ik je misschien mee kan helpen – nou goed. Maar jullie beiden komen uit Jacks gebied, en daarom heb ik Jack gevraagd erbij te komen zitten. Begrijp je wat ik bedoel?'

We knikten.

Kevin stak nog een sigaret op en blies de rook in mijn haar.

Freddy legde zijn handpalmen op tafel. 'Daar zijn we het dus allemaal over eens. Vertelt u me daarom maar wat u wilt weten, meneer Kenzie.'

'We zijn ingehuurd door een cliënt,' zei ik, ' die – '

'Hoe smaakt je koffie, Jack?' vroeg Freddy. 'Genoeg melk?'

'Hij smaakt prima, meneer Constantine. Heel goed.'

'Die,' herhaalde ik, 'in de veronderstelling leeft dat ze een van Jacks mannen tegen zich in het harnas heeft gejaagd.'

'Mannen?' zei Freddy, en trok zijn wenkbrauwen op, keek naar Jack en vervolgens naar mij. 'We zijn kleine zakenlui, meneer Kenzie. We hebben employés, maar hun loyaliteit stopt zodra ze hun loon hebben ontvangen.' Hij keek opnieuw naar Jack. 'Mannen?' zei hij, en ze grinnikten beiden.

Angie zuchtte.

Kevin blies nogmaals wat rook in mijn haar.

Ik was moe en de laatste restjes van Bubba's wodka knaagden aan mijn hersens, dus ik was bepaald niet in de stemming om aardig te doen tegen een paar goedkope psychopaten die te veel naar *The Godfather* hadden gekeken en dachten dat ze respectabel waren. Maar ik hield mezelf voor dat in elk geval Freddy een zeer machtige psychopaat was, die morgenavond mijn milt kon opeten als hij wilde.

'Meneer Constantine, een van meneer Rouse's... medewerkers dan, is boos op onze cliënt en hij heeft bepaalde dreigementen geuit –'

'Dreigementen?' zei Freddy. 'Dreigementen?'

'Dreigementen?' zei Jack glimlachend tegen Freddy.

'Dreigementen,' zei Angie. 'Het schijnt dat onze cliënt de pech had om met de vriendin van uw medewerker in contact te komen. Die vriendin beweert dat zij van de criminele activiteiten van haar vriend af weet, inclusief de – hoe zal ik het zeggen?' Ze keek Freddy even aan. 'Het opruimen van voormalig levend weefsel?'

Het duurde even voor het tot hem doordrong, maar toen kneep hij zijn kleine ogen bijna dicht. Hij smeet zijn massieve hoofd naar achteren en lachte bulderend, zodat men het halverwege Prince Street kon horen. Jack keek een beetje verward. Kevin keek nijdig, maar zo keek Kevin altijd.

'Pine,' zei Freddy. 'Hoorde je dat?'

Pine gaf geen enkele indicatie dat hij iets gehoord had. Je zag zelfs niet dat hij ademhaalde. Hij zat daar onbeweeglijk, terwijl hij tegelijkertijd wel en niet naar ons keek.

'Het opruimen van voormalig levend weefsel,' herhaalde Freddy hijgend. Hij keek naar Jack en besefte dat deze de mop nog niet snapte. 'Verdomme, Jack, ga naar buiten en haal ergens wat hersens, oké?'

Jack knipperde met zijn ogen en Kevin leunde naar voren. Pine draaide zijn hoofd een beetje om en keek in zijn richting, maar Freddy deed alsof hij niets gezien had.

Hij veegde zijn mondhoeken af met een linnen servet en keek Angie hoofdschuddend aan. 'Wacht tot ik dit aan de jongens op die club heb verteld, ik zweer het je. Je mag dan je vaders naam dragen, Angela, maar je bent een Patriso. Geen enkele twijfel.'

Jack zei: 'Patriso?'

'Ja,' zei Freddy. 'Dit is meneer Patriso's kleindochter. Wist je dat niet?'

Jack had het niet geweten en dat scheen hij vervelend te vinden. Hij zei: 'Geef me eens een sigaret, Kevin.'

Kevin leunde over de tafel en stak een sigaret voor hem aan, terwijl zijn elleboog slechts een paar centimeter van mijn oog verwijderd was.

'Meneer Constantine,' zei Angie, 'onze cliënt wenst niet op de lijst te komen van mensen die uw medewerker als nutteloos beschouwt.'

Freddy hield een vlezige hand omhoog. 'Waar hebben we het hier precies over?'

'Onze cliënt is bang dat ze misschien meneer Hurlihy boos heeft gemaakt.'

'Wat?' zei Jack.
'Verklaar je nader,' zei Freddy. 'En vlug.'
Zonder Diandra's naam te noemen, deden we dat.
'Nou, én,' zei Freddy, 'zo'n wijf dat door Kevin wordt geneukt, vertelt haar psychiater flauwekul over – snap ik het goed? – een lichaam of iets dergelijks, waarna Kevin een beetje geil wordt, haar belt en alles vertelt.' Hij schudde zijn hoofd. 'Kevin, wil je me hier alles over vertellen?'

Kevin keek naar Jack.

'Kevin,' zei Freddy.

Kevin draaide zijn hoofd om.

'Heb je een vriendin?'

Kevins stem klonk als glas dat in een draaiende automotor terecht is gekomen. 'Nee, meneer Constantine.'

Freddy keek naar Jack, en ze lachten beiden.

Kevin keek alsof hij door een non was betrapt bij het kopen van pornoblaadjes.

Freddy wendde zich tot ons: 'Houden jullie me voor de gek?' Hij begon nog harder te lachen. 'Met alle respect voor Kevin, hij is bepaald geen Casanova, als jullie begrijpen wat ik bedoel.'

Angie zei: 'Meneer Constantine, bekijk het eens van onze kant – dit hebben we niet verzonnen.'

Hij leunde naar voren en klopte op haar hand. 'Angela, ik beweer niet dat jullie dat wél hebben gedaan. Maar jullie zijn belazerd. Een grietje beweert dat ze door Kevin is bedreigd vanwege zijn *vriendin?* Kom nou toch.'

'Ben ik híervoor bij een potje kaarten weggeroepen?' zei Jack. 'Voor deze onzin?' Hij snoof en ging staan.

'Ga zitten, Jack,' zei Freddy.

Jack, die nog niet helemaal rechtop stond, verstijfde.

Freddy keek naar Kevin. 'Ga zitten, Jack.'

Jack ging zitten.

Freddy keek ons glimlachend aan. 'Hebben we jullie probleem opgelost?'

Ik stak mijn hand in de binnenzak van mijn jack om de foto van Jason Warren te pakken. Kevins hand dook in zijn jack, Jack leunde naar achteren in zijn stoel en Pine nam een enigszins andere houding aan. Freddy's ogen keken onafgebroken naar mijn hand. Heel langzaam haalde ik de foto tevoorschijn en legde hem op tafel.

'Gisteren ontving onze cliënt deze foto over de post.'

Een van Freddy's zware wenkbrauwen ging omhoog. 'Dus?'

'Dus,' zei Angie, 'dachten we dat het misschien een boodschap van Kevin was om te laten weten dat hij haar zwakheden kende.

We nemen nu aan dat dit niet het geval is, maar we tasten nog steeds in het duister.'

Jack knikte naar Kevin en Kevins hand kwam uit zijn jack tevoorschijn.

Als Freddy dat al in de gaten had gehad, liet hij dat niet merken. Hij keek naar de foto van Jason Warren en nam een slok koffie. 'Is deze knul de zoon van jullie cliënt?'

'In elk geval niet van mij,' zei ik.

Freddy hief langzaam zijn enorme hoofd op en keek me aan. 'Kent iemand jou, klootzak?' De eens zo warme ogen leken nu zo comfortabel als ijspriemen. 'Praat nooit meer op die manier tegen mij. Begrepen?'

Opeens voelde mijn mond aan alsof ik een wollen sweater had ingeslikt.

Kevin grinnikte zachtjes.

Freddy stak zijn hand in zijn jasje en zijn ogen lieten me geen moment los toen hij een leren notitieboekje tevoorschijn haalde. Hij sloeg het open, sloeg een paar bladen om en vond waarnaar hij zocht.

'Patrick Kenzie,' las hij. 'Leeftijd drieëndertig. Moeder en vader overleden. Eén zuster, Erin Margolis, zesendertig, woont in Seattle. Verleden jaar verdiende je achtenveertigduizend dollar als jouw aandeel in de firma met mevrouw Gennaro hier. Zeven jaar geleden gescheiden. Verblijfplaats ex-echtgenote onbekend.' Hij keek me glimlachend aan. 'Maar geloof me, daar werken we nog aan.' Hij sloeg een blad om en kneep zijn lippen samen. 'Vorig jaar heb je onder het viaduct van een snelweg in koelen bloede een pooier neergeschoten.' Hij knipoogde, stak een hand uit en klopte op mijn hand. 'Ja, Kenzie, dat weten we. Ik heb een simpel advies voor je: als je weer iemand vermoordt, zorg er dan voor dat er geen getuigen in leven blijven.' Hij raadpleegde zijn notitieboekje opnieuw. 'Waar waren we ook weer? O, ja. Favoriete kleur is blauw. Favoriete bier is St. Pauli Girl, favoriete eten is Mexicaans.' Hij sloeg weer een bladzijde om en keek ons aan. 'Hoe doe ik het tot nu toe?'

'Jongen,' zei Angie,' zijn wíj even onder de indruk.'

Nu wendde hij zich tot haar. 'Angela Gennaro. Op dit moment leeft ze gescheiden van echtgenoot, Phillip Dimassi. Vader overleden. Moeder, Antonia, woont met tweede echtgenoot in Flagstaff, Arizona. Is ook betrokken bij die moord op de pooier vorig jaar. Woont tegenwoordig in Howes Street in een appartement op de begane grond, waarvan de achterdeur een loszittende grendel heeft.' Hij sloot het notitieboekje en keek ons stralend aan. 'Als ik en mijn vrienden in staat zijn deze informatie te verzamelen, waarom zouden we ons dan verdomme gedwongen voelen een foto te sturen?'

Ik perste mijn rechterhand in mijn zij, de vingers begroeven zich in het vlees en zeiden tegen me dat ik me koest moest houden. Ik schraapte mijn keel: 'Dat lijkt me ook hoogstonwaarschijnlijk.'

'Daar kun je zeker van zijn, verdomme,' zei Jack Rouse.

'We sturen geen foto's, meneer Kenzie,' zei Freddy. 'Wij sturen onze boodschappen op een directere manier.'

Jack en Freddy staarden ons aan met de humorvolle blik van een vleeseter, terwijl Kevin Hurlihy een onplezierige glimlach op zijn gezicht had zo groot als een diepe kloof.

Angie zei: 'Dus er zit een loszittende grendel aan mijn achterdeur?'

Freddy haalde zijn schouders op. 'Dat heb ik gehoord.'

Jack Rouse's vingers gingen omhoog naar zijn tweed pet en tikten ertegen in een spottend gebaar.

Ze glimlachte, keek naar mij en daarna naar Freddy. Je moet haar een hele tijd kennen om precies te weten hoe gepikeerd ze was. Zij is een van die mensen wier boosheid je kunt meten aan de weinige gebaren die ze dan maken. Toen ik zag dat ze als een standbeeld aan tafel zat, was ik er vrij zeker van dat ze ongeveer vijf minuten geleden echt pisnijdig was geworden.

'Freddy,' zei ze, en hij knipperde met zijn ogen. 'Jij bent verantwoording schuldig aan de familie Imbruglia in New York. Dat klopt toch, hè?'

Freddy staarde naar haar.

Pine zette zijn voeten naast elkaar.

'En de familie Imbruglia,' zei ze, terwijl ze lichtjes tegen de tafel leunde, 'is verantwoording schuldig aan de familie Moliach, die op haar beurt nog steeds als een van de roemrijke capo-regimes van de familie Patriso wordt beschouwd. Klopt dat?'

Freddy's ogen waren onbeweeglijk en zonder uitdrukking. Jacks hand hing als bevroren halverwege de rand van de tafel en zijn koffiekopje. Naast me hoorde ik Kevin zwaar door zijn neus ademhalen.

'En heb ik het goed, dat uitgerekend jíj mannen naar het appartement van meneer Patriso's enige kleindochter stuurt om na te gaan of er zwakke punten in haar beveiligingssysteem zitten? Freddy,' zei ze. Ze stak een hand uit en raakte zijn hand aan. 'Denk je dat meneer Patriso dat als een respectvolle daad zal beschouwen, of niet?'

Freddy zei: 'Angela – '

Ze klopte op zijn hand en ging staan. 'Bedankt dat je me te woord wilde staan.'

Ik ging staan. 'Leuk jullie gezien te hebben, jongens.'

Kevins stoel maakte een luid schurend geluid over de tegels toen hij voor me ging staan en me aankeek met die ontvlambare ogen van hem.

Freddy zei: 'Ga zitten, verdomme.'

'Je hebt hem gehoord, Kev,' zei ik. 'Ga zitten, verdomme.'

Kevin glimlachte en veegde met de palm van zijn hand langs zijn mond.

Uit mijn ooghoeken zag ik dat Pine weer een gemakkelijke houding aannam. 'Kevin,' zei Jack Rouse.

In Kevins gezicht zag ik jarenlange, bittere klassenstrijd en de heldere glans van pure psychose. Ik kon de kleine, pisnijdige knul zien wiens hersens tijdens de eerste of tweede klas in hun groei waren blijven steken of waren aangetast, en sindsdien nooit meer verder waren gekomen. Ik zag moord.

'Angela,' zei Freddy. 'Meneer Kenzie. Ga alsjeblieft zitten.'

'Kevin,' zei Jack Rouse opnieuw.

Kevin legde de hand waarmee hij zijn mond had afgeveegd op mijn schouder. Wat er in die paar seconden tussen ons passeerde, was niet plezierig, geruststellend of netjes. Vervolgens knikte hij eenmaal, alsof hij een vraag van mij beantwoordde, en ging bij zijn stoel staan.

'Angela,' zei Freddy, 'kunnen we – '

'Nog een prettige dag verder, Freddy.' Ze ging achter me staan, waarna we naar buiten gingen, Prince Street in.

We kwamen bij onze auto aan die in Commercial stond, één blok bij Diandra's appartement vandaan. Angie zei: 'Ik heb nog een paar dingen te doen, daarom neem ik hier een taxi.'

'Weet je het zeker?'

Ze keek naar me met de blik van een vrouw die zojuist een stel maffiosi op hun nummer had gezet en niet van plan was om onzin te accepteren. 'Wat ga jij doen?'

'Met Diandra praten, denk ik. Eens kijken of ik iets meer over die Moira Kenzie te weten kan komen.'

'Heb je me nog nodig?'

'Nee.'

Ze keek Prince Street in. 'Ik geloof hem.'

'Kevin?'

Ze knikte.

'Ik ook,' zei ik. 'Hij heeft eigenlijk helemaal geen reden om te liegen.'

Ze draaide haar hoofd om en keek in de richting van Lewis Wharf, naar de ene brandende lamp in Diandra's appartement. 'En wat is haar positie dan? Als Kevin die foto niet heeft gestuurd, wie dan wel?'

'Ik heb geen enkel idee.'
'Wat een detectives,' zei ze.
'We zoeken dit uit,' zei ik. 'Daar zijn we goed in.'

Ik keek in de richting van Prince en zag twee mannen in onze richting lopen. De ene was klein, mager en stevig, en droeg een pet. De andere was lang en mager, en giechelde waarschijnlijk als hij mensen vermoordde. Ze bereikten het einde van de straat en stonden recht tegenover ons stil bij een goudkleurige Diamante. Kevin keek naar ons terwijl hij de deur aan de passagierszijde voor Jack opende.

'Die kerel,' zei een stem, 'vindt jullie beiden niet aardig.'

Ik draaide mijn hoofd om en zag Pine op de motorkap van mijn auto zitten. Hij maakte een beweging met zijn pols en mijn portemonnee kwam tegen mijn borst terecht.

'Nee,' zei ik.

Kevin liep om de auto naar de chauffeurszijde, terwijl hij naar ons bleef kijken. Daarna stapte hij in, reed weg van Commercial, vervolgens langs Waterfront Park en verdween om de bocht van Atlantic Drive.

'Mevrouw Gennaro,' zei Pine. Hij leunde naar voren en overhandigde haar haar portemonnee.

Angie nam hem aan.

'Dat was een heel mooie voorstelling daarbinnen. Bravo.'
'Dank u,' zei Angie.
'Maar ik zou het geen tweede keer proberen.'
'Nee?'
'Dat zou dom zijn.'
Ze knikte. 'Ja.'

'Die kerel,' zei Pine, terwijl hij eerst in de richting keek waarin de Diamante verdwenen was en toen naar mij, 'gaat je nog een hoop ellende bezorgen.'

'Er is niet veel wat ik daaraan kan doen,' zei ik.

Met een soepele beweging kwam hij van de motorkap, alsof hij niet in staat was om een onbeheerste beweging te maken of te struikelen.

'Als ík het was geweest,' zei hij, 'en hij had op die manier naar míj gekeken, had hij zijn auto niet levend bereikt.' Hij haalde zijn schouders op. 'Maar ja, zo ben ik nu eenmaal.'

Angie zei: 'We zijn gewend aan Kevin. We kennen hem sinds de bewaarschool.'

Pine knikte. 'Waarschijnlijk hadden ze hem toen al moeten doodschieten.' Hij liep tussen ons door, en ik voelde ijs in mijn borstkas smelten. 'Goedenavond.' Hij stak Commercial over en liep Prince in. Een frisse wind blies door de straat.

Angie rilde in haar jas. 'Ik heb geen goed gevoel over deze zaak, Patrick.'
'Ik ook niet,' zei ik. 'Helemaal niet.'

5

We zaten in de keuken van Diandra Warrens appartement, waar slechts een enkele lamp brandde. De rest van het appartement was in donker gehuld, waarin hier en daar kolossale silhouetten van het meubilair in de donkere ruimte opdoemden. De verlichting van de gebouwen in de buurt viel glanzend op haar ramen, maar drong nauwelijks naar binnen. Aan de overzijde van de haven vormden de lichtjes van Charlestown felle gele en witte vierkantjes in de donkere lucht.

Het was een relatief warme avond, maar in Diandra's appartement was het kil.

Diandra zette een tweede fles Brooklyn Lager op de zware houten tafel voor me neer, ging zitten en begon afwezig met haar wijnglas te spelen.

'Wil je beweren dat je deze maffioso gelooft?' zei Eric.

Ik knikte. Ik had hun de laatste vijftien minuten alles verteld over mijn ontmoeting in de zaak van Fat Freddy, met uitzondering van Angies relatie met Vincent Patriso.

Ik zei: 'Ze winnen niets door te liegen.'

'Het zijn misdadigers.' Eric keek me met grote ogen aan. 'Het liegen is voor hen een tweede natuur.'

Ik nam een slok bier. 'Dat is zo. Maar misdadigers liegen normaal gesproken als ze bang zijn of er voordeel mee willen bereiken.'

'Oké…'

'En geloof me, deze kerels hebben geen enkele reden om bang van me te zijn. Voor hen beteken ik niets. Als zij u zouden bedreigen, dokter Warren, en ik zou namens u bij hen op bezoek gaan, dan zou dit hun antwoord zijn: "Nou, goed dan, we bedreigen haar. Bemoei je met je eigen zaken of we vermoorden je." Einde discussie.'

'Maar dat zeiden ze niet.' Ze knikte nadenkend.

'Nee. Gevoegd bij het feit dat Kevin helemaal het type niet is om een vriendin te hebben, wordt het met de seconde vreemder.'

'Maar – ' begon Eric.

Ik stak een hand op en keek naar Diandra. 'Ik had dit eigenlijk bij onze eerste ontmoeting moeten vragen, maar het kwam nooit bij me op dat dit een geintje zou kunnen zijn. De kerel die beweerde Kevin te zijn – was er iets vreemds met zijn stem?'

'Vreemd? Hoezo?'

Ik schudde mijn hoofd. 'Denk even na.'

'Het was een zware stem, ik vermoed een beetje hees.'

'Is dat alles?'

Ze nam een slok wijn en knikte. 'Ja.'

'Dan was het Kevin niet.'

'Hoe weet jij – '

'Kevins stem is beschadigd, dokter Warren. Dat is al zo sinds zijn kinderjaren. Zijn stem kraakt heel erg, als de stem van een tiener in de puberteit.'

'Dat was niet de stem die ik over de telefoon hoorde.'

'Nee.'

Eric wreef in zijn gezicht. 'Dus, als Kevin niet belde, wie dan wel?'

'En waarom?' zei Diandra.

Ik keek hen beiden aan en maakte een verontschuldigend gebaar met mijn handen. 'Om eerlijk te zijn, heb ik geen enkel idee. Heeft een van jullie soms vijanden?'

Diandra schudde haar hoofd.

Eric zei: 'Hoe definieer je vijanden?'

'Vijanden,' zei ik. 'Zoals mensen die je om vier uur in de ochtend opbellen en je bedreigen, of je zonder iets uit te leggen foto's van je kind sturen of in het algemeen wensen dat je dood was. Vijanden.'

Hij dacht hierover even na, en schudde toen het hoofd.

'Weet je het zeker?'

Hij trok een lelijk gezicht. 'Ik heb professionele concurrenten, denk ik, en mensen die me belasteren, mensen die het oneens met me zijn – '

Hij glimlachte een beetje spijtig. 'Patrick, je hebt college bij me gelopen. Jij weet dat ik het niet eens ben met een heleboel experts in mijn branche, en dat mensen het niet eens zijn met mijn afwijkende meningen. Maar ik betwijfel of die mensen me lichamelijk letsel willen toebrengen. Trouwens, zouden mijn vijanden míj dan niet achtervolgen, in plaats van Diandra en haar zoon?'

Diandra kromp even in elkaar, sloeg haar ogen neer en nam een slokje wijn.

Ik haalde mijn schouders op. 'Waarschijnlijk wel. Maar je weet het nooit.' Ik keek naar Diandra. 'U zei dat u vroeger bang voor patiënten was. Is één van hen, die misschien een wrok tegen u koestert, onlangs uit een inrichting of gevangenis ontslagen?'

'Dan had ik daar bericht van gekregen.' Ze keek me aan, en in haar ogen was een mengeling van verwarring en angst te zien, een diepe, allesomvattende angst.

'Bevindt er zich onder uw huidige patiënten iemand die een motief heeft, of ertoe in staat is?'

Ze dacht hier enige tijd over na, maar schudde uiteindelijk haar hoofd. 'Nee.'

'Ik moet met uw ex-echtgenoot spreken.'

'Stan? Waarom? Daar zie ik het nut niet van in.'

'Ik moet elke mogelijke betrokkenheid van zijn kant onderzoeken. Het spijt me als ik u van streek maak, maar ik zou een dwaas zijn als ik het niet deed.'

'Ik ben niet dom, meneer Kenzie, maar ik verzeker u dat Stan zich niet met mijn leven bemoeit, en dat is zeker de laatste twee decennia zo.'

'Patrick,' zei Eric. 'Hoe zit het nu met privacy?'

Ik zuchtte. 'Fuck de privacy.'

'Pardon?'

'Je hebt me wel verstaan, Eric,' zei ik. 'Fuck de privacy. Die van dokter Warren en ook die van jou, ben ik bang. Jij hebt me hierbij betrokken, Eric, en je weet hoe ik werk.'

Hij knipperde met zijn ogen.

'Ik heb helemaal geen prettig gevoel over deze zaak.' Ik keek naar het donkere gedeelte van Diandra's zolderverdieping en naar de koude glans van haar ramen. 'Ik voel me er niet prettig bij. Nu probeer ik bepaalde bijzonderheden boven water te krijgen, zodat ik mijn werk kan doen om dokter Warren en haar zoon te beschermen. Om dat te bereiken, moet ik alles over jullie leven weten. Van jullie allebei. En als jullie me dat weigeren' – ik keek even naar Diandra – 'dan ben ik zó vertrokken.'

Diandra keek me rustig aan.

Eric zei: 'Zou jij een vrouw in gevaar in de steek laten? Zonder meer?'

Ik bleef Diandra strak aankijken. 'Zonder meer.'

Diandra zei: 'Bent u altijd zo bot?'

In een flits schoot het beeld door mijn geheugen van een vrouw die op het harde beton viel. Haar lichaam zat vol gaten, en mijn gezicht en kleren zaten onder haar bloed. Jenna Angeline – dood voor ze op een heerlijke zomerochtend de grond raakte, terwijl ik vlak naast haar stond.

Ik zei: 'Iemand voor wie ik verantwoordelijk was, stierf omdat ik te langzaam was. En dat zal me geen tweede keer gebeuren.'

Haar kin trilde even. Ze hief haar hand op en wreef erover. 'Dus u bent er definitief van overtuigd dat ik gevaar loop.'

Ik schudde mijn hoofd. 'Dat weet ik niet. Maar ú werd bedreigd. U hebt die foto ontvangen. Iemand doet heel veel moeite om úw leven overhoop te halen. Ik wil weten wie dat is en ervoor zorgen dat hij ermee ophoudt. Daarom hebt u me in dienst genomen. Kunt u Timpson voor me bellen en een afspraak voor morgen maken?'

Schouderophalend zei ze: 'Dat zou ik wel kunnen doen.'

'Prima. Dan heb ik ook een signalement van Moira Kenzie nodig, alles wat u zich over haar kunt herinneren, hoe onbelangrijk ook.'

Terwijl Diandra geruime tijd haar ogen sloot om een zo compleet beeld van Moira Kenzie samen te stellen, sloeg ik een notitieboekje open, haalde de dop van mijn pen en wachtte.

'Ze droeg een spijkerbroek, een rood flanellen overhemd met daaronder een zwart schippersshirt.' Ze opende haar ogen. 'Ze was heel aardig, met lang, donkerblond haar, een beetje piekerig, en ze rookte onafgebroken. Ze scheen echt bang te zijn.'

'Lengte?'

'Ongeveer één meter vijfenzestig.'

'Gewicht?'

'Ongeveer vijftig kilo.'

'Wat voor merk sigaretten rookte ze?'

Ze sloot haar ogen opnieuw. 'Lange, met witte filters. Het pakje was goudkleurig. "Deluxe" of iets dergelijks.'

'Benson and Hedges Deluxe Ultra Lights?'

Haar ogen gingen met een ruk open. 'Ja.'

Ik haalde mijn schouders op. 'Mijn compagnon gaat ze altijd roken als ze wil miniseren. Ogen?'

'Groen.'

'Enig vermoeden van haar etnische achtergrond?'

Ze nam een slok wijn. 'Misschien een paar generaties terug Noord-Europees, en misschien dan gemixt. Ze had Iers, Engels, zelfs Slavisch kunnen zijn. Ze had een erg blanke huid.'

'Verder nog iets? Waar zei ze dat ze vandaan kwam?'

'Belmont,' zei ze, een klein beetje verrast.

'Klopt dat om een of andere reden niet?'

'Nou... als iemand uit Belmont komt, dan gaan ze meestal naar een betere school, enzovoort.'

'Dat is waar.'

'En één van de dingen die ze daar kwijtraken, is een Bostons accent. Misschien dat ze een licht accent hebben...'

'Maar geen bekakt accent.'

'Precies.'

'Maar Moira had dat wel?'

Ze knikte. 'Ik had het toen niet in de gaten, maar nu, ja, was het een beetje vreemd. Het was geen Belmonts accent, het was Revere of Boston-Oost, of...' Ze keek me aan.

'Of Dorchester,' zei ik.

'Ja.'

'Een accent uit een bepaalde wijk.' Ik controleerde mijn aantekeningen.

'Ja. Wat bent u nu van plan, meneer Kenzie?'

'Ik ga Jason in de gaten houden. Hij wordt bedreigd. Hij is degene die het gevoel heeft dat hij "gestalkt" wordt, en u hebt zijn foto ontvangen.'

'Ja.'

'Ik wil dat u uw activiteiten van nu af aan beperkt.'

'Ik kan niet – '

'Houd gewoon uw spreekuur en kom uw afspraken na,' zei ik, 'maar neem een poosje vrij van Bryce tot ik een paar antwoorden heb.'

Ze knikte.

'Eric?' zei ik.

Hij keek me aan.

'Het wapen dat je draagt, weet je hoe je dat moet gebruiken?'

'Ik oefen éénmaal per week. En ik ben een goede schutter.'

'Dat is iets anders dan op een mens schieten, Eric.'

'Dat weet ik.'

'Ik wil dat je de eerste paar dagen zo dicht mogelijk in de buurt van dokter Warren blijft. Kun je dat?'

'Jazeker.'

'Als er iets gebeurt, probeer dan niet het hoofd of het hart van de aanvaller te raken.'

'Wat moet ik dan doen?'

'Schiet je wapen leeg in de richting van het lichaam, Eric. Zes schoten leggen alles neer wat kleiner is dan een rinoceros.'

Hij keek verslagen, alsof hij zojuist tot de ontdekking was gekomen dat alle tijd die hij op de schietclub had doorgebracht, eigenlijk voor niets was geweest. En misschien was hij wel degelijk een goede schutter, maar ik betwijfelde of een aanvaller van Diandra een roos midden op zijn voorhoofd had getekend.

'Eric,' zei ik,' zou jij me uit willen laten?'

Hij knikte, we verlieten de zolderverdieping en liepen door een korte gang naar de lift.

'Onze vriendschap mag de manier waarop ik mijn werk doe niet in de weg staan. Dat begrijp je toch, hè?'

Hij keek naar zijn schoenen en knikte.

'Wat is jouw relatie met haar?'

Hij keek me met een harde blik in zijn ogen aan. 'Waarom?'

'Geen privacy, Eric. Onthoud dat. Ik moet weten wat er voor jou op het spel staat.'

Hij haalde zijn schouders op. 'We zijn vrienden.'

'Die met elkaar naar bed gaan?'

Hij schudde zijn hoofd en glimlachte bitter. 'Soms, Patrick, ben ik van mening dat je je beter moet gedragen.'

Schouderophalend zei ik: 'Ik word niet betaald voor mijn goede manieren, Eric.'

'Diandra en ik hebben elkaar ontmoet toen ik op Brown mijn doctoraal haalde en zij daar ging studeren.'

Ik schraapte mijn keel. 'Nog eens – gaan jullie intiem met elkaar om?'

'Nee,' zei hij. 'We zijn gewoon goede vrienden, zoals jij en Angie.'

'Je begrijpt waarom ik dit wil weten.'

Hij knikte.

'Gaat ze soms met iemand anders intiem om?'

Hij schudde zijn hoofd. 'Ze is…' Hij keek eerst naar het plafond en toen weer naar zijn voeten.

'Ze is wat?'

'Ze is seksueel niet actief, Patrick. Dat is een filosofische keuze van haar. Ze heeft de laatste tien jaar celibatair geleefd.'

'Waarom?'

Hij trok een woedend gezicht. 'Ik heb het je toch gezegd – zelfgekozen. Sommige mensen worden niet door hun libido gestuurd, Patrick, hoe moeilijk dat ook voor iemand als jij te begrijpen moet zijn.'

'Oké, Eric,' zei ik zachtjes. 'Is er nog iets wat je me niet verteld hebt?'

'Zoals?'

'Lijken in jouw kast,' zei ik. 'Een reden waarom deze persoon Jason bedreigt om jou te grazen te nemen?'

'Wat wil je daarmee insinueren?'

'Ik wil helemaal niets insinueren, Eric. Ik stelde een directe vraag. *Ja of nee* is voldoende.'

'Nee.' Zijn stem was ijskoud.

'Het spijt me dat ik deze vragen moest stellen.'

'Echt?' zei hij. Hij draaide zich om en liep terug naar het appartement.

6

Het was bijna middernacht toen ik bij Diandra wegging, en de straten waren al rustig toen ik in zuidelijke richting langs de haven reed. Het was nog steeds ongeveer twaalf graden en ik draaide de raampjes van mijn nieuwste brik omlaag om het zachte briesje rondom mijn doffe brein te laten waaien.

Nadat de laatste auto van de zaak in een grauwe achterafstraat in Roxbury een attaque kreeg, had ik deze kastanjebruine Crown Victoria gekocht tijdens een openbare executieverkoop, waarop mijn vriend Devin, een agent, me had gewezen. De motor was een waar kunststuk; je kon met een Crown Victoria van een dertig verdiepingen hoog gebouw rijden, maar de motor zou tussen de rest van de brokstukken gewoon rustig door blijven lopen. Ik had veel geld uitgegeven aan alles wat zich onder de motorkap bevond en er de beste banden onder laten zetten, maar ik had het interieur ongemoeid gelaten – het dak en de bekleding van de stoelen was geel uitgeslagen door de goedkope sigaren van de vorige eigenaar, het leer van de achterbank was kapot en het schuimrubber puilde naar buiten. En verder was de radio kapot. In de beide achterportieren zaten diepe deuken, alsof ze in een grote tang hadden gezeten, en op de lak van het kofferdeksel zat een ruwe cirkel, waardoor de primer zichtbaar was.

Het deed verschrikkelijk zeer aan je ogen, maar ik was er vrij zeker van dat geen respectabele autodief er dood in aangetroffen wilde worden.

Bij de verkeerslichten in de buurt van de Harbor Towers zoemde de motor gelukkig, terwijl hij een paar liter benzine per minuut zoop. Twee attractieve jonge vrouwen staken voor de auto de straat over. Ze zagen eruit als kantoorbedienden: beiden droegen strakke maar saaie rokken en blouses onder hun gekreukelde regenjassen. Hun donkere panty verdween bij de enkels in identieke tennisschoenen. Ze liepen een beetje onzeker, alsof het wegdek van spons was, en het lachen van de roodharige klonk een beetje te luid.

De ogen van de brunette ontmoetten de mijne en ik glimlachte de onschuldige glimlach van iemand die een gelijkgestemde ziel tijdens een zachte, rustige avond in een anders drukke stad ontmoet.

Ze glimlachte terug, maar opeens hikte haar vriendin luidkeels, en gierend van de lach vielen ze tegen elkaar aan, waarna ze de overkant bereikten.

Ik reed verder en gleed naar het midden van de weg met boven mij de bogen van de donkergroene snelweg. Ik merkte dat ik mezelf een tamelijk vreemde vent vond, als een glimlach van een halfdronken vrouw zo gemakkelijk in staat was om me een betere stemming te bezorgen.

Maar het was een vreemde wereld, waarin dikwijls Kevin Hurlihys en Freddy Constantines woonden en mensen als de vrouw over wie ik vanmorgen in de krant had gelezen. Ze had haar drie kinderen alleen achtergelaten in een door ratten vergeven appartement, terwijl zíj vier dagen met haar vriend aan de zwier ging. Toen mensen van de kinderbescherming het appartement betraden, moesten ze één van de kinderen, die gilde van de pijn, letterlijk van het matras lostrekken. Het bleek dat die onder de wonden van het doorliggen zat. Soms leek het in een wereld als deze – op een avond dat een steeds groter gevoel van onheil me overviel over een cliënte die om onbekende redenen door onbekende krachten werd bedreigd wier onbekende motieven niet veel goeds beloofden – dat de glimlach van een vrouw geen enkel effect zou hebben. Maar het tegendeel bleek het geval te zijn.

En áls haar glimlach mij al een betere stemming bezorgde, dan was het niets vergeleken bij wat Grace bij me teweegbracht, toen ik voor mijn appartement stopte en haar op de veranda voor het huis zag zitten. Ze droeg een mosgroen canvas jack, dat ongeveer vier of vijf maten te groot voor haar was, over een wit T-shirt en blauwe ziekenhuispantalon. Normaal gesproken omlijsten een paar korte lokken kastanjebruine haren haar gezicht, maar hoogstwaarschijnlijk had ze tijdens haar dertig uur durende shift regelmatig haar handen door haar haren gehaald. Haar gezicht was smal door het tekort aan slaap en te veel bekers koffie in het onbarmhartige licht van de eerstehulppost.

En nog was ze een van de knapste vrouwen die ik ooit ontmoet had.

Toen ik de treden opklom, ging ze staan en keek me met een flauwe glimlach om haar lippen en een schalkse uitdrukking in haar ogen aan. Toen ik nog drie treden had te gaan, spreidde ze haar armen wijd en leunde voorover als een duiker op een hoge duikplank.

'Vang me op.' Ze sloot haar ogen en liet zich voorovervallen.

De harde aanraking van haar lichaam tegen het mijne was zó fijn dat het bijna pijn deed. Ze kuste me, en ik zette mijn benen stevig neer toen haar dijen over mijn heupen gleden en haar enkels zich vastklemden om mijn kuiten. Ik kon haar huid ruiken en haar warme lichaam voelen, en het opgewonden kloppen van elk van onze organen, spieren en aderen alsof ze los onder onze huid hingen. Grace's mond liet me los en haar lippen raakten heel even mijn oor aan.

'Ik miste je,' fluisterde ze.

'Dat heb ik gemerkt.' Ik kuste haar keel. 'Hoe ben je ontsnapt?'

Ze kreunde. 'Het werd steeds rustiger.'

'Heb je lang gewacht?'

Ze schudde haar hoofd, en haar tanden knabbelden even aan mijn sleutelbeen voor haar benen zich van mijn middel losmaakten en ze voor me stond met onze hoofden tegen elkaar gedrukt.

'Waar is Mae?'

'Thuis, bij Annabeth. Die slaapt als een roos.'

Annabeth was Grace's jongere zus en inwonende oppas.

'Heb je haar nog gezien?'

'Precies lang genoeg om een verhaaltje voor het slapengaan te vertellen en haar welterusten te kussen. Daarna viel ze als een blok in slaap.'

'En jij?' vroeg ik, terwijl ik met mijn hand op en neer langs haar ruggengraat ging. 'Heb jij slaap nodig?'

Ze kreunde en knikte, waardoor onze voorhoofden elkaar raakten.

'Au.'

Ze lachte zachtjes. 'Sorry.'

'Je bent uitgeput.'

Ze keek diep in mijn ogen. 'Absoluut. Maar meer dan slaap heb ik jou nodig.' Ze kuste me. 'En wel diep, heel diep in me. Denkt u dat u aan dat verzoek kunt voldoen, detective?'

'Ik kom mijn verplichtingen altijd na, dokter.'

'Dat heb ik gehoord. Neem je me mee naar boven of gaan we een show voor de buren opvoeren?'

'Nou...'

Haar hand graaide naar mijn buik. 'Vertel me eens waar het zeer doet.'

'Een beetje lager,' zei ik.

Zodra ik de voordeur van het appartement achter me had dichtgesmeten, pinde Grace me tegen de muur en begroef haar tong in mijn mond. Haar linkerhand greep mijn achterhoofd, maar haar rechterhand kroop over mijn lichaam als een klein, hongerig dier.

Normaal gesproken ben ik degene wiens hormonen voortdurend de baas spelen, maar als ik zeven jaar geleden niet was gestopt met roken, had Grace me naar de intensive care kunnen brengen.

'Volgens mij voert de dame vanavond het commando.'

'De dame,' zei ze, terwijl ze stevig in mijn schouder beet, 'is vanavond zo geil dat ze waarschijnlijk platgespoten moet worden.'

'Wederom,' zei ik, 'wil de heer u daarbij maar al te graag behulpzaam zijn.'

Ze deed een stap terug en keek me strak aan terwijl ze haar jack uittrok en ergens in mijn woonkamer smeet. Grace was niet zo'n opruimerig type. Daarna kuste ze me ruw op mijn mond, draaide zich om en liep verder de gang in.

'Waar ga je heen?' Mijn stem klonk zo schor als een kikker.

'Naar jouw douche.'

Toen ze de deur van de badkamer bereikte, trok ze haar T-shirt uit. Een smalle lichtstreep van een straatlantaarn viel door het slaapkamerraam naar binnen en bescheen de harde spieren van haar rug. Ze hing het T-shirt aan de deurknop, draaide zich om en keek naar me met haar handen voor haar blote borsten gekruist.

'Je hebt je helemaal niet bewogen,' zei ze.

'Ik bewonder het uitzicht,' zei ik.

Ze vouwde haar handen los en haalde ze door haar haren, ze strekte haar rug, zodat haar ribben tegen haar huid afstaken. Terwijl ze haar tennisschoenen uitschopte, keek ze me aan. Daarna trok ze haar sokken uit. Ze streelde met haar handen haar onderlichaam en trok het koord van haar ziekenhuispantalon los. De pantalon viel tot op haar enkels. Vervolgens stapte ze eruit.

'Kom je nog eens bij je positieven?' vroeg ze.

'O, ja.'

Ze leunde tegen de deurpost en stak haar duimen achter het elastiek van haar broekje. Ze trok een wenkbrauw op toen ik in haar richting liep en glimlachte ondeugend.

'O, zou u me willen helpen dit uit te trekken, detective?'

Ik hielp haar. Ik hielp haar heel goed. Ik ben heel goed in iemand helpen.

Terwijl Grace en ik onder de douche de liefde bedreven, kwam de gedachte bij me op dat, wanneer ik aan haar dacht, ik altijd aan water moest denken. We ontmoetten elkaar gedurende de natste week van een koude en regenachtige zomer. Haar groene ogen waren zó licht dat ze me aan winterregen deden denken. De eerste keer dat we de liefde bedreven, was in zee, terwijl de nachtelijke regen op onze lichamen terechtkwam.

Na het douchen lagen we, nog steeds vochtig, in bed met haar donkerbruine haar tegen mijn borst en de geluiden van ons liefdesspel nog steeds in mijn oren.

Ze had een litteken zo groot als een duimnagel bij haar sleutelbeen, de prijs die ze als kind had betaald voor het spelen vlak bij rechtopstaande spijkers in de schuur van haar oom. Ik leunde opzij en kuste het litteken.

'Mm,' zei ze. 'Doe dat nog eens.'

Ze haakte een been over mijn been en wreef met de zijkant van haar voet tegen mijn enkel. 'Kan een litteken erogeen zijn?'

'Ik vermoed dat alles erogeen kan zijn.'

Haar warme handpalm vond mijn onderbuik en wreef over het harde, rubberen litteken dat de vorm van een kwal had. 'En dit?'

'Daar is niets erogeens aan, Grace.'

'Daarover weiger je steeds iets te zeggen. Het is duidelijk dat het een soort brandwond is.'

'Wat ben je eigenlijk – een dokter?'

Ze grinnikte. 'Dat beweren ze.' Ze stak haar hand tussen mijn dijen. 'Vertel me waar het zeer doet, detective.'

Ik glimlachte, maar betwijfelde of het veel voorstelde.

Ze kwam half overeind, leunde op een elleboog en keek me lange tijd aan. 'Je hoeft het me niet te vertellen,' zei ze zachtjes.

Ik stak mijn linkerhand uit, en met de rugzijde van mijn vingers verwijderde ik een haarlok van haar voorhoofd, daarna liet ik mijn vingers langzaam langs haar gezicht zakken, langs de zachte warmte van haar keel, om ten slotte de kleine, stevige ronding van haar rechterborst te bereiken. Ik draaide mijn hand om en met mijn handpalm wreef ik heel licht over de tepel, bewoog weer omhoog naar haar gezicht en trok haar boven op me. Ik hield haar een moment zó stevig vast, dat ik onze harten samen hoorde kloppen, als hagel die in een emmer water valt.

'Mijn vader,' zei ik, 'zette er een gloeiend strijkijzer op om me een lesje te leren.'

'Wat moest je leren?'

'Om niet met vuur te spelen.'

'Wát?'

Schouderophalend zei ik: 'Misschien omdat hij het kon. Hij was de vader, ik was de zoon. Dus als hij me wilde verbranden, dan kon hij dat.'

Ze hief haar hoofd op en er stonden tranen in haar ogen. Haar vingers begroeven zich in mijn haar en ze sperde haar ogen wijdopen, terwijl ze steeds roder werden. Toen ze me kuste, was het op een harde, ruwe manier, alsof ze mijn pijn probeerde weg te zuigen.

Toen ze losliet, was haar gezicht vochtig.

'Hij is dood, hè?'

'Mijn vader?'
Ze knikte.
'O, ja. Hij is dood, Grace.'
Goed,' zei ze.

Toen we vijf minuten later weer de liefde bedreven, was het een van de meest intense en verontrustende ervaringen van mijn leven. Onze handpalmen lagen plat tegen elkaar en onze onderarmen volgden, en daarna drukten elk plekje van mijn lichaam, mijn huid en bot tegen die van haar. Daarna kwamen haar heupen omhoog tegen mijn heupen en ze liet me bij zich binnen, terwijl ze haar benen om die van mij sloeg. Haar hielen klampten zich vast achter mijn knieën en ik voelde me helemaal ingesloten, alsof ik in haar vlees wegsmolt en ons bloed zich had vermengd.

Ze schreeuwde het uit, en het was alsof ze mijn stembanden had gebruikt.

'Grace,' fluisterde ik, toen ik helemaal in haar verdween. 'Grace.'

Toen ze op het punt stond in slaap te vallen, raakten haar lippen heel even mijn oren aan.

'Welterusten,' zei ze slaperig.

'Welterusten.'

Haar tong gleed in mijn oor, warm en opwindend.

'Ik hou van je,' mompelde ze.

Toen ik mijn ogen opende om naar haar te kijken, was ze in slaap gevallen.

Ik werd om zes uur 's morgens wakker door het geluid van de douche. Mijn lakens roken naar haar parfum en haar huid, en heel vaag naar ontsmettingsmiddelen en naar ons zweet en liefdesspel. Het was alsof het in de stof was verwerkt, alsof het er al duizend nachten in had gezeten.

Ik ontmoette haar bij de badkamerdeur; ze leunde tegen me aan toen ze haar haren naar achteren kamde.

Mijn hand gleed onder haar handdoek en de druppels water op haar dijen gleden van mijn hand.

'Peins er zelfs niet over.' Ze kuste me. 'Ik moet naar mijn dochter en dan naar het ziekenhuis. En na gisteravond ben ik nog blij dat ik kan lopen. Nou, ga je wassen.'

Ik nam een douche, terwijl zij schone kleren vond in de lade die ze volgens afspraak mocht gebruiken, en merkte dat ik op het normale gevoel van ongemak wachtte dat ik altijd voelde als een vrouw meer dan, laten we zeggen, één uur in mijn bed had doorgebracht. Maar dat gebeurde niet.

'Ik hou van je,' had ze gemompeld voor ze in slaap viel.
Wat vreemd.

Toen ik weer naar de slaapkamer liep, haalde ze de lakens van het bed. Daarna trok ze een zwarte spijkerbroek aan en een donkerblauw, katoenen overhemd.

Toen ze zich bukte om de kussens goed te leggen, ging ik achter haar staan.

'Durf me aan te raken, Patrick,' zei ze, 'en je bent ten dode opgeschreven.'

Ik liet mijn handen langs mijn zij vallen.

Met de lakens in haar hand draaide ze zich glimlachend om en zei: 'De was. Is dat iets waar je bekend mee bent?'

'Heel vaag.'

Ze liet alles op een hoop in een hoek vallen. 'Mag ik erop rekenen dat jij het bed weer met schone lakens opmaakt, of slapen we de volgende keer als ik kom gewoon op het kale matras?'

'Ik zal mijn best doen, mevrouw.'

Ze sloeg haar armen om mijn nek en kuste me. Ze omhelsde me stevig en ik beantwoordde haar omhelzing met gelijke munt.

'Toen je onder de douche stond, heeft er iemand gebeld.' Ze leunde tegen me aan.

'Wie? Het is nog vóór zevenen.'

'Dat dacht ik ook. Hij zei niet met wie ik sprak.'

'Wat zei hij?'

'Hij kende mijn naam.'

'Wat?' Ik liet haar middel los.

'Hij was Iers. Ik dacht dat het een oom was of zo.'

Ik schudde mijn hoofd. 'Mijn ooms en ik praten niet met elkaar.'

'Waarom niet?'

'Omdat het de broers van mijn vader zijn en ze geen haar beter zijn dan hij was.'

'O.'

'Grace' – ik greep haar hand en ging met haar op de rand van het bed zitten – 'wat zei die Ierse kerel precies?'

'Hij zei: "Jij moet die knappe Grace zijn. Leuk om je te spreken".' Ze keek heel even naar de stapel beddengoed. 'Toen ik hem vertelde dat je onder de douche stond, zei hij: "Nou, zeg hem maar dat ik heb gebeld en dat ik binnenkort bij hem langskom", en voordat ik hem naar zijn naam kon vragen, hing hij op.'

'Is dat alles?'

Ze knikte. 'Waarom?'

Schouderophalend zei ik: 'Dat weet ik niet. Er zijn niet veel mensen die mij vóór zeven uur bellen, en als ze dat wel doen, zeggen ze meestal wie er gebeld heeft.'

'Patrick, wie van jouw vrienden weet dat wij elkaar regelmatig zien?'

'Angie, Devin, Richie en Sherilynn, Oscar en Bubba.'

'Bubba?'

'Je hebt hem weleens ontmoet. Een grote kerel, draagt altijd een regenjas – '

'Die angstaanjagende man,' zei ze. 'Degene die eruitziet alsof hij op zekere dag een Seven-Eleven binnenloopt en alle aanwezigen vermoordt omdat de Slurpeemachine kapot is.'

'Dat is hem. Je hebt hem tijdens – '

'Dat feestje vorige maand ontmoet. Dat herinner ik me nog.' Ze huiverde even.

'Hij is onschuldig.'

'Misschien in jouw ogen,' zei ze. 'Christus!'

Ik tilde haar kin op. 'Niet alleen voor mij, Grace. Voor iedereen waar ik om geef. Bubba is op een krankzinnige manier loyaal.'

Haar handen veegden de natte haren van mijn slapen. 'Maar hij blíjft een psychopaat. Mensen als Bubba zorgen steeds voor nieuwe slachtoffers bij de eerste hulp.'

'Oké.'

'Daarom wil ik hem nooit in de buurt van mijn dochter. Begrepen?'

Als ze hun kind willen beschermen, verschijnt er een blik in de ogen van ouders, en dat is de blik van een dier. En de angst voor gevaar is bijna tastbaar. Het is iets waar niet over valt te praten, en hoewel het op een grote liefde is gebaseerd, kent het geen medelijden.

Zo keek Grace op dit moment.

'Afgesproken,' zei ik.

Ze kuste mijn voorhoofd. 'Maar nog steeds weten we niet wie die Ierse kerel is geweest die belde.'

'Nee. Zei hij verder nog iets?'

'"Heel gauw",' zei ze, en ging naast het bed staan. 'Waar heb ik mijn jack gelaten?'

'In de woonkamer,' zei ik. 'Wat bedoel je met "heel gauw"?'

Ze stopte op weg naar de deur, draaide zich om en keek me aan. 'Toen hij zei dat hij bij je langs zou komen. Hij wachtte een paar seconden en toen zei hij: "Heel gauw".'

Ze verliet de slaapkamer en ik hoorde de houten vloer zachtjes kraken toen ze verderliep.

Heel gauw.

7

Niet lang na het vertrek van Grace belde Diandra. Stan Timpson had om elf uur vanochtend vijf minuten de tijd om met me te praten.

'Vijf hele minuten,' zei ik.

'Vanuit het standpunt van Stan gezien is dat een genereus gebaar. Ik heb hem je nummer gegeven. Hij belt je om elf uur precies. Stanley werkt volgens een vast schema.'

Ze gaf me de tijden door van Jasons colleges deze week en het nummer van zijn kamer. Ik schreef het allemaal op en merkte dat haar stem broos en timide klonk. Vlak voordat we de verbinding verbraken, zei ze: 'Ik ben zo zenuwachtig. Ik haat dit.'

'Maakt u zich geen zorgen, dokter Warren. Het komt allemaal goed.'

'Is dat zo?'

Ik belde Angie, en nadat de telefoon tweemaal was overgegaan, werd er opgenomen. Voordat ik een stem hoorde, klonk er een geluid alsof de telefoon werd doorgegeven. Ik hoorde haar fluisteren: 'Ik heb hem. Oké?'

Haar stem klonk schor en aarzelend van de slaap. 'Hallo?'

'Morgen.'

'Hm,' zei ze. 'Dat klopt.' Er klonk weer een geluid aan de andere kant, dekens die werden opgeslagen en het kraken van een beddenspiraal. 'Wat is er aan de hand, Patrick?'

Ik vertelde haar in het kort de bijzonderheden van mijn gesprek met Diandra en Eric.

'Het was in elk geval Kevin niet die haar heeft gebeld.' Haar stem klonk nog steeds slaperig. 'Dat klopt niet.'

'Nee. Heb je een pen?'

'Die moet hier ergens liggen. Een ogenblikje.'

Er klonk weer een geluid, en ik wist dat ze de telefoon op het bed had laten vallen terwijl ze op zoek was naar een pen. Angies keuken is brandschoon omdat ze die nooit gebruikte, en haar badkamer glimt omdat ze viezigheid haat, maar haar slaapkamer ziet er altijd uit alsof ze tijdens een orkaan haar spullen heeft uitgepakt. Sokken en ondergoed hingen uit openstaande laden, en schone spijkerbroeken en blouses en leggings lagen overal op de vloer of hingen aan deurknoppen of aan het hoofdeinde van bed. Zolang ik haar ken, droeg ze nooit de kleren die ze 's morgens als eerste had uitgezocht. Tussen alle rommel, boeken en bladen liggen gebogen of gebroken spaken open en bloot op de vloer.

Angie was in haar slaapkamer mountainbikes kwijtgeraakt en nu zocht ze naar een pen.

Nadat verscheidene laden met veel lawaai open en dicht waren geschoven en aanstekers en oorringen op de nachtkastjes heen en weer waren geschoven, zei een stem: 'Wat zoek je?'

'Een pen.'

'Hier.'

Ze nam weer op. 'Ik heb een pen.'

'Heb je papier?' vroeg ik.

'O, shit.'

Dat duurde weer een poosje.

'Ga je gang,' zei ze.

Ik gaf haar het schema van Jasons colleges en het nummer van zijn kamer. Zij zou hem schaduwen, terwijl ik intussen op Stan Timpsons telefoontje wachtte.

'Ik snap het,' zei ze. 'Verdomme, ik moet opschieten.'

Ik keek op mijn horloge. 'Zijn eerste college begint pas om halfelf. Je hebt tijd genoeg.'

'Nee. Ik heb om halftien een afspraak.'

'Met wie?'

Haar ademhaling ging moeizaam, en ik vermoedde dat ze een spijkerbroek aantrok. 'Mijn advocaat. Ik zie je wel op Bryce.'

Ze hing op en ik staarde omlaag naar de straat. Die scheen op deze heldere dag uit een kloof gehouwen te zijn, met de harde lijnen van een bevroren rivier tussen rijen van drie verdiepingen hoge huizen en stenen gebouwen. De voorruiten van de auto's waren oogverblindend wit en ondoorzichtig door de zon.

Een advocaat? Soms, tijdens de onstuimige vloedgolf van de afgelopen drie maanden met Grace, herinnerde ik me met iets van verbazing dat mijn compagnon ergens een eigen leven leidde. Apart van mijn eigen leven. Haar leven met advocaten en obstakels en minidrama's, en mannen die haar om halfnegen 's morgens een pen gaven.

Dus, wie was haar advocaat? En wie was de kerel die haar de pen overhandigde? En waarom zou ik me daar zorgen over maken?

En wat betekende 'heel gauw,' verdomme?

Ik had ongeveer anderhalf uur de tijd voor Timpson zou bellen, en nadat ik had getraind, hield ik nog een uur over. Ik zocht naar iets in mijn koelkast wat geen bier of frisdrank was. Ik vond niets, daarom ging ik naar buiten naar de winkel op de hoek om daar een kop koffie te halen.

Ik nam de koffie mee naar buiten, leunde enkele minuten tegen een lantaarnpaal en genoot van de dag. Af en toe nam ik een slok koffie, terwijl het verkeer passeerde en voetgangers zich haastten op weg naar de halte van de ondergrondse aan het einde van Crescent.

Achter me kon ik de verschaalde lucht van bier en gerijpte whisky ruiken uit de The Black Emerald Tavern. De Emerald ging om acht uur open voor degenen die nachtdienst hadden, en nu, even voor tienen, klonk het niet anders dan op een vrijdagavond, een mengeling van dronken, luie stemmen, af en toe onderbroken door een schreeuw of het scherpe tikken van een biljartkeu die een aantal ballen raakt.

'Hallo, vreemdeling.'

Ik draaide me om en keek omlaag in het gezicht van een kleine vrouw met een flauwe, vochtige glimlach om haar lippen. Ze hield haar hand boven haar ogen tegen het zonlicht en het kostte me enige momenten om haar te herkennen. Want het haar en de kleren waren anders, en zelfs haar stem was dieper geworden sinds de laatste keer dat ik haar sprak. Maar de stem klonk nog steeds licht en kortaf, alsof hij in de wind zou wegwaaien voordat de woorden de kans kregen ergens gehoord te worden.

'Hallo, Kara. Wanneer ben je teruggekomen?'

Ze haalde haar schouders op. 'Een tijdje geleden. Hoe gaat het, Patrick?'

'Prima.'

Kara zwaaide heen en weer op haar voeten en liet haar blik naar opzij afdwalen, terwijl haar grijns zachtjes met de linkerhelft van haar gezicht speelde. Opeens was ze weer de persoon die ik vroeger kende.

Ze was een opgewekt kind geweest, maar eenzaam. Als de andere kinderen op de speelplaats aan het ballen waren, zat zij in een schrift te krabbelen of te tekenen. Toen ze ouder werd en haar plek op de hoek innam, vanwaar ze Black Yard kon overzien, had haar groep de plaats ingenomen die mijn groep tien jaar geleden verlaten had. Maar dan zag je dat ze alleen tegen een hek leunde of op een veranda uit een wijnkoeler dronk en naar de straten keek, alsof het opeens vreemd gebied voor haar was. Ze was niet uitgesloten en men vond haar niet vreemd, want ze was knap en veel knapper dan het gemiddelde knappe meisje, en pure schoonheid wordt in deze buurt zeer gewaardeerd, omdat je dan nog eerder kans op de hoofdprijs in de loterij maakt.

Vanaf het moment dat ze kon lopen, wist iedereen dat ze nooit in deze buurt zou blijven wonen. Deze buurt was nooit in staat de knappe meisjes vast te houden, en de wens om hiervandaan te vertrekken, was duidelijk in hun ogen te zien. Als iemand iets tegen haar zei, kon ze onmogelijk een lichaamsonderdeel stilhouden – of het nu haar hoofd, haar armen of haar benen waren – het was alsof ze jou en de grens van deze wijk reeds waren gepasseerd, op weg naar de plek die ze in de verte zag.

Zo vreemd als ze in de ogen van haar vrienden was, zo vreemd was het om eens in de vijf jaar een versie van Kara te zien verschijnen. Tijdens mijn dagen op die hoek was het Angie. En voorzover ik weet, is zij de enige die de logica van de vervallen wijk logenstrafte en bleef.

Vóór Angie was er Eileen Mack, die in de jurk die ze bij haar diploma-uitreiking droeg in een Amtrak-trein stapte en een paar jaar daarna opeens in een aflevering van *Starsky and Hutch* opdook. In zesentwintig minuten ontmoette ze Starsky, ging ze met hem naar bed, kreeg ze Hutch' toestemming (hoewel het er even om spande) en accepteerde ze Starsky's stotterende huwelijksaanzoek. Na de eerstvolgende reclamepauze was ze dood, waarna Starsky als een razende tekeerging, haar moordenaar opspoorde en hem overhoop schoot met een doordringende, gerechtvaardigde blik van verontwaardiging. De aflevering eindigde met hem in de regen bij haar graf, en we wisten dat hij deze klap nooit meer te boven zou komen.

In de daaropvolgende aflevering had hij een nieuwe vriendin, en er werd nadien nooit meer door Starsky of Hutch of iemand in de wijk over Eileen gesproken.

Kara was na een jaar studie aan de universiteit van Massachusetts naar New York vertrokken, en dat was ook het laatste wat ik van haar gehoord had. Angie en ik hadden haar trouwens op de bus zien stappen toen we op een middag Tom English's verlieten. Het was hartje zomer en Kara stond aan de overkant van de straat bij de bushalte. De natuurlijke kleur van haar haren was korenblond, en die haren werden in haar gezicht geblazen toen ze de band van haar fleurige zomerjurk fatsoeneerde. Ze zwaaide en we zwaaiden terug. Toen de bus aan kwam rijden, tilde ze haar koffer op en stapte in de bus die haar meenam.

Nu waren haar haren kort, piekerig en gitzwart en was haar huid lijkbleek. Ze droeg een mouwloze coltrui die in een geverfde, zwarte spijkerbroek was gestopt. Een zenuwachtig, min of meer hikkend geluid onderstreepte het einde van haar zinnen.

'Heerlijke dag, hè?'

'Dat is zeker. Vorig jaar oktober om deze tijd hadden we sneeuw.'

'In New York ook.' Ze grinnikte, knikte even en keek omlaag naar haar versleten laarzen. 'Hm, ja.'

Ik nam nog een slok koffie. 'En hoe gaat het met je, Kara?'

Ze hield weer haar hand boven haar ogen en keek naar het langzaam passerende ochtendverkeer. Het felle zonlicht weerkaatste in de voorruiten en scheen door de pieken van haar haren. 'Ik maak het prima, Patrick. Heel erg goed. En jij?'

'Ik mag niet klagen.' Ik keek op mijn beurt ook even de straat in, en toen ik me weer omdraaide, zag ik dat ze aandachtig mijn gezicht bekeek, alsof ze zich afvroeg of ze het weerzinwekkend vond of er zich toe aangetrokken voelde.

Ze zwaaide lichtjes heen en weer, een bijna nauwelijks waarneembare beweging. Ik hoorde twee kerels door de open deur van The Black Emerald iets schreeuwen over vijf dollar en een honkbalwedstrijd.

Ze zei: 'Ben je nog steeds detective?'

'Jazeker.'

'Kun je er goed van rondkomen?'

'Soms,' zei ik.

'Mijn moeder schreef vorig jaar in een brief over jou, ze zei dat je in alle kranten stond. Het was groot nieuws.'

Ik was verbaasd dat Kara's moeder lang genoeg van een whiskyglas af kon blijven om een krant te lezen, laat staan om een brief over het voorval naar haar dochter te schrijven.

'Er was die week niet veel nieuws,' zei ik.

Ze keek even naar de bar en ging met een vinger bovenlangs haar oor als ze haren terug wilde duwen die er niet waren. 'Wat is je tarief?'

'Dat hangt van de zaak af. Heb je een detective nodig, Kara?'

Haar dunne lippen zagen er op een vreemde manier eenzaam uit, alsof ze haar ogen tijdens een kus gesloten had en bij het opendoen merkte dat haar geliefde verdwenen was. 'Nee.' Ze lachte en hikte. 'Ik ga binnenkort naar L.A. Ik heb een rol gekregen in *Days of Our Lives.*'

'Echt waar? Hé, gefelici – '

'Alleen maar als figurant,' zei ze hoofdschuddend. 'Ik ben de verpleegster die altijd achter de zuster bij de opnamebalie in de papieren staat te snuffelen.'

'Nou ja,' zei ik, 'het is toch een begin.'

Een man stak zijn hoofd uit de bar, keek eerst naar rechts, vervolgens naar links en zag ons met zijn wazige ogen staan. Micky Doog, parttime bouwvakker, fulltime cokedealer, voormalig gangmaker van Kara's leeftijdsgroep, die nog steeds een jeugdig uiterlijk probeerde te koesteren ondanks een terugwijkende haarlijn en slapper wordende spieren. Hij knipperde met zijn ogen toen hij mij zag en trok zijn hoofd weer terug.

Kara verstrakte, alsof ze voelde dat hij daar stond, daarna boog ze in mijn richting en ik kon de scherpe geur van rum uit haar mond ruiken, hoewel het pas tien uur in de ochtend was.

'Gekke wereld, hè?' Haar pupillen glinsterden als scheermessen.

'Eh... ja,' zei ik. 'Heb je hulp nodig, Kara?'

Ze lachte weer, opnieuw gevolgd door een hik.

'Nee, nee. Ik wilde je alleen maar even zien, Patrick. Voor onze groep was jij een van de grote jongens.' Ze wees met haar hoofd in de richting van de bar, waar sommigen van haar 'groep' deze ochtend waren beland. 'Weet je, ik wilde je alleen maar even zien.'

Ik knikte en zag kleine rillingen over haar armen kruipen. Ze bleef naar mijn gezicht kijken, alsof ze daar iets wijzer van zou worden, en wendde haar blik af toen dat niet het geval was, om een seconde later weer naar mij te kijken. Ze deed me denken aan een kind zonder geld dat bij een ijscowagen tussen andere kinderen stond die over meer dan genoeg geld beschikten, alsof ze de vanille- en chocoladeroomijsjes over haar hoofd in andere handen zag verdwijnen, terwijl een gedeelte wist dat ze er nooit een zou krijgen en het andere gedeelte bleef hopen dat de ijscoman haar er een per ongeluk of uit medelijden zou geven. En zich intussen inwendig kapot schaamde omdat ze zo graag een ijsje wilde.

Ik haalde mijn portemonnee tevoorschijn en pakte een visitekaartje.

Ze keek er met een frons op haar gezicht naar en toen naar mij. Haar flauwe glimlach was sarcastisch en een beetje kwaadaardig.

'Met míj gaat het prima, Patrick.'

'Je bent om tien uur 's morgens al bijna dronken, Kara.'

Ze haalde haar schouders op. 'Ergens anders pas om twaalf uur.'

'Maar hier niet.'

Micky Doog stak zijn hoofd weer naar buiten. Hij keek mij recht aan en zijn ogen waren niet zo wazig meer; ze stonden nu helder, omdat hij iets gesnoven had van het spul dat hij tegenwoordig verkocht.

'Hé, Kara, kom je weer naar binnen?'

Ze maakte heel even een beweging met haar schouders, terwijl mijn kaartje vochtig werd in haar hand. 'Ik kom zó, Mick.'

Micky was van plan nog iets te zeggen, maar in plaats daarvan trommelde hij met zijn vingers op de deurpost, knikte eenmaal en verdween weer naar binnen.

Kara keek de straat in en staarde lange tijd naar de auto's.

'Als je ergens vandaan gaat,' zei ze,' dan verwacht je dat bij je terugkeer alles kleiner is.' Ze schudde haar hoofd en zuchtte.

'Is dat niet zo?'

Hoofdschuddend zei ze: 'Het is verdomme nog precies hetzelfde.'

Ze deed een paar stappen naar achteren en tikte met mijn kaartje tegen haar heup. Haar schouders schokten op en neer en ze sperde haar ogen wijdopen toen ze me aankeek. 'Wees voorzichtig, Patrick.'

Ze hield mijn kaartje op. 'Hé, nu heb ik dit zomaar.'

Ze stopte het in de achterzak van haar spijkerbroek, draaide zich om en liep in de richting van de deur van The Black Emerald. Halverwege stond ze stil, draaide zich om en keek me glimlachend aan. Het was een brede, hartelijke glimlach, maar haar gezicht scheen er niet gewend aan te zijn; haar wangen trilden bij de mondhoeken.

'Pas op, Patrick. Oké?'

'Waarvoor?'

'Voor alles, Patrick. Alles.'

Ik keek haar aan met wat volgens mij een vragende blik was. Ze knikte naar me, alsof we samen een geheim deelden. Vervolgens dook ze de bar in en was verdwenen.

8

Voordat mijn vader zelf de arena betrad, was hij al actief in de plaatselijke politiek. Hij liep met actieborden over straat en bezocht de mensen thuis. De bumpers van onze Chevys, waarin we tijdens mijn jeugd rondreden, zaten altijd onder stickers die getuigden van de loyaliteit van mijn vader jegens de partij. Politiek had volgens mijn vader niets te maken met veranderingen op sociaal gebied, en het kon hem niets schelen wat politici in het openbaar beloofden. Het waren privé-belangen die zijn houding bepaalden. Politiek was de laatste boomhut, en als je daarin zat met de beste knullen uit jouw wijk, kon je de ladder optrekken en de dwazen beneden je achterlaten.

Hij steunde Stan Timpson nadat Timpson meester in de rechten was geworden, op het kantoor van de officier van justitie ging werken en vervolgens gemeenteraadslid wilde worden. Tenslotte was Timpson afkomstig uit de wijk en een veelbelovende nieuwkomer. Als alles volgens plan verliep, was hij spoedig de man die je moest bellen als de straat sneeuwvrij gemaakt moest worden, of je luidruchtige buren gearresteerd moesten worden, of je neef misschien een uitkering van de vakvereniging kon krijgen.

Vaag herinnerde ik me Timpson uit mijn kinderjaren, maar ik kon niet helemaal precies zeggen in hoeverre mijn eigen herinneringsbeeld van Timpson verschilde van de man die ik op tv zag. Dus toen ik zijn stem over de telefoon hoorde, klonk deze op een vreemde manier onstoffelijk, alsof hij van tevoren was opgenomen.

'Pat Kenzie?' zei hij hartelijk.
'Patrick, meneer Timpson.'
'Hoe gaat het, Patrick?'
'Goed, meneer. En met u?'
'Fantastisch, fantastisch. Kon niet beter.' Hij lachte warm, alsof we samen om een mop moesten lachen die ik op een of andere manier gemist had. 'Diandra zei me dat je mij een paar vragen wilde stellen.'

'Ja, dat klopt.'
'Nou, ga je gang, zoon.'
Timpson was slechts tien of twaalf jaar ouder dan ik. Daarom wist ik dan ook niet waarom hij mij *zoon* noemde.
'Heeft Diandra u verteld dat ze een foto van Jason heeft ontvangen?'
'Dat heeft ze zeker gedaan, Patrick. En ik moet je zeggen, Patrick, dat ik dat erg vreemd vind.'
'Ja, nou – '
'Persoonlijk ben ik van mening dat iemand een geintje met haar uithaalt.'
'Nou, dat is dan wel een vrij gecompliceerd geintje.'
'Ze vertelde me dat je betrokkenheid van de maffia uitsluit.'
'Voor dit moment wel, ja.'
'Nou, ik zou niet weten wat ik je zou moeten vertellen, Pat.'
'Is uw bureau op dit moment met iets bezig, meneer, dat de oorzaak zou kunnen zijn van de bedreiging van uw ex-echtgenote en zoon?'
'Dat komt alleen maar in films voor, Pat.'
'Patrick.'
'Ik bedoel, misschien dat ze in Bogotá een persoonlijke vendetta tegen de officier van justitie voeren. Maar niet in Boston. Kom nou, zoon – is dat het beste waarmee je op de proppen kunt komen?' Opnieuw begon hij hartelijk te lachen.
'Meneer, misschien dat het leven van uw zoon gevaar loopt, en –'
'Bescherm hem, Pat.'
'Dat probeer ik, meneer. Maar dat kan ik niet als – '
'Weet je wat het volgens mij is? Om je de waarheid te zeggen, denk ik dat het een van Diandra's gekken is. Hij vergat zijn Prozac in te nemen en besloot haar zenuwachtig te maken. Loop haar lijst van patiënten maar eens na, zoon. Dat is mijn suggestie.'
'Meneer, als u alleen – '
'Pat, luister naar me. Ik ben al meer dan twee decennia gescheiden van Diandra. Toen ze me gisteravond belde, was het voor de eerste keer in zes jaar dat ik haar stem hoorde. Niemand weet dat we ooit getrouwd waren. Niemand weet van Jason. Geloof me, de laatste campagne zaten we te wachten tot dat feit opgehoest zou worden – dat ik mijn eerste vrouw en zoontje verlaten had, en sindsdien miniem contact met hen heb. Maar raad eens, Pat? Er werd nooit over gesproken. Een smerige politieke strijd in een smerige politieke stad, en er werd nooit over gesproken. Niemand weet van de relatie tussen mij en Jason en Diandra.'
'En hoe zit het met – '
'Het was fijn om weer eens met je te praten, Pat. Doe je vader de

groeten van Stan Timpson. Ik mis die ouwe knakker. Waar houdt hij zich tegenwoordig schuil?'
'Op de Cedar Grove-begraafplaats.'
'Hij heeft daar zeker een baantje als tuinman, hè? Nou, ik moet weer verder. Wees voorzichtig, Pat.'

'Deze knul,' zei Angie, 'is een nog grotere slons dan jij vroeger was, Patrick'
'Hallo, zeg,' zei ik.
Het was de vierde dag dat we Jason Warren schaduwden, en het was alsof we een jonge Valentino volgden. Diandra had er de nadruk op gelegd dat we Jason niet mochten laten weten dat we hem schaduwden, ze voerde het argument aan dat een man het beslist niet leuk vond als iemand anders zijn leven dicteerde of zijn toekomst wilde veranderen. Daarbij kwam ook nog eens Jasons eigen 'formidabele' gevoel voor privacy, zoals ze dat noemde.
Ik zou ook op mijn privacy gesteld zijn, dacht ik, als ik drie vrouwen in drie dagen versleet.
'Een hattrick,' zei ik.
'Wat?' zei Angie.
'Die jongen scoorde een hattrick op woensdag. Daardoor wordt hij officieel opgenomen in de hall of fame voor rokkenjagers.'
'Mannen zijn varkens,' verklaarde ze.
'Dat is zo.'
'Veeg die grijns van je gezicht.'
Als Jason werd gestalkt, dan was de meest aannemelijke verdachte een afgewezen minnares, een jonge vrouw die het niet leuk vond om als nummer twee of drie op de lijst te staan. Maar we hadden hem bijna meer dan tachtig uur vrijwel onafgebroken in de gaten gehouden, en de enigen die hem volgden waren wij. Bovendien was dat niet moeilijk. Jason volgde overdag colleges, gewoonlijk gevolgd door een middagafspraakje in zijn kamer (een regeling die hij waarschijnlijk met zijn kamergenoot had getroffen, een knul uit Oregon die altijd stoned was en elke avond om zeven uur een hasjparty hield, als Jason afwezig was). Daarna leerde hij tot zonsondergang op het grasveld, at in het restaurant met een groepje vrouwen, geen mannen, en bezocht 's avonds de bars in de omgeving van Bryce.
De vrouwen met wie hij naar bed ging – in elk geval de drie die wij hadden gezien – leken allemaal van elkaar te weten, maar waren niet jaloers. Allemaal waren ze zo'n beetje hetzelfde type. Ze droegen chique kleren, meestal zwart, met hier en daar een niet minder chique scheur erin. Ze droegen smakeloze, onopvallende juwelen waarvan ze wisten dat ze smakeloos waren, als je tenmin-

ste de auto's zag waarin ze rondreden, en hun laarzen, jacks en tasjes. Zo ouderwets dat het weer hip was; hun ironische, postmoderne knipoog naar een hopeloos ouderwetse wereld. Of iets dergelijks. Geen van allen hadden ze een vriendje.

Ze studeerden allemaal op de academie voor kunsten en wetenschappen. Gabrielle studeerde af in literatuur, Lauren in kunstgeschiedenis, maar zij bracht de meeste tijd door als eerste gitarist in een vrouwen-ska/punk/speed-metal band, die er in mijn ogen te veel tijd aan had besteed door Courtney Love en Kim Deal serieus te nemen. En Jade – klein en stevig en zelfbewust vloekend – was schilderes.

Geen van allen schenen ze veel in bad te gaan. Dat zou voor mij een probleem zijn, maar het leek Jason niets te kunnen schelen. Trouwens, hij ging ook niet veel in bad. Ik ben nooit erg conservatief geweest wat vrouwen betrof, maar over het nemen van een bad en over clitorisringen had ik een bepaalde mening, en in beide gevallen wijk ik daar niet gauw van af. Ik vermoed dan ook dat ik in de ogen van het liederlijke stel een spelbreker ben.

Maar Jason compenseerde dat gebrek van mijn kant. Naar wat wij gezien hebben, was Jason de mannelijke pomp van de campus. Woensdag klom hij uit Jade's bed. Daarna gingen ze beiden naar een bar, Harper's Ferry, waar ze Gabrielle ontmoetten. Jade bleef in de bar, maar Jason en Gabrielle kropen in Gabrielle's BMW. Daar hadden ze orale seks, waar ik ongelukkigerwijze getuige van was. Toen ze terugkeerden, gingen Gabrielle en Jade naar het damestoilet, waar ze volgens Angie opgewekt ervaringen uitwisselden.

'Hij is waarschijnlijk zo fors geschapen als een python,' zei Angie.

'Het gaat niet om de grootte van – '

'Maak dat jezelf maar wijs, Patrick – misschien dat je het op een dag ook nog eens gaat geloven.'

De twee vrouwen en hun speelgoed begaven zich toen naar TT the Bear's Place op Central Square, waar Lauren en haar band speelden en als een stel amuzikale holbewoners tekeergingen. Na de voorstelling ging Jason met Lauren mee naar haar huis. Ze gingen naar haar kamer en neukten als een stelletje zeeotters tot zonsopgang bij de muziek van oude cd's van Patty Smith.

Op de tweede avond, in een bar aan North Harvard, liep ik tegen hem aan toen ik het toilet verliet. Ik keek naar de mensenmassa en probeerde Angie te lokaliseren. Ik had Jason niet in de gaten, tot het moment dat ik met mijn borst tegen zijn schouder botste.

'Zoek je iemand?'

'Wat?' zei ik.

Zijn ogen stonden ondeugend, maar niet kwaadaardig, en glommen in het felgroene licht van de toneellampen.

'Ik zei: "Zoek je iemand?"' Hij stak een sigaret op en haalde hem uit zijn mond met dezelfde hand waarmee hij zijn glas vasthield.

'Mijn vriendin,' zei ik. 'Sorry, dat ik tegen je aanbotste.'

'Geen enkel probleem,' zei hij een beetje schreeuwend om boven de loopjes van de gitaren uit te komen. 'Het leek wel alsof je een beetje verdwaald was. Succes.'

'Wat bedoel je?'

'Succes,' schreeuwde hij in mijn oor. 'Met het terugvinden van je vriendin of zo.'

'Dank je.'

Toen hij zich omdraaide naar Jade verdween ik in de menigte. Hij zei iets in haar oor, waar ze om moest lachen.

'In het begin was het wel leuk,' zei Angie op onze vierde dag.

'Wat bedoel je?'

'Het voyeurisme.'

'Doe niet zo minachtend over voyeurisme. De Amerikaanse cultuur zou nooit zonder dat kunnen bestaan.'

'Dat doe ik ook niet,' zei ze. 'Maar je wordt er een beetje klef van die knul alles te zien neuken wat los- en vastzit. Begrijp je?'

Ik knikte.

'Ze schijnen eenzaam te zijn.'

'Wie?' vroeg ik.

'Iedereen. Jason, Gabrielle, Jade, Lauren.'

'Eenzaam. Hm. Nou, ze doen hun uiterste best om dat voor de rest van de wereld verborgen te houden.'

'Dat deed jij ook een hele tijd, Patrick. Dat deed jij ook.'

'Au,' zei ik.

Aan het einde van de vierde dag verdeelden we de taken. Voor een knul die zoveel vrouwen nam en zoveel bars per dag bezocht, ging Jason zeer gestructureerd te werk. Je kon bijna tot op de minuut nauwkeurig voorspellen waar hij op een bepaald moment uithing. Die avond ging ik naar huis, terwijl Angie zijn kamer in de gaten hield.

Toen ik het eten klaarmaakte, belde ze om te vertellen dat Jason de nacht met Gabrielle in zijn eigen kamer zou doorbrengen. Angie ging even slapen om hem de volgende ochtend naar college te volgen.

Na het avondeten zat ik op mijn veranda en keek naar de straat, terwijl de avond viel en het steeds kouder werd. En dat ging vrij snel. Het werd niet geleidelijk koeler, maar opeens. De maan leek wel een schijf droog ijs en het rook zoals na een avondwedstrijd van high-schoolfootball. Een flinke bries waaide over straat, beet zijn weg door de bomen en knabbelde aan de droge randen van de bladeren.

Ik verliet de veranda toen Devin belde.

'Wat is er?' vroeg ik.

'Wat bedoel je?'

'Je belt me nooit op voor een praatje, Dev. Dat is jouw stijl niet.'

'Misschien is dit wel de nieuwe ik.'

'Nee.'

Hij gromde en zei: 'Prima. We moeten praten.'

'¿Porque?'

'Omdat zojuist iemand een meisje heeft vermoord op Meeting House Hill. Ze heeft geen legitimatiebewijs bij zich, en ik wil graag weten wie ze is.'

'En wat heeft dat eigenlijk met mij te maken?'

'Misschien niets. Maar toen ze stierf, hield ze jouw visitekaartje in haar hand.'

'Mijn kaartje?'

'Jouw kaartje,' zei hij. 'Meeting House Hill. Ik zie je binnen tien minuten.'

Hij verbrak de verbinding, en ik bleef met de telefoon aan mijn oor zitten tot ik de kiestoon weer hoorde. Ik bleef doodstil zitten, luisterde naar de kiestoon, en wachtte tot die mij zou vertellen dat het dode meisje op Meeting House Hill Kara Rider niet was, wachtte tot die mij iets zou vertellen. Wat dan ook.

9

Toen ik Meeting House Hill bereikte, vroor het bijna. Het was verrekte koud, gelukkig waaide het niet, maar het was een kou die doordrong tot merg en been en stukjes ijs in je bloed vormde.
 Meeting House Hill vormt de scheidslijn tussen mijn wijk en Field's Corner. De heuvel begint onderaan in de straten, die vervolgens zó steil omhooglopen dat je over de tijdens de nacht bevroren straten in je derde versnelling gewoon terugglijdt. Op het hoogste punt, waar een paar straten elkaar ontmoeten, rijst de top van Meeting House Hill op een armzalig stukje grond omhoog tussen het cement en het asfalt. Het ligt in het midden van een wijk die zo naargeestig en verlaten is, dat je zonder dat iemand het in de gaten heeft een raket door het centrum kunt afvuren, tenzij je een bar of een voedseldistributiecentrum raakt.
 Toen ik uit de auto stapte en Devin ontmoette, sloeg de klok van St. Peter's één keer. We liepen de heuvel op. Het geluid van de klok klonk hol, maar helder in een koude nacht in een gebied dat duidelijk door een god in de steek was gelaten. De grond begon hard te worden en het dode gras kraakte onder onze voeten.
 Boven op de heuvel zag ik in het licht van de straatlantaarns slechts een paar silhouetten. Ik draaide me half om naar Devin: 'Heb je het hele korps vanavond meegebracht, Dev?'
 Hij keek me aan, zijn hoofd diep weggedoken in zijn jack. 'Heb je liever dat het een heel mediacircus wordt? En een stel verslaggevers, bewoners en nieuwelingen al het bewijsmateriaal vertrapt?' Hij keek naar de rijen twee verdiepingen hoge huizen onder aan de heuvel. 'Dat is het fijne van moorden in een vervallen wijk: het kan niemand ene moer schelen, daarom loopt er ook niemand in de weg.'
 'Als het niemand ene moer kan schelen, Devin, dan is er ook niemand om jou iets te vertellen.'
 'Jazeker, dat is de schaduwzijde ervan.'
 Zijn partner, Oscar Lee, was de eerste agent die ik herkende.

Oscar is de grootste kerel die ik ooit ontmoet heb. Bij hem vergeleken lijdt Refrigerator Perry aan anorexia, is Michael Jordan een dwerg en zelfs Bubba maakt een miezerige indruk als hij naast Oscar staat. Hij droeg een leren bivakmuts over een zwart hoofd zo groot als een circusballon, en rookte een sigaar die stonk als een kust na een olieramp.

Toen we kwamen aanlopen, draaide hij zich om. 'Devin, wat doet Kenzie hier, verdomme?'

Oscar. Mijn vriend als ik hem nodig had, inderdaad mijn vriend.

Devin zei: 'Het kaartje. Weet je nog?'

'Dan ben jij waarschijnlijk in staat om dit meisje te identificeren, Kenzie.'

'Misschien. Als ik haar mag zien, Oscar.'

Oscar haalde zijn schouders op. 'Waarschijnlijk heeft ze er beter uitgezien.'

Hij stapte opzij, zodat ik het lichaam dat in het licht van de straatlantaarns op de grond lag, goed kon bekijken.

Op een lichtblauw onderbroekje na was ze naakt. Haar lichaam was gezwollen door de kou, de rigor of iets anders. Haar haren waren van haar voorhoofd verwijderd en haar mond en ogen stonden open. Haar lippen waren blauw van de kou en ze leek naar een punt net boven mijn schouder te kijken. Haar dunne armen en benen waren wijd gespreid, en donker bloed – dat door de kou bijna gestold was – was uit haar keel, haar handpalmen en voetzolen gestroomd. Kleine, platte cirkels van metaal glinsterden in het midden van iedere handpalm en half omgedraaide enkel.

Het was Kara Rider.

Ze was gekruisigd.

'Spijkers die een paar centen kostten,' zei Devin later, toen we in The Black Emerald Tavern zaten. 'Heel gewoon. Slechts in twee derde van alle huizen van de stad worden ze gebruikt. En ze worden overal graag door timmerlui gebruikt.'

'Timmerlui,' zei Oscar.

'Dat is het,' zei Devin. 'De dader is een timmerman. Heeft waarschijnlijk een bloedhekel aan dat gedoe met Christus. Heeft het waarschijnlijk in zijn hoofd gehaald om de held van zijn handel te wreken.'

'Schrijf je dat op?' vroeg Oscar aan mij.

We waren naar de bar gegaan om Micky Doog te pakken te krijgen, de laatste persoon die ik in het gezelschap van Kara had gezien, maar men had hem sinds het begin van de middag niet meer gezien. Devin had zijn adres doorgekregen van Gerry Glynn, de eigenaar, en hij had een paar agenten naar het adres gestuurd,

maar Micky's moeder had hem sinds gisteren niet meer gezien.
'Er waren maar een paar leden van de groep hier vanmorgen,' vertelde Gerry ons. 'Kara, Micky, John Buccierri, Michelle Rourke, een paar van de lui die een paar jaar geleden met elkaar optrokken.'
'Zijn ze tegelijk weggegaan?'
Gerry knikte. 'Ik kwam net de zaak binnenlopen toen zij vertrokken. Ze hadden hem al behoorlijk om, hoewel het nog geen één uur was. Maar het is een goed meisje, die Kara.'
'Was,' zei Oscar. 'Wás een goed meisje.'
Het was bijna twee uur 's nachts en we waren dronken.
Gerry's hond, Patton, een forse Duitse herder met zwarte en donkergroene haren, lag drie meter verder boven op de bar. Hij bekeek ons met een blik of hij onze autosleutels zou afpakken of niet. Ten slotte gaapte hij, waarbij een grote lap tong uit zijn bek hing. Hij draaide zijn kop om met schijnbaar bestudeerde desinteresse.
Nadat de patholoog-anatoom was verschenen, stond ik nog twee volle uren in de kou. Intussen werd Kara's lichaam in de ambulance getild en naar het mortuarium gebracht, waarna het forensisch team in het gebied rondneusde op zoek naar bewijzen. Devin en Oscar belden bij de huizen langs het park aan, of iemand die avond iets gezien of gehoord had. Niet dat niemand iets gehoord had, het kwam doordat de vrouwen in deze wijk iedere avond schreeuwden, en het was net als met een autoalarm, als je het eenmaal lang genoeg hoorde, lette je er niet meer op.
Van de vezels die Oscar tussen Kara's tanden zag zitten, en de geringe hoeveelheid bloed die Devin in de gaten in de bevroren grond onder haar handen en voeten had gevonden, kwamen ze tot de volgende conclusie. Nadat de moordenaar een zakdoek of een stuk van een hemd in haar mond had geduwd, was ze op een andere plek vermoord. Vervolgens had hij haar keel met een stiletto of een zeer scherpe ijspriem doorgestoken om haar stembanden uit te schakelen. Daarna was hij vrij om haar te zien sterven aan een zware, traumatische shock of langzaam te zien stikken in haar eigen bloed. Om wat voor reden dan ook had de dader het lichaam naar Meeting House Hill gebracht en Kara aan de bevroren grond vastgenageld.
'Wel een lekkere vent, deze kerel,' zei Devin.
'Hij heeft waarschijnlijk alleen maar een goede omhelzing nodig,' zei Oscar. 'Om hem op het rechte pad te brengen.'
'Er bestaat niets zoals een slechte jongen,' zei Devin.
'Jij bent anders verdomde gepikeerd,' zei Oscar.
Sinds ik haar lichaam had gezien, had ik niet veel gezien. In

tegenstelling tot Devin en Oscar was ik geen professional als het een gewelddadige dood betrof. Ik heb mijn deel gehad, maar zelfs dat haalde in de verste verte het niveau niet waarmee deze jongens steeds worden geconfronteerd.

Ik zei: 'Ik kan dit niet aan.'

'Ja,' zei Devin. 'Dat kun je wel.'

'Neem nog een slok,' zei Oscar. Hij knikte in de richting van Gerry Glynn. Na zijn baan als agent was Gerry eigenaar van de Black Emerald geworden. En hoewel hij gewoonlijk om één uur sluit, blijft hij altijd open voor agenten. Voordat Oscar was uitgeknikt, stonden onze drankjes voor onze neuzen en stond hij weer aan het andere einde van de bar, voordat we beseften dat hij bij ons was geweest. De definitie van een goede barkeeper.

'Gekruisigd,' zei ik voor de twintigste keer die avond, terwijl Devin me het volgende biertje gaf.

'Ik denk dat we het daar allemaal mee eens zijn, Patrick.'

'Devin,' zei ik, terwijl ik probeerde hem strak aan te kijken. Ik was pisnijdig omdat hij zijn kop niet dichthield. 'Dat meisje was nog geen tweeëntwintig. Ik kende haar sinds ze twee jaar oud was.'

Devins ogen keken me nietszeggend aan. Ik keek naar Oscar. Hij kauwde op een niet brandende, half opgerookte sigaar, en bekeek me alsof ik een meubelstuk was en niet zeker wist waar hij het moest neerzetten.

'Fuck,' zei ik.

'Patrick,' zei Devin. 'Patrick? Luister je?'

Ik draaide me om en keek in zijn richting. Heel even bewoog zijn hoofd niet meer. 'Wat?'

'Ze was tweeëntwintig. Ja. Een kind. En al was ze vijftien of veertig geweest, het zou nog even erg zijn. Dood is dood en moord is moord. Maak het niet erger door sentimenteel over haar leeftijd te doen, Patrick. Ze is vermoord. Op een monsterachtige manier. Geen enkele twijfel daarover. Maar...' Hij leunde gevaarlijk tegen de bar en sloot één oog. 'Partner? Wat was mijn *maar* ook al weer?'

'Maar,' zei Oscar, 'het maakt niets uit of ze man of vrouw was, rijk of arm, jong of oud – '

'Blank of zwart,' zei Devin.

' – blank of zwart,' zei Oscar nijdig tegen Devin, 'ze is vermoord, Kenzie. Op een verschrikkelijke manier vermoord.'

Ik keek hem aan. 'Heb je ooit zoiets verschrikkelijks gezien?'

Hij grinnikte. 'Ik heb heel wat ergere dingen gezien, Kenzie.'

Ik draaide me om naar Devin. 'En jij?'

'Verdomme, ja.' Hij nam een slok. 'Een gewelddadige wereld, Patrick. Mensen vinden het heerlijk om te doden. Het – '

'Geeft hun macht,' zei Oscar.

'Precies,' zei Devin. 'Een deel van je voelt zich daar verdomd prettig bij. Al die macht.' Hij haalde zijn schouders op. 'Maar waarom vertellen we jou dat? Dat weet je zelf maar al te goed.'

'Wat bedoel je?'

Oscar legde een hand zo groot als een honkbalhandschoen op mijn schouder. 'Kenzie, iedereen weet dat je vorig jaar Marion Socia hebt neergeschoten. We weten dat je ook betrokken bent bij de dood van een paar punks bij de projecten van Melnea Cass.'

'Wat?' zei ik. 'En waarom hebben jullie me dan niet ingerekend?'

'Patrick, Patrick, Patrick,' zei Devin een beetje brabbelend, 'als het aan ons lag, kreeg je voor het neerschieten van Socia een medaille. Fuck Socia. Wat mij betreft, fuck Socia nog een keer. Maar,' zei hij, weer met een oog dicht, 'je durft niet te ontkennen dat een deel van jou zich heel goed voelde, toen het licht in zijn ogen doofde nadat je een kogel door zijn hoofd had gejaagd.'

'Geen commentaar,' zei ik.

'Kenzie,' zei Oscar, 'je weet dat hij gelijk heeft. Hij is dronken, maar hij heeft gelijk. Je richtte op die klootzak van een Socia, keek in zijn ogen en knalde hem neer.' Hij vormde een pistool met zijn wijsvinger en duim en duwde die tegen mijn slaap. 'Exit Marion Socia. Geeft je het gevoel dat je die dag God was, hè?'

Wat ik voelde toen ik Marion Socia onder het viaduct van een snelweg neerknalde, terwijl de vrachtwagens over de metalen strips boven mijn hoofd dreunden, vormde een van de meest tegenstrijdige soorten van emoties die ik ooit in mijn leven had ervaren. En ik was er verdomd zeker van dat ik die herinneringen niet graag in het gezelschap van twee rechercheurs van de afdeling moordzaken wilde ophalen terwijl ik halfdronken was. Misschien ben ik wel paranoïde.

Devin glimlachte. 'Het geeft je een prettig gevoel als je iemand doodschiet, Patrick. Houd jezelf niet voor de gek.'

Gerry Glynn kwam aanlopen. 'Nog een rondje, jongens?'

Devin knikte. 'Hé, Ger.'

Gerry stond halverwege de weg naar de bar stil.

'Heb jij ooit iemand in diensttijd neergeschoten?'

Gerry keek een beetje verlegen, alsof deze vraag hem diverse keren gesteld was. 'Ik heb zelfs nog nooit mijn pistool getrokken.'

'Nee,' zei Oscar.

Gerry haalde zijn schouders op, terwijl de uitdrukking in zijn ogen volstrekt niet in overeenstemming was met de baan die hij twintig jaar lang had bekleed. Hij krabde afwezig over Pattons buik. 'Toen was het een andere tijd. Dat weet je toch nog, Dev?'

Devin knikte. 'Andere tijd.'

Gerry haalde de hendel van de tap over om mijn bierglas te vullen. 'En een andere wereld, eigenlijk.'

'Een andere wereld,' zei Devin.

Hij zette de nieuwe drankjes voor ons neer. 'Ik wilde dat ik jullie kon helpen, jongens.'

Ik keek naar Devin. 'Heeft iemand Kara's moeder gewaarschuwd?'

Hij knikte. 'Die lag uitgeteld in haar keuken, maar ze hebben haar wakker gemaakt en het haar verteld. Iemand houdt haar nu gezelschap.'

'Kenzie,' zei Oscar, 'we gaan achter die Micky Doog aan. Al is het iemand anders, een bende, of wat dan ook, we krijgen ze te pakken. Over een paar uur weten we dat iedereen wakker is en dan bellen we weer bij elk huis aan. Misschien dat iemand tóch iets gezien heeft. En we arresteren die verrekte klootzak, laten hem een poosje zweten en gaan net zolang tegen hem tekeer tot hij bekent. Het brengt haar niet terug, maar misschien kunnen we voor haar het woord doen, zogezegd.'

Ik zei: 'Ja, maar...'

Devin boog zich in mijn richting. 'De lul die dit gedaan heeft, gaat eraan, Patrick. Neem dat maar aan.'

Dat wilde ik ook. Echt waar.

Vlak voordat we weggingen, toen Devin en Oscar in het toilet waren, keek ik op van de wazige bar en merkte dat Gerry en Patton naar me keken. In de vier jaar dat Gerry hem heeft, heb ik Patton zelfs nog nooit horen blaffen, maar één blik van die strakke, koele ogen en je wist meteen dat je het niet in je hoofd moest halen om te proberen hem iets te flikken. De ogen van die hond beschikten waarschijnlijk over veertig verschillende uitdrukkingen voor Gerry – van liefde tot sympathie – maar voor de rest had hij er slechts één – een kille waarschuwing.

Gerry krabde achter Pattons oren. 'Kruisiging.'

Ik knikte.

'Hoeveel keer denk je dat het in deze stad gebeurt, Patrick?'

Ik haalde mijn schouders op, want ik vertrouwde mijn tong niet meer om duidelijk te kunnen spreken.

'Waarschijnlijk niet veel,' zei Gerry, en keek naar Patton die zijn hand likte. Intussen kwam Devin uit het toilet tevoorschijn.

Die nacht droomde ik van Kara Rider.

Ik liep door een koolveld vol met Black Angus-koeien en mensenhoofden, waarvan ik de gezichten niet herkende. In de verte stond de stad in brand en ik zag het silhouet van mijn vader boven op een brandweertrap, terwijl hij de vlammen met benzine besproeide.

Het vuur van de stad kroop steeds dichterbij en bereikte de rand van het koolveld. Om me heen begonnen de menselijke hoofden te praten; in het begin was het onverstaanbaar gebrabbel, maar niet lang daarna kon ik een paar stemmen herkennen.

'Het ruikt naar rook,' zei de ene stem.

'Dat zeg je altijd,' zei een van de koeien, en spuwde herkauwmassa op een koolblad, terwijl een doodgeboren kalf tussen haar achterpoten op de grond viel en door haar hoeven vertrapt werd.

Ik hoorde Kara ergens in het veld schreeuwen. Intussen werd de lucht zwart en stonk het naar olie. De rook beet in mijn ogen, terwijl Kara mijn naam bleef schreeuwen, maar ik kon geen menselijk hoofd van een kool onderscheiden. De koeien kreunden en zwaaiden heen en weer in de wind, en de rook bedekte me. Niet lang daarna hoorde ik Kara niet meer gillen, en met een dankbaar gevoel voelde ik dat de vlammen aan mijn benen begonnen te likken. Dus ging ik midden in het veld zitten om weer op adem te komen, terwijl de wereld om me heen in brand stond en de koeien op het gras kauwden, heen en weer zwaaiden in de wind en weigerden weg te rennen.

Toen ik wakker werd, hapte ik naar adem en hing de stank van smeulend vlees in mijn neusgaten. Ik zag mijn hart als een razende onder het laken tekeergaan, en ik zwoer nooit meer iets met Devin en Oscar te gaan drinken.

10

Ik was die ochtend om vier uur in bed gekropen en door mijn Salvador Dali-droom om ongeveer zeven uur wakker geworden, maar pas tegen achten weer in slaap gevallen.

Dat zei Lyle Dimmick en zijn maat, Waylon Jennings, niets. Om precies negen uur begon Waylon te brullen over de vrouw die hem belazerd had, het krassende ritme van een countryviool klom over mijn vensterbank en teisterde mijn hersens.

Lyle Dimmick was een altijd bruingebrande huisschilder die vanwege een vrouw uit Odessa, Texas, hierheen was gekomen. Hij had haar gevonden, was haar kwijtgeraakt, had haar teruggekregen, en was haar weer kwijtgeraakt toen ze met een of andere kerel, die ze in een bar ergens in de wijk had ontmoet, naar Odessa terugvluchtte. Het was een Ierse pijpfitter die tot de conclusie was gekomen dat hij altijd al een cowboy was geweest.

Ed Donnegan was de enige eigenaar van bijna alle huizen in mijn blok, op dat van mij na, die hij eens in de tien jaar liet schilderen. En elke keer als hij dat deed, nam hij één schilder in dienst die hij alles liet schilderen, of het nu regende, sneeuwde of de zon scheen.

Lyle droeg een cowboyhoed en een rode zakdoek om zijn nek en een zwarte, halfronde Gargoyle-zonnebril die de helft van zijn kleine, scherpe gezicht besloeg. Die zonnebril, zei hij, was iets dat een stadsjongen altijd droeg. Het was zijn enige concessie in deze godvergeten wereld vol yankees, die geen enkel respect toonden voor de drie grootste geschenken van God aan de mensheid – Jack Daniel's, het paard en vanzelfsprekend Waylon.

Ik stak mijn hoofd tussen de gordijnen en het scherm en zag dat hij met zijn rug naar mij toe het huis van mijn buren stond te schilderen. De muziek was zó luid dat hij me nooit kon horen, dus in plaats daarvan trok ik het raam omlaag, strompelde verder om alle andere ramen omlaag te trekken en reduceerde Waylon tot slechts een ander stemmetje in mijn hoofd. Daarna kroop ik terug in bed, sloot mijn ogen en bad om stilte.

Maar dat zei Angie niets.

Ze maakte me even na tienen wakker door in mijn appartement tekeer te gaan, koffie te zetten, het raam omhoog te schuiven om een nieuwe herfstdag binnen te laten en luidruchtig in mijn koelkast rond te neuzen, terwijl de stem van Waylon of Merle of Hank Jr. weer tussen mijn zonnescherm door naar binnen stroomde.

Toen dat voor mij niet genoeg bleek om uit bed te komen, deed ze de slaapkamerdeur open en zei: 'Opstaan.'

'Ga weg.' Ik trok de dekens over mijn hoofd.

'Sta op, baby. Ik verveel me. Nú.'

Ik gooide een kussen in haar richting, ze dook in elkaar en het kussen zeilde met een boog over haar heen de keuken in. Een luid gerinkel was het resultaat.

Ze zei: 'Ik hoop dat je die borden niet mooi vond.'

Ik stond op, sloeg een laken om mijn middel om mijn in het donker oplichtende Marvin the Martian-boxershorts te bedekken en stommelde naar de keuken.

Angie stond midden in de keuken met een koffiekop in beide handen. Op de grond en het aanrecht lagen een paar gebroken borden.

'Koffie?' vroeg ze.

Ik vond een bezem en begon de rommel bij elkaar te vegen. Angie zette haar kop op de tafel en bukte zich met een blik in haar handen.

Ik zei: 'Je weet nog steeds niet zeker wat je met de afspraak wat slapen betreft aan moet, hè?'

'Ik vind het een beetje overtrokken.' Ze pakte een paar scherven op en gooide ze in de afvalbak.

'Hoe weet je dat nou? Je hebt het nooit geprobeerd.'

'Patrick,' zei ze, en gooide nog een paar scherven weg, 'het is míjn fout niet dat je tot in de kleine uurtjes met je vriendjes bent gaan drinken.'

Mijn vriendjes.

'Hoe wist je dat ik aan het drinken was met iemand?'

Ze gooide de laatste scherven in de bak en ging rechtop staan. 'Omdat ik je nog nooit eerder met een groen uitgeslagen huid gezien heb. Bovendien stond er vanmorgen een verschrikkelijk dronken boodschap op mijn antwoordapparaat.'

'Aha.' Ik herinnerde me vaag iets over een openbare telefoon vannacht en een piepje op een of ander moment. 'Hoe luidde die boodschap?'

Ze pakte een koffiekop van de tafel en leunde tegen de wasmachine. 'Het klonk als "Waar ben je? Het is drie uur 's nachts, er is iets verschrikkelijk naar de kloten gegaan, we moeten praten." De

rest begreep ik niet, maar toen sprak je toch Swahili?'
 Ik zette de bezem, het blik en de afvalbak in de kast en schonk mezelf een kop koffie in. 'Nou,' zei ik, 'waar was je om drie uur vanochtend?'
 'Ben je nu ook al mijn váder?' Met een frons op haar gezicht kneep ze net boven het laken in mijn middel. 'Je krijgt een binnenband.'
 Ik pakte de koffiemelk. 'Die heb ik niet.'
 'En weet je waarom? Omdat je nog steeds bier drinkt alsof je lid van het studentencorps bent.'
 Ik keek haar strak aan en schonk nog wat extra koffiemelk in. 'Ben je van plan om mijn oorspronkelijke vraag te beantwoorden?'
 'Waar ik vannacht was?'
 'Ja.'
 Ze nam een slok van haar koffie en keek me over de rand van haar mok aan. 'Nee. Maar ik werd wel wakker met een warm, behaaglijk gevoel en een brede glimlach op mijn gezicht. Een brede glimlach.'
 'Zo breed als nu?'
 'Nog breder.'
 'Hm,' zei ik.
 Met een snelle beweging ging ze op de wasmachine zitten. 'Dus je belde me straalbezopen om drie uur vannacht op en dat was niet alleen om mijn seksleven te controleren. Wat is er aan de hand?' Ze stak een sigaret op.
 Ik zei: 'Weet je nog wie Kara Rider is?'
 'Ja.'
 'Iemand heeft haar gisteravond vermoord.'
 'Nee.' Ze sperde haar ogen wijdopen.
 'Ja.' Met al die extra koffiemelk smaakte mijn koffie als babyvoedsel. 'Iemand heeft haar op Meeting House Hill gekruisigd.'
 Ze sloot haar ogen even en deed ze even later weer open. Ze keek naar haar sigaret alsof die haar iets kon vertellen. 'Enig idee wie de dader is?' vroeg ze.
 'Niemand paradeerde in de buurt van Meeting House Hill met een bloederige hamer in zijn handen, terwijl hij "Boy, oh boy, ik vind het fijn om vrouwen te kruisigen" zong, als je dat soms bedoelt.' Ik goot mijn koffie in de gootsteen.
 Rustig zei ze: 'Ben je uitgesnauwd voor vandaag?'
 Ik schonk nieuwe koffie in mijn mok. 'Dat weet ik niet. Het is nog vroeg.' Ik draaide me om, ze gleed van de wasmachine en ging voor me staan.
 Ik zag Kara's gezwollen, magere en naakte lichaam in de koude avond, en haar dode ogen.

Ik zei: 'Ik zag haar gistermorgen voor de Emerald. Ik had een bepaald gevoel, ik weet niet precies wat, dat ze in moeilijkheden zat of zo, maar ik schonk er verder geen aandacht aan. Ik liet het verder rusten.'

'En nu?' zei ze. 'Voel je je nu schuldig?'

Ik haalde mijn schouders op.

'Nee, Patrick,' zei ze. Ze streelde met een warme handpalm langs mijn nek en dwong me zo haar aan te kijken. 'Begrepen?'

Niemand mocht sterven zoals Kara was gestorven

'Begrepen?' zei ze nogmaals.

'Ja,' zei ik. 'Vermoedelijk wel.'

'Niets vermoedelijk,' zei ze. Ze trok haar hand terug, haalde een witte envelop uit haar tasje en gaf hem aan mij. 'Deze was met plakband beneden aan de voordeur geplakt.' Ze wees naar een kleine kartonnen doos die op mijn keukentafel stond. 'En die stond schuin tegen de deur.'

Ik heb een appartement op de tweede verdieping, waarvan de voor- en achterdeur met een grendel afgesloten kunnen worden, en meestal heb ik binnen ergens twee pistolen liggen, maar dat is nog niets vergeleken bij de twee voordeuren van het twee verdiepingen hoge gebouw zelf. Er is een buitendeur en er is een binnendeur, en die zijn beide versterkt met stalen platen en gemaakt van zwaar Duits donker eiken. Het glas in de eerste deur is voorzien van alarmdraden, en mijn huisbaas heeft beide deuren met in totaal zes sloten uitgerust, waarvoor drie verschillende sleutels nodig zijn. Ik heb een set sleutels en Angie heeft een set. De vrouw van de huisbaas, die op de benedenverdieping woont omdat ze zijn gezelschap niet kan verdragen, heeft een set. En Stanis, mijn krankzinnige huisbaas – hij is doodsbang dat een bolsjewistische terreurgroep achter hem aanzit – heeft twee sets.

Alles bij elkaar genomen is mijn gebouw zó beveiligd dat ik een beetje verbaasd was dat iemand in staat bleek om een envelop aan de voordeur te bevestigen of een doos schuin tegen die deur te zetten, zonder dat er negen of tien alarmsystemen in werking werden gesteld en vijf huizenblokken werden gewekt.

De envelop was gewoon wit, met in het midden de getypte woorden 'patrick kenzie'. Geen adres, geen postzegel en geen afzender. Ik maakte de doos open, haalde er een vel typepapier uit en vouwde dat open. Er stond geen briefhoofd op, geen datum, geen aanhef en geen handtekening. In het midden van het vel had iemand één woord getypt:

HI!

De rest van het vel was blanco.

Ik gaf het vel aan Angie. Ze keek ernaar, draaide het om en draaide het weer terug. '"Hi",' las ze hardop.

'Hi,' zei ik.

'Nee,' zei ze, 'het moet meer als "Hi!" klinken. Een beetje giechelend als een meisje.'

Ik probeerde het.

'Niet slecht.'

HI!

'Zou het Grace kunnen zijn?' Ze schonk voor zichzelf nog een mok in.

Ik schudde mijn hoofd. 'Zij zegt op een heel andere manier Hi, geloof me maar. Dus, wie dan?'

Ik wist het eerlijk niet. Het was zo'n onschuldig briefje, maar ook wel vreemd. 'Wie dit geschreven heeft, is een meester in beknoptheid.'

'Of hij heeft een extreem gelimiteerde woordenschat.'

Ik smeet de brief op tafel, trok het plakband om de doos los en opende hem terwijl Angie over mijn schouder meekeek.

'Verdomme, wat is dat nou?' zei ze.

De doos zat vol bumperstickers. Ik haalde er een handvol uit, maar zeker tweemaal zoveel zat er nog in.

Angie stak haar hand uit en greep een handvol stickers.

'Dit is... vreemd,' zei ik.

Angie trok haar wenkbrauwen op en er verscheen een flauwe, raadselachtige glimlach op haar gezicht. 'Ja, dat kun je wel zeggen.'

We namen ze mee naar de woonkamer en legden ze op de vloer in een collage van zwarte, gele, rode en blauwe en glimmende regenbogen. Kijkend naar alle zesennegentig bumperstickers was het alsof je een wereld zag vol humeurigheid, hol sentiment en hopeloos onbeholpen zoektochten naar de perfect klinkende slagzin:

HUGS IN PLAATS VAN DRUGS; IK KIES VOOR HET LEVEN EN STEM; EERT UW MOEDER; HET IS EEN KIND EN GEEN KEUZE; IK BEN VERDOMME GEK OP HET VERKEER; ALS JE ME NIET GOED VINDT RIJDEN BEL DAN 1-800-EAT-SHIT; ARMS ARE FOR HUGGING; ALS IK EEN WEGPIRAAT BEN IS JOUW VROUW EEN VARKEN; STEM OP TED KENNEDY EN GOOI EEN BLONDJE IN HET WATER; JE MAG MIJN PISTOOL PAS HEBBEN ALS JE HET UIT MIJN KOUDE, DODE VINGERS HEBT GEWRONGEN; IK VERGEEF JANE FONDA, ALS DE JODEN ADOLF HITLER HEBBEN VERGEVEN; ALS JE TEGEN ABORTUS BENT, LAAT JE DAN NIET ABORTEREN; VREDE — EEN IDEE WAARVAN DE TIJD NU GEKOMEN IS; VERMOORD YUPPIEKLOOTZAKKEN; MIJN KARMA VERSLAAT JOUW DOGMA; MIJN BAAS IS EEN JOODSE TIMMERMAN; POLITICI HEBBEN GRAAG DAT HUN BOEREN ONGEWAPEND ZIJN; VIETNAM VERGETEN? NOOIT; DENK GLOBAAL, MAAR HANDEL LOKAAL; HAAT IS GEEN FAMILIE-

TROTS; IK JAAG MIJN ERFENIS ERDOORHEEN; WE GAAN UIT ONZE BOL EN ZIJN OVERAL; SHIT HAPPENS; ZEG GEWOON NEE; MIJN VROUW IS ERVANDOOR MET MIJN BESTE VRIEND EN IK ZAL HEM ZEKER MISSEN; DUIKERS DOEN HET IN HET DIEPE; IK GA LIEVER VISSEN; HOU JE NIET VAN DE POLITIE? BEL DAN EEN LIBERAAL ALS JE DE VOLGENDE KEER IN DE PROBLEMEN ZIT; FUCK YOU, FUCK ME; MIJN KIND IS DE BESTE STUDENT OP DE LAGERE SCHOOL VAN ST. CATHERINE'S; MIJN KIND SLAAT JOUW BESTE STUDENT IN ELKAAR; EEN PRETTIGE DAG, KLOOTZAK; BEVRIJD TIBET; BEVRIJD MANDELA; BEVRIJD HAÏTI; GEEF VOEDSEL AAN SOMALIË; CHRISTENEN ZIJN NIET PERFECT, ZE HEBBEN ALLEEN VERGEVING GEKREGEN...

En dan nog zevenenvijftig.

Toen we daar naar al die stickers stonden te kijken en probeerden de enorme golf van ontelbare boodschappen te begrijpen, begon mijn hart te bonzen. Het was alsof we naar de computertomografie van een schizofreen keken, terwijl alle persoonlijkheden van die arme klootzak een schreeuwwedstrijd hielden.

'Vreemd,' zei Angie.
'Dat is zeker.'
'Zie je of al deze dingen iets met elkaar gemeen hebben?'
'Afgezien van het feit dat het allemaal bumperstickers zijn?'
'Ik denk dat dat vanzelfsprekend is, Patrick.'
Hoofdschuddend zei ik: 'In dat geval, nee, ik snap er niks van.'
'Ik ook niet.'
'Ik zal er onder de douche over nadenken,' zei ik.
'Dat is een goed idee,' zei ze. 'Want je stinkt als een nat bardoekje.'

Terwijl ik met gesloten ogen onder de douche stond, zag ik Kara op het trottoir staan terwijl de bierwalmen uit de bar achter haar stroomden. Ze keek naar het verkeer op Dorchester Avenue en zei dat er geen zak veranderd was.

'Pas op,' had ze gezegd.

Ik stapte onder de douche vandaan, droogde mezelf en zag haar kleine, bleke, naakte en gekruisigde lichaam, vastgespijkerd aan een smerige heuvel.

Angie had gelijk. Het was mijn fout niet. Je kunt geen mensen redden. Vooral niet als de persoon zelf niet vraagt om gered te worden. We stuiteren op en neer, botsen en banen ons met geweld een weg door ons leven, en voor het grootste deel zijn we op onszelf aangewezen. Ik was Kara niets schuldig.

Maar niemand zou op een dergelijke manier moeten sterven, fluisterde een stem.

Terug in de keuken belde ik Richie Colgan, een oude vriend en columnist voor *The Trib*. Zoals altijd had hij het druk en zijn stem klonk gehaast en afwezig, zodat de woorden aaneengeregen werden: 'LeukjestemweereenstehorenPat. Watiser?'

'Druk?'
'Oja.'
'Kun je iets voor mij nagaan?'
'Jazeker, vlug.'
'Kruisiging als een manier om iemand te vermoorden. Hoeveel keer is dat in deze stad gebeurd?'
'In?'
'"In?"'
'Hoeveel jaar terug?'
'Ongeveer vijfentwintig jaar.'
'Bibliotheek.'
'Wat?'
'Bibliotheek. Weleensvangehoord?'
'Ja.'
'Lijkikopeenbibliotheek?'
'Als ik informatie bij een bibliotheek opvraag, koop ik daarna nooit een kratje Michelob voor de bibliothecaresse.'
'Heineken.'
'Natuurlijk.'
'Ikgaernaarkijken. Beljegauwterug.' Hij verbrak de verbinding.

Toen ik weer naar de woonkamer terugkeerde, lag de 'HI!-brief' op de bijzettafel, de bumperstickers lagen er in twee nette stapels onder en Angie zat tv te kijken. Ik had een spijkerbroek en een katoenen overhemd aangetrokken en begaf me naar de woonkamer, terwijl ik intussen met een handdoek mijn haren droogde.

'Waar kijk je naar?'
'CNN,' zei ze, en keek naar de krant die op haar schoot lag.
'Is er vandaag nog iets opwindends in onze wereld gebeurd?'
Ze haalde haar schouders op. 'Een aardbeving in India kostte aan meer dan negenduizend mensen het leven, en een kerel in Californië heeft het kantoor waar hij werkte overhoop geschoten met een machinegeweer.'

'Een postkantoor?' vroeg ik.
'Een accountantsfirma.'
'Dat gebeurt er als accountants de beschikking krijgen over automatische wapens,' zei ik.
'Klaarblijkelijk.'
'Is er verder nog opgewekt nieuws dat ik zou moeten weten?'
'Op zeker moment onderbraken ze de uitzending om te vertellen dat Liz Taylor weer gaat scheiden.'
'Wat een vreugde,' zei ik.
'Nou,' zei ze, 'wat is ons plan?'
'We gaan weer achter Jason aan en misschien gaan we even bij het kantoor van Eric langs om te horen of hij ons iets te vertellen heeft.'

'En we gaan gewoon door met ons werk, terwijl we aannemen dat noch Jack Rouse, noch Kevin de foto verzonden heeft.'
'Ja.'
'Hoeveel verdachten blijven dan over?' Ze ging staan.
'Hoeveel mensen wonen er in deze stad?'
'Weet ik niet. In de stad zelf ongeveer zeshonderdduizend; met de buitensteden mee ongeveer vier miljoen.'
'Dan ergens tussen zeshonderdduizend en vier miljoen verdachten,' zei ik, 'min twee, ongeveer.'
'Bedankt dat je het aantal naar beneden bijstelt, Skid. Je bent fantastisch.'

11

Op de eerste en tweede verdieping van McIrwin Hall bevinden zich de kantoren van de faculteit voor Sociologie, Psychologie en Criminologie van Bryce, plus het kantoor van Eric Gault. Op de begane grond vindt men de collegezalen, en in een van die collegezalen zat op dit ogenblik Jason Warren. Volgens het collegerooster van Bryce volgde hij college over 'De hel als een sociologische constructie', waarin men de 'sociale en politieke motieven vanaf de Soemeriërs en Akkadiërs tot en met Christelijk Rechts in Amerika' onderzocht. We gingen alle leraren van Jason na en kwamen erachter dat Ingrid Uver-Kett onlangs als lid van een plaatselijke Nationale Vrouwenorganisatie was geroyeerd omdat ze ideeën had gespuid waarbij vergeleken die van Andrea Dworkin nog gematigd konden worden genoemd. Haar college duurde drieëneenhalf uur zonder pauze en werd tweemaal per week gegeven. Mevrouw Uver-Kett kwam elke maandag en donderdag met de auto uit Portland, Maine, om college te geven en bracht voorzover wij konden zien de rest van haar tijd door met het schrijven van schimpbrieven naar Rush Limbaugh.

Angie en ik kwamen tot de conclusie dat mevrouw Uver-Kett meer tijd doorbracht om een gevaar voor zichzelf te vormen dan voor Jason, en elimineerden haar dus als verdachte.

McIrwin Hall was een wit gebouw in Georgian stijl dat tussen berken en vuurrode esdoorns stond. Een pad van kinderhoofdjes leidde erheen. We zagen Jason met een groep studenten door de voordeuren verdwijnen en hoorden het geluid van voetstappen en luidkeelse plagerijtjes, waarna het opeens bijna doodstil werd.

Na het ontbijt keerden we terug om Eric te bezoeken. Tegen die tijd lag er slechts een verloren en vergeten pen onder aan de trap, een indicatie dat in elk geval iemand die ochtend naar binnen was gegaan.

De hal rook naar ammoniak en dennenspray en tweehonderd jaar kennis die gezocht werd, kennis die vergaard werd en grote ideeën die waren ontstaan in de stoffige gloed van het gebroken zonlicht dat door de gebrandschilderde ramen naar binnen viel.

Rechts van ons was de ontvangstbalie, maar er zat niemand achter. Ik vermoedde dat men op Bryce verwachtte dat iedereen wist waar hij of zij moest zijn.

Angie trok haar spijkerjack uit en plukte aan de zoom van haar T-shirt, dat over haar broek hing, om de statische elektriciteit kwijt te raken. 'Alleen de sfeer al zorgt ervoor dat ik hier graag zou willen afstuderen.'

'Dan had ik niet voor mijn eindexamen geometrie moeten zakken.'

Even later zei ik: 'Oef.'

We liepen een gebogen, mahoniehouten trap op. Aan de muren van het trappenhuis hingen talloze geschilderde portretten van vroegere voorzitters van Bryce. Allemaal waren het somber kijkende mannen met lange, getekende gezichten, alsof zoveel genialiteit in hun hersens een zware last betekende. Erics kantoor bevond zich aan het einde van de gang. We klopten eenmaal op de deur en hoorden een gedempt 'Binnen' aan de andere kant van de matglazen deur.

Erics lange, peper-en-zoutkleurige paardenstaart hing over de rechterschouder van zijn blauwbruine, gebreide vest. Onder het vest droeg hij een spijkeroverhemd en een marineblauwe, handbeschilderde stropdas met daarop een jonge zeehond die ons smekend aankeek.

Ik keek met een opgetrokken wenkbrauw naar de stropdas en ging zitten.

'Klaag me maar aan,' zei Eric, 'omdat ik een slaaf van de mode ben.' Hij leunde naar achteren en wuifde met een hand in de richting van het open raam. 'Mooi weer, vind je ook niet?'

'Mooi weer,' bevestigde ik.

Hij zweeg en wreef in zijn ogen. 'Nou, hoe gaat het met Jason?'

'Hij heeft een druk bestaan,' zei Angie.

'Geloof me of niet, maar vroeger was het een eenzame jongen,' zei Eric. 'Heel lief, en hij bezorgde Diandra nooit enige problemen, maar was vanaf het begin introvert.'

'Nu niet meer,' zei ik.

Eric knikte. 'Sinds de eerste dag hier is hij compleet losgebroken. Natuurlijk is dat heel normaal voor kinderen die nooit bij een groep op de middelbare school hoorden dat ze opeens van de vrijheid op de universiteit gaan genieten en het ervan nemen.'

'Jason geniet er wel heel erg van,' zei ik.

'Volgens mij is hij eenzaam,' zei Angie.

Eric knikte: 'Dat begrijp ik ook wel. Dat de vader het gezin verliet toen hij nog jong was, verklaart een paar dingen, maar toch is er altijd die... afstand geweest. Ik wilde dat ik het kon uitleggen. Als je hem met zijn...' – hij glimlachte even – '...harem ziet en hij weet niet dat je op hem let, dan denk ik dat hij een totaal ander persoon is dan de verlegen jongen die ik altijd gekend heb.'

'Wat vindt Diandra hiervan?' zei ik.

'Ze heeft het niet in de gaten. Hij is erg close met haar, dus als hij met iemand een vertrouwelijk gesprek heeft, dan is het met haar. Maar hij neemt geen vrouwen mee naar huis, hij praat zelfs niet zijdelings over zijn manier van leven hier. Ze weet dat hij geheimen heeft voor haar, maar ze vindt dat het juist heel goed is dat hij zijn eigen weg kiest en respecteert dat.'

'Maar u bent een andere mening toegedaan,' zei Angie.

Hij haalde zijn schouders op en keek even uit het raam. 'Toen ik zo oud was als hij, woonde ik in dezelfde studentenflat als hij. Ik was eveneens een vrij introvert kind, maar net als Jason kroop ik hier uit mijn schulp. Ik bedoel, het is een universiteit. Het is studeren, drinken, hasj roken, seks hebben met vreemden en een middagdutje doen. Dat doe je als je als achttienjarige jongen hier belandt.'

'Had je seks met vreemden?' zei ik. 'Ik ben geschokt.'

'En ik heb er nu zo'n spijt van. Eerlijk. Maar goed, ik was ook geen heilige, maar in Jasons geval is deze radicale verandering en zijn bijna volledige overgave aan de excessen van De Sade een beetje drastisch te noemen.'

'"De Sade"?' zei ik. 'Ik zweer het je, maar jullie intellectuelen hebben zo'n koele manier van praten.'

'Waarom de verandering dan? Wat probeert hij te bewijzen?' zei Angie.

'Ik weet het niet precies.' Eric hield zijn hoofd op zo'n manier dat ik, en dat was niet voor de eerste maal, aan een cobra moest denken. 'Jason is een goeie knul. Persoonlijk kan ik me niet voorstellen dat hij zich inlaat met dingen die hem of zijn moeder zouden kunnen beschadigen, maar ja, ik heb de jongen zijn hele leven gekend, en hij is de laatste persoon van wie ik zou aannemen dat hij aan een Don Juan-complex leed. Je hebt de betrokkenheid van de maffia buitengesloten?'

'Grotendeels wel.'

Hij perste zijn lippen op elkaar en blies langzaam zijn adem uit. 'Dan weet ik verder ook niets. Ik weet wat ik je zojuist over Jason vertelde, en dat is het dan. Ik zou graag met de grootst mogelijke zekerheid willen zeggen wie hij wel of niet is, maar ik loop al lang genoeg mee om te beseffen dat je iemand nooit helemaal goed leert kennen.' Hij wuifde met zijn hand naar boekenplanken vol boeken over criminologie en psychologie. 'Als mijn jarenlange studie me íets geleerd heeft, dan is dat alles.'

'Geweldig,' zei ik.

Hij maakte zijn stropdas los. 'Je vroeg mijn mening over Jason, en die heb ik je gegeven, met de aantekening dat alle mensen geheimen hebben en een dubbelleven leiden.'

'Wat zijn die van jou, Eric?'

Hij knipoogde. 'Dat zou je wel graag willen weten, hè?'

Toen we in het zonlicht liepen, stak Angie haar arm door de mijne. We gingen onder een boom op het gras zitten en keken naar de deuren waardoor Jason over een paar minuten naar buiten zou komen. Het is een oude truc van ons om bij het schaduwen van iemand als een verliefd stelletje te acteren; mensen die hoogstwaarschijnlijk een van ons op een bepaalde plek zouden opmerken, schonken nauwelijks aandacht aan ons als we een paar vormden. Om een bepaalde reden wordt er voor een stelletje gemakkelijker een gesloten deur opengedaan dan voor iemand die alleen is.

Ze keek op naar het bladerdak en de takken boven ons. In de vochtige lucht bewogen de gele bladeren in het stevige gras. Angie leunde met haar hoofd tegen mijn schouder en bleef zo een hele tijd zitten.

'Gaat het?' vroeg ik.

Haar hand greep mijn biceps stevig beet.

'Ange?'

'Ik heb gisteren de documenten getekend.'

'De documenten?'

'De scheidingsdocumenten,' zei ze zachtjes. 'Ze hebben twee maanden in mijn appartement gelegen. Ik heb ze getekend en ze bij het kantoor van mijn advocaat afgegeven. Zomaar.' Ze bewoog haar hoofd een beetje, en liet het op een plek tussen mijn hals en schouder rusten. 'Toen ik mijn handtekening zette, had ik het vreemde gevoel dat alles vanaf nu veel netter zou zijn.' Haar stem klonk dikker. 'Gebeurde dat met jou ook?'

Ik dacht na hoe ik me voelde toen ik in het advocatenkantoor met airconditioning zat om mijn korte, koele, onder slecht gesternte begonnen huwelijk te beëindigen door mijn handtekening op de rij puntjes te zetten en de bladen netjes in drieën op te vouwen voordat ik ze in een envelop stopte. Hoe therapeutisch het ook mocht zijn, er schuilt iets meedogenloos in het feit dat je het verleden samenbundelt en er een strik omheen doet.

Mijn huwelijk met Renee duurde minder dan twee jaar, en voor het merendeel was het in feite al binnen twee maanden voorbij.

Angie was twaalf jaar met Phil getrouwd geweest. Ik had er geen enkel benul van hoe het was om na twaalf jaar weg te lopen, hoe slecht de meeste jaren van dat huwelijk ook waren geweest.

'Werd alles daardoor netter en helderder?' vroeg ze.

'Nee,' ze ik, en trok haar stevig tegen me aan. 'Helemaal niet.'

12

Angie en ik schaduwden Jason hierna nog een week op de campus en in de stad, tot aan de deuren van zijn collegezaal en slaapkamer, we wachtten tot hij naar bed ging en werden tegelijkertijd met hem 's morgens wakker. Het was bepaald geen opwindend gebeuren. Zeker, Jason leidde een aardig en levendig bestaan, maar als je het eenmaal doorhad – wakker worden, eten, college, seks, studie, eten, drinken, seks, slapen – dan werd het algauw eentonig. Als ik was ingehuurd om De Sade zelf tijdens zijn beste jaren te schaduwen, dan zou ik het na de derde of vierde keer zeker ook zat zijn geweest als hij uit de schedel van een baby had gedronken of een nachtelijke orgie had georganiseerd.

Angie had gelijk – er zat iets eenzaams en triests in het gedrag van Jason en zijn partners. Ze dobberden door hun bestaan als plastic eendjes in heet water, die af en toe omsloegen en net zolang wachtten tot iemand ze weer overeind hielp, om daarna weer verder te gaan met dobberen. Er waren geen ruzies, maar er was ook geen echte hartstocht. Er hing een luchthartig zelfbewuste en marginaal ironische sfeer in de hele groep, die even onverschillig tegenover hun manier van leven stond als een retina tegenover het oog dat ze niet langer controleerde.

En er was niemand die hem stalkte. Daar waren we zeker van. Tien dagen, en we hadden nog niemand gezien. En we hielden hem goed in de gaten.

Maar op de elfde dag verbrak Jason zijn routine.

Ik had nog geen enkele informatie over Kara Riders moord. Dit kwam doordat Devin en Oscar niet op mijn telefoontjes reageerden, maar door de berichten in de kranten wist ik dat de zaak in een impasse was beland.

Toen ik in het begin Jason schaduwde, dacht ik er niet zoveel aan, maar nu verveelde ik me, zodat ik geen andere keuze had dan erover te broeden. Het broeden loste niets op. Kara was dood. Dat had ik niet kunnen verhinderen. Haar moordenaar was onbekend en liep nog vrij rond. Richie Colgan had me nog niet teruggebeld, hoewel hij een boodschap had achtergelaten dat hij eraan werkte. Als ik zelf tijd had gehad, was ik er zelf wel aan begonnen, maar in plaats daarvan moest ik toezien dat Jason en zijn bende bestudeerd lamlendige groupies een briljante en prachtige, warme nazomer misten, door de meeste tijd in zwarte kleren of helemaal naakt in benauwde, rokerige kamers door te brengen.

'Hij gaat ergens anders heen,' zei Angie. We verlieten de steeg waarin we hadden staan wachten en volgden Jason door Brooklyn Village. Hij bezocht een boekenwinkel, neusde daar wat rond, kocht een doos met 3.5-diskettes bij Egghead Software, waarna hij The Coolidge Corner Theater binnenging.

'Dit is totaal nieuw voor mij,' zei Angie.

Gedurende tien dagen had Jason vrijwel altijd dezelfde routine gevolgd. En nu ging hij naar een bioscoop. Alleen.

Ik keek omhoog naar de luifel, want ik wist dat ik achter hem aan naar binnen zou gaan. Ik hoopte dat het geen film van Bergman zou zijn. Of nog erger, een van Fassbinder.

In The Coolidge Corner draaide men veel esoterische kunstfilms en oude films, wat prachtig is in deze tijd van de lopende-bandproducten uit Hollywood. Maar daartegenover staat dat er soms weken zijn dat je alleen maar realistische drama's uit Finland, Kroatië of een ander ijskoud, van God en alle mensen verlaten land te zien krijgt, waar de bleke, uitgemergelde bewoners schijnbaar alleen maar bij elkaar zitten om over Kierkegaard of Nietzsche te praten, of hoe ellendig ze eraan toe zijn, in plaats van te besluiten naar een plek te verhuizen waar het lichter is en optimistischer mensen wonen.

Maar vandaag draaiden ze een opgeknapte versie van Coppola's *Apocalypse Now*. In tegenstelling tot Angie, die de film haat, ben ik er gek op. Ze zegt dat de film haar het gevoel geeft dat ze er onder in een moeras naar zit te kijken nadat ze te veel Quaaludes heeft geslikt.

Ze bleef buiten en ik ging naar binnen. Een van de voordelen om op zo'n moment een partner te hebben is dat iemand in een bioscoop schaduwen een riskante bezigheid is, vooral bij een halfvolle zaal. Als het doelwit halverwege de film besluit weg te gaan, is het moeilijk hem te volgen zonder achterdocht te wekken. Maar een partner kan hem buiten direct oppikken.

De zaal was bijna leeg. Jason ging bijna vooraan in het midden zitten en ik tien rijen links daarachter. Een paar rijen verder zat rechts van mij een stelletje en nog iemand die alleen was – een jonge vrouw die met samengeknepen ogen zat te turen en een rode bandana om haar hoofd had gebonden – en aantekeningen zat te maken. Een filmstudente.

Op het moment dat Robert Duvall een barbecue op het strand hield, liep een man de zaal in en ging in de rij achter Jason zitten, ongeveer vijf stoelen links van hem. Terwijl de muziek van Wagner luid door de zaal klonk en de gevechtshelikopters de ochtendstilte verscheurden en het dorp met machinegeweren en explosieven bestookten, viel het licht van het scherm op het gezicht van de man, zodat ik duidelijk zijn profiel kon zien – gladde wangen met een korte sik, kortgeknipte, donkere haren en een sierknopje in zijn oorlel.

Tijdens de scène bij de brug van Do-Long, toen Martin Sheen en Sam Bottoms op zoek naar hun bataljonscommandant onder hevig vuur door de loopgraven kropen, schoof de man vier stoelen naar links.

'Hé, soldaat,' schreeuwde Sheen boven het mortiervuur uit tegen een jonge, doodsbange, zwarte knul, terwijl fakkels de hemel verlichtten. 'Wie voert hier het bevel?'

'Bent u dat dan niet?' schreeuwde de knul. Intussen boog de kerel met de sik naar voren. Jason hield zijn hoofd een beetje achterover.

Wat hij tegen Jason zei, duurde maar heel even. Toen Martin Sheen de loopgraaf verlaten had en weer naar de boot was teruggekeerd, stapte de man op en liep in mijn richting de zaal uit. Hij was ongeveer even lang en zwaar als ik, misschien dertig jaar oud en bijzonder knap. Hij droeg een donker sportjack over een loshangend, groen, mouwloos shirt, een versleten spijkerbroek en cowboylaarzen. Toen hij in de gaten kreeg dat ik hem aankeek, knipperde hij met zijn ogen en keek naar zijn voeten die hem de bioscoop uit brachten.

Op het doek vroeg Albert Hall aan Sheen: 'Heeft u de commandant gevonden?'

'Verdomme, er is geen commandant,' zei Sheen en klom in de boot. Intussen ging Jason staan en liep het gangpad op.

Ik wachtte meer dan drie minuten en stond op, op het moment dat de motortorpedoboot onverbiddelijk in de richting van Kurtz' bivak en Brando's krankzinnige improvisaties dreef Ik stak mijn hoofd om de hoek van het toilet om er zeker van te zijn dat er niemand was en verliet de bioscoop.

Buiten in Harvard knipperde ik met mijn ogen in het plotselinge, felle licht, keek naar links en rechts of ik Angie, Jason of die kerel met de sik zag. Niemand. Ik liep naar Bacon, maar daar waren ze ook niet. Angie en ik hadden reeds lang geleden afgesproken dat, als we elkaar tijdens een zaak zouden kwijtraken, degene zonder auto naar huis zou gaan. Dus ik neuriede 'O Sole Mio' tot ik een taxi te pakken had en reed weer terug naar onze wijk.

Jason en de man met de sik hadden elkaar voor de lunch bij de Sunset Grill in Brighton Avenue ontmoet. Angie had van de overkant van de straat een foto van hen genomen, en op één foto zag men dat de handen van beide mannen onder de tafel waren verdwenen. Mijn eerste gedachte was een drugsdeal.

Ze betaalden ieder de helft van de rekening, en buiten in Brighton Avenue raakten hun handen elkaar heel even. Ze glimlachten beiden heel verlegen. De glimlach op Jasons gezicht was niet dezelfde als ik de tien daaraan voorafgaande dagen gezien had. Zijn normale glimlach had iets van een zelfgenoegzaam lachje, een luie grijns, meestal vol zelfvertrouwen. Maar deze glimlach was oprecht, een beetje dweperig zelfs, alsof hij geen tijd had om erover na te denken toen hij op zijn gezicht verscheen.

Angie wist die glimlach en de aanraking van de handen op de film vast te leggen. En ik veranderde van opinie.

De knul met de sik liep door Brighton in de richting van Union Square, terwijl Jason weer in de richting van Bryce verdween.

Diezelfde avond legden Angie en ik haar foto's verspreid op haar keukentafel en overlegden wat we aan Diandra Warren zouden gaan vertellen.

Dit was één van die momenten waarop mijn verantwoordelijkheid naar mijn cliënte toe een beetje onduidelijk werd. Ik had geen enkele reden om aan te nemen dat Jasons waarschijnlijke biseksualiteit iets met Diandra's dreigtelefoontjes te maken had. Maar aan de andere kant had ik ook geen enkele reden om haar niets over de ontmoeting te vertellen. Maar toch wist ik niet of Jason uit de kast was gekomen of niet, en ik voelde me niet prettig in deze situatie, vooral niet toen ik op één bepaalde foto naar een knul keek die, in al die dagen dat ik hem schaduwde, voor de allereerste keer echt gelukkig was.

'Oké,' zei Angie. 'Ik denk dat ik een oplossing weet.'

Ze overhandigde me een foto waarop Jason en de kerel met de sik beiden zaten te eten en elkaar niet aankeken, maar zich in plaats daarvan op hun bord concentreerden.

'Hij heeft hem ontmoet,' zei Angie, 'en ze lunchten met elkaar, dat is alles. We laten deze foto aan Diandra zien, plus de foto's van Jason met die vrouwen. En we vertellen niets over een mogelijke relatie, tenzij ze er zelf over begint.'

'Dat klinkt als een plan.'

'Nee,' zei Diandra. 'Ik heb deze man nog nooit eerder gezien. Wie is dat?'

Hoofdschuddend zei ik: 'Ik weet het niet. Eric?'

Eric keek een hele tijd naar de foto, maar schudde toen het hoofd. 'Nee.' Hij gaf de foto terug. 'Nee,' zei hij nogmaals.

Angie zei: 'Dokter Warren, in iets meer dan een week is dit alles waar we mee op de proppen zijn gekomen. Jasons sociale kring is tamelijk beperkt, en tot op vandaag exclusief vrouwelijk.'

Ze knikte, en tikte toen met haar vinger op het hoofd van Jasons vriend. 'Zijn ze minnaars?'

Ik keek Angie aan en zij mij.

'Kom nou, meneer Kenzie, denkt u dat ik niets van Jasons seksualiteit af weet? Hij is mijn zoon.'

'Dus hij spreekt er openlijk over?' zei ik.

'Nauwelijks. Hij heeft er nooit met mij over gesproken, maar sinds zijn kinderjaren heb ik het vermoed. En ik heb hem laten weten dat ik totaal geen problemen zou hebben met homseksualiteit of biseksualiteit of een mogelijke verwijzing daarnaar, zonder met de mogelijkheid rekening te houden dat hij dat misschien zelf zou kunnen zijn. Maar ik denk nog steeds dat hij wat zijn eigen seksualiteit betreft te verlegen of te verward is.' Ze tikte opnieuw op de foto. 'Vormt deze man een bedreiging?'

'We hebben geen enkele reden om dat aan te nemen.'

Ze stak een sigaret op, leunde naar achteren op haar bank en keek me aan. 'Dus wat moeten we nu doen?'

'U hebt geen bedreigingen of foto's over de post gekregen?'

'Nee.'

'Dan vind ik dat we niet meer doen dan alleen uw geld opmaken, dokter Warren.'

Ze keek Eric aan en haalde haar schouders op.

Daarna keek ze ons weer aan. 'Jason en ik gaan het weekend naar ons huis in New Hampshire. Wilt u na onze terugkeer Jason dan nog een paar dagen in de gaten houden, al was het alleen maar om een moeder gerust te stellen?'

'Natuurlijk.'

Vrijdagochtend belde Angie om te zeggen dat Diandra Jason had opgehaald en naar New Hampshire was vertrokken. Ik had hem de hele donderdagavond in de gaten gehouden, maar er was niets gebeurd. Geen bedreigingen, geen verdachte personen die zich in de buurt van zijn kamer ophielden en geen ontmoeting met de kerel met de sik.

We deden ons uiterste best om achter de identiteit van die kerel met de sik te komen, maar het was alsof hij uit de mist was opgedoken en weer in de mist verdwenen was. Hij studeerde niet aan Bryce en gaf er ook geen colleges. En hij werkte ook niet bij een of andere instantie binnen een straal van anderhalve kilometer van de campus. We lieten zelfs een agent van politie, een vriend van Angie, zijn gezicht door de computer halen om te zien of hij daar bekend was, maar tevergeefs. Omdat hij Jason in het openbaar ontmoet had en de ontmoeting meer dan beleefd was, was er geen enkele reden om hem als een bedreiging te beschouwen. Daarom besloten we onze ogen open te houden tot hij weer tevoorschijn zou komen. Misschien kwam hij uit een andere staat. Misschien was hij wel een luchtspiegeling.

'In elk geval hebben we het weekend vrij,' zei Angie. 'Wat ga jij doen?'

'Zo veel mogelijk in het gezelschap van Grace doorbrengen.'

'Je bent gek op d'r.'

'Inderdaad. En jij?'

'Dat zou ik nooit vertellen.'

'Gedraag je netjes.'

'Nee,' zei ze.

'Vrij veilig.'

'Oké.'

Ik maakte mijn huis schoon en dat duurde niet lang, want meestal ben ik te kort thuis om het overhoop te halen. Toen ik de brief met 'HI!' en de bumperstickers zag, voelde ik dat mijn nekharen overeind gingen staan, maar ik haalde mijn schouders op en smeet alles in een kast bij mijn andere spullen.

Ik belde Richie Colgan opnieuw, kreeg zijn antwoordapparaat te horen, liet een boodschap achter, waarna er mij niets anders overbleef dan te gaan douchen en scheren en naar het huis van Grace te gaan. Oh happy day.

Toen ik de trap afliep, hoorde ik in de foyer de zware ademhaling van twee mensen. Ik sloeg de laatste hoek om en zag dat Stanis en Liva aan hun miljoenste ronde bezig waren.

Stanis droeg een hoed van ongeveer twee liter havermout, en de bolle ochtendjas van zijn vrouw zat onder de ketchup en pasgebakken roereieren, want de walm sloeg er nog van af. Ze keken elkaar strak aan en de aderen in hun hals waren gezwollen, en haar linkerooglid knipperde krankzinnig terwijl ze een sinaasappel in haar hand kneedde.

Ik paste wel op om iets te vragen.

Ik sloop op mijn tenen voorbij, opende de eerste deur en deed hem achter me dicht. Ik liep de kleine gang in en stapte op een witte envelop die op de grond lag. De zwarte rubberen strip onder aan de deur klemde zó stevig over de drempel, dat het makkelijker was om een nijlpaard door een klarinet te duwen dan een stuk papier onder de voordeur door.

Ik keek naar de envelop. Geen sporen of kreukels te zien.

De woorden 'patrick kenzie' stonden in het midden van de envelop.

Ik deed de deur naar de foyer open, maar Stanis en Liva hadden zich nog steeds niet bewogen. Ze stonden als een paar standbeelden met dampend voedsel op hun lichaam. Liva hield nog steeds de sinaasappel beet.

'Stanis,' zei ik, 'heb jij vanochtend de deur voor iemand opengedaan? Tijdens het laatste halfuur?'

Hij schudde zijn hoofd en er viel wat havermout op de grond, maar hij bleef zijn vrouw strak aankijken. 'Voor wie deur opendoen? Vreemdeling? Jij denken ik gek?' Hij wees naar Liva. 'Zij gek.'

'Ik laat jou zien wie gek,' zei ze en timmerde hem op zijn hoofd met de sinaasappel.

Hij schreeuwde: 'Aaauww,' of iets dergelijks. Ik trok me vliegensvlug terug en deed de deur dicht.

Ik stond in de gang met de envelop in mijn hand en begon me steeds ongemakkelijker te voelen, hoewel ik niet precies kon omschrijven waarom.

Waarom? fluisterde een stem.

Deze envelop. De brief met 'HI!' De bumperstickers.

Het was allemaal niet bedreigend, fluisterde de stem. In elk geval niet openlijk. Alleen maar woorden en papier.

Ik deed de deur open en stapte op de veranda. Op het schoolplein tegenover mijn huis was het speelkwartier. De nonnen zaten de kinderen achterna bij de hinkelbaan, en ik zag een jongen aan de haren van een meisje trekken. Het meisje deed me aan Mae denken, zoals ze haar hoofd een beetje schuin hield alsof de lucht haar een geheimpje vertelde. Toen de jongen aan haar haren trok, gilde ze het uit en sloeg tegen haar achterhoofd alsof ze door vleermuizen werd aangevallen. De jongen rende snel naar een groep andere jongens en het meisje stopte met gillen. Ze keek verward om zich heen en maakte een eenzame indruk. Ik wilde de straat oversteken om die vervelende klier op te zoeken, aan zíjn haar te trekken en hém zich verward en eenzaam te laten voelen, hoewel ik het zelf honderden keren had gedaan toen ik zo oud was als hij.

Ik vermoed dat mijn impuls iets te maken had met het ouder worden, met terugkijken en dan een paar onschuldige plagerijtjes tegen jonge kinderen zien, weten dat elk pijntje littekens achterlaat en aan alles knabbelt wat puur en oneindig breekbaar is in een kind.

Of misschien had ik gewoon een slechte bui.

Ik keek naar de envelop in mijn hand, en iets zei me dat het niet leuk was wat ik na het openmaken van de envelop te lezen kreeg. Maar ik deed het wel. Maar nadat ik het gelezen had, keek ik weer naar mijn voordeur met het indrukwekkende, zware hout en het matglas met daaromheen het alarmdraad en de drie koperen grendels die in het zonlicht glommen. Alles leek me uit te lachen.

De boodschap luidde:

patrick,
vergeetnietaftesluiten.

13

'Voorzichtig, Mae,' zei Grace.
 We staken vanuit Cambridge de Massachusetts Avenue Bridge over. Onder ons had de Charles door de avondschemer de kleur van karamel gekregen, terwijl het Harvard-team puffende geluiden maakte toen de boot onder ons door gleed en hun roeispanen als messen door het water sneden.
 Mae ging op de vijftien centimeter hoge afscheiding tussen trottoir en rijbaan staan, de vingers van haar rechterhand rustten los in mijn vingers terwijl ze intussen probeerde haar evenwicht te bewaren.
 'Smoots?' zei ze opnieuw, terwijl ze het woord proefde alsof het chocola was. 'Waarom smoots, Patrick?'
 'Op die manier hebben ze de lengte van de brug gemeten,' zei ik. 'Ze legden Oliver Smoot steeds languit op de brug totdat ze de overkant bereikten.'
 'Vonden ze hem niet aardig?' Ze keek met een boos gezicht naar de volgende gele smootstreep.
 'Ja, ze vonden hem wel aardig. Iedereen beschouwde het als een spelletje.'
 'Een spelletje?' Ze keek naar de uitdrukking op mijn gezicht en glimlachte.
 Ik knikte. 'Zo zijn ze aan de naam Smootmaten gekomen.'
 'Smoots,' zei ze, en giechelde. 'Smoots, smoots.'
 Een vrachtwagen dreunde voorbij en de brug begon onder onze voeten te schudden.
 'Het is nu tijd om van die rand af te stappen, lieverd,' zei Grace.
 'Ik – '
 'Nu.'
 Ze sprong eraf en ging naast me lopen. 'Smoots,' zei ze, met een dwaze glimlach op haar gezicht, alsof het nu ons grapje was geworden.
 In 1958 legden een paar MIT-ouderejaars Oliver Smoot languit

achter elkaar van het ene eind van de Massachusetts Ave. Bridge naar het andere en verklaarden dat de brug 364 smoots lang was, plus één oor. Op een of andere manier werd deze manier van meten een tussen Boston en Cambridge gedeelde schat, en elke keer als de brug opnieuw in de verf wordt gezet, worden ook de Smootstrepen getrokken.

We verlieten de brug en volgden in oostelijke richting het pad langs de rivier. Het was nog vroeg in de avond, de lucht had de kleur van whisky en de bomen een vuurrode glans. De donkergoudkleurige hemel contrasteerde sterk met de explosie van kersenrode, geelgroene en felgele kleuren van het bladerdak boven ons.

'Vertel het me nog een keer,' zei Grace, en gaf me een arm. 'Jouw cliënte heeft een vrouw ontmoet die beweert dat ze de vriendin van een gangster is.'

'Maar dat was ze niet, en tot nu toe heeft hij er volgens ons niets mee te maken. De vrouw is verdwenen, terwijl we bovendien geen enkel bewijs van haar bestaan kunnen vinden. Die knul, Jason, heeft op misschien zijn biseksualiteit na geen enkel lijk in de kast. En zijn moeder vindt het ook niet erg. We hebben die knul anderhalve week geschaduwd en niets ontdekt, behalve een vent met een sik die misschien een relatie met hem heeft, maar die is ook weer in het niets verdwenen.'

'En het meisje dat je kende? Dat vermoord is?'

Ik haalde mijn schouders op. 'Niets. Alle bekenden van haar zijn onschuldig, zelfs de schooiers met wie ze omging. Bovendien reageert Devin op geen enkel telefoontje van me. Het is verdomme –'

'Patrick,' zei Grace.

Ik keek omlaag en zag Mae.

'Oeps,' zei ik. 'Het is een rotzooi.'

'Dat klinkt veel beter.'

'Scottie,' zei Mae. 'Scottie.'

Een klein eindje verderop zat een echtpaar van middelbare leeftijd in het gras naast het joggingpad. Naast de knie van de man lag een zwarte Schotse terriër. De man haalde afwezig de hond aan.

'Mag ik?' vroeg Mae aan Grace.

'Eerst even aan die meneer vragen.'

Mae verliet het pad en liep aarzelend het gras op, alsof ze een vreemd, onbekend grensgebied naderde. De man en de vrouw keken haar glimlachend aan, en vervolgens keken ze naar ons. We zwaaiden even.

'Is uw hond lief?'

De man knikte. 'Veel te lief.'

Mae stak een hand uit en hield hem ongeveer dertig centimeter boven de hond, die haar nog steeds niet in de gaten had. 'Bijt hij niet?'

'Hij bijt nooit,' zei de vrouw. 'Hoe heet jij?'

'Mae.'

De hond keek op en Mae trok met een ruk haar hand terug, maar de hond ging langzaam staan en snuffelde.

'Mae,' zei de vrouw, 'dit is Indy.'

Indy snuffelde aan Mae's been. Een beetje onzeker keek ze over haar schouder naar ons.

'Hij wil aangehaald worden,' zei ik.

Heel voorzichtig boog ze en raakte zijn kop aan. Hij duwde zijn snuit in haar handpalm, waarna ze nog meer op haar hurken ging zitten. Hoe dichter ze bij hem kwam, hoe meer ik geneigd was aan het echtpaar te vragen of hun hond echt niet beet. Het was een vreemd gevoel. Op de gevarenschaal staan Schotse terriërs ongeveer tussen guppy's en zonnebloemen, maar dat gaf me geen rustig gevoel toen ik Mae's lijfje steeds dichter in de buurt van een ding met tanden zag komen.

Toen Indy boven op Mae sprong, dook ik bijna boven op hem, maar Grace legde een hand op mijn arm. Mae gilde toen zij en de hond als oude maatjes door het gras rolden.

Grace zuchtte. 'Dat was dus een schone jurk die ze aanhad.'

We gingen op een bank zitten en keken een poosje toe terwijl Mae en Indy elkaar achternazaten, tegen elkaar opbotsten en elkaar tackelden, waarna ze overeind krabbelden en weer opnieuw begonnen.

'U hebt een knap dochtertje,' zei de vrouw.

'Dank u,' zei Grace.

Mae rende voorbij de bank met haar handen in de lucht terwijl Indy speels naar haar hielen hapte. Ze renden ongeveer twintig meter door, waarna alles in een wolk van aarde en gras eindigde.

'Hoe lang bent u al getrouwd?' vroeg de vrouw.

Voor ik kon reageren, begroef Grace haar vingers in mijn zij.

'Vijf jaar,' zei ze.

'Het lijkt wel alsof jullie pasgetrouwd zijn,' zei de vrouw.

'Dat geldt ook voor u.'

De man lachte, en zijn vrouw gaf hem een por met haar elleboog.

'Het vóelt ook alsof we pasgetrouwd zijn,' zei Grace. 'Vind je ook niet, schat?'

We brachten Mae om ongeveer acht uur naar bed, waarna ze algauw in slaap viel. Ze was volkomen uitgeput na onze wandeling langs de rivier en het krijgertje spelen mat Indy. Eenmaal terug in de woonkamer begon Grace onmiddellijk dingen van de grond te rapen – kleurboeken, speelgoed, weekbladen en pockets met horrorverhalen. De weekbladen en boeken waren niet van Grace, maar van Annabeth. Grace's vader stierf toen zij studeerde en liet beide meisjes wat geld na. Grace was vrij gauw door haar erfenis heen, want met dat geld betaalde ze tijdens haar twee laatste studiejaren aan Yale alle voorzieningen die niet door haar studiebeurs werden vergoed. Bovendien betaalde ze haar eigen onderhoud ermee én dat van haar toenmalige echtgenoot Bryan, en Mae, voor Bryan haar verliet en zij door Tufts Medical als assistent werd aangenomen. Op die manier was ze al vlug door haar geld heen.

De vier jaar jongere Annabeth studeerde een jaar, waarna ze het grootste gedeelte van haar erfenis erdoor joeg tijdens een eenjarige reis door Europa. Foto's van die reis had ze aan het hoofdeind van haar bed en haar toilettafel geplakt. Elke foto was in een bar genomen. *Hoe je weg door Europa te drinken met veertig mille op zak.*

Maar ze kon heel goed met Mae opschieten – ze zorgde ervoor dat ze op tijd in bed lag en lette erop dat ze goed at, haar tanden poetste en nooit alleen de straat overstak. Ze nam haar mee naar toneelstukjes van school, naar het Children's Museum, naar speeltuinen en deed verder alle dingen waar Grace geen tijd voor had, omdat die negentig uur per week werkte.

We ruimden alle rommel van Mae en Annabeth op en probeerden iets op tv te vinden wat de moeite van het bekijken waard was. Helaas, Springsteen had gelijk – zevenenvijftig kanalen en niets te zien.

Dus zetten we het toestel uit en gingen tegenover elkaar zitten, met onze benen bij de knieën over elkaar gekruist. Ze vertelde me wat er de afgelopen drie dagen op de eerstehulppost was gebeurd. Dat ze maar binnen bleven komen, de lichamen op elkaar gestapeld als houtblokken tijdens de winter in een hut, terwijl het lawaai het niveau van een heavy-metalconcert bereikte. Ze vertelde over een oude vrouw die tijdens een tasjesroof met haar hoofd tegen het trottoir was geslagen en Grace's polsen vasthield terwijl stille tranen uit haar ogen stroomden tot ze zomaar stierf. Over veertien jaar oude bendeleden met babygezichten, waarbij het bloed als natte verf uit hun borst stroomde, terwijl de artsen de wonden probeerden te dichten. Over een baby die werd binnengebracht met een bij het schoudergewricht compleet naar achteren gedraaide linkerarm en een op drie plaatsen gebroken elleboog, terwijl de ouders beweerden dat hij gevallen is. Over een crackverslaafde die schreeuwend met de bewakers vocht omdat ze een nieuwe dosis wilde hebben en het haar geen ene moer kon schelen dat de artsen eerst het mes uit haar oog wilden verwijderen.

'En dan denk je nog dat mijn beroep gevaarlijk is?' zei ik.

Ze drukte haar voorhoofd tegen mijn voorhoofd. 'Nog één jaar en dan ga ik naar cardiologie. Nog één jaar.' Ze leunde achterover, greep mijn handen beet en legde ze in haar schoot. 'Dat meisje dat in het park werd vermoord,' zei ze, 'is toch niet bij die andere zaak betrokken, hè?'

'Hoe kom je daar nu bij?'

'Ik vroeg het me alleen maar af.'

'Nee. We begonnen met de zaak-Warren in dezelfde tijd dat Kara werd vermoord. Waarom denk je dat?'

Ze streelde mijn armen. 'Omdat je zo gespannen bent, Patrick. Meer gespannen dan ik je ooit heb meegemaakt.'

'Hoezo?'

'O, zo op het eerste gezicht gedraag je je normaal, maar ik voel het in je lichaam, ik zie het aan de manier waarop je staat, alsof je verwacht door een vrachtwagen overreden te worden.' Ze kuste me. 'Iets irriteert je.'

Ik dacht aan de laatste elf dagen. Ik had met drie psychoten aan een eettafeltje gezeten, vier, als je Pine meetelde. Daarna zag ik een vrouw die aan een heuvel was gekruisigd. Vervolgens stuurde iemand mij een lading bumperstickers en een brief met 'HI!' En ten slotte kreeg ik het berichtje 'vergeetnietaftesluiten'. Mensen namen abortusklinieken of rijtuigen van de metro onder vuur en bliezen ambassadegebouwen op. Huizen gleden van de hellingen van heuvels in Californië of zakten weg in de grond in India. Misschien had ik een goede reden om geïrriteerd te zijn.

Ik sloeg mijn armen om haar middel en trok haar boven op me. Ik liet me achterovervallen, gleed met mijn handen onder haar sweater en streek met mijn handpalmen langs haar borsten. Ze beet op haar onderlip en haar ogen werden een beetje groter.

'Je zei gistermorgen iets,' zei ik.

'Ik heb gistermorgen heel veel tegen je gezegd,' zei ze. 'Als ik me goed herinner, zei ik een paar keer "O, God".'

'Dat bedoelde ik niet.'

'O,' zei ze, en sloeg zachtjes met haar handen op mijn borst. 'De uitdrukking "Ik hou van je". Bedoel je dat, detective?'

'Ja, mevrouw.'

Ze maakte de knoopjes van mijn overhemd tot aan mijn navel los en streelde mijn borst. 'Nou, wat is daar mis mee? Ik. Hou. Van. Jou.'

'Waarom?'

'Waarom?' vroeg ze.

Ik knikte.

'Dat is de meest idiote vraag die je ooit gesteld hebt. Voel jij je niet goed genoeg om van gehouden te worden, Patrick?'

105

'Misschien niet,' zei ik, terwijl ze het litteken op mijn onderbuik aanraakte.
Ze keek me strak aan, haar ogen waren vriendelijk en warm, alsof ze me zegenden. Ze leunde naar voren en toen ze met haar hoofd naar mijn schoot afdaalde, haalde ik mijn handen uit haar sweater. Ze trok de rest van mijn overhemd open en bedekte het litteken met haar gezicht. Ze streelde het litteken met haar tong en kuste het.
'Ik hou van dit litteken,' zei ze, terwijl ze er met haar kin op rustte en me aankeek. 'Ik hou ervan omdat het een teken van boosaardigheid is. En dat was je vader, Patrick. Boosaardig. En dat probeerde hij op jou over te brengen. Maar dat lukte hem niet. Omdat je vriendelijk en zachtmoedig bent, en omdat je zo goed met Mae omgaat en zij van je houdt.' Ze trommelde met haar vingernagels op het litteken. 'Weet je, je vader verloor de strijd omdat jij het goede in je hebt, en als hij niet van je gehouden heeft, dan is het zijn verdomde probleem, en niet van jou. Hij was een klootzak, terwijl jij het waard bent om bemind te worden.' Ze boog zich op handen en voeten over mij heen. 'Al mijn liefde en die van Mae.'
Enige tijd kon ik niets zeggen. Ik keek naar het gezicht van Grace en zag de lijnen, ik zag nu al hoe ze zou worden als ze oud was, hoe heel veel mannen over vijftien of twintig jaar nooit gezien zouden hebben welke esthetische wonderen haar gezicht en haar lichaam waren geweest, en dat was maar goed ook. Omdat het aan het einde geen ene moer meer uitmaakt. Ik heb tegen mijn ex, Renee, 'Ik hou van je' gezegd, en gehoord dat zij het zei. Maar we wisten beiden dat het een leugen was, misschien zelfs een wanhopig verlangen, maar wel heel ver verwijderd van de realiteit. Ik hield van mijn compagnon en hield van mijn zuster, en ik heb van mijn moeder gehouden, hoewel ik haar eigenlijk nooit goed gekend heb.
Maar ik vermoed dat ik het ooit zo gevoeld heb als nu.
Toen ik iets probeerde te zeggen, klonk mijn stem beverig en schor en kwamen de woorden bijna afgeknepen uit mijn keel. Mijn ogen werden vochtig en ik had het gevoel dat mijn hart bloedde.
Toen ik een jongen was, hield ik van mijn vader, maar hij bleef me pijn doen. Hij wilde er niet mee ophouden. Het maakte niet uit hoeveel ik huilde, hoeveel ik smeekte, hoeveel ik probeerde te weten te komen wat hij van me wilde, wat ik moest doen om zijn liefde te verkrijgen in plaats van zijn woede.
'Ik hou van je,' had ik tegen hem gezegd, maar hij lachte. En lachte. En daarna gaf hij me nog meer slaag.
'Ik hou van je,' zei ik op een keer, terwijl hij me met mijn hoofd tegen een deur sloeg, me omdraaide en in mijn gezicht spuwde.
'Ik haat je,' zei ik rustig tegen hem, vlak voor hij stierf.

Daar moest hij ook om lachen. 'Eén-nul voor de oude man.'
'Ik hou van je,' zei ik nu tegen Grace.
En ze lachte. Maar het was een heerlijke lach. Een vol verrassing, opluchting en bevrijding, een lach die werd gevolgd door twee tranen die van haar wangen vielen en in mijn ogen terechtkwamen, waar ze zich met mijn tranen mengden.
'O, mijn God,' kreunde ze, en liet zich op mijn lichaam zakken. Haar lippen raakten mijn lippen heel even aan. 'Ik hou ook van jou, Patrick.'

14

Grace en ik waren nog niet op het punt aangekomen waarop we lang genoeg in elkaars huis bleven om door Mae samen in bed gevonden te worden. Dat moment zou spoedig aanbreken, maar het was iets waar we geen van beiden luchtig overheen zouden stappen. Mae wist dat ik de 'speciale vriend' van haar moeder was, maar ze hoefde nog niet te weten wat speciale vrienden met elkaar deden, tot we zeker wisten dat deze speciale vriend een hele tijd zou blijven. Ik heb te veel vriendjes gekend die geen vader hadden, maar wel een verbluffende hoeveelheid ooms die door het bed van moeder paradeerden – en gezien dat ze daardoor naar de kloten gingen.

Daarom ging ik even na middernacht weg. Toen ik mijn sleutel in het slot van de benedendeur stak, hoorde ik in de verte mijn telefoon overgaan. Tegen de tijd dat ik boven was, hoorde ik de stem van Richie Colgan op mijn antwoordapparaat.

'... ene Jamal Cooper in september drieënzeventig was – '

'Ik ben het, Rich.'

'Patrick, je leeft nog! En je antwoordapparaat doet het weer.'

'Dat is nooit kapot geweest.'

'Nou, dan neemt het waarschijnlijk geen boodschappen van zwarten op.'

'Is het je nooit gelukt?'

'Ik heb je vorige week zeker zes keer opgebeld, maar kreeg alleen de oproeptoon te horen.'

'En mijn kantoor dan?'

'Precies hetzelfde.'

Ik pakte mijn antwoordapparaat op en keek eronder. Ik keek niet naar iets speciaals, maar alles zag er normaal uit. Ik keek naar de stekkers en ingangen aan de achterzijde, maar alles zat keurig op zijn plaats. En ik had de hele week andere boodschappen doorgekregen.

'Ik weet niet wat ik moet zeggen, Rich. Volgens mij werkt alles prima. Misschien heb je verkeerd gedraaid.'

'Ik weet het ook niet. Ik heb alle informatie die je nodig hebt. Trouwens, hoe gaat het met Grace?'

Richie en zijn vrouw, Sherilynn, hebben vorige zomer als koppelaars gefungeerd voor Grace en mij. Sherilynns theorie gedurende het laatste decennium was geweest dat ik een sterke vrouw nodig had om mijn leven weer op de rails te krijgen, een die me regelmatig een schop onder mijn kont gaf en niets van me zou accepteren. Negen keer had ze het bij het verkeerde eind gehad, maar tot nu toe scheen ze bij de tiende keer gelijk te krijgen.

'Zeg Sheri maar dat ik het te pakken heb.'

Hij lachte. 'Dat zal ze leuk vinden. Leuk vinden! Ha ha, toen ik je naar Grace zag kijken, wist ik dat je verkocht was. Gekookt, gerookt, gemarineerd en in reepjes opgehangen.'

'Hm,' zei ik.

'Prima,' zei hij, en maakte een klokkend geluid. 'Goed, wil je je informatie nog hebben?'

'Ik heb pen en papier gereed.'

'Dat kratje Heineken moet je ook maar gereedhouden, Slim.'

'Dat spreekt vanzelf.'

'In de afgelopen vijfentwintig jaar,' zei Richie, 'heeft er in deze stad één kruisiging plaatsgevonden. Een knul, Jamal Cooper. Een zwarte man, eenentwintig jaar, werd aan de houten vloer gekruisigd gevonden in de kelder van een logement aan het oude Scollay Square in september drieënzeventig.'

'Een korte beschrijving van Cooper?'

'Het was een junkie. Heroïne. Een lijst met aanklachten zo lang als mijn arm. Het meeste voor kruimelwerk – insluipingen, bedelen, maar ook een paar inbraken zorgden ervoor dat hij twee jaar achter de tralies van het oude Dedham House of Corrections belandde. Maar toch was Cooper niet meer dan een kruimeldief. Als hij niet gekruisigd was gevonden, had niemand geweten dat hij dood was. Maar zelfs toen maakte de politie er in het begin niet veel werk van.'

'Wie van de rechercheurs was belast met het onderzoek?'

'Twee man. Een inspecteur, Brett Hardiman, en, even kijken, ja, een brigadier, rechercheur Gerald Glynn.'

Dit nieuws legde me even het zwijgen op. 'Hebben ze nog iemand gearresteerd?'

'Nou, nu wordt het pas interessant. Ik moest wat spitwerk doen, maar het nieuws baarde nogal wat opzien in de kranten toen op een dag iemand voor verhoor werd voorgeleid, ene Alec Hardiman.'

'Wacht eens even, noemde jij net niet – '

'Jazeker. Alec Hardiman was de zoon van de verantwoordelijke man die belast was met het onderzoek, Brett Hardiman.'

'Wat gebeurde er?'
'De jongere Hardiman werd vrijgelaten.'
'Doofpot?'
'Daar lijkt het niet op. Er was echt niet veel bewijs tegen hem. Ik vermoed dat hij Jamal Cooper oppervlakkig kende, en dat was alles. *Maar*...'
'Wat?'
Bij Richie gingen diverse telefoons tegelijkertijd over en hij zei: 'Wacht even...'
'Nee, Rich. Nee, ik – '
Hij zette me onder de knop, de schoft. Ik wachtte.
Toen hij weer terugkwam, was zijn stem weer veranderd in de gehaaste stadsredacteurstem. 'Patrick, ikmoetervandoor.'
'Nee.'
'Ja. Luister, deze Alec Hardiman is in vijfenzeventig voor een andere moord veroordeeld. Hij zit nu levenslang in Walpole. Dat is alles. Ikmoetweg.'
Hij verbrak de verbinding en ik keek naar de namen op mijn notitieblok: Jamal Cooper. Brett Hardiman. Alec Hardiman. Gerald Glynn.
Ik overwoog even om Angie te bellen, maar het was laat en ze was uitgeput van het schaduwen van Jason die de hele week niets uitvoerde.
Ik staarde een poosje naar de telefoon, trok mijn jack aan en verliet het appartement.
Ik had het jack eigenlijk niet nodig. Het was even na één uur 's nachts en door de vochtigheidsgraad was mijn huid doorweekt geraakt, waardoor mijn poriën verstopt raakten, begonnen te stinken en ziekelijk zacht werden.
Oktober. Juist.
Toen ik de Black Emerald binnenstapte, stond Gerry Glynn achter de bar glazen te spoelen. De zaak was leeg, de drie tv's stonden aan, maar het geluid was uitgezet. Uit de jukebox klonk fluisterend de versie van de Pogues van het nummer 'Dirty Old Town'. De barkrukken stonden op de bar, de vloer was schoongeveegd en de amberkleurige asbakken waren zo schoon als gekookte botten.
Gerry stond in de gootsteen te staren. 'Sorry,' zei hij zonder op te kijken. 'We zijn gesloten.'
Op een biljarttafel achter in de zaak hief Patton zijn kop op en keek naar me. Door de sigarettenrook die nog in de zaak hing, kon ik zijn kop niet duidelijk zien, maar ik wist wat hij zou zeggen als hij kon spreken: 'Heb je de baas niet gehoord? We zijn *gesloten*.'
'Hallo, Gerry.'
'Patrick,' zei hij, verbaasd maar enthousiast. 'Wat kom jíj hier doen?'

Hij droogde zijn handen en gaf me een hand.

Ik gaf hem een hand, die hij enthousiast schudde. Hij keek me strak aan, een gewoonte van de oudere generatie die me aan mijn vader deed denken.

'Ik wil je een paar vragen stellen, Ger, als je tenminste tijd hebt.'

Hij hield zijn hoofd een beetje scheef en zijn normaal vriendelijke ogen verloren hun zachte uitdrukking. Daarna kregen ze weer hun normale uitdrukking. Hij hees zich op de koelkast die achter hem stond en spreidde zijn handen met de palmen naar boven. 'Ga je gang. Heb je trek in een biertje?'

'Ik wil je niet op kosten jagen, Ger.' Ik ging recht tegenover hem op een kruk zitten.

Hij deed de deur van de koelkast naast hem open. Zijn dikke arm verdween in de koelkast en ik hoorde het ijs schuiven. 'Geen probleem. Maar ik kan je niet beloven wat ik tevoorschijn haal.'

Ik glimlachte. 'Zolang het maar geen Busch is.'

Hij lachte. 'Nee, het is een...' Zijn door het ijswater kletsnatte arm kwam met kippenvel op zijn onderarm tevoorschijn '... Lite'

Ik glimlachte toen hij de fles aan me gaf. 'Precies als seks in een zeilboot.'

Hij lachte hardop en mompelde de clou van de mop nog eens. 'Je zit te dicht bij het water. Dat is een goeie.' Hij stak een hand achter zijn rug en zonder te kijken greep hij een fles Stolichnaya van de plank. Hij schonk voor zichzelf een behoorlijk glas in, zette de fles terug en hief zijn glas op.

'Cheers.'

'Cheers,' zei ik, en nam een slok Lite. Het smaakte naar water, maar was toch beter dan Busch. Maar zelfs een kopje dieselolie smaakt nog beter dan Busch.

'Nu, wat wilde je vragen?' zei Gerry. Hij klopte op zijn enorme buik. 'Ben je jaloers op mijn figuur?'

Ik glimlachte. 'Een beetje.' Ik nam nog een slok Lite. 'Gerry, wat kun jij me vertellen over iemand die Alec Hardiman heet?' Hij hield zijn borrelglas tegen het licht van de tl-buizen, en het heldere vocht verdween in een felwitte gloed. Hij keek ernaar en draaide het glas in zijn vingers rond.

'Nou,' zei hij op kalme toon, terwijl hij naar het glas bleef kijken, 'waar heb jij die naam opgedoken, Patrick?'

'Die heeft iemand mij genoemd.'

'Je bent op zoek geweest naar overeenkomsten in de modus operandi van Kara Riders moordenaar.' Hij liet het glas zakken en keek me aan. Hij scheen niet boos of geïrriteerd te zijn; zijn stem klonk vlak en monotoon, maar zijn gedrongen gestalte had iets gespannens gekregen, iets dat daarvóór niet te zien was.

Op de jukebox achter mij hadden de Pogues op een gegeven moment plaatsgemaakt voor 'Don't Bang the Drum' door The Waterboys. De tv's boven Gerry's hoofd stonden op drie verschillende zenders. De ene zond Australian Rules Football uit, de tweede iets dat op een oude aflevering van *Kojak* leek, terwijl de derde de wapperende Old Glory liet zien, als teken dat de zender uit de lucht ging.

Nadat hij het glas had laten zakken, had Gerry zich niet bewogen of zelfs maar met zijn ogen geknipperd. Ik kon nauwelijks zijn flauwe ademhaling door zijn neusgaten horen. Hij keek me niet direct aan, maar staarde min of meer dwars door me heen, alsof hij iets in mijn achterhoofd probeerde te ontdekken.

Hij greep achter zich naar de fles Stoli en schonk nog een glas vol. 'Zo, dus Alec komt terug om ons allemaal weer lastig te vallen.' Hij grinnikte. 'Nou ja, ik had het kunnen weten.'

Patton sprong van de biljarttafel en liep naar het gedeelte waar de bar zich bevond. Hij keek me aan met een blik die aangaf dat ik op zijn plaats zat, sprong vlak voor me op de bar en ging liggen, met zijn voorpoten over zijn ogen.

'Hij wil dat je hem aanhaalt,' zei Gerry.

'Nee, dat wil hij niet.' Ik zag Pattons ribbenkast op en neer gaan.

'Hij vindt je aardig, Patrick. Ga je gang.'

Toen ik voorzichtig mijn hand uitstak naar die prachtige zwartbruine vacht, voelde ik me eventjes net zo klein als Mae. Ik voelde de spieren zo hard als een biljartbal onder de vacht. Patrick hief zijn kop op, kreunde, likte mijn vrije hand en duwde er dankbaar zijn natte neus in.

'Gewoon een grote slapjanus, hè?' zei ik.

'Helaas,' zei Gerry. 'Maar vertel het niet verder.'

'Gerry,' zei ik, terwijl Pattons dikke, golvende vacht zich om mijn hand krulde, 'is het mogelijk dat deze Alec Hardiman – ?'

'Kara Rider heeft vermoord?' Hij schudde zijn hoofd. 'Nee, nee. Dat zou zelfs voor Alec heel moeilijk zijn. Alec Hardiman zit sinds negentienvijfenzeventig in de gevangenis, en ik zal het niet meer meemaken dat hij vrijkomt. En jij waarschijnlijk ook niet.'

Ik dronk mijn Lite op en Gerry, altijd de barkeeper, stak zijn hand in het ijs voordat ik het flesje op de bar had neergezet. Ditmaal haalde hij een Harpoon IPA tevoorschijn, draaide het om in zijn enorme knuist en haalde het dopje eraf met hulp van de opener die opzij van de koelkast aan de muur hing. Ik nam het flesje van hem over en er liep wat schuim over de rand over mijn hand, dat Patton meteen oplikte.

Gerry leunde met zijn achterhoofd tegen de plank achter hem. 'Ken jij een knul die Cal Morrison heet?'

'Niet echt goed, nee,' zei ik, terwijl ik een rilling probeerde te onderdrukken, wat ik steeds had als ik Cal Morrisons naam hoorde. 'Hij was een paar jaar ouder dan ik.'
Gerry knikte. 'Maar je weet wat er met hem gebeurd is?'
'Hij werd doodgestoken in de Blake Yard.'
Gerry keek me even aan en slaakte een zucht. 'Hoe oud was je toen?'
'Negen of tien.'
Hij pakte een ander glaasje, schonk er wat Stoli in en zette het voor me neer op de bar. 'Drink.'
Ik moest even aan Bubba's wodka denken, en de manier waarop deze aan mijn ruggengraat knauwde. In tegenstelling tot mijn vader en zijn broers moet ik een cruciale Kenzie-gen missen, want ik heb een gruwelijke hekel aan sterkedrank.
Ik glimlachte zwakjes naar Gerry. 'Dosvidanya.'
Hij hief zijn glas op, we namen een slok en ik moest mijn tranen bedwingen.
'Cal Morrison,' zei hij, 'werd niet doodgestoken, Patrick.' Hij zuchtte en het was een lange, melancholieke zucht. 'Cal Morrison werd gekruisigd.'

15

'Cal Morrison was niet gekruisigd,' zei ik.

'Nee?' zei Gerry. 'Heb je het lichaam soms gezien?'

'Nee.'

Hij nam een slok. 'Ik wel. Ik kreeg de zaak toegewezen. Ik en Brett Hardiman.'

'Alec Hardimans vader.'

Hij knikte. 'Mijn partner.' Hij leunde naar voren en schonk wat wodka in mijn glas. 'Brett overleed in tachtig.'

Ik keek naar mijn borrelglas en schoof het, toen Gerry zijn glas nog eens volschonk, een centimeter of vijftien bij me vandaan.

Gerry zag wat ik deed en glimlachte. 'Je lijkt helemaal niet op je vader, Patrick.'

'Bedankt voor het compliment.'

Hij grinnikte zachtjes. 'Maar je lijkt wél op hem. Als twee druppels water. Dat moet je wel weten.'

Ik haalde mijn schouders op.

Hij draaide zijn polsen om en keek er een poosje naar. 'Bloed is een vreemd ding.'

'Wat bedoel je?'

'Het stroomt door de baarmoeder van een vrouw en creëert een leven. Dat kan bijna gelijk zijn aan de ouder die het gecreëerd heeft, maar het kan zó anders zijn dat de vader achterdochtig wordt en begint te vermoeden dat de postbode meer heeft gedaan dan alleen de post bezorgen. Jij hebt het bloed van je vader, ik dat van mijn vader en door Alec Hardiman stroomt het bloed van zíjn vader.'

'En zijn vader was…?'

'Een goede man.' Hij knikte meer in zichzelf dan naar mij, en nam een slok. 'Eigenlijk was het een hele, hele fijne vent. Bezat een goede moraal en was netjes. En heel, heel erg slim. Als je niet beter wist, zou je nooit gezegd hebben dat hij bij de politie zat. Je had gedacht dat hij bankier was, of geestelijke. Hij was altijd keurig gekleed, sprak keurig en deed alles... op een keurige manier. Hij bezat een eenvoudig wit huis in koloniale stijl in Melrose, een lieve, vriendelijke vrouw en een knappe, blonde zoon. Je zou zweren dat je van de zittingen in zijn auto kon eten.'

Terwijl ik een slok bier nam, verscheen op het tweede scherm Old Glory, even later gevolgd door een blauw scherm. Tevens hoorde ik de versie van 'Coast of Malabar' van The Chieftains op de jukebox.

'Zo, dus hij is de perfecte kerel met een perfect leven. Een perfecte vrouw, een perfecte auto, een perfect huis en een perfecte zoon.' Hij bekeek aandachtig zijn duimnagel. Daarna keek hij mij aan, en zijn zachte ogen keken een beetje wazig, alsof hij te lang in de zon had gekeken en nu weer een beetje de vormen en kleuren begon te herkennen. 'Toen gebeurde er iets met Alec, ik weet alleen niet wat. Het gebeurde... gewoon. Geen enkele psychiater wist hiervoor een verklaring te vinden. De ene dag was hij een gezonde, normale jongen en de volgende...' Hij maakte een verontschuldigend gebaar met zijn handen. 'De volgende, ik weet het niet.'

'Heeft hij Cal Morrison vermoord?'

'Dat weten we niet,' zei hij met verstikte stem.

Om een bepaalde reden kon hij me niet aankijken. Zijn gezicht was vertrokken en de aderen in zijn nek waren gezwollen als kabels. Hij keek naar de vloer en schopte met zijn hiel tegen de wand achter de koelkast. 'Dat weten we niet,' zei hij opnieuw.

'Gerry,' zei ik, 'vertel me eens wat meer. Ik heb gehoord dat Cal Morrison door een of andere zwerver in de Blakey is neergestoken.'

'Een zwarte knul,' zei hij, met een flauwe glimlach om zijn lippen. 'Dat gerucht deed toen toch de ronde?'

Ik knikte.

'Als er geen verdachte is, dan beschuldig je gewoon iemand in het wilde weg. Snap je?'

Ik haalde mijn schouders op. 'Dat verhaal werd toen verteld.'

'Nou, hij was niet neergestoken. Dat hebben we gewoon aan de media verteld. Hij was gekruisigd. En het was geen zwarte vent die het gedaan had. We vonden rode, blonde en bruine haren op Cal Morrisons kleren, maar geen zwarte. En Alec Hardiman en zijn vriend, Charles Rugglestone, waren eerder die avond in de buurt gesignaleerd. We stonden vanwege die andere moorden al onder druk, dus vonden we het niet erg dat een zwarte kerel voorlopig als dader werd beschouwd.' Hij haalde zijn schouders op. 'In die tijd durfden niet veel zwarten in die buurt rond te zwerven, dus vonden we dat gedurende enige tijd een veilige oplossing.'

'Gerry,' zei ik, 'welke andere moorden?'
De deur van de bar ging open en het zware hout kwam met een bons tegen de stenen buitenmuur. We keken beiden naar een man met piekharen, een neusring en een gescheurd T-shirt dat over een moderne, gebleekte spijkerbroek hing.
'We zijn gesloten,' zei Gerry
'Alleen een klein slokje om mijn maag te warmen in een eenzame nacht,' zei de kerel met een verschrikkelijk, zogenaamd Iers accent.
Gerry sprong van de koelkast af en kwam achter de bar vandaan. 'Je weet zelfs waar je bent, jongen?'
Onder mijn hand werden Pattons spieren strak, hij hief zijn kop op en keek naar de jongen.
De jongen deed een stap naar voren. 'Gewoon een klein slokje whisky.' Hij giechelde een beetje en keek met knipperende ogen naar de lampen. Zijn gezicht was opgezet door de drank en God mag weten wat nog meer.
'Kenmore Square is die kant op,' zei Gerry, en wees naar buiten.
'Ik wil niet naar Kenmore Square,' zei de knul. Hij zwaaide licht heen en weer, terwijl hij intussen naar zijn sigaretten zocht.
'Jongen,' zei Gerry,' het is weer tijd voor jou om verder te gaan.'
Gerry legde zijn hand op de schouder van de jongen, en heel even leek het erop of de jongen de hand weg wilde halen, maar toen keek hij naar mij, vervolgens naar Patton en ten slotte omlaag naar Gerry. Gerry's houding was vriendelijk en warm en hij was tien centimeter kleiner, maar zelfs deze knul, zo dronken als hij was, begreep dat deze vriendelijkheid zou verdwijnen als hij te ver ging.
'Ik wilde alleen maar een borrel,' mompelde hij.
'Dat weet ik,' zei Gerry. 'Maar ik kan je er geen geven. Heb je nog geld voor een taxi? Waar woon je?'
'Ik wilde alleen maar een borrel,' herhaalde de knul. Hij keek naar mij en de tranen stroomden over zijn wangen, en de klamme sigaret hing slap tussen zijn lippen. 'Ik wilde alleen…'
'Waar woon je?' vroeg Gerry opnieuw.
'Wat? Lower Mills.' De jongen haalde zijn neus op.
'Je kunt zo niet door Lower Mills lopen zonder dat je in elkaar geslagen wordt,' zei Gerry glimlachend. 'Die buurt moet sinds de laatste tien jaar enorm veranderd zijn.'
'Lower Mills,' snikte de jongen.
'Jongen,' zei Gerry, 'stil maar. Het is al goed. Je gaat door deze deur naar buiten, ga rechtsaf en halverwege het blok is een taxistandplaats. De naam van de chauffeur is Achal, en hij staat daar tot drie uur precies. Zeg maar tegen hem dat hij je naar Lower Mills brengt.'

'Ik heb geen geld.'

Gerry klopte op de heup van de jongen en toen hij zijn hand terugtrok, zat er een biljet van tien dollar tussen de broekriem van die knul. 'Het schijnt dat je dit tientje over het hoofd hebt gezien.'

De jongen keek omlaag. 'Is dat van mij?'

'In elk geval niet van mij. Nou, ga nu maar naar die taxi. Oké?'

'Oké.' Gerry begeleidde de jongen, die nogmaals zijn neus ophaalde, terug naar de deur. Opeens draaide hij zich om en sloeg zijn armen om Gerry, voorzover dat lukte.

Gerry grinnikte. 'Oké. Oké.'

'Ik hou van je, man,' zei de jongen. 'Ik hou van je!'

Een taxi stopte langs de rand van het trottoir. Gerry knikte naar de chauffeur, terwijl hij zich probeerde los te maken. 'Ga nu maar. Vlug.'

Patton liet zijn kop zakken, kroop in elkaar en sloot zijn ogen. Ik krabde op zijn neus en hij beet zachtjes in mijn hand, terwijl hij slaperig naar me scheen te glimlachen.

'Ik hou van je!' schreeuwde de jongen, toen hij naar buiten stommelde.

'Ik ben ontroerd,' zei Gerry. Hij sloot de deur van de bar en we hoorden het geklik van de assen van de taxi toen hij omkeerde om in de richting van Lower Mills te verdwijnen. 'Heel erg ontroerd.' Gerry deed de deur op slot, keek me met opgetrokken wenkbrauwen aan en haalde een hand door de rossige stoppels op zijn hoofd.

'Nog steeds oom agent,' zei ik.

Hij haalde zijn schouders op en dacht even na. 'Heb ik dat nog op jouw school gedaan – dat oom-agent-verhaal?'

Ik knikte. 'Tweede groep op St. Bart's.'

Hij nam zijn fles en borrelglas mee naar een tafel bij de jukebox. Ik volgde hem, maar liet mijn glas op de bar staan, twee meter bij me vandaan, waar het thuishoorde. Patton bleef met gesloten ogen op de bar liggen en droomde van grote katten.

Hij nam een gemakkelijke houding aan, strekte zijn rug, vouwde zijn handen achter zijn hoofd en geeuwde nadrukkelijk. 'Weet je wat? Dat herinner ik me nu.'

'Nee toch, hè,' zei ik. 'Dat was meer dan twintig jaar geleden.'

'Hm.' Hij ging weer rechtop zitten en schonk zichzelf nogmaals in. Als ik goed had geteld, had hij er nu zes op, maar het scheen geen enkele invloed op hem te hebben. 'Die klas had iets,' zei hij, terwijl hij een proostend gebaar maakte. 'Jij zat in die klas en Angela en die klootzak, waar ze mee is getrouwd, hoe heet hij ook weer?'

'Phil Dimassi.'

'Phil, ja,' zei hij hoofdschuddend. 'En dan had je nog die dwaas, Kevin Hurlihy, en die andere gek, Rogowski.'

'Bubba is oké.'
'Ik weet dat jullie vrienden zijn, Patrick, maar doe me een lol. Hij wordt van ten minste zeven onopgeloste moorden verdacht.'
'Ik vermoed dat de slachtoffers heel fijne mensen waren.'
Schouderophalend zei hij: 'Moord is moord. Als je zonder enige reden iemand van het leven berooft, moet je gestraft worden. Dat is klaar als een klontje.'
Ik nam een slok bier en keek naar de jukebox.
'Ben je het daar niet mee eens?' vroeg hij.
Ik stak met een verontschuldigend gebaar mijn handen op en nam een makkelijke houding aan. 'Vroeger wel. Maar soms, zeg nou zelf, Gerry – Kara Riders leven is toch veel meer waard dan het leven van de kerel die haar vermoord heeft?'
'Fantastisch,' zei hij, en keek me met een trieste glimlach aan. 'Utilitaristisch denken op z'n best en de hoeksteen van de meeste fascistische ideologieën, als je het niet erg vindt dat ik het zeg.' Hij schonk zich nog een glas vol en keek me met heldere ogen strak aan. 'Als je van tevoren aanneemt dat het leven van een slachtoffer meer waard is dan het leven van de dader, en jij gaat op jouw beurt de dader vermoorden, betekent dat dan niet dat jouw leven minder waard is dan het leven van de moordenaar die jij vermoord hebt?'
'Wat,' zei ik, 'ben je nu jezuïet geworden, Gerry? Ga je me nu helemaal met spitsvondigheden van de sokken kletsen?'
'Geef antwoord op de vraag, Patrick. Probeer er niet onderuit te komen.'
Toen ik een kind was, was er altijd al iets vreemds en ongrijpbaars aan Gerry. Hij woonde niet op dezelfde planeet als wij. Je merkte dat een deel van zijn geest in de geestelijke duisternis zwierf, waarvan de priesters ons vertelden dat deze zich juist boven de werkelijkheid van ons normale geweten bevond. De plek waar dromen, de kunsten, het geloof en goddelijke inspiratie hun oorsprong vonden.
Ik begaf me achter de bar om nog een flesje bier te pakken. Intussen bekeek hij me met die kalme, vriendelijke ogen. Ik zocht in de koelkast en vond nog een Harpoon. Ik liep terug naar het tafeltje.
'We kunnen hier de hele nacht zitten debatteren, Gerry, en in een ideale wereld zou het misschien niet kunnen, maar in deze wereld, ja, zijn sommige levens heel wat meer waard dan andere.' Ik zag zijn opgetrokken wenkbrauwen en haalde mijn schouders op. 'Misschien ben ik dan een fascist, maar ik zeg je dat het leven van Moeder Teresa meer waard is dan het leven van Michael Millken. En het leven van Martin Luther King was meer waar dan dat van Hitler.'
'Dat is interessant.' Hij fluisterde bijna. 'Dus als je in staat bent

om de waarde van het leven van iemand anders te bepalen, dan volgt daar dus uit dat je jezelf hoger inschat dan dat andere leven.'
'Dat hoeft niet direct.'
'Ben je beter dan Hitler?'
'Absoluut.'
'Stalin?'
'Ja.'
'Pol Pot?'
'Ja.'
'Mij?'
'Jij?'
Hij knikte.
'Jij bent geen moordenaar, Gerry.'
Hij haalde zijn schouders op en zei: 'Beoordeel je zo de mensen? Jij voelt jezelf beter dan iemand die moordt of anderen opdraagt om te moorden?'
'Als deze moorden slachtoffers opleveren die geen fysieke bedreiging voor de moordenaar vormen, of voor de persoon die opdracht voor die moorden geeft, ja, dan ben ik beter dan zij.'
'Dus je voelt je beter dan Alexander, Caesar, verschillende presidenten van de VS en een paar pausen.'
Ik lachte. Hij had me in de val gelokt. Ik wist dat het eraan zat te komen, maar wist niet uit welke richting de aanval zou komen.
'Zoals ik al eerder zei, Gerry, ik vermoed dat je een halve jezuïet bent.'
Hij glimlachte en wreef over zijn borstelhaartjes. 'Ik moet toegeven, ze hebben me goed onderwezen.' Hij kneep zijn ogen half dicht en leunde op de tafel. 'Ik haat alleen het idee dat sommige mensen meer recht bezitten om iemand van het leven te beroven dan anderen. Het is een ingeworteld, corrupt idee. Als je iemand vermoordt, dan moet je bestraft worden.'
'Zoals Alec Hardiman?'
Hij knipperde even met zijn ogen. 'Je bent een halve pitbull, weet je dat, Patrick?'
'Daar betalen mijn cliënten me voor, Ger.' Ik stak mijn hand uit en schonk zijn glas voor hem vol. 'Vertel me over Alec Hardiman en Cal Morrison en Jamal Cooper.'
'Misschien heeft Alec Cal Morrison en Cooper ook vermoord. Maar dat weet ik niet zeker. Wie die jongens vermoord heeft, wilde een boodschap overbrengen, dat was duidelijk. Morrison werd onder het standbeeld van Edward Everett gekruisigd. Men had een ijspriem door zijn stembanden gestoken, zodat hij niet kon schreeuwen, en delen van zijn lichaam gesneden die nooit meer zijn teruggevonden.'

'Welke lichaamsdelen?'

Gerry's vingers trommelden even op de tafel. Hij had zijn lippen samengeknepen, terwijl hij nadacht wat hij me zou vertellen. 'Zijn testikels, een knieschijf en beide grote tenen. Het past precies bij de andere, bij ons bekende slachtoffers.'

'Waren er, afgezien van Cooper, nog andere slachtoffers?'

'Niet lang voor Cal Morrison werd vermoord,' zei Gerry, 'werden een paar dronkelappen en hoeren in het gebied tussen de Zone van de binnenstad en het busstation in Springfield vermoord. Totaal zes, te beginnen met Jamal Cooper. De moordwapens varieerden, de profielen van de slachtoffers varieerden, de wijze van executie varieerde, maar Brett en ik geloofden dat het allemaal werk was van dezelfde twee moordenaars.'

'Twee?' zei ik.

Hij knikte. 'Ze werkten met z'n tweeën. Het zou één kerel geweest kunnen zijn, maar dan had hij enorm sterk, tweehandig en vlug als water moeten zijn.'

'Als de moordwapens en de modus operandi en de keuze van de slachtoffers zo gevarieerd waren, waarom dachten jullie dan dat het dezelfde moordenaars waren?'

'Deze moorden werden gepleegd met een zekere wreedheid, een wreedheid die ik nog nooit eerder had meegemaakt. En ook nadien niet meer. Die knullen vonden het niet alleen heerlijk wat ze deden, Patrick, maar zij – of hij – dachten ook aan de mensen die de lichamen zouden vinden, wat hun reacties zouden zijn. Ze sneden een dronkelap in honderdvierenzestig stukjes. Denk daar eens over na. Honderdvierenzestig stukjes vlees en botten, waarvan sommige niet groter dan een vingertopje, werden op het bureaublad, langs het hoofdeinde, verspreid op de vloer, hangend aan de haakjes van het douchegordijn in dat kleine logement in de Zone gevonden. Het huis staat er niet meer, maar ik kan de open plek waar het eens stond niet passeren zonder eraan te denken. Van een zestienjarig meisje in Worchester, dat van huis was weggelopen, brak hij de nek. Vervolgens draaide hij het hoofd honderdtachtig graden door, en verpakte het in isolatietape, zodat het zo bleef staan tot de eerste persoon door de deur naar binnen ging. Zoiets had ik nog nooit meegemaakt, en niemand kan mij wijsmaken dat deze zes slachtoffers, allemaal nog onopgeloste zaken, niet door dezelfde persoon of personen vermoord zijn.'

'En Cal Morrison?'

Hij knikte. 'Nummer zeven. En Charles Rugglestone waarschijnlijk nummer acht.'

'Wacht eens,' zei ik, 'de Rugglestone die bevriend was met deze Alec Hardiman?'

'Dezelfde.' Hij pakte zijn glas, zette het weer terug en keek ernaar. 'Charles Rugglestone werd in een pakhuis niet ver hiervandaan vermoord. Hij werd tweeëndertig keer met een ijspriem gestoken en zó hard met een voorhamer op zijn hoofd geslagen dat het leek alsof er kleine dieren in zijn schedel hadden geleefd en besloten hadden hun weg naar buiten te eten. Hij was ook stukje bij beetje verbrand, vanaf zijn enkels tot zijn nek, terwijl hij tijdens het grootste gedeelte van die marteling nog in leven was. We vonden Alec Hardiman bewusteloos in het kantoor. Hij zat van top tot teen onder Rugglestone's bloed, terwijl de ijspriem vlak bij hem in de buurt lag. Zijn vingerafdrukken zaten op de ijspriem.'
'Dus hij was de dader.'
Gerry haalde zijn schouders op. 'Omdat zijn vader me dat gevraagd heeft, bezoek ik Alec elk jaar in Walpole. En misschien, maar dat weet ik niet zeker, omdat ik hem aardig vind. Ik zie nog steeds de kleine jongen voor me. Of wat dan ook. Maar hoe aardig ik hem ook vind, hij is een grote nul. Is hij in staat een moord te plegen? Ja. Daar twijfel ik geen seconde aan. Maar tegelijkertijd zeg ik je dat geen enkele man, hoe sterk hij ook mag zijn – en Alec was niet zo sterk – in z'n eentje kon doen wat er met Rugglestone was gedaan.' Hij kneep zijn lippen samen en dronk even later het glas leeg. 'Maar toen Alec eenmaal voor de rechtbank verscheen, hielden de moorden die ik probeerde op te lossen op. Vanzelfsprekend ging zijn vader niet lang na de arrestatie met pensioen, maar ik bleef werken aan de moord op Morrison en de zes die daarvoor waren gepleegd, en ik wist Alec vrij te pleiten van medeplichtigheid aan zeker twee van die moorden.'
'Maar hij werd wel veroordeeld.'
'Slechts voor de moord op Rugglestone. Niemand wilde toegeven dat ze vermoedden dat er ergens een seriemoordenaar vrij rondliep en zij het publiek niet geïnformeerd hadden. Niemand wilde verder nog voor gek staan nadat de zoon van een gedecoreerde agent voor een wrede moord was gearresteerd. Daarom moest Alec terechtstaan voor de moord op Rugglestone. Hij werd tot levenslang veroordeeld en zit nu in Walpole weg te kwijnen. Zijn vader verhuisde naar Florida en is waarschijnlijk overleden aan de pogingen om erachter te komen waar het verkeerd was gegaan. En ik vermoed dat het allemaal niets meer zou uitmaken, ware het niet dat iemand Kara Rider aan een heuvel heeft vastgespijkerd en iemand anders aan jou mijn naam en de naam van Alec Hardiman heeft doorgegeven.'
'Dus,' zei ik, 'als er eigenlijk meer dan één moordenaar is geweest, en Alec Hardiman was de ene...'
'Dan loopt de andere nog steeds vrij rond, ja.' Er waren donkere

kringen onder zijn ogen verschenen, waardoor hij een hol gezicht kreeg. 'En als hij na meer dan twintig jaar nog steeds vrij rondloopt en zich al die tijd heeft voorgenomen om terug te keren, vermoed ik dat hij er aardig de pest over in heeft.'

16

Het sneeuwde op een heldere zomerdag toen Kara Rider me aanhield om te vragen hoe het met de zaak-Jason Warren ging.
 Ze had haar haren weer de originele blonde kleur gegeven en zat in een tuinstoel voor The Black Emerald. Ze droeg slechts een roze bikinibroekje, terwijl de sneeuw om haar viel en een laagje naast haar stoel vormde. Alleen het zonlicht scheen haar lichaam te raken. Haar kleine borsten waren hard en glommen van het zweet. Ik moest mezelf eraan herinneren dat ik haar sinds haar kinderjaren gekend had en dat ik niet op een erotische manier naar haar mocht kijken,
 Grace en Mae bevonden zich een half blok verder, terwijl Grace een zwarte roos in Mae's haren stak. Aan de overkant van de straat zag ik een roedel witte honden. Ze waren klein als gebalde vuisten en hielden hen kwijlend in de gaten. Het kwijl liep in dikke stromen uit hun bek.
 'Ik moet weg,' zei ik tegen Kara, maar Grace en Mae waren verdwenen toen ik weer omkeek.
 'Ga zitten,' zei Kara. 'Het duurt maar even.'
 Ik ging zitten, en de sneeuw viel tussen mijn kraag, waardoor de rillingen over mijn rug liepen. Klappertandend zei ik: 'Ik dacht dat je dood was.'
 'Nee,' zei ze. 'Ik was gewoon een poosje weg.'
 'Waarheen?'
 'Brookline. Shit.'
 'Wat?'
 'Hier is het verdomme precies zo.'
 Grace stak haar hoofd uit de deuropening van The Black Emerald. 'Ben je klaar, Patrick?'
 'Ik moet weg,' zei ik, en klopte op Kara's schouder.
 Ze greep mijn hand en legde die op haar blote borst.
 Ik keek naar Grace, maar die scheen het niet erg te vinden. Angie stond naast haar, en ze glimlachten beiden.

Kara streelde zachtjes haar tepel met mijn handpalm. 'Vergeet me niet.'

De sneeuw begon nu op haar lichaam te vallen, dat langzaam bedekt werd.

'Dat zal niet gebeuren. Ik moet weg.'

'Dag.'

De poten van de tuinstoel bezweken bijna onder het gewicht van de sneeuw, en toen ik weer omkeek, zag ik nauwelijks nog de vorm van haar lichaam onder de zachte sneeuwlaag.

Mae kwam uit de bar tevoorschijn, greep mijn hand en gaf die aan haar hond om op te eten.

Ik zag mijn schuimend bloed in de bek van de hond, maar het deed geen pijn – het voelde bijna fijn aan.

'Kijk eens,' zei Mae, 'hij vindt je aardig, Patrick.'

De laatste week van oktober gaven we na wederzijds goedvinden de opdracht in de zaak-Jason Warren terug aan Diandra en Eric. Ik ken kerels die zo'n zaak helemaal uitmelken en op de angst van een bezorgde moeder inspelen, maar daar begin ik niet aan. Niet omdat ik bepaald moralistisch ben, maar het is slecht voor de zaak als de helft van je inkomsten van dit soort zaken afhangt. We hadden dossiers van alle leraren van Jason, sinds hij aan Bryce was geen studeren (elf), en al zijn kennissen (Jade, Gabrielle, Lauren en zijn kamergenoot) behalve de man met de sik, maar op geen enkele manier vormden ze een bedreiging voor hem. We hadden verslagen van ons dagelijks schaduwwerk, plus korte samenvattingen van onze ontmoeting met Fat Freddy, Jack Rouse en Kevin Hurlihy, en van mijn gesprek met Stan Timpson.

Diandra had geen dreigbrieven, telefoontjes of foto's via de post meer gekregen. Ze had in New Hampshire met Jason gesproken en hem verteld dat een vriend van haar hem vorige week met een man in de Sunset Grill had gezien. Jason had hem als 'gewoon een vriend' omschreven en verder geen informatie meer verstrekt.

We schaduwden hem nog een week en het was van hetzelfde laken een pak – explosies van seksuele activiteiten, alleen zijn en studeren.

Diandra was het ermee eens dat dit nergens toe leidde, dat er op het bezorgen van die foto na eigenlijk geen enkele reden was om aan te nemen dat Jason in gevaar verkeerde. We kwamen zodoende tot de conclusie dat onze oorspronkelijke veronderstelling – dat Diandra Kevin Hurlihy onopzettelijk kwaad had gemaakt – uiteindelijk correct bleek te zijn. Nadat we met Fat Freddy hadden gesproken, was er van dreigementen geen sprake meer geweest. Misschien hadden Freddy, Kevin, Jack en de hele bende besloten de zaak te laten rusten, maar wilden ze tegenover een paar privédetectives geen gezichtsverlies lijden.

Hoe het ook zij, de zaak was nu gesloten. Diandra betaalde onze rekening en bedankte ons. We lieten onze kaartjes met onze privénummers achter, voor het geval er iets gebeurde, waarna we terugkeerden naar de rustigste tijd van het jaar voor onze business.

Een paar dagen later ontmoetten we 's middags om twee uur op zijn verzoek Devin in The Black Emerald. Er hing een bordje met 'Gesloten' aan de deur, maar we klopten en Devin deed open. Nadat we binnen waren gekomen, deed hij de deur op slot.

Gerry Glynn zat achter de bar op de koelkast en keek niet al te blij. Oscar zat aan de bar achter een bord eten. Devin ging naast hem zitten en beet in de bloederigste cheeseburger die ik ooit gezien had.

Ik ging naast Devin zitten, terwijl Angie aan de andere kant naast Oscar plaatsnam en een van zijn frietjes pikte.

Ik keek naar Devins cheeseburger. 'Hebben ze die koe gewoon tegen een radiator gehouden?'

Hij gromde en propte nog wat meer in zijn mond.

'Devin, je weet wat rood vlees met je hart doet, hè? En dan wil ik het nog niet over je ingewanden hebben.'

Hij veegde zijn mond af met een servetje. 'Ben je zonder dat ik even oplette een van die holistische gezondheidsfreaks geworden, Kenzie?'

'Nee. Maar ik zag er een voor de zaak demonstreren.'

Hij greep naar zijn heup. 'Hier, neem mijn pistool en schiet die klootzak neer. Eens kijken of je nu een hansworst weet te raken. Ik zal ervoor zorgen dat er een goed verslag wordt opgemaakt.'

Iemand achter mij schraapte zijn keel en ik keek in de barspiegel. Over mijn rechterschouder zag ik in de schemering een man aan een tafeltje zitten.

Hij droeg een donker kostuum en donkere stropdas, een helderwit overhemd en een bijpassende das. Zijn donkere haren hadden de kleur van in de was gezet mahoniehout. Hij zat kaarsrecht aan het tafeltje, alsof zijn ruggengraat door een staaf was vervangen.

Devin wees met een duim over zijn schouder. 'Patrick Kenzie, Angela Gennaro, dit is speciaal agent Barton Bolton van de FBI.'

Ik draaide me om op mijn barkruk, Angie eveneens en beiden zeiden we: 'Hallo.'

Speciaal agent Barton Bolton zei niets. Hij bekeek ons beiden aandachtig als de commandant van een concentratiekamp die moest beslissen of we geschikt waren om te werken of te worden afgemaakt. Vervolgens keek hij naar een punt boven Oscars schouder.

'We hebben een probleem,' zei Oscar.

'Het kan een klein probleempje zijn,' zei Devin, 'maar ook een groot probleem.'

'En wat is het?' vroeg Angie.

'Laten we even bij elkaar gaan zitten.' Oscar duwde zijn bord weg.

Devin deed hetzelfde, en we gingen allemaal bij speciaal agent Barton Bolton aan het tafeltje zitten.

'En Gerry?' zei ik, terwijl hij de borden van de bar haalde.

'Meneer Glynn is reeds verhoord,' zei Bolton.

'Aha.'

'Patrick,' zei Devin, 'jouw kaartje werd in Kara Riders hand gevonden.'

'Ik heb je verteld hoe zij het in haar bezit heeft gekregen.'

'En toen we aannamen dat Micky Doog of een van zijn fijne vriendjes haar had vermoord omdat ze hem niet wilde pijpen of zo, was het geen probleem.'

'Is je veronderstelling gewijzigd?' vroeg Angie.

'Ik ben bang van wel.' Devin stak een sigaret op.

'Je bent gestopt,' zei ik.

'Helaas,' zei hij schouderophalend.

Agent Bolton haalde een foto uit zijn attachékoffertje en gaf hem aan mij. Het was een foto van een jongeman, midden dertig, en met het figuur van een Griekse god. Hij droeg slechts een onderbroek en keek glimlachend in de lens. Zijn bovenlichaam was een en al spier en hij had spierballen zo groot als honkballen.

'Ken je deze man?'

Ik zei: 'Nee,' en gaf de foto door aan Angie.

Ze keek er even naar. 'Nee.'

'Weet je het zeker?'

Angie zei: 'Geloof me maar, zo'n lichaam zou ik nooit vergeten.'

'Wie is hij?'

'Peter Stimovich,' zei Oscar. 'Eigenlijk is zijn volledige naam wijlen Peter Stimovich. Hij werd gisteravond vermoord.'

'Had hij ook een kaartje van mij bij zich?'

'Zover wij weten niet.'

'Waarom ben ik dan hier?'

Devin keek naar Gerry aan de andere kant van de bar. 'Waar hebben jij en Gerry een paar dagen geleden over gesproken, toen je hier naar binnen ging?'

'Vraag dat maar aan Gerry.'

'Dat hébben we gedaan.'

'Wacht eens,' zei ik, 'hoe weten jullie dat ik een paar dagen geleden hier was?'

'Je werd geschaduwd,' zei Bolton.

'Wát zeg je?'

Devin haalde zijn schouders op. 'Deze zaak is groter dan jij denkt, Patrick. Heel veel groter.'

'Hoe lang?'

'Hoe lang wat?'

'Word ik geschaduwd?' Ik keek Bolton aan.

'Nadat Alec Hardiman op ons verzoek om met hem te praten weigerde in te gaan,' zei Devin.

'En?'

'Toen hij weigerde op ons verzoek in te gaan,' zei Oscar, 'verklaarde hij dat hij alleen maar met jou wilde praten.'

'Met mij?'

'Met jou, Patrick. Alleen met jou.'

17

'Waarom wil Alec Hardiman met me praten?'
'Dat is een goeie vraag,' zei Bolton. Hij maakte een wuivend gebaar naar de rook van Devins sigaret. 'Meneer Kenzie, alles wat er vanaf nu wordt besproken, is strikt geheim. Begrepen?'
Angie en ik gaven met een nonchalant gebaar Bolton te kennen dat we hem begrepen.
'Om het duidelijk te stellen – als u aan iemand doorvertelt wat wij vanaf vandaag besproken hebben, dan wordt u door de federale overheid aangeklaagd wegens obstructie, en daar staat een maximumstraf op van tien jaar.'
'Dat vindt u leuk om te zeggen, hè?' zei Angie.
'Wat?'
Ze herhaalde met opzettelijk diepe stem: '"Door de federale overheid aangeklaagd wegens obstructie."'
Hij zuchtte. 'Meneer Kenzie, toen Kara Rider werd vermoord, hield ze uw kaartje in haar hand. Zoals u ongetwijfeld weet, vertoonde haar kruisiging opmerkelijke overeenkomsten met de kruisiging van een jongen in deze buurt in 1974. Wat u ongetwijfeld níet weet, brigadier Amronklin was toen agent. Hij werkte toen samen met voormalig rechercheur brigadier Glynn en inspecteur Hardiman.'
Ik keek Devin aan. 'Dacht jij op de avond dat Kara werd vermoord aan de moord op Cal?'
'Ik dacht aan de mogelijkheid.'
'Maar daar heb je tegen mij niets over gezegd.'
'Nee.' Hij drukte zijn sigaret uit. 'Je bent een gewone burger, Patrick. Het is mijn taak niet om jou van alles op de hoogte te brengen. Trouwens, ik beschouwde het als een verdomd kleine mogelijkheid. Het was gewoon iets dat ik in de gaten moest houden.'
De telefoon op de bar ging over en Gerry nam op terwijl hij ons aankeek. 'Black Emerald.' Hij knikte, alsof hij de vraag van de beller had verwacht. 'Sorry, nee. We zijn gesloten. Een probleem met

de waterleiding.' Hij sloot zijn ogen even en knikte gehaast. 'Als je dringend een borrel nodig hebt, probeer het dan bij een andere bar. Ik zou maar opschieten.' Hij was van plan om neer te leggen. 'Wat zei ik nou? Gesloten. Het spijt mij ook.'

Hij legde neer en keek ons schouderophalend aan.

'Dat andere slachtoffer.'

'Stimovich.'

'Juist. Was hij gekruisigd?'

'Nee,' zei Bolton.

'Hoe is hij gestorven?'

Bolton keek naar Devin en Devin keek naar Oscar, en Oscar zei: 'Wat kan het eigenlijk schelen? Vertel het maar. We hebben alle hulp nodig die we kunnen krijgen, voordat we nog meer lichamen vinden.'

Bolton zei: 'Meneer Stimovich werd vastgebonden gevonden tegen een muur, zijn huid was in reepjes afgestroopt. Terwijl hij nog leefde werd vervolgens zijn buik opengesneden.'

'Jezus,' zei Angie, en sloeg zó vlug een kruis dat ik niet zeker wist of ze het zelf in de gaten had.

Gerry's telefoon ging opnieuw over.

Bolton trok een nijdig gezicht. 'Kunt u de stekker er niet een poosje uithalen, meneer Glynn?'

Gerry keek gekwetst. 'Agent Bolton, met alle respect voor de doden, ik hou deze zaak net zolang dicht als u denkt dat nodig is, maar ik heb vaste klanten die zich afvragen waarom mijn deur op slot zit.'

Bolton wuifde neerbuigend, waarna Gerry opnam.

Nadat hij een paar tellen had geluisterd, knikte hij. 'Bob, Bob, luister, we hebben problemen met de waterleiding. Het spijt me, maar er staat bijna tien centimeter water in de zaak, en...' Hij luisterde. 'Dus doe wat ik je adviseer – ga naar Leary's of The Fermanagh. Ga *ergens anders heen*. Oké?'

Hij legde neer en keek ons weer schouderophalend aan.

Ik zei: 'Hoe weet u dat Kara niet door een bekende van haar is vermoord? Micky Doog? Of tijdens een inwijdingsceremonie van een bende?'

Oscar zei hoofdschuddend: 'Zo zit het niet in elkaar. Alle bekenden van haar, en dat geldt ook voor Micky Doog, hebben een alibi. Plus dat we niet weten wat ze na haar terugkomst in de stad al die tijd heeft uitgespookt.'

'Ze was niet vaak in de buurt te zien,' zei Devin. 'Haar moeder had geen idee waar ze heen ging. Maar ze was pas drie weken weer terug in de stad, en het lijkt er niet op dat ze in die tijd zoveel mensen heeft leren kennen in Brookline.'

'Brookline?' zei ik, en moest even aan mijn droom denken.

'Brookline. Voorzover wij weten, is dat de enige wijk waar ze regelmatig heen ging. We hebben creditcardbonnen uit Cityside, en van een paar restaurants in de buurt van Bryce University.'

'Jezus,' zei ik.

'Wat?'

'Niets. Niets. Luister, hoe weten jullie dat er een connectie tussen de slachtoffers bestaat, terwijl ze op verschillende manieren vermoord zijn?'

'Foto's,' zei Bolton.

Het was alsof er een blok ijs in mijn borstkas smolt.

'Wat voor foto's?' vroeg Angie.

Devin zei: 'Bij Kara's moeder lag een stapel post, die ze sinds een paar dagen voor Kara's dood niet bekeken had. Een ervan was een envelop, geen afzender, geen brief, alleen een foto van Kara zat in de envelop, een onschuldige foto, niets – '

Angie zei: 'Gerry, mag ik je telefoon even gebruiken?'

'Wat is er aan de hand?' vroeg Bolton.

Maar ze zat al aan de bar te telefoneren.

'En die andere kerel, Stimovich?' vroeg ik.

'Niemand op zijn kamer,' zei Angie. Ze verbrak de verbinding en koos een ander nummer.

'Wat is er aan de hand, Patrick?' vroeg Devin.

'Vertel me over Stimovich,' zei ik, en probeerde niet paniekerig te klinken. 'Devin. Nú.'

'Stimovich' vriendin, Alice Boorstin – '

'Er is niemand in Diandra's kantoor,' zei Angie, en legde met een klap de hoorn neer. Ze nam vervolgens weer op en koos een ander nummer.

' – ontving twee weken geleden dezelfde foto van hem over de post. Precies hetzelfde recept. Geen afzender, alleen de foto.'

'Diandra,' zei Angie, 'waar is Jason?'

'Patrick,' zei Oscar, 'vertel ons eens wat.'

'Ik ben in het bezit van zijn lesrooster,' zei Angie. 'Hij heeft vandaag slechts één college, en dat was meer dan vijf uur geleden.'

'Onze cliënte ontving een paar weken geleden een soortgelijke foto van haar zoon,' zei ik.

'We nemen weer contact met je op. Blijf waar je nu bent. Maak je geen zorgen.' Angie verbrak de verbinding. 'Fuck, fuck, fuck,' zei ze.

'Laten we gaan.' Ik ging staan.

'Jij gaat nergens heen,' zei Bolton.

'Arresteer me dan maar,' zei ik, en volgde Angie in de richting van de voordeur.

18

We troffen Jade, Gabrielle en Lauren in het studentenrestaurant, waar ze samen zaten te eten, maar geen Jason. De dames bekeken ons met een 'Wie zijn jullie, verdomme?'-uitdrukking op hun gezicht, maar beantwoordden onze vragen. Geen van hen had Jason sinds vanmorgen gezien.

We gingen langs zijn kamer, maar daar was hij sinds de vorige avond niet gezien. Zijn kamergenoot stond in een wolk van marihuanarook, terwijl Henry Rollins' pisnijdige huilstem uit zijn luidsprekers dreunde. Hij zei: 'Nee, man. Ik heb geen enkel idee waar hij is. Behalve dan met die vent, weet je wel?'

'Dat weten we niet.'

'Die vent. Weet je wel, die vent waar hij soms mee weggaat.'

'Heeft die vent een sik?' vroeg Angie.

De kamergenoot knikte. 'En de meest holle ogen die ik ooit gezien heb. Alsof hij een zombie is. Maar volgens mij was hij niet verslaafd. Gek, hè?'

'Had die vent een naam?'

'Heb ik nog nooit gehoord.'

Toen we naar de auto terugliepen, moest ik aan de vraag van Grace denken, een paar avonden geleden: 'Bestaat er tussen deze zaken een verband?'

Nou ja, die bestond er. Maar wat betekende dat precies?

Diandra Warren ontvangt een foto van haar zoon en maakt een redelijk logische gevolgtrekking dat het met de maffia te maken heeft, dat ze hen ongewild nijdig heeft gemaakt. Op één uitzondering na – ze heeft hen niet ongewild nijdig gemaakt. Ze werd door een bedrieger benaderd, en ze hadden elkaar in Brookline ontmoet. Een bedriegster met een duidelijk Bostons accent en springerige, blonde haren. Toen ik Kara Riders haar zag, was het pas geblondeerd. Kara Rider had altijd blond haar gehad, en door haar creditcardbonnen wisten we dat ze in dezelfde tijd in Brookline vertoefde toen 'Moira Kenzie' contact met Diandra zocht.

Diandra Warren had geen tv in haar appartement. Als ze een krant las, las ze *The Trib*, en niet *The News*. Kara's foto stond over de volle breedte van de voorpagina van *The News. The Trib,* die niet zo sensationeel was en het verhaal te laat binnenkreeg, had de foto van Kara helemaal niet gepubliceerd.

Toen we de auto bereikten, parkeerde Eric Gault een bruine Audi achter onze auto. Toen hij uitstapte, keek hij ons lichtelijk verbaasd aan.

'Wat komen jullie hier doen?'

'We zijn op zoek naar Jason.'

Hij opende zijn kofferbak om boeken bij elkaar te zoeken die op een stapel oude kranten lagen. 'Ik dacht dat jullie de opdracht van deze zaak hadden teruggegeven?'

'Er hebben nieuwe ontwikkelingen plaatsgevonden,' zei ik, en glimlachte vol uiterlijk zelfvertrouwen. Ik keek naar de kranten in Erics kofferbak. 'Bewaar je die?'

Hoofdschuddend zei hij: 'Ik gooi ze hierin, en als ik de achterklep niet meer dicht kan doen, breng ik ze naar de recycling.'

'Ik ben op zoek naar een krant van ongeveer tien dagen geleden. Mag ik?'

Hij deed een stap opzij. 'Ga je gang.'

Ik pakte de bovenste exemplaren van de *News* en vond het exemplaar met Kara's foto als vierde van boven. 'Bedankt,' zei ik.

'Tot je dienst.' Hij sloot de kofferbak. 'Als je Jason zoekt, probeer dan Coolidge Corner eens, of de bars op Brighton Avenue. The Kells, Harper's Ferry – daar komen altijd veel studenten van Bryce.'

'Bedankt.'

Angie wees naar de boeken onder zijn arm. 'Over tijd bij de bibliotheek?'

Hij schudde zijn hoofd en keek naar de statige, uit witte en rode stenen opgetrokken studentenflats. 'Overwerk. In deze tijden van recessie moeten zelfs wij, geleerde professoren, af en toe weer met onze neuzen in de boeken.'

We stapten in onze auto en groetten hem.

Eric zwaaide, draaide zich om en liep naar de flats, terwijl hij zachtjes in de kouder wordende lucht floot

We bezochten alle bars op Brighton Avenue, North Harvard en een paar op Union Square. Geen Jason.

Gedurende de rit naar Diandra's flat vroeg Angie: 'Waarom nam je die krant mee?'

Ik vertelde het haar.

'Jezus,' zei ze, 'dit is een nachtmerrie.'
'Ja, dat is het zeker.'

We namen de lift naar Diandra's appartement, terwijl het havengebied eerst groter werd om daarna in de omgekeerde, gitzwarte waterbak van de haven te verdwijnen. De vrees voor de ontmoeting, die de laatste uren bezit van mijn maag had genomen, werd groter en begon te draaien tot ik er misselijk van werd.

Nadat Diandra ons had binnengelaten, was mijn eerste vraag: 'Die Moira Kenzie, had ze de nerveuze gewoonte om haar haren achter haar rechteroor te stoppen, zelfs al viel er niets weg te stoppen?'

Ze keek me aan.

'Deed ze dat?'

'Ja, maar hoe wist u...?'

'Denk goed na. Maakte ze dat vreemde geluid, een soort lacherig, hikkend geluid aan het einde van elke zin?'

Ze sloot haar ogen even. 'Ja. Ja, dat deed ze.'

Ik hield *The News* omhoog. 'Is zij dat?'

'Ja.'

'Verdomme,' zei ik hardop.

'Moira Kenzie' was Kara Rider.

Vanuit Diandra's appartement zocht ik contact met Devin.

'Donker haar,' vertelde ik hem. 'Twintig jaar. Groot. Forsgebouwd. Kuiltje in zijn kin. Is normaal gekleed in spijkerbroek en flanellen overhemden.' Ik keek Diandra aan. 'Hebt u hier een fax?'

'Ja.'

'Devin, ik fax een foto over. Wat is je nummer?'

Hij gaf het aan me door. 'Patrick, we zetten honderd agenten in om naar die knul uit te kijken.'

'Als je er tweehonderd hebt, zou ik me een stuk beter voelen.'

Het faxapparaat stond in het oostelijke gedeelte van het zolderappartement, bij het bureau. Ik stopte de foto van Jason, die Diandra had gekregen, in het apparaat en wachtte tot hij verzonden was. Daarna liep ik terug naar de woonkamer, waar Diandra en Angie waren.

Ik vertelde Diandra dat we ons een beetje zorgen maakten, omdat we sluitende bewijzen hadden ontvangen dat Jack Rouse en Kevin Hurlihy hier niet bij betrokken waren. Ik vertelde, omdat Kara Rider gestorven was vlak nadat ze als Moira Kenzie was opgetreden, dat ik deze zaak wilde heropenen. Ik vertelde haar niet dat van iedereen die zo'n foto had ontvangen een geliefde was vermoord.

'Maar hij is oké?' Ze zat op de bank, had haar benen onder zich getrokken en keek ons onderzoekend aan.

'Zover we weten wel,' zei Angie.

Ze schudde haar hoofd en zei: 'Jullie zijn bezorgd. Dat is duidelijk te zien. En jullie verzwijgen iets. Vertel alsjeblieft wat het is. Alsjeblieft.'

'Het is niets,' zei ik. 'Ik vind het alleen niet prettig dat het meisje, dat deed alsof ze Moira Kenzie was en alles aan het rollen bracht, dood is.'

Ze geloofde me niet, leunde naar voren en plantte haar ellebogen op haar knieën. 'Zonder uitzondering belt Jason me elke avond tussen negen uur en halftien.'

Ik keek op mijn horloge. Vijf over negen.

'Belt hij nog, meneer Kenzie?'

Ik keek even naar Angie, die aandachtig naar Diandra keek.

Diandra sloot even haar ogen. Toen ze haar ogen weer opendeed, zei ze: 'Heeft een van jullie beiden kinderen?'

Angie schudde van nee.

Ik dacht heel even aan Mae.

'Nee,' zei ik.

'Dat dacht ik al.' Ze liep met haar handen op haar rug naar het raam. Terwijl ze daar stond, gingen de lichten in het gebouw ernaast een voor een uit, waarna donkere vlekken zich over haar lichte vloer verspreidden.

Ze zei: 'Je zorgen gaan nooit over. Nóóit. Je herinnert je de eerste keer dat hij uit zijn ledikantje klom en voordat je hem kon opvangen op de grond viel. En je dacht dat hij dood was. Maar dat was maar heel even. En je herinnert je die verschrikkelijke gedachte. En toen hij opgroeide, ging fietsen, in bomen klom en alleen naar school ging en vlak voor het verkeer overstak, in plaats van op het groene voetgangerslicht te wachten, deed je alsof dat allemaal normaal was. Je zegt: "Het zijn kinderen; toen ik zo oud was, deed ik hetzelfde." Maar altijd zit er achter in je keel die nauwelijks onderdrukte schreeuw. Niet doen. Stop. Doe je alsjeblieft geen pijn.' Ze draaide zich om en keek ons vanuit de schaduw aan. 'Het verdwijnt nooit. De zorg. De angst. Nog geen seconde. Dat is de prijs van het scheppen van een leven in deze wereld.'

Ik zag de hand van Mae dicht bij de bek van de hond komen, en dat ik klaarstond om bij te springen, om de kop van de romp van die Schotse terriër te rukken als het nodig was.

De telefoon ging over. Kwart over negen. We sprongen alle drie tegelijk op. Diandra was in vier stappen bij de telefoon. Angie keek me met een opgeluchte blik aan.

Diandra nam op. 'Jason?' zei ze. 'Jason?'

Het was Jason niet. Dat was onmiddellijk duidelijk toen ze met haar vrije hand over haar slaap wreef en hard tegen de zijkant van haar hoofd drukte. 'Wat?' zei ze. Ze draaide zich om en keek naar mij. 'Wacht even.'

Ze gaf de telefoon aan mij. 'Iemand die zegt dat hij Oscar is.'

Ik nam de telefoon van haar over en draaide me zo dat ik met mijn rug naar haar en Angie stond. Er gingen nog meer lampen uit in het gebouw naast ons, waardoor de duisternis zich als vloeistof over de vloer verspreidde. Intussen vertelde Oscar dat Jason Warren gevonden was.

In stukken.

19

In een verlaten pakhuis aan de haven in South Boston had de moordenaar van Jason Warren hem eenmaal in de maag geschoten, verschillende keren met een ijspriem gestoken en met een zware hamer in elkaar geslagen. Daarna had hij zijn ledematen geamputeerd en in de vensterbanken neergezet. Zijn torso had hij in een stoel neergezet met het gezicht naar de deur, en zijn hoofd aan een niet aangesloten stroomkabel gebonden, die van een aan het plafond hangende transportband naar beneden liep.

Een groep agenten van de forensische afdeling bracht de nacht en het grootste deel van de daaropvolgende ochtend door met het zoeken naar Jasons knieschijven, die nooit werden teruggevonden.

De eerste twee agenten die op de plaats van het delict arriveerden, waren nieuwelingen. De eerste verliet het korps binnen een week. Devin vertelde me dat de andere met ziekteverlof ging om in therapie te gaan. Devin vertelde me ook dat ze, toen hij en Oscar het pakhuis betraden, in het begin dachten dat Jason door een leeuw te grazen was genomen.

Toen ik de avond daarvoor het nieuws van Oscar had doorgekregen, de telefoon had neergelegd en me omdraaide om Diandra en Angie aan te kijken, wist Diandra het al.

Ze zei: 'Mijn zoon is dood, hè?'

En ik knikte.

Ze sloot haar ogen en hield één hand bij haar oor, alsof ze om stilte verzocht zodat ze iets kon horen. Ze zwaaide zachtjes heen en weer, alsof ze in een stevige wind stond. Angie ging vlug naast haar staan.

'Raak me niet aan,' zei ze met gesloten ogen.

Toen Eric arriveerde, zat Diandra op haar plekje bij het raam en staarde naar de haven. De koffie, die Angie had gezet, stond koud en onaangeroerd naast haar. Het afgelopen uur had ze geen woord gezegd.

Toen Eric de kamer binnenliep, keek ze naar hem terwijl hij zijn

regenjas uittrok, zijn hoed afzette, die aan een haak hing en naar ons keek.
 We begaven ons naar de keukenruimte, waar ik hem alles vertelde.
 'Jezus,' zei hij, en even leek het erop dat hij ging braken. Zijn gezicht werd asgrauw en hij greep de keukenbar zó stevig vast dat zijn knokken spierwit werden. 'Vermoord. Hoe?'
 Hoofdschuddend zei ik: 'Op dit moment is vermoord genoeg.'
 Hij steunde met beide handen op de bar en boog het hoofd. 'Hoe heeft Diana gereageerd toen ze het nieuws hoorde?'
 'Rustig.'
 Hij knikte. 'Zo is ze. Heb je al contact opgenomen met Stan Timpson?'
 Hoofdschuddend zei ik: 'Ik neem aan dat de politie dat wel zal doen.'
 De tranen sprongen in zijn ogen. 'Die knul, die arme, mooie knul.'
 'Vertel het maar,' zei ik.
 Hij keek over mijn schouder naar de koelkast. 'Wat moet ik vertellen?'
 'Alles wat je over Jason wist. Alles wat je tot nu toe verzwegen hebt.'
 'Verzwegen?' Zijn stem klonk benauwd.
 'Verzwegen,' zei ik. 'Vanaf het begin voelde ik dat er iets niet klopte.'
 'Waarop baseer je dat – '
 'Noem het maar een voorgevoel, Eric. Wat deed je vanavond op Bryce?'
 'Dat vertelde ik je toch? Lesgeven.'
 'Gelul. Ik zag wat voor boeken je uit de auto pakte. Eén ervan was een autoboek van Chilton, Eric.'
 'Luister,' zei hij, 'ik ga nu naar Diandra. Ik weet hoe ze zal reageren, en ik sta erop dat jij en Angie nu weggaan. Ze wil niet dat jullie erbij zijn als ze instort.'
 Ik knikte. 'Ik neem contact met je op.'
 Hij zette zijn bril goed op en liep langs me weg. 'Ik zal ervoor zorgen dat je al je geld krijgt.'
 'Het geld hebben we al binnen, Eric.'
 Hij liep door het zolderappartement naar Diandra toe. Ik keek naar Angie en maakte een beweging met mijn hoofd naar de deur. Ze pakte haar tasje van de vloer en haar jasje van de bank. Eric legde een hand op Diandra's schouder.
 'Eric,' zei ze. 'O, Eric. Waarom? Waarom?'
 Ze viel van haar zitplaats bij het raam in zijn armen. Intussen had

Angie me bereikt. En toen ik de deur opende, begon Diandra te huilen. Het was een van de ergste geluiden die ik ook gehoord had – een woedend, gekweld, verscheurend geluid, dat uit haar borst opwelde. Het geluid vulde het zolderappartement en galmde lange tijd nadat ik het gebouw verlaten had nog na in mijn hoofd.

In de lift zei ik tegen Angie: 'Er klopt iets niet met Eric.'
'Wat bedoel je met er klopt iets niet?'
'Er is iets met hem aan de hand,' zei ik. 'Ik vertrouw hem niet. Misschien verbergt hij iets.'
'Wat?'
'Dat weet ik niet. Hij is onze vriend, Angie, maar in dit geval heb ik geen prettig gevoel over hem.'
'Ik zal het nader onderzoeken,' zei ze.
Ik knikte. Ik hoorde Diandra in mijn gedachten verschrikkelijk huilen, en ik wilde in elkaar kruipen om mezelf ertegen te wapenen.
Angie leunde tegen de glazen wand van de lift en had haar armen stevig om haar lichaam geslagen. We zeiden geen enkel woord tijdens onze rit naar huis.

Als je met kinderen omgaat, leer je volgens mij één ding: je moet gewoon verdergaan, hoe erg de tragedie ook is die je hebt meegemaakt. Je hebt geen keus. Lang voor Jasons dood, zelfs voor ik hem of zijn moeder leerde kennen, had ik afgesproken anderhalve dag op Mae te zullen passen. Grace was dan aan het werk, terwijl Annabeth naar Maine ging om bij een vriendin, die ze nog kende van de universiteit, op bezoek te gaan.

Toen Grace het nieuws over Jason hoorde, zei ze: 'Ik zoek wel iemand anders. Of ik zoek wel een manier om vrij te nemen.'
'Nee,' zei ik. 'Er verandert niets. Ik wil op haar passen.'
En dat deed ik. En het was een van de beste beslissingen die ik ooit genomen had. Ik weet dat iedereen zegt dat het goed is om over een tragedie te praten, om er met vrienden of gekwalificeerde vreemden over te discussiëren, en misschien is dat ook wel zo. Maar dikwijls denk ik dat we tegenwoordig in deze maatschappij te veel praten, dat we het formuleren van woorden als een wondermiddel beschouwen, wat het meestal niet is, en dat we de morbide manier waarop we met onszelf bezig zijn, wat er een voorspelbaar neveneffect van is, negeren.

Ik ben een piekeraar van mezelf en ben ook nog veel alleen, wat het alleen nog maar erger maakt. Misschien dat er nog iets goeds uit was voortgekomen als ik met iemand over Jasons dood en mijn eigen schuldgevoel had gesproken. Maar dat deed ik niet.

In plaats daarvan bracht ik mijn tijd met Mae door, en de simpele daad om in haar gezelschap te zijn, haar bezig te houden, te voeden, naar bed te brengen voor haar middagslaap, de grappen van de Marx Brothers uit te leggen als we naar *Animal Crackers* en *Duck Soup* keken, en een verhaaltje van dokter Seuss voor te lezen als ze in het logeerbed kroop dat ik in de slaapkamer had neergezet – de eenvoudige taak om voor een andere, jongere persoon te zorgen, was een betere therapie dan duizend counselinggesprekken, en ik vroeg me af of voorgaande generaties gelijk hadden toen ze dat als een algemeen bekend feit accepteerden.

Halverwege *Fox in Sox* vielen haar ogen dicht. Ik trok het laken op tot haar kin en legde het boek opzij.

'Hou jij van mama?' vroeg ze.

'Ik hou van mama. Ga maar slapen.'

'Mama houdt van jou,' mompelde ze.

'Dat weet ik. Ga maar slapen.'

'Hou jij ook van mij?'

Ik kuste haar op de wang en trok de deken op tot haar kin. 'Ik ben gek op je, Mae.'

Maar toen was ze al in slaap gevallen.

Grace belde omstreeks elf uur.

'Hoe gaat het met mijn kleine ondeugd?'

'Perfect, en in slaap.'

'Ik haat het. De hele week is ze in mijn gezelschap een perfecte deugniet. Nu is ze een dag bij jou en gedraagt ze zich als Pollyanna.'

'Nou,' zei ik, 'dat komt doordat ik veel aangenamer gezelschap ben.'

Ze grinnikte. 'Echt waar? Is ze zoet geweest?'

'Prima.'

'Voel je je nu al wat beter wat Jason betreft?'

'Zolang ik er niet aan denk.'

'Dat zal ik onthouden. Heb je nog steeds een prettig gevoel over die avond?'

'Over ons?'

'Ja.'

'Is er die avond dan wat gebeurd?'

Ze zuchtte. 'Wat een klootzak.'

'Hé.'

'Ja?'

'Ik hou van je.'

'Ik hou ook van jou.'

'Dat is fijn, hè?' zei ik.

'Dat is het fijnste wat er is,' zei ze.

De volgende ochtend, toen Mae nog steeds sliep, liep ik naar mijn veranda en zag Kevin Hurlihy voor het huis staan. Hij leunde tegen de goudkleurige Diamante waarin hij Jack Rouse rondreed.

Sinds de dag dat mijn correspondentievriend zijn 'vergeetnietaftesluiten'-briefje stuurde, heb ik onder alle omstandigheden mijn pistool bij me. Zelfs als ik naar beneden ga om mijn post op te halen. Vooral als ik naar beneden ga om mijn post op te halen.

Dus toen ik me naar mijn veranda begaf en Psycho Kevin vanaf het trottoir naar me omhoog zag kijken, overtuigde ik mezelf ervan dat mijn pistool zich binnen handbereik bevond. En gelukkig, het was mijn 6,5mm Beretta met vijftien kogels in het magazijn, want met Kevin had ik het gevoel dat ik elke beschikbare kogel nodig had.

Hij staarde lange tijd naar me. Ten slotte ging ik op de bovenste trede zitten, opende de enveloppen met de drie rekeningen en bladerde door het laatste nummer van *Spin*, dat een artikel over Machinery Hall bevatte.

'Luister jij weleens naar Machinery Hall, Kev?' vroeg ik ten slotte.

Kevin staarde slechts en haalde adem door zijn neus.

'Een goeie band,' zei ik. 'Je zou hun laatste cd eens moeten kopen.'

Volgens mij was Kevin niet van plan om na ons gesprek langs Tower Records te gaan.

'Nou ja, ze zijn een beetje derivatief, maar wie is dat tegenwoordig níet?'

Het leek erop dat Kevin niet precies wist wat derivatief betekende.

Tien minuten bleef hij zonder iets te zeggen zo staan. Geen moment wendde hij zijn blik af. Het waren nietszeggende, troebele ogen, zo levendig als moeraswater. Ik vermoedde dat dit de ochtend-Kevin was. De avond-Kevin was degene met de opgefokte ogen, de ogen die alleen maar moord uitstraalden. De ochtend-Kevin leek meer op een catatoniepatiënt.

'Nou, Kev, ik sla er nu maar een slag naar, maar volgens mij ben jij geen fan van alternatieve muziek.'

Kevin stak een sigaret op.

'Dat was ik in het begin ook niet, maar toen overtuigde mijn compagnon me dat er meer was dan alleen de Stones en Springsteen. Begrijp me niet verkeerd, heel veel is pure reclame en heel veel is overschat. Ik bedoel, probeer Morrisey eens uit te leggen. Maar dan heb je een Kurt Corbain of een Trent Reznor, en zeg je: "Deze jongens zijn het", en dat is dan weer genoeg om hoopvol te zijn. Maar misschien heb ik ongelijk. O ja, Kev, wat vind jij van

Kurts dood? Denk jij dat we de stem van onze generatie hebben verloren, of gebeurde dat toen Frankie Goes to Hollywood uit elkaar ging?'

Een frisse wind blies door de straat en zijn stem leek nergens op – lelijk, zielloos – toen hij begon te praten.

'Kenzie, er was een paar jaar geleden een vent die veertig mille van Jack achteroverdrukte.'

'Dat spreekt vanzelf.'

'Toen ik hem bij zijn vriendin aantrof, stond die vent op het punt om over twee uur een vlucht naar Paraguay of een andere verdomde plek te nemen.' Hij schoot zijn peuk in de bosjes die voor het twee verdiepingen hoge huis stonden. 'Ik vertelde hem dat hij met zijn smoel omlaag op de grond moest gaan liggen, Kenzie. Daarna sprong ik net zolang op zijn rug op en neer tot zijn ruggengraat brak. Dat maakte hetzelfde geluid als wanneer je een deur intrapt. Precies hetzelfde geluid. Je hoort die ene luide krak en dan tegelijkertijd al die kleine splintergeluidjes.'

Het begon harder te waaien, en de droge bladeren in de goot maakten een schurend geluid.

'Nou ja,' zei Kevin, 'die kerel begon te schreeuwen, zijn vriendin gilde, en ze keken beiden naar de deur van dat armoedige flatje. Niet omdat ze dachten dat ze de deur konden bereiken, maar omdat ze wisten dat die deur betekende dat ze opgesloten waren. *Met mij.* Ik had de macht. En ik besloot welke beelden ze met zich mee naar de hel namen.'

Hij stak weer een sigaret op, en ik voelde de koude wind dwars door mijn borstkas waaien.

'Daarna,' zei hij, 'draaide ik die vent om. Ik zorgde ervoor dat hij rechtop op zijn gebroken ruggengraat moest zitten, en ik verkrachtte zijn vriendin gedurende, ik weet het niet precies, een paar uur. Ik moest regelmatig whisky in zijn gezicht gooien om ervoor te zorgen dat hij niet bewusteloos raakte. Daarna schoot ik acht, misschien wel negen kogels in het lichaam van zijn vriendin. Ik schonk een borrel voor mezelf in en keek die vent een poosje strak aan.

Het was allemaal verdwenen. Al zijn hoop. Al zijn trots. Al zijn liefde. Die had ik nu in mijn bezit. Ik. Alles. En hij wist het. Ik ging achter hem staan. Ik plantte mijn pistool tegen zijn achterhoofd, precies ter hoogte van de hersenstam. En weet je wat ik deed?'

Ik zei niets.

'Ik wachtte. Ik wachtte zeker vijf minuten. En raad eens? Raad eens wat die kerel deed, Kenzie. Raad eens.'

Ik vouwde mijn handen in mijn schoot.

'Hij smeekte, Kenzie. Die verdomde gek was verlamd. Hij liet gewoon een andere vent zijn vriendin verkrachten en vermoorden en kon er niets aan doen. Niets. Maar toch smeekte hij om in leven te mogen blijven. Ik zweer je, het is een verdomd idiote wereld.'

Hij schoot de sigaret tussen de treden beneden me; de vonken spatten uiteen en werden meegenomen door de wind.

'Op het moment dat hij begon te bidden, schoot ik hem door zijn kop.'

Als ik Kevin vroeger zag, dacht ik altijd dat ik niets zag, een heel groot gat. Maar nu besefte ik dat het geen niets was, maar alles. Alle ranzigheid van deze wereld. Het bestond uit swastika's, slagvelden, werkkampen en tuig, en vuur dat uit de hemel neerdaalde. Kevins niets was een oneindige plek, waarin ruimte voor al die dingen was en nog veel meer.

'Bemoei je verder niet meer met de zaak-Jason Warren,' zei hij. 'O ja, de kerel die Jack oplichtte? En zijn vriendin? Dat waren vrienden van me. Aan jou,' zei hij, 'heb ik altijd een hekel gehad.'

Hij bleef daar zeker nog een volle minuut staan om me strak aan te kijken. Ik voelde dat vuil en verdorvenheid mijn bloed besmeurden en elke vierkante centimeter van mijn lichaam bezoedelden, bezoedelden, bezoedelden.

Hij liep om de wagen heen en leunde met zijn handen op de motorkap.

'Ik heb gehoord dat je al een gezinnetje hebt, Kenzie. Een of andere kutdokter en haar kutdochtertje, Hoe oud is dat meisje, ongeveer vier jaar?'

Ik dacht aan Mae, die twee verdiepingen boven me lag te slapen.

'Hoe sterk is volgens jou de ruggengraat van een vier jaar oud kind, Kenzie?'

'Kevin,' zei ik, en stikte bijna in mijn woorden, 'als jij – '

Hij stak een hand op en deed zwijgend een babbelbox na, daarna keek hij omlaag om het portier open te doen.

'Hé, klootzak,' mijn schorre stem klonk luid door de lege straat, 'ik praat tegen je.'

Hij keek me aan.

'Kevin,' zei ik, 'als je je in de buurt van die vrouw of haar kind durft te komen, dan zal ik zoveel kogels door je kop jagen dat hij op een verdomde bowlingbal lijkt.'

'Praatjes,' zei hij, en opende het portier. 'Allemaal praatjes, Kenzie. Tot ziens.'

Ik haalde mijn pistool achter mijn rug vandaan en schoot door het portierraampje aan de passagierskant.

Kevin sprong achteruit toen de glassplinters op zijn zitplaats vielen en vervolgens keek hij naar mij.

'Een belofte, Kevin. En daar kun je verdomme op rekenen.'

Even dacht ik dat hij iets van plan was. Hier. En nu. Maar dat deed hij niet. Hij zei: 'Je hebt zojuist een plekje gereserveerd op Cedar Grove, Kenzie. Dat begrijp je zeker wel.'

Ik knikte.

Hij keek naar binnen naar de glassplinters op zijn stoel en opeens verscheen er een woedende uitdrukking op zijn gezicht. Hij greep naar zijn broekriem en liep vlug om de wagen heen.

Ik richtte het pistool op zijn voorhoofd.

Hij bleef staan met zijn hand nog steeds bij zijn broekriem, en toen begon hij opeens flauw te glimlachen. Hij liep terug naar het portier, opende het, leunde met zijn armen op de motorkap en keek me aan. 'Dit staat er te gebeuren. Geniet van de tijd die je samen nog hebt met je vriendin, neuk haar tweemaal per nacht als je kunt en wees er zeker van dat je erg lief bent voor het kind. Ik kom gauw langs – misschien later vandaag, misschien volgende week. Om te beginnen vermoord ik jou. Dan wacht ik een poosje. Misschien ga ik ergens eten, misschien ga ik naar de renbaan of een paar biertjes drinken. Nou ja, ik zie wel. Daarna ga ik naar het huis van je vriendin en vermoord haar en haar dochtertje. En daarna ga ik weer naar huis, Kenzie, om me dood te lachen.'

Hij stapte in en reed weg. Ik bleef op mijn veranda staan, terwijl mijn hart als een razende tekeerging.

20

Toen ik weer boven was gekomen, ging ik meteen bij Mae kijken of alles in orde was. Ze lag in elkaar gekropen op haar zij en had een van de kussens dicht tegen zich aan getrokken. Haar haren bedekten de ogen en de wangen waren rood van de warmte en de slaap.

Ik keek op mijn horloge. Halfnegen. Wat haar moeder aan slaap tekortkwam, maakte haar kind weer goed.

Ik deed de deur weer dicht, ging naar de keuken en kreeg drie telefoontjes van geïrriteerde buren die zich afvroegen wat ik verdomme mankeerde om om acht uur 's morgens te schieten. Ik kwam niet te weten of ze nu pisnijdig waren door het tijdstip dat er werd geschoten, of door het lossen van het schot zelf. Ik nam de moeite niet om dat te weten te komen en bood mijn verontschuldigingen aan. Twee hingen zonder verder nog iets te zeggen op, terwijl de derde zei dat ik professionele hulp moest gaan zoeken.

Na het derde gesprek belde ik Bubba.

'Wat is er aan de hand?'

'Heb je de komende dagen tijd om een paar personen te schaduwen?'

'Wie?'

'Kevin Hurlihy en Grace.'

'Zeker. Maar die verkeren toch niet in dezelfde kringen, hè?'

'Dat klopt. Hij zal proberen iets met haar uit te halen om mij te grazen te nemen; daarom moet ik steeds weten waar ze beiden uithangen. Het is een opdracht voor twee man.'

Hij geeuwde. 'Ik zal Nelson oproepen.'

Nelson Ferrare was iemand uit onze buurt, die met Bubba samenwerkte als die tijdens zijn wapentransacties een extra man of chauffeur nodig had. Het was een kleine man, niet groter dan één meter zestig, en ik had hem nog nooit meer dan vijf woorden horen zeggen of fluisteren. Nelson was net zo'n gek als Bubba, met een bij hem passend Napoleoncomplex, maar net als Bubba kon hij zijn psychotische houding net zolang volhouden als hij zin had.

'Oké. En Bubba? Als mij de komende week iets overkomt, laten we zeggen een ongeluk, wil je dan het volgende voor me doen?'
'Zeg het maar.'
'Zoek een veilige plek voor Mae en Grace...'
'Oké.'
'... en dan schiet je Hurlihy dood.'
'Geen enkel probleem. Is dat het?'
'Ja, dat is alles.'
'Okidoki. Tot ziens.'
'Laten we dat hopen.'

Ik hing op en zag dat het trillen van mijn handen en polsen na het kapotschieten van Kevins portierraampje was opgehouden.

Vervolgens belde ik Devin.

'Agent Bolton wil met je praten.'
'Dat dacht ik al.'
'Hij vindt het niet leuk dat twee van de vier personen dood zijn.'
'Vier?'
'We vermoeden dat hij gisteravond nog iemand heeft vermoord. Ik kan er nu niet dieper op ingaan. Kom je hierheen of moet Bolton bij jou langskomen?'
'Ik kom wel daarheen.'
'Wanneer?'
'Algauw. O ja, Kevin Hurlihy kwam langs om me te vertellen dat ik de zaak met rust moest laten.'
'We houden hem al een paar dagen in de gaten. Hij is onze moordenaar niet.'
'Dat dacht ik ook niet. Hij heeft de fantasie niet om hetzelfde te doen wat die kerel deed. Maar op een bepaalde manier is hij erbij betrokken.'
'Ik moet toegeven, het is erg vreemd. Luister, kom zo spoedig mogelijk naar het FBI-hoofdbureau. Bolton heeft al een vangnet uitgegooid en haalt nu iedereen naar binnen. Jij, Gerry Glynn, Jack Rouse, Fat Freddy, iedereen die in de buurt van de slachtoffers was.'
'Dank je voor de tip.'

Ik verbrak de verbinding, waarna een explosie van countrymuziek door mijn open keukenraam naar binnen waaide. Natuurlijk, als je Waylon hoorde, moest het negen uur zijn.

Ik keek op mijn horloge. Negen uur precies.

Ik liep naar de achterveranda. Lyle was bezig aan het huis naast dat van mij. Toen hij me zag, zette hij de radio zachter.

'Hallo, Patrick, hoe gaat het, jongen?'
'Lyle,' zei ik. 'Het dochtertje van mijn vriendin logeert hier. Kun je de radio misschien een beetje zachter zetten?'
'Tuurlijk, jongen. Tuurlijk.'

'Dank je,' zei ik. 'We gaan al vrij gauw weg, dus kun je hem na ons vertrek weer harder zetten.'

Hij haalde zijn schouders op. 'Ik werk hier vandaag maar een paar uur. Ik heb kiespijn en heb de halve nacht wakker gelegen.'

'Tandarts?' zei ik, en trok een pijnlijk gezicht.

'Ja,' zei hij chagrijnig. 'Ik haat het om mijn geld aan die schooiers uit te geven, maar ik heb gisteravond met een nijptang geprobeerd die kies zelf te trekken. Nou, dat rotding kwam wel een beetje los, maar weigerde om helemaal los te komen. Bovendien werd die tang glibberig van al dat bloed, dus – '

'Veel plezier bij de tandarts, Lyle.'

'Dank je,' zei hij. 'Maar ik verzeker je, die schoft zal niet de kans krijgen om me Novocaine te geven. Ouwe Lyle gaat meteen van zijn stokje als hij een naald ziet. Weet je, eigenlijk ben ik een lafaard.'

Dat is zeker, Lyle, dacht ik. Een grote schijtlijster. Ga nog maar gauw een paar kiezen trekken met je nijptang, dan zal iedereen voortaan beweren dat je een zwakkeling bent.

Ik liep naar de slaapkamer terug en zag dat Mae verdwenen was.

De deken op het logeerbed lag overhoop aan het voeteneinde en Miss Lilly, haar pop, lag boven op het bed en keek me met haar dode poppenogen aan.

Toen hoorde ik dat het toilet werd doorgetrokken. Ik liep de gang in en zag Mae in haar ogen wrijvend uit de badkamer stappen.

Mijn hart klopte in mijn kurkdroge keel, en ik wilde op mijn knieën vallen onder het gewicht van de opluchting die me overviel.

'Ik heb honger, Patrick,' zei ze, en liep in haar Micky Mousepyjama met sokjes naar de keuken.

'Apple Jacks of Sugar Pops?' slaagde ik erin haar te vragen.

'Sugar Pops.'

'Sugar Pops wordt het.'

Ik belde Angie, terwijl Mae zich in de badkamer aankleedde en haar tanden poetste.

'Hallo,' zei ze.

'Hoe gaat het?'

'Het gaat wel. Ik probeer mezelf er nog steeds van te overtuigen dat er niets was wat we konden om Jason in leven te houden.'

Er hing een stilte tussen ons, omdat ik dat zelf ook probeerde.

'Ben je nog iets over Eric te weten gekomen?' vroeg ik.

'Een beetje. Vijf jaar geleden, toen Eric nog steeds parttime lesgaf op de universiteit van Massachusetts in Boston, heeft een gemeenteraadslid van Jamaica Plain een klacht ingediend tegen de school én Eric.'

'Waarvoor?'
'Dat weet ik niet. Alle op deze zaak betrekking hebbende informatie is geheim. Het lijkt erop dat men buiten de rechtbank om tot een vergelijk is gekomen, met als eis dat iedere betrokkene zijn mond dichthoudt. Maar Eric heeft toen wel ontslag genomen bij de universiteit van Massachusetts.'
'Verder nog iets?'
'Tot dusver niet, maar ik ben nog steeds bezig.'
Ik vertelde haar over mijn ontmoeting met Kevin.
'Heb jij zijn portierraampje kapotgeschoten, Patrick? Jezus.'
'Ik was een beetje van streek.'
'Ja, maar om zijn raampje kapot te schieten.'
'Angie,' zei ik, 'hij bedreigde Mae en Grace. Hij zal zijn uiterste best doen om zich bij onze volgende ontmoeting rustig te houden, misschien laat ik die auto wel met rust en schiet ik hém neer.'
'Hier volgt gegarandeerd een represaille op.'
'Daar ben ik me van bewust.' Ik zuchtte, en voelde het gewicht achter mijn ogen en de geur van de angst in mijn overhemd. 'Bolton wil dat ik naar het JFK-gebouw kom.'
'Ik ook?'
'Jouw naam werd niet genoemd.'
'Goed.'
'Maar ik moet wel voor Mae zorgen.'
'Ik neem haar wel,' zei ze.
'Ja?'
'Dat vind ik heerlijk. Breng haar maar. Ik neem haar mee naar de speeltuin aan de overkant van de straat.'
Ik belde Grace op om te vertellen dat ik het druk had. Ze dacht dat het een goed idee was om Mae naar Angie te brengen, als Angie het tenminste niet erg vond.
'Geloof me, ze kijkt er zelfs naar uit.'
'Fantastisch. Gaat het een beetje?'
'Prima. Waarom?'
'Dat weet ik niet,' zei ze. 'Je stem trilt een beetje.'
Daar zorgen kerels als Kevin wel voor, dacht ik.
'Het gaat prima. Ik zie je weer gauw.'
Toen ik de verbinding verbrak, kwam Mae de keuken in.
'Hallo, maatje,' zei ik, 'wil je naar de speeltuin?'
Ze glimlachte, en het was de glimlach van haar moeder, onschuldig en open en zonder aarzelen. 'Speeltuin? Hebben ze daar een schommel?'
'Natuurlijk hebben ze daar schommels. Het zou een speeltuin van niks zijn als er geen schommels waren.'
'Hebben ze een klimrek?'

147

'Dat staat er ook.'
'Hebben ze daar een achtbaan?'
'Nog niet,' zei ik, 'maar ik zal een voorstel indienen bij het bestuur.'
Ze ging in de stoel tegenover me zitten en legde haar gymschoenen met de loszittende veters op mijn stoel. 'Oké,' zei ze.
'Mae,' zei ik, terwijl ik haar veters strikte. 'Ik moet naar een vriend toe, maar kan je helaas niet meenemen.'
Mijn hart brak toen ik de verwarring en het gevoel van in de steek gelaten te worden in haar ogen zag.
'Maar,' zei ik snel, 'jij kent mijn vriendin Angie toch? Zij wil wel met je spelen.'
'Waarom?'
'Omdat ze je leuk vindt. En ze houdt van speeltuinen.'
'Ze heeft mooi haar.'
'Ja, dat heeft ze zeker.'
'Het is zwart en ze heeft krullen, en dat vind ik mooi.'
'Ik zal het tegen haar zeggen, Mae.'

'Patrick, waarom staan we stil?' vroeg Mae.
We stonden op de hoek van Dorchester Avenue en Howes Street. Als je naar de overkant kijkt, zie je de Ryan-speeltuin.
Als je horizontaal door Howes Street kijkt, zie je Angies huis.
En op ditzelfde moment Angie. Ze staat voor het huis.
En kust haar ex-echtgenoot Phil op zijn wang.
Ik voelde me opeens vanbinnen in elkaar krimpen en meteen weer uit elkaar klappen, en een koude windvlaag waaide door mijn ingewanden, die me vanbinnen een volkomen leeg gevoel bezorgde.
'Angie!' zei Mae.
Angie draaide zich om, en Phil ook, en ik voelde me een voyeur. Een boze voyeur vol geweld.
Ze staken de straat over en liepen samen naar de hoek. Zoals altijd ziet ze er fantastisch uit in haar blauwe spijkerbroek, paarse T-shirt en het zwartleren jack nonchalant over haar schouder. Haar haren zijn nat, en een enkele lok is achter haar oor losgeraakt en plakt nu tegen haar jukbeen. Als ze dichterbij komt, steekt ze de lok weer achter haar oor en zwaait naar Mae.
Helaas ziet Phil er ook goed uit. Angie vertelde me dat hij gestopt was met drinken en dat je het effect kon zien. Hij was na onze laatste ontmoeting zeker twintig pond kwijtgeraakt. De lijnen van zijn kaken waren glad en hard geworden en zijn ogen waren niet meer zo pafferig als de laatste vijf jaren. Hij bewoog zich makkelijk in zijn witte overhemd en zwarte plooibroek, die precies bij de kleur van zijn naar achteren gekamde haren paste. Hij zag er

vijftien jaar jonger uit, en in zijn pupillen zag ik een glinstering die ik sinds zijn kinderjaren niet meer gezien had.

'Hallo, Patrick,' zei hij.

'Hallo, Phil.'

Hij bleef bij de rand van het trottoir staan en greep naar zijn hart. 'Is dat ze?' zei hij. 'Is zij dat? Is dit de grote, de onvergetelijke, de wereldbekende Mae?'

Hij ging op zijn hurken naast haar zitten en glimlachte breed.

'Ik ben Mae,' zei ze zachtjes.

'Het is me een genoegen, Mae,' zei hij, en gaf haar formeel een hand. 'Ik durf erom te wedden dat jij in je vrije tijd kikkers in prinsen verandert. Je bent beslist een heel bijzonder meisje om te zien.'

Ze keek me nieuwsgierig en een beetje in de war aan, maar ik kon aan haar blozende gezicht en glanzende ogen zien dat Phils magie haar werk reeds deed.

'Ik ben Mae,' zei ze opnieuw.

'En ik ben Philip,' zei hij. 'Zorgt deze kerel goed voor jou?'

'Hij is mijn vriend,' zei Mae. 'Hij heet Patrick.'

'Je kunt je geen betere vriend wensen,' zei Phil.

Je hoeft Phil echt niet goed te kennen om te weten dat hij sinds zijn kinderjaren al goed met mensen wist om te gaan, en dat het niets uitmaakte hoe oud ze waren. Zelfs toen hij te veel dronk en zijn vrouw mishandelde, had hij die gave nog steeds. Het was niet goedkoop, variétéachtig, opzettelijk of bewust manipulerend. Het was een eenvoudige maar zeldzame gave om de persoon met wie hij sprak het idee te geven dat hij of zij de enige persoon op deze planeet was die zijn aandacht verdiende, alsof zijn oren op een specifieke manier aan zijn hoofd waren bevestigd om te horen wat jíj hem te vertellen had, alsof zijn ogen er slechts waren om alleen jóu te zien, alsof de enige reden van zijn bestaan was jou te ontmoeten – om wat voor reden dan ook.

Dat was ik allemaal vergeten, tot ik hem met Mae bezig zag. Het was veel gemakkelijker om zich hem te herinneren als de dronken klootzak die er op een of andere manier in geslaagd was met Angie te trouwen.

Maar Angie bleef twaalf jaar met hem getrouwd. Zelfs toen hij haar mishandelde. En daar was een reden voor. Het maakte niet wat voor een onvergeeflijk monster Phil was geworden, ergens diep vanbinnen was hij nog steeds de Phil die je een fijn gevoel gaf omdat je hem ontmoet had.

Dat was de Phil die weer rechtop ging staan toen Angie zei: 'Hoe gaat het, mijn lieve schat?'

'Het gaat goed,' zei Mae, en ging op haar tenen staan om Angies haar aan te raken.

'Ze vindt je haar zo mooi,' zei ik.

'Vind je deze ragebol mooi?' Angie knielde met één knie op de grond en liet Mae haar haar aanraken.

'Het zit erg in de war,' zei Mae.

'Dat zegt mijn kapper ook.'

'Hoe gaat het, Patrick?' Phil stak een hand uit.

Heel even aarzelde ik. Op een prachtige herfstmorgen, met een lucht zo fris als tonic en een zon die tussen de oranje bladeren danst, is het misschien idioot om niet in vrede met je omgeving te leven.

Ik liet mijn aarzeling voor zich spreken, maar daarna stak ik mijn hand uit en schudde zijn hand. 'Niet slecht, Phil. En jij?'

'Goed,' zei hij. 'Ik neem elke dag zoals hij komt, maar je weet hoe dat gaat, iedereen heeft weleens gedonder in zijn leven.'

'Dat is zo.' Ik keek een deel van mijn eigen gedonder recht in het gezicht.

Ja, nou...' Hij keek over zijn schouder naar zijn ex-echtgenote en een kind, die met elkaars haar zaten te spelen. 'Ze is mooi.'

'Wie bedoel je?' zei ik.

Hij glimlachte een beetje schuldbewust. 'Ik vermoed allebei. Maar nu had ik het even over dat vierjarig meisje.'

Ik knikte. 'Ja, dat is me er eentje.'

Angie ging naast hem staan en hield intussen Mae's hand vast. 'Hoe laat moet je aan het werk?'

'Twaalf uur,' zei hij. Hij keek me aan. 'De kerel waar ik nu voor werk is een *artiste* in the Black Bay. Ik moet zijn hele duplexwoning verbouwen. Ik moet de hele negentiende-eeuwse parketvloer eruit slopen om er zwart – zwárt – marmer voor in de plaats te leggen. Snap je dat?' Hij zuchtte en haalde zijn handen door zijn haar.

'Ik vroeg me af,' zei Angie, 'of je het misschien leuk vindt om samen met mij Mae te laten schommelen?'

'Nou, dat weet ik niet,' zei hij, terwijl hij naar Mae keek. 'Mijn arm doet nogal zeer.'

'Stel je niet zo aan,' zei Mae.

'Nu kun je me geen aansteller meer noemen, hè?' zei Phil, terwijl hij haar met een arm omhoogzwaaide en haar in zijn armen nam. Ze staken de straat over naar de speeltuin en zwaaiden opgewekt naar me, voor ze de paar treden beklommen en in de richting van de schommels liepen.

21

'U gaat Alec Hardiman bezoeken,' zei Bolton zonder op te kijken toen ik de vergaderkamer binnenliep.
 'O ja?'
 'U hebt vanmiddag om één uur een afspraak.'
 Ik keek Devin en Oscar aan. 'O ja?'
 'Dit bureau zal het hele bezoek opnemen.'
 Ik ging tegenover Devin aan een kersenrode tafel zitten, die zo groot was als mijn appartement. Oscar zat links van Devin, terwijl een zestal Feds in kostuum en met stropdas de rest van de tafel in beslag nam. De meesten zaten te telefoneren. Devin en Oscar hadden geen telefoon voor zich staan. Voor Bolton aan het andere eind van de tafel stonden er twee. Ik dacht dat het ene toestel een gewoon toestel was en het andere een Batphone.
 Hij kwam overeind en kwam naast me staan. 'Waar hebt u met Kevin Hurlihy over gesproken?'
 'Over de politiek,' zei ik, ' de huidige koers van de yen, dat soort dingen.'
 Bolton leunde met zijn hand op de rugleuning van mijn stoel en boog zó ver in mijn richting dat ik de Sucrets in zijn mond kon ruiken. 'Vertel me waar u over gesproken hebt, meneer Kenzie.'
 'Waar denkt u dat we over gesproken hebben, speciaal agent Bolton? Hij vertelde me dat ik de zaak-Warren moest laten rusten.'
 'Hebt u daarom op zijn auto geschoten?'
 'Op dat moment leek me dat de juiste reactie.'
 'Waarom duikt uw naam toch steeds op in deze zaak?'
 'Ik heb geen enkel idee.'
 'Waarom wil Alec Hardiman alleen met ú praten?'
 'Alweer, geen enkel idee.'
 Hij gaf een ruk aan de stoel, liep om de tafel heen, bleef achter Devin en Oscar staan en stak zijn handen in zijn broekzakken. Hij zag eruit alsof hij een week lang niet had geslapen.
 'Ik heb antwoorden nodig, meneer Kenzie.'

'En die heb ik niet. Ik heb Devin kopieën van mijn Warren-dossier gefaxt en heb foto's van die kerel met de sik overgeseind. Ik heb jullie alles verteld wat ik me over mijn ontmoeting met Kara Rider herinner. En verder tast ik net als jullie in het duister.'

Hij haalde een hand uit zijn broekzak en wreef ermee over zijn nek. 'Wat hebt u, Jack Rouse, Kevin Hurlihy, Jason Warren, Kara Rider, Peter Stimovich, Freddy Constantine, de officier van justitie Timpson en Alec Hardiman met elkaar gemeen?'

'Is dat een raadsel?'

'Beantwoord de vraag.'

'Ik. Weet. Het. Verdomme. Niet.' Ik hief mijn handen op. 'Is dat duidelijk genoeg?'

'U moet ons hiermee helpen, meneer Kenzie.'

'En dat probeer ik, Bolton, maar jouw verhoortechniek is net zo sociaal als die van een woekeraar. Je maakt me pisnijdig, en ik kan je niet verderhelpen, omdat ik door mijn boosheid niet in staat ben verder na te denken.'

Bolton liep naar de achterwand aan het andere einde van de kamer. Die was net als de kamer zeker tien meter breed en ongeveer drie meter vijftig hoog. Hij trok aan het kleed dat ervoor hing en toen het losliet, zag ik een kurkplaat die negentig procent van de wand in beslag nam.

Foto's en diagrammen van de plaatsen delict, verslagen van spectraalanalyses en overzichten van bewijsmateriaal waren met punaises en dunne draden aan de kurkplaat bevestigd. Ik stond op en liep langzaam langs de tafel, terwijl ik alles in me probeerde op te nemen.

Achter me zei Devin: 'Patrick, we hebben iedereen verhoord die tot nu toe bij elke zaak is betrokken. Bovendien zijn we iedereen nagegaan die Stimovich en het laatste slachtoffer, Pamela Stokes, heeft gekend. Niets. Helemaal niets.'

Van elk slachtoffer waren foto's aanwezig; twee toen ze nog leefden, en meerdere toen ze dood waren. Pamela Stokes leek ongeveer dertig jaar oud te zijn. Op een van de foto's keek ze met samengeknepen ogen tegen de zon in, ze hield een hand boven haar voorhoofd en haar anders zo bleke gezicht werd opgevrolijkt door een brede glimlach.

'Wat weten we over haar?'

'Verkoopster bij Anne Klein,' zei Oscar. 'Twee avonden geleden is ze voor het laatst gezien, toen ze The Mercury Bar in Boylston Street verliet.'

'Was ze alleen?' vroeg ik.

Devin schudde het hoofd. 'Nee, in het gezelschap van een kerel met een honkbalpet, een zonnebril en een sik.'

'Hij draagt een zonnebril in een bar, en niemand vindt dat verdacht?'

'Ben je ooit weleens in de Mercury geweest?' vroeg Oscar. 'Het barst er van de très chique nietsnutten, die Europeanen na-apen Binnen draagt iedereen een zonnebril.'

'Dus dat is onze moordenaar.' Ik wees naar de foto waarop Jason en de kerel met de sik stonden.

'Eén van hen in elk geval,' zei Oscar.

'Weet je zeker dat het er twee zijn?'

'Daar gaan we van uit. Jason Warren werd zonder enige twijfel door twee man vermoord.'

'Hoe weten we dat?'

'Hij heeft ze gekrabd,' zei Devin. 'En er zaten twee verschillende bloedgroepen onder zijn nagels.'

'Hebben de familieleden van alle slachtoffers foto's van hen ontvangen voordat ze vermoord werden?'

'Ja,' zei Oscar, 'dat lijkt volgens ons nog het meest op een modus operandi. Drie van de vier slachtoffers zijn op een andere plek vermoord dan waar hun lichamen gevonden werden. Kara Rider werd in Dorchester gedumpt, Stimovich in Squantum, terwijl de restanten van Pamela Stokes in Lincoln werden gevonden.'

Onder de foto's van de recente slachtoffers hingen onder de kop 'Slachtoffers 1974' nog meer foto's. Cal Morrisons jongensgezicht keek me een beetje brutaal aan. Hoewel ik tot die avond in Gerry's bar zelfs jarenlang niet aan hem had gedacht, rook ik onmiddellijk de Piña Colada-shampoo in zijn haar en herinnerde me dat wij hem met z'n allen daarmee gepest hadden.

'Is bij alle slachtoffers nagegaan of er nog connecties tussen hen bestonden?'

'Ja,' zei Bolton.

'En?'

'Twee feiten,' zei Bolton. 'Zowel Kara Riders moeder als Jason Warrens vader zijn in Dorchester opgegroeid.'

'En het andere?'

'Zowel Kara Rider als Pamela Stokes gebruikten hetzelfde parfum.'

'Wat voor parfum?'

'Volgens het lab was het Halston for Women.'

'Volgens het lab,' zei ik, terwijl ik naar de foto's van Jack Rouse, Stan Timpson, Freddy Constantine, Diandra Warren en Diedre Rider keek. Van ieder twee foto's. Een recente foto, en een die ten minste twintig jaar geleden genomen was.

'Geen enkele aanwijzing over het motief?' Ik keek Oscar aan, maar die wendde zijn ogen af en keek naar Devin. Devin op zijn beurt keek naar Bolton.

'Agent Bolton,' zei ik. 'Welke aanwijzing hebt u?'
'Jason Warrens moeder,' zei hij ten slotte.
'Wat is er met haar?'
'Ze wordt tijdens strafzaken af en toe als psychologisch expert geraadpleegd.'
'En?'
'En,' zei hij, 'zij verschafte een psychologisch profiel van Hardiman tijdens diens rechtszaak. Dat rekende op een effectieve manier af met de verdediging, die verklaarde dat hij krankzinnig was. Meneer Kenzie, Diandra Warren heeft ervoor gezorgd dat Alec Hardiman achter de tralies verdween.'

Boltons mobiele commandopost bevond zich in een zwart busje met donkergekleurde ramen. Toen we de uitgang van New Sudbury Street namen, stond het met draaiende motor op ons te wachten.

Binnen zaten twee agenten, Erdham en Fields, aan een zwartgrijze computerwand, die de gehele rechterzijwand in beslag nam. Het bureaublad werd in beslag genomen door een wirwar van kabels, twee computers, twee faxmachines en twee laserjetprinters. Boven aan de wand hing een batterij van zes monitoren, links daartegenover hingen eveneens zes monitoren. Aan het einde van het bureaublad zag ik digitale ontvangers en recorders, een dual-deck-videorecorder, audio- en videocassettes, diskettes en cd's.

Langs de linkerwand stonden een tafeltje en drie bureaustoelen, die aan de wand waren vastgeschroefd. Toen het busje zich met een ruk in het verkeer stortte, viel ik in een van de stoelen en raakte met een van mijn handen een koelkastje.

'Ga je met dit ding kamperen?' vroeg ik.

Bolton negeerde me. 'Agent Erdham, hebt u de schriftelijke toestemming?'

Erdham overhandigde hem een vel papier, dat Bolton in zijn binnenzak stopte.

Hij ging naast me zitten. 'U zult een ontmoeting met gevangenisdirecteur Lief en de eerste gevangenispsycholoog, dokter Dolquist, hebben. Zij zullen u inlichten over Hardiman, dus ik kan er niet veel aan toevoegen, behalve dat u niet te min over Hardiman moet denken, hoe vriendelijk hij ook overkomt. Hij wordt verdacht van drie moorden achter de tralies, maar niemand van de hele bevolking van een maximaal beveiligde gevangenis komt met bewijzen op de proppen. Het zijn meervoudige moordenaars, brandstichters en serieverkrachters, maar ze zijn allemaal bang van Alec Hardiman. Begrepen?'

Ik knikte.

'De cel waarin de ontmoeting plaatsvindt, is op alle mogelijke manieren voorzien van afluisterapparatuur. Vanaf deze commandopost kunnen we niet alleen met audio- maar ook met videoapparatuur alles opnemen. We zullen elke stap van u in de gaten houden. Hardiman is aan beide benen gekluisterd en in elk geval aan één pols. Maar zelfs dan moet u nog voorzichtig zijn.'

'Heeft Hardiman toestemming verleend voor de audio- en video-opnamen?'

'Over de video heeft hij geen zeggenschap. Alleen met de audio-opname worden zijn rechten geschonden.'

'En heeft hij toestemming gegeven?'

Hij schudde zijn grote hoofd. 'Nee, dat heeft hij niet.'

'Maar u doet het tóch.'

'Ja, ik ben niet van plan om ermee naar de rechter te gaan. Ik kan het nodig hebben om het tijdens het verloop van deze zaak nog eens te beluisteren. Hebt u daar een probleem mee?'

'Ik zou er niet zo gauw een kunnen bedenken.'

Toen we door Haymarket reden en de 93 op reden, maakte het busje nogmaals een paar schokkende bewegingen. Ik nam er mijn gemak van, keek door de raampjes naar buiten en vroeg me af hoe ik ooit hierin beland was.

Dokter Dolquist was een kleine, steviggebouwde man, die me slechts heel even aankeek voordat hij zijn ogen afwendde.

Directeur Lief was een grote man met een zwart, glimmend geschoren hoofd.

Dolquist en ik werden enige minuten in Liefs kantoor aan ons lot overgelaten, terwijl Lief met Bolton alle surveillancemaatregelen nog eens grondig doornam. Dolquist keek naar de foto van Lief en twee vrienden, die onder een brandende Florida-zon voor een hut met pleisterwanden stonden met een marlijn in hun handen. Ik wachtte tot de stilte minder pijnlijk werd.

'Bent u getrouwd, meneer Kenzie?' zei hij, naar de foto starend.

'Gescheiden. Een hele tijd geleden.'

'Kinderen?'

'Nee. U?'

Hij knikte. 'Twee. Het helpt.'

'Helpt voor wat?'

Hij wuifde met een hand naar de muren. 'Om in deze omgeving overeind te blijven. Het helpt als je naar huis teruggaat, naar de kinderen, naar hun frisheid.' Hij keek me aan en wendde zijn blik weer af.

'Ik ben er zeker van dat het helpt,' zei ik.

'Door uw werk,' zei hij, 'hebt u veel met het negatieve in de mens te maken.'

'Dat hangt van de zaak af,' zei ik.
'Hoe lang doet u dit werk al?'
'Bijna tien jaar.'
'Dan bent u op jonge leeftijd begonnen.'
'Dat klopt.'
'Ziet u dit als uw levenswerk?' Weer die vlugge blik die over mijn gezicht gleed.
'Dat weet ik nog niet precies. En u, dokter?'
'Ik geloof van wel,' zei hij heel langzaam. 'Dat neem ik tenminste aan,' zei hij op ongelukkige toon.
'Vertel me eens wat over Hardiman,' zei ik.
'Alec,' zei hij, 'het is onmogelijk uit te leggen. Hij heeft een goede opvoeding gehad, er is geen sprake van misbruik of trauma's en geen enkele indicatie van een zieke geest. En voorzover wij weten, heeft hij geen dieren gemarteld, morbide obsessies getoond of zich opvallend abnormaal gedragen. Hij kon op school uitstekend meekomen en was tamelijk populair. En toen op zekere dag…'
'Wat?'
'Dat weten we niet. Toen hij een jaar of zestien was, begonnen de problemen. Meisjes uit de buurt die beweerden dat hij zich tegenover hen exhibitionistisch gedroeg. Gewurgde katten die in de buurt van zijn huis aan telefoondraden hingen. Gewelddadige uitbarstingen in de klas. En toen hield het opeens op. Toen hij zeventien was, gedroeg hij zich weer normaal. En als de breuk met Rugglestone niet had plaatsgevonden, waren ze ik weet niet hoe lang nog met moorden doorgegaan.'
'Er moet *iets* geweest zijn.'
Hoofdschuddend zei hij: 'Ik ben nu bijna twee decennia met hem bezig, meneer Kenzie, en ik ben er nog steeds niet achter. Zelfs nu schijnt Alec Hardiman op het eerste gezicht een beleefde, redelijke, perfect onschuldige man te zijn.'
'Maar dat is hij niet.'
Hij lachte, het was een plotseling wrang geluid in de kleine kamer. 'Hij is de gevaarlijkste man die ik ooit ontmoet heb.' Hij pakte een penhouder van Liefs bureau, keek er met een afwezige blik naar en zette hem weer terug. 'Alec is nu drie jaar HIV-positief.' Hij keek me aan, en gedurende enige ogenblikken bleef hij me aankijken. 'Onlangs is zijn conditie verslechterd en is het aids geworden. Hij is stervende, meneer Kenzie.'
'Denkt u dat hij me daarom hier heeft laten komen? Bekentenissen op het sterfbed, een laatste verandering in geweten?'
Hij schudde het hoofd. 'Totaal niet. Alec heeft totaal geen geweten. Nadat het bij hem geconstateerd was, is hij in een isoleercel geplaatst. Maar ik vermoed dat Alec wist dat hij besmet was, lang

voordat wij het wisten. In de twee maanden voordat het bij hem geconstateerd werd, heeft hij ten minste tien mannen verkracht. Ten minste tien. Ik ben er vast van overtuigd dat hij dat niet alleen deed om aan zijn eigen seksuele behoeften te voldoen, maar ook om toe te geven aan zijn moordlust.'

Directeur Lief stak zijn hoofd om de deur. 'Tijd voor het bezoek.'

Hij overhandigde me een paar stevige canvas werkhandschoenen, terwijl hij en Dolquist zelf ook een paar pakten.

'Hou je handen bij zijn mond vandaan,' zei Dolquist zachtjes met neergeslagen ogen.

Nadat we het kantoor verlaten hadden, zei niemand iets tijdens de lange wandeling door een vreemd stil cellenblok naar Alec Hardiman.

22

Alec Hardiman was eenenveertig jaar oud, maar leek wel vijftien jaar jonger. Zijn bleke, blonde haren zaten over zijn voorhoofd geplakt als bij een schooljongen. Zijn brillenglazen waren klein en rechthoekig – een opoebrilletje – en als hij sprak, klonk zijn stem zo licht als de wind.

'Hallo, Patrick,' zei hij, toen ik de kamer binnenstapte. 'Ik ben blij dat je de moeite hebt genomen om te komen.'

Hij zat achter een metalen tafeltje dat aan de vloer was vastgeschroefd. Zijn magere handen waren geboeid en de ketting liep tussen twee gaten in de tafel door, terwijl zijn voeten aan elkaar waren gekluisterd. Toen hij me aankeek, werd het licht van de tl-buizen in zijn glazen weerkaatst.

Ik ging op een stoel tegenover hem zitten. 'Ik heb gehoord dat u me kunt helpen, gevangene Hardiman.'

'Is dat zo?' Hij hing een beetje in zijn stoel en maakte de indruk van een man die zich in deze omgeving volkomen op zijn gemak voelt. De wonden in zijn gezicht en hals schenen rauw en vers te zijn en waren met een doorschijnend korstje bedekt. Zijn pupillen keken fel uit zijn holle oogkassen.

'Ja, ik hoorde dat je wilde praten.'

'Absoluut,' zei hij. Intussen ging Dolquist naast me zitten, terwijl Lief tegen de muur leunde. Hij keek nietszeggend uit zijn ogen en liet een hand op zijn knuppel rusten. 'Ik wil al heel lang met je praten, Patrick.'

'Met mij? Waarom?'

'Je interesseert me,' zei hij schouderophalend.

'U hebt het grootste gedeelte van mijn leven in de gevangenis gezeten, gevangene Hardiman – '

'Alsjeblieft, noem me Alec.'

'Alec. Ik begrijp je interesse niet.'

Hij tilde zijn hoofd op, zodat zijn bril, die een beetje was afgezakt, weer goed op zijn neus kwam te staan.

'Water?'

'Pardon?' zei ik.

Hij maakte met zijn hoofd een beweging in de richting van een plastic kan en vier plastic glazen, die links van hem op het tafeltje stonden.

'Wil je een beetje water?' zei hij.

'Nee, dank je.'

'Een snoepje?' zei hij met een flauwe glimlach.

'Wat?'

'Geniet je van je werk?'

Ik keek even naar Dolquist. Carrière maken scheen een obsessie achter deze muren te zijn.

'Ik kan de rekeningen ervan betalen,' zei ik.

'Maar het gaat toch om meer dan alleen dat,' zei Hardiman. 'Of niet?'

Ik haalde mijn schouders op.

'Zie jij jezelf dit tot je vijfenvijftigste volhouden?' vroeg hij.

'Ik weet niet eens of ik dat op mijn vijfendertigste nog doe, gevangene Hardiman.'

'Alec.'

'Alec,' zei ik.

Hij knikte als een priester tijdens het afnemen van een biecht. 'Welke opties heb je verder nog?'

Ik zuchtte. 'Alec, we zijn hier niet gekomen om over mijn toekomst te praten.'

'Maar dat betekent toch niet, Patrick, dat we dat niet zouden kunnen? Of wel?' Hij trok beide wenkbrauwen op, en zijn skeletachtig gezicht werd door een onschuldige uitdrukking enigszins verzacht. 'Ik ben in je geïnteresseerd. Doe me alsjeblieft een plezier.'

Ik keek even naar Lief, en die haalde zijn brede schouders op.

'Misschien kan ik nog leraar worden,' zei ik.

'Echt waar?' Hij leunde naar voren.

'Waarom niet?'

'Wil je niet voor een grote firma gaan werken?' zei hij. 'Ik heb gehoord dat ze heel goed betalen.'

'Sommige wel.'

'Bovendien bieden ze nog extra voorzieningen, ziektekostenverzekering en zo.'

'Ja.'

'Heb je dat ooit overwogen, Patrick?'

Ik haatte de manier waarop hij mijn naam zei, maar ik wist niet precies waarom.

'Ik heb het overwogen.'

'Maar je stelt meer prijs op je onafhankelijkheid.'

'Zoiets, ja.' Ik schonk voor mezelf een glas water in, en Hardimans felle ogen keken gefixeerd naar mijn lippen toen ik begon te drinken. 'Alec,' zei ik,' wat kun je ons vertellen over – '

'Je bent toch bekend met de gelijkenis van de drie talenten, hè?'

Ik knikte.

'Degenen die tijdens hun leven hun gaven niet zullen gebruiken, "zijn heet noch koud", en zij zullen door God uitgespuugd worden.'

'Ik ken dat verhaal, Alec.'

'Nou?' Hij liet zich naar achteren zakken en hief zijn handen zo ver op als de ketting aan de handboeien dat toeliet. 'Een man die zijn roeping de rug toekeert, is warm noch koud.'

'En als een man nu niet zeker weet wat zijn roeping is?'

Hij haalde zijn schouders op.

'Alec, kunnen we het nu eens over – '

'Ik vermoed dat je gezegend bent met de gave om woedend te worden, Patrick. Dat denk ik. Ik heb het in je gezien.'

'Wanneer?'

'Ben je ooit verliefd geweest?' Hij leunde weer naar voren.

'Wat heeft dat nu met – '

'Ben je dat ooit geweest?'

'Ja,' zei ik.

'Ben je ook nú verliefd?' Hij keek me strak aan.

'Waarom maak jij je daar druk om, Alec?'

Hij leunde weer naar achteren en keek naar het plafond. 'Ik ben nog nooit verliefd geweest. Ik ben nog nooit verliefd geweest en heb nog nooit de hand van een vrouw vastgehouden, langs een strand gelopen en over, nou ja, huiselijke dingen gesproken – wie er gaat koken, wie vanavond alles opruimt, of we een reparateur voor de wasmachine moeten laten komen. Die dingen heb ik nooit meegemaakt, en soms, wanneer ik 's avonds laat alleen ben, moet ik er weleens om huilen.' Hij beet heel even op zijn onderlip. 'Maar ik vermoed dat wij allemaal weleens over een ander leven dromen. We willen allemaal tijdens onze tijd hier op aarde misschien wel duizend andere levens leiden. Maar dat kunnen we niet, hè?'

'Nee,' zei ik. 'Dat kunnen we niet.'

'Ik vroeg je of jij je carrière hebt gepland, Patrick, want ik geloof dat je een man bent die indruk maakt. Begrijp je me?'

'Nee.'

Hij glimlachte triest. 'De meeste mannen en vrouwen leiden hier op aarde een onopvallend leven. Levens vol stille wanhoop en zo. Ze worden geboren, ze bestaan enige tijd met al hun unieke passies, liefdes, dromen en pijnen, en dan sterven ze. En dat heeft bijna niemand in de gaten. Patrick, er zijn miljarden van deze mensen – tientallen miljarden – die tijdens de geschiedenis van de mensheid zonder enige indruk achter te laten geleefd hebben, die achteraf bekeken net zo goed niet geboren hadden kunnen zijn.'

'De mensen over wie jij het hebt, zullen het daar misschien niet mee eens zijn.'

'Ik weet zeker van wel.' Hij glimlachte breed en leunde ver naar voren, alsof hij me een geheim wilde vertellen. 'Maar wie zou ernaar luisteren?'

'Alec, ik wil alleen maar weten waarom – '

'Jij hebt het in je om een enorme indruk achter te laten, Patrick. Men zal nog lang nadat je gestorven bent aan je denken. Bedenk eens wat je dan bereikt zult hebben, vooral in deze wegwerpcultuur van ons. Denk er eens over na.'

'En als ik nu geen "man die indruk wil maken" wil worden?'

Zijn ogen verdwenen achter een waas van weerkaatst tl-licht. 'Misschien is de keuze niet aan jou. Misschien word je er weleens toe verplicht, of je nu wilt of niet.' Hij haalde zijn schouders op.

'Waardoor?' vroeg ik

Hij glimlachte. 'Door wie.'

'Door *wie* dan,' vroeg ik.

'Door de Vader,' zei hij,' de Zoon en de Heilige Geest.'

'Natuurlijk,' zei ik.

'Ben jij iemand die een indruk achterlaat, Alec?' vroeg Dolquist.

We draaiden onze hoofden om en keken hem aan.

'Ben je dat?' vroeg Dolquist.

Alec Hardimans hoofd draaide weer langzaam in mijn richting en zijn bril gleed naar halverwege zijn neus. De ogen achter de glazen hadden de melkachtige, groene kleur van een ondiepte in de Caribische Zee. 'Let maar niet op dokter Dolquists interruptie, Patrick. Hij is de laatste tijd een beetje gespannen vanwege zijn vrouw.'

'Mijn vrouw,' zei Dolquist.

'Dokter Dolquists vrouw, Judith,' zei Hardiman, 'verliet hem voor een andere man. Wist je dat, Patrick?'

Dolquist plukte een pluisje van zijn knie en concentreerde zich op zijn schoenen.

'En toen ze terugkwam, nam hij haar weer terug. Ik weet bijna zeker dat er werd gehuild, om vergeving werd gesmeekt en een paar minder leuke opmerkingen door de dokter werden gemaakt. Maar dat kan men slechts vermoeden. Dat was drie jaar geleden, is het niet, dokter?'

Dolquist keek Hardiman aan met een felle blik in zijn ogen, maar zijn ademhaling klonk een beetje gejaagd en zijn rechterhand plukte afwezig aan zijn broek.

'Ik weet uit een zeer betrouwbare bron,' zei Hardiman, 'dat op de tweede en vierde woensdag van elke maand dokter Dolquists koningin Judith zich in de Red Roof Inn langs Route One in Saugus in elke lichaamsopening laat penetreren door twee voormalige bewoners van deze instelling. Ik vraag me af hoe dokter Dolquist daarover denkt.'

'Genoeg, gevangene,' zei Lief.

Dolquist staarde naar een punt ergens boven Hardimans hoofd. Zijn stem klonk vlak, maar in zijn nek zat een grote, rode vlek. 'Alec, over je waanideeën zullen we het de volgende keer hebben. Vandaag – '

'Het zíjn geen waanideeën'

' – is meneer Kenzie hier op jouw verzoek en – '

'Elke tweede en vierde woensdag,' zei Hardiman, 'tussen twee en vier in de Red Roof Inn. Kamer tweezeventien.'

Dolquists stem haperde even, het was een pauze of een inademen dat niet geheel natuurlijk was. Ik hoorde het en Hardiman ook. Hij keek me met een flauwe glimlach aan.

Dolquist zei: 'Het doel van deze ontmoeting is – '

Hardiman maakte een wegwuivend gebaar met zijn dunne vingers en keek mij weer aan. Ik zag mijn spiegelbeeld in het ijskoude tl-licht in de bovenste helft van zijn glazen, zijn groene pupillen waren net onder mijn vage gestalte te zien. Hij leunde naar voren en ik weerstond de neiging om naar achteren te gaan, omdat ik plotseling de hitte voelde die hij uitstraalde en de gevoelloze, dierlijke stank van een verrot geweten rook.

'Alec,' zei ik, 'wat kun je me over de dood van Kara Rider, Peter Stimovich, Jason Warren en Pamela Stokes vertellen?'

Hij zuchtte. 'Toen ik nog een jongen was, werd ik eens aangevallen door een nest gele insecten. Ik liep langs een meer en had geen enkel idee waar ze opeens vandaan kwamen, maar als in een droom overvielen ze me en bedekten mijn lichaam als een grote, geelzwarte wolk. Door die wolk zag ik nog net mijn ouders en een paar buren door het zand naar me toe rennen, maar ik wilde zeggen dat er niets aan de hand was. Maar toen begonnen de bijen te steken. Wel duizend angels drongen door mijn huid en zogen mijn bloed op, en de pijn was zo ondraaglijk dat het bijna orgastisch was.' Hij keek me aan, en een zweetdruppel viel van zijn neus en belandde op zijn kin. 'Ik was elf jaar oud en kreeg mijn eerste orgasme, gewoon in mijn zwembroek, terwijl wel duizend gele insecten mijn bloed dronken.'

Lief leunde met een fronsend gelaat tegen de muur.

'De laatste keer waren het wespen,' zei Dolquist.

'Het waren gele insecten.'

'Je zei wespen, Alec.'

'Ik zei gele insecten,' zei Alec op zachtzinnige toon, en keek me weer aan. 'Ben jij ooit gestoken?'

Ik haalde mijn schouders op. 'Misschien een of twee keer, toen ik nog een jongen was. Ik kan het me niet herinneren.'

Het bleef enige minuten stil. Alec Hardiman zat tegenover me en bekeek me alsof hij nadacht hoe ik in stukken gesneden op een wit bord zou liggen, terwijl hij vorken, messen en een vol dienblad tot zijn beschikking had.

Ik staarde terug en was me ervan bewust dat hij geen antwoord zou geven op de vragen die ik eigenlijk zou willen stellen.

Toen hij sprak, zag ik zijn lippen niet bewegen. Pas later drong dat tot me door.

'Kun je mijn bril goed zetten, Patrick?'

Ik keek naar Lief, en die haalde zijn schouders op. Ik leunde naar voren en duwde de bril omhoog tot hij weer voor zijn ogen zat. Hij draaide zijn neusgaten naar het stukje blote huid tussen de handschoen en de manchet van mijn mouw en snoof hoorbaar.

Ik trok mijn hand terug.

'Heb je vanmorgen seks gehad, Patrick?'

Ik zei niets.

'Ik kan de seks op je hand ruiken,' zei hij.

Lief ging rechtop staan en keek hem waarschuwend aan.

'Ik wil dat je dit begrijpt,' zei Hardiman. 'Ik wil dat je begrijpt dat je beslissingen moet nemen. Je kunt de goede beslissing nemen of de verkeerde, maar de beslissing zal je worden opgedrongen. Niet al je geliefden kunnen blijven leven.'

Ik probeerde wat slijm in mijn droge keel en mond te krijgen. 'Diandra Warrens zoon is dood omdat zij jou achter de tralies heeft gekregen. Dat snap ik wel. Maar die andere slachtoffers?'

Hij neuriede, in het begin zachtjes. Eerst herkende ik de melodie niet, tot hij zijn hoofd liet zakken en harder begon te neuriën. 'Send in the Clowns'.

'De andere slachtoffers,' herhaalde ik. 'Waarom moesten zíj sterven, Alec?'

'Isn't it bliss?' zong hij.

'Je hebt me om een bepaalde reden hierheen laten komen,' zei ik.

'Don't you approve…'

'Waarom zijn ze gestorven, Alec?'

'One who keeps tearing around…' Zijn stem klonk hoog en iel. 'One who can't move…'

'Gevangene Hardiman – '

'So send in the Clowns…'

Ik keek naar Dolquist en toen naar Lief.

Hardiman stak zijn vinger op naar mij. 'Don't bother,' zong hij, 'they're here.'

En hij lachte. Hij begon luidkeels te lachen, met wijdopen mond. Schuim verscheen om zijn mondhoeken en hij sperde zijn ogen nog meer open, terwijl hij me aankeek. De lucht in de cel scheen met hem in die mond te verdwijnen, alsof hij alle zuurstof in zijn longen zoog tot het zijn hele lichaam vulde en wij happend naar adem in het luchtledige achterbleven.

Daarna deed hij met een klap zijn mond dicht. Hij keek glazig uit zijn ogen en opeens was hij precies een redelijke, vriendelijke medewerker van een kleine, plaatselijke bibliotheek.

'Waarom liet je me hier komen, Alec?'

'Je bent die weerborstel kwijtgeraakt, Patrick.'

'Wat?'

Hij draaide zijn hoofd om en keek Lief aan. 'Patrick had een verschrikkelijke weerborstel op zijn achterhoofd. Die stak altijd als een gebroken vinger omhoog.'

Ik weerstond de neiging om mijn hand naar mijn hoofd te brengen, om die weerborstel omlaag te duwen, hoewel ik die al jaren niet meer had. Opeens was het alsof er een steen op mijn maag werd gelegd.

'Waarom heb je me hier laten komen? Je had wel met duizend politieagenten kunnen spreken, duizend Feds, maar – '

'Als ik had beweerd dat mijn bloed in opdracht van de regering was vergiftigd, dat alfastralen afkomstig van andere sterrenstelsels mijn zintuigen hadden beïnvloed, dat ik met geweld door mijn moeder ben misbruikt – wat had je dan gezegd?'

'Ik zou niet weten wat ik dan moest zeggen.'

'Nee, dat zal vast wel. Omdat je niets weet. Geen van deze dingen is waar, en zelfs al was het wél zo, dan was het totaal onbelangrijk. En als ik je nu vertelde dat ik God was?'

'Welke?'

'De enige.'

'Dan zou ik me afvragen waarom God zichzelf in deze tent heeft laten opsluiten en Hij niet gewoon een wonder verricht om hieruit te komen.'

Hij glimlachte. 'Heel goed. Heel glad, maar dat is natuurlijk je karakter.'

'En wat is dat van jou?'

'Mijn karakter?'

Hij keek naar Lief. 'Hebben we deze week weer gebraden kip?'

'Vrijdag,' zei Lief.

Hardiman knikte. 'Dat is goed. Ik hou van gebraden kip. Patrick, het was me een genoegen je te spreken. Kom nog eens langs.'

Lief keek me schouderophalend aan. 'Het verhoor is afgelopen.'

Ik zei: 'Wacht.'

Hardiman lachte. 'Het verhoor is afgelopen, Patrick.'

Dolquist stond op. Even later ging ik ook staan.

'Dokter Dolquist,' zei Hardiman, 'doet u koningin Judith de groeten van me.'

Dolquist draaide zich om naar de celdeur.

Ik draaide me eveneens om, staarde naar de tralies en kreeg het gevoel dat ze me tegenhielden, me insloten, me verhinderden om ooit nog eens de buitenwereld te zien en me hier bij Hardiman opsloten.

Lief liep naar de deur en haalde een sleutel te voorschijn. Alledrie stonden we nu met onze rug naar Hardiman toe.

En hij fluisterde: 'Je vader droeg een geel jack.'

Ik draaide me om, en hij keek me onbewogen aan.

'Wat was dat?'

Hij knikte en sloot zijn ogen, de vingertoppen van zijn geboeide handen trommelden op het tafeltje. Toen hij weer sprak, leek zijn stem uit alle hoeken van de kamer en uit het plafond, ja, zelfs uit de tralies te komen – overal vandaan, behalve uit zijn mond.

'Ik zei: "Vernietig hen, Patrick. Dood hen allemaal".'

Hij perste zijn lippen op elkaar. We bleven staan wachten, maar het was zinloos. Het bleef meer dan een minuut doodstil, terwijl hij zonder een vin te verroeren bleef zitten.

Toen de deuren opengingen en we langs de twee wachtposten voor de cel door de gang van Blok C liepen, zong Alec Hardiman de woorden: 'Vernietig hen, Patrick. Dood hen allemaal', met een stem zo licht maar tegelijk zo sterk en voluit dat het was alsof we naar een aria luisterden.

'Vernietig hen, Patrick.'

De woorden zweefden als de lokstem van een vogel door de gang van het cellenblok.

'Dood hen allemaal.'

23

Lief leidde ons door een doolhof van gangen, en de geluiden van de gevangenis klonken gedempt achter de dikke muren. De gangen roken naar ontsmettings- en oplosmiddelen, en de vloeren hadden de geelachtige glans die alle vloeren van staatsinrichtingen schenen te hebben.

'Weet je dat hij een fanclub heeft?'

'Wie?'

'Hardiman,' zei Lief. 'Studenten criminologie, rechtenstudenten, eenzame vrouwen van middelbare leeftijd, een paar maatschappelijk werkers en leden van bepaalde godsdienstige groeperingen. Plus correspondentievrienden die van zijn onschuld overtuigd zijn.'

'U belazert me.'

Lief schudde glimlachend het hoofd. 'O nee. Alec doet dan wat hij het liefste doet – hij nodigt hen uit voor een bezoek om zijne eminentie in levenden lijve te aanschouwen, of iets dergelijks. En sommige van deze mensen zijn arm. Ze hebben al hun spaargeld uitgegeven om hier te komen. En raad eens wat onze Alec dan doet?'

'Hij lacht ze uit?'

'Hij weigert ze te ontmoeten,' zei Dolquist. 'Altijd.'

'Jazeker,' zei Lief. Hij toetste een code in op een paneeltje naast de deur voor ons, die met een zachte klik openzwaaide. 'Hij zit in zijn cel en kijkt uit het raam als ze de lange weg naar hun auto's teruglopen. Ze zijn verward, vernederd en eenzaam, terwijl hij zich intussen staat af te rukken.'

'Dat is Alec,' zei Dolquist, toen we buiten bij de hoofdpoort stonden.

'Wat was die opmerking over je vader?' vroeg Lief, toen we de gevangenis verlieten en naar Boltons busje liepen dat halverwege het grindpad stond.

Ik haalde mijn schouders op en zei: 'Ik weet het niet. Zover ik

kan nagaan, kende hij mijn vader niet.'
 Dolquist zei: 'Uit zijn woorden kon ik opmaken dat hij u wil laten weten dat het wel zo is.'
 'En wat die weerborstel betreft,' zei Lief. 'Of hij kende u, meneer Kenzie, of hij gokte het gewoon.'
 Het grind knarste onder onze voeten toen we naar het busje liepen. Ik zei: 'Ik heb die vent nog nooit eerder gezien.'
 'Nou,' zei Lief, 'Alec is een ster om iemands gedachten op hol te jagen. Toen ik hoorde dat u kwam, heb ik dit opgezocht.' Hij overhandigde me een stuk papier. 'We onderschepten het toen Alec het via een van zijn koeriers naar een negentienjarige jongen wilde sturen, die hij, terwijl hij wist dat hij HIV-positief was, verkracht had.'
 Ik vouwde het papier open:

De dood zit in mijn bloed
en die heb ik aan jou doorgegeven.
Aan de andere zijde van het graf
zal ik op je wachten.

Ik gaf het briefje vlug terug, alsof het in brand stond.
 'Hij wilde dat die jongen na zijn dood nog bang voor hem zou zijn. Zo is Alec,' zei Lief. 'Misschien heeft u hem nooit eerder ontmoet, maar hij heeft wel speciaal naar u gevraagd. Vergeet dat niet.'
 Ik knikte.
 Dolquist zei aarzelend: 'Heb je me nog nodig?'
 Lief schudde zijn hoofd. 'Morgenochtend wil ik een verslag van dit bezoek op mijn bureau hebben. Volgens mij is alles in orde, Ron.'
 Dolquist stond vlak bij het busje stil en gaf me een hand. 'Prettig met u kennisgemaakt te hebben, meneer Kenzie. Ik hoop dat alles goed komt.'
 'Dat hoop ik zelf ook.'
 Hij knikte, maar keek me niet aan, vervolgens knikte hij even naar Lief, draaide zich om en wilde weggaan.
 Lief klopte hem op zijn schouder, een wat verlegen gebaar, alsof hij dat nog nooit eerder had gedaan. 'Voorzichtig, Ron.'
 We zagen de kleine, gespierde man een gedeelte van het pad aflopen. Toen stopte hij opeens, sloeg met een ruk linksaf en liep over het gras naar de parkeerplaats.
 'Hij is een beetje vreemd,' zei Lief, 'maar het is een goeie kerel.'
 De enorme schaduw van de gevangenismuur viel over het gazon. Dolquist scheen het te merken, want hij liep langs de schaduwrand door het gras dat in de zon lag. Hij deed dat haastig, alsof hij bang was om een stap te ver naar links te doen om dan door het donkere gras verzwolgen te worden.

'Waar gaat hij volgens u naartoe?'
'Zijn vrouw controleren.' Lief spuugde in het grind.
'U denkt dat Hardiman de waarheid sprak.'
Hij haalde zijn schouders op en zei: 'Dat weet ik niet. De bijzonderheden waren vrij nauwkeurig. Als het uw vrouw betrof en ze was u al eerder ontrouw, zou u dan níet gaan kijken?'
Toen hij de rand van het gras bereikte, was Dolquist een kleine gestalte geworden. Hij ontweek de schaduw van de gevangenis, liep naar de parkeerplaats en verdween daarna uit het zicht.
'Arme klootzak,' zei ik.
Lief spuugde opnieuw in het grind. 'Ik hoop niet dat Hardiman het voor elkaar krijgt dat iemand dat op zekere dag van ú zegt.'
Een plotselinge, stevige wind kwam uit de donkere schaduwen van de muur aanwaaien. Ik trok mijn schouders op om me ertegen te wapenen en opende de achterdeur van het busje.
Bolton zei: 'Wat een prachtige verhoortechniek. Heb je dat ergens geleerd?'
'Ik deed mijn best,' zei ik.
'Je hebt het verpest,' zei hij. 'Je bent daar absoluut niets over de recente moorden te weten gekomen.'
'Nou ja.' Ik keek om me heen in het busje. Erdham en Fields zaten aan de smalle zwarte tafel. Boven hen zag ik op vijf van de zes monitoren een verslag van ons verhoor van Hardiman. Op de zesde zag ik Alec in dezelfde positie zitten als we hem hadden achtergelaten. Zijn ogen waren gesloten, zijn hoofd hing achterover en zijn lippen waren dichtgeknepen.
Naast me keek Lief naar de tweede rij monitoren aan de andere wand. Een serie foto's van gevangenen rolde voorbij, boze gezichten die weer door andere boze gezichten werden vervangen. Dit gebeurde met een snelheid van zes nieuwe foto's per twee minuten. Ik zag Erdhams vingers flitsend over een toetsenbord heen en weer gaan, en besefte dat hij de dossiers van iedere gevangene doornam.
'Van wie hebt u toestemming gekregen?' vroeg Lief.
Bolton keek hem verveeld aan. 'Van een federale functionaris, om vijf uur vanmorgen.' Hij overhandigde Lief een officieel document. 'Kijk zelf maar.'
Ik keek weer naar de batterij monitoren boven zijn hoofd, terwijl een nieuwe rij gevangenen zichtbaar werd. Toen Lief bukte om het gerechtelijk bevel langzaam door te lezen en met zijn wijsvinger langs de woorden ging, keek ik naar de zes gezichten boven me, tot ze door zes andere werden vervangen. Twee waren zwart, twee blank, een had zoveel tatoeages in zijn gezicht dat hij volgens mij net zogoed groen had kunnen zijn, en de laatste leek een Latino, hoewel zijn haar spierwit was.

'Hou deze foto eens even vast,' zei ik.
Erdham keek me over zijn schouder aan. 'Wat?'
'Hou deze gezichten even vast,' zei ik. 'Kunt u dat?'
Hij haalde zijn handen van het toetsenbord. 'Is gebeurd.' Hij keek Bolton aan. 'Tot nu toe geen bekende, meneer.'
'Wat is een bekende?'
Bolton zei: 'We houden het dossier van iedere gevangene tegen alle gevangenisdocumenten, om na te gaan of er op enige manier een relatie, hoe klein ook, met Alec Hardiman bestaat. We zijn bijna aan het einde van de "A"'s gekomen.'
'De eerste twee zijn brandschoon,' zei Erdham. 'Ze hebben geen enkel contact met Hardiman gehad.'
Lief keek nu ook naar de monitoren. 'Ga de zesde eens na,' zei hij.
Ik ging naast hem staan. 'Wie is die knul?'
'Heb je hem weleens eerder gezien?'
'Dat weet ik niet,' zei ik. 'Hij komt me bekend voor.'
'Maar die haren zul je je zeker herinneren.'
'Ja,' zei ik, 'dat zou ik zeker.'
'Evandro Arujo,' zei Erdham. 'Geen contact in het cellenblok, geen contact tijdens dwangarbeid, geen contact tijdens het ontspanningsuurtje, geen contact tijdens – '
'Er is een heleboel wat de computer je níet vertelt,' zei Lief.
' – de rechtszaak. Ik vraag nu de gegevens van zijn straflijst op.'
Ik keek naar het gezicht. Het was glad en vrouwelijk, het gezicht van een leuke vrouw. Het witte haar contrasteerde sterk met de grote, amandelkleurige ogen en geelbruine huid. Ook de dikke lippen waren vrouwelijk en een beetje pruilend, terwijl zijn wimpers lang en donker waren.
'Eerste grote incident – gevangene Arujo beweert dat hij in de hydrotherapieruimte is verkracht, dit gebeurde op 6 augustus '87. Gevangene weigert de verdachte verkrachters te identificeren, verzoekt om eenzame opsluiting. Verzoek geweigerd.'
Ik keek Lief aan.
'Toen was ik er nog niet,' zei hij.
'Waar zat hij voor?'
'Autodiefstal. Eerste veroordeling.'
'En zit hij dan hier?' vroeg ik.
Bolton was inmiddels naast ons komen staan, en ik kon de geur van de Sucrets in zijn adem ruiken. 'Autodiefstal is geen zwaar misdrijf.'
'Vertel dat maar aan de rechter,' zei Lief. 'En aan de agent wiens auto Evandro total loss heeft gereden en die een drinkmaatje van voornoemde rechter was.'

'Tweede grote incident – verdacht van vechtpartijen. Maart '88. Verder geen bijzonderheden.'

'Dat betekent dat hij zelf iemand verkracht heeft,' zei Lief.

'Derde grote incident – aangehouden en veroordeeld voor moord. Veroordeeld in juni '89.'

'Welkom in de wereld van Evandro.'

'Print dat eens uit,' zei Bolton.

De laserjet begon te zoemen, en het eerste wat we te zien kregen, was de foto waar we naar stonden te kijken.

Bolton pakte het vel papier en keek Lief aan. 'Was er sprake van contact tussen deze gevangene en Hardiman?'

Lief knikte. 'Maar daar zullen geen officiële documenten van bestaan.'

'Waarom niet?'

'Omdat er dingen zijn die je kunt bewijzen en dingen die je gewoon weet. Evandro was Hardimans liefje. Liep hier naar binnen als een bijna normale jongen om negen maanden voor autodiefstal op te knappen, en wandelde negen en een half jaar later als een verdomd wangedrocht weer naar buiten.'

'Hoe is hij aan dat haar gekomen?'

'Shock,' zei Lief. 'Na de groepsverkrachting in de hydrotherapieruimte werd hij uit elke lichaamsopening bloedend liggend op de vloer gevonden. Zijn haar was spierwit geworden. Nadat hij uit het gevangenisziekenhuis was ontslagen, werd hij weer in een gewone afdeling geplaatst, omdat de vorige directeur een hekel aan die bruinen had. Toen ik hier kwam, bleek hij reeds ontelbare keren doorverkocht te zijn, om ten slotte in de handen van Hardiman te belanden.'

'Wanneer werd hij vrijgelaten?'

'Zes maanden geleden.'

'Zoek al zijn foto's op en print ze allemaal uit,' zei Bolton.

Erdhams vingers dansten over het toetsenbord en opeens vertoonde de rij monitoren vijf verschillende foto's van Evandro.

De eerste was een foto die op het politiebureau van Brockton was gemaakt. Zijn gezicht was opgezet en zijn rechterjukbeen waarschijnlijk gebroken, zijn zachte ogen keken doodsbang in de lens.

'Veroorzaakte een botsing met de auto,' zei Lief. 'Klapte met zijn hoofd tegen het stuur.'

De volgende foto was genomen op de dag dat hij in Walpole aankwam. De ogen waren nog steeds groot en doodsbang. Hij had mooi zwart haar en bezat dezelfde vrouwelijke trekjes, maar toen waren ze nog zacht en was hij nog een beetje dik.

De volgende foto was de foto die ik het eerst had gezien. Zijn haar was wit en de uitdrukking in de grote ogen was nu anders, alsof iemand een laag emotie had afgeschuurd, zoals je het dunste laagje eiwit van de schaal schrapt.

'Dat was nadat hij Norman Sussex had vermoord,' zei Lief.

Op de vierde foto was hij afgevallen en leken zijn vrouwelijke trekjes grotesk, het was het gezicht van een wilde heks op het lichaam van een jongeman. De grote ogen stonden helder en brutaal en om de volle lippen lag een uitdrukking van minachting.

'De dag dat hij werd veroordeeld.'

De laatste foto werd op de dag van zijn vrijlating genomen. Hij had zijn haar geverfd met wat op het eerste gezicht houtskool leek, en hij was aangekomen. Hij maakte een kussend gebaar met zijn lippen naar de fotograaf.

'Hoe is deze vent vrijgekomen?' zei Bolton. 'Voor mij is hij volkomen gek.'

Ik staarde naar de tweede foto, de jonge Evandro, met zijn donkere haren, zijn niet meer gehavende gezicht en zijn grote, bange ogen.

'Hij werd wegens doodslag uit noodweer veroordeeld,' zei Lief. 'Niet wegens moord. Zelfs geen doodslag. Ik weet dat hij Sussex zonder enige provocatie had doodgeslagen, maar ik kon het niet bewijzen. De wonden die zowel Sussex als Arujo toen hadden, stemden overeen met de wonden van mannen die een messengevecht hebben uitgevochten.'

Hij wees op de meest recente foto naar Arujo's voorhoofd. Er liep een dunne lijn over zijn voorhoofd. 'Zien jullie dat? Het litteken van een mes. Sussex kon ons niet meer vertellen wat er gebeurd was, daarom deed Arujo een beroep op zelfverdediging en zei hij dat het mes van Sussex was. Hij kreeg acht jaar, omdat de rechters hem niet geloofden, maar meer kon hij ook niet vertellen. Als jullie het soms nog niet wisten, overvolle cellen vormen in de gevangenissen een serieus probleem. Gevangene Arujo was in alle opzichten een modelgevangene, die zijn straf heeft uitgezeten en zijn voorwaardelijke vrijlating verdiende.'

Ik staarde naar de verschillende foto's van Evandro Arujo. Gewond. Jong en doodsbang. Te gronde gericht en geruïneerd. Spookachtig en verlaten. Brutaal en gevaarlijk. En ik wist zonder enige twijfel dat ik hem eerder had gezien. Ik wist alleen niet waar.

Ik ging alle mogelijkheden na.

Op straat. In een bar. In een bus. In de ondergrondse. Als chauffeur van een taxi. In een sportschool. In een menigte. Tijdens een wedstrijd. In een bioscoop. Tijdens een concert. In –

'Wie heeft er een pen?'

'Wat?'

'Een pen,' zei ik. 'Een zwarte. Of een viltstift.'

Fields hield een viltstift omhoog, die ik uit zijn handen griste. Ik trok een foto van Evandro uit de laserprinter en begon erop te tekenen.

Lief kwam naast me staan en keek over mijn schouder. 'Waarom geef je die vent een sik, Kenzie?'

Ik staarde omlaag naar het gezicht van de man die ik in de bioscoop had gezien, het gezicht op de ruim tien foto's die Angie had genomen.

'Dan kan hij zich niet langer schuilhouden,' zei ik.

24

Devin faxte ons een kopie van Evandro Arujo's foto van de set die Angie hem gegeven had. Erdham voerde hem op in zijn computer.

We kropen in noordelijke richting over de 95, het busje was in de middagspits verzeild geraakt. Bolton zei tegen Devin: 'Ik wil nu meteen dat iedere agent naar hem uitkijkt.' Daarna draaide hij zich om en blafte tegen Erdham: 'Zoek de naam van zijn contactpersoon bij de reclassering op.'

Erdham keek even naar Fields. Deze drukte een knop in en zei: 'Sheila Lawn. Haar kantoor bevindt zich in het Saltonstall Building.'

Bolton was intussen nog steeds in gesprek met Devin. '...één meter zevenenzeventig, honderdvijftig pond, dertig jaar, het enige opvallende kenmerk is een dun litteken van ongeveer drie centimeter lang op zijn voorhoofd, net onder de haargrens, van een meswond...' Hij hield zijn hand over het mondstuk. 'Kenzie, bel haar op.'

Fields gaf me het telefoonnummer door, ik pakte een telefoon en toetste het nummer in, terwijl Evandro's foto op Erdhams monitor verscheen. Onmiddellijk begon hij toetsen in te drukken om de tekst en de foto aan te passen.

'Met het kantoor van Sheila Lawn.'
'Kan ik mevrouw Lawn even spreken?'
'Daar spreekt u mee.'
'Mevrouw Lawn, u spreekt met Patrick Kenzie. Ik ben privédetective en heb inlichtingen nodig over iemand die voorwaardelijk vrij is en voor wie u de contactpersoon bent.'
'U denkt dat dit zomaar gaat?'
'Wat bedoelt u?'

Het busje schoot naar een rijstrook die een paar centimeter per minuut sneller ging, en diverse mensen begonnen te toeteren.

'U denkt toch niet dat ik ook maar íets over een cliënt vertel aan een man die via de telefoon beweert dat hij privé-detective is?'

'Nou...'

Bolton keek naar me, terwijl hij naar Devin luisterde die hem iets vertelde. Hij stak zijn hand uit, griste de telefoon uit mijn handen en begon vanuit een mondhoek in het apparaat te spreken, terwijl hij met het andere oor naar Devin luisterde.

'Agent Lawn, u spreekt met speciaal agent Barton Bolton van de FBI. Ik ben medewerker van het bureau in Boston en mijn identificatienummer is zes-nul-vier-een-negen-twee. Bel het bureau en controleer of het klopt, intussen blijft meneer Kenzie aan de lijn. Dit is een federale zaak, en we rekenen op uw medewerking.'

Hij duwde de telefoon weer in mijn handen en zei tegen Devin: 'Ga verder, ik luister.'

'Hallo,' zei ik.

'Hallo,' zei ze. 'Ik heb op mijn duvel gekregen, en nog wel van iemand die Barton heet. Wacht even.'

Terwijl ik wachtte, keek ik uit het raampje van het busje dat opnieuw van rijstrook veranderde, en zag wat de oorzaak van de vertraging was. Een Volvo was achter op een Datsun gebotst, en de eigenaar van een van de auto's werd naar de ambulance op de vluchtstrook geleid. Zijn gezicht zat onder het bloed en was bedekt met kleine glassplinters. Hij hield zijn handen voor zijn gezicht, alsof hij er niet zeker van was dat ze nog ergens aan vastzaten.

Het ongeluk blokkeerde het verkeer niet meer, als dat ooit het geval was geweest, maar iedereen stond bijna stil om eens goed te kijken. Drie auto's voor ons maakte een passagier op de achterbank van alles een video-opname. Een film voor vrouw en kinderen. Kijk, jongen, ernstige wonden aan het gezicht.

'Meneer Kenzie?'

'Ik ben er nog.'

'Ik heb wéér op mijn duvel gekregen. De tweede keer door agent Boltons chef, omdat ik kostbare tijd van de FBI verknoeide voor iets onnozels als het beschermen van de rechten van mijn cliënt. Nou, over wie van mijn koorknapen hebt u informatie nodig?'

'Evandro Arujo.'

'Waarom?'

'Ik kan alleen maar zeggen dat we die nodig hebben.'

'Oké. Vertel het maar.'

'Wanneer hebt u hem voor het laatst gezien?'

'Maandag, twee weken geleden. Evandro is punctueel. Verdomme, vergeleken met de anderen is hij gewoon een droom.'

'Hoezo?'

'Hij mist nooit een afspraak, komt nooit te laat, had twee weken na zijn vrijlating een baan –'

'Waar?'

'Hartow Kennel in Swampscott.'
'Wat is het adres en telefoonnummer van Hartow Kennel?'
Ze gaf het door en ik schreef het op, scheurde het vel papier los en overhandigde het aan Bolton, die op dat moment de verbinding verbrak.
Lawn zei: 'Zijn baas, Hank Rivers, is gek op hem. Hij zei dat hij alleen maar ex-gevangenen zou aannemen als ze allemaal zoals Evandro waren.'
'Waar woont Evandro, agent Lawn?'
'Mevrouw is ook goed. Zijn adres is, even kijken... hier heb ik het – Custer Street twee-nul-vijf.'
'Waar is dat?'
'Brighton.'
Dat was vlak in de buurt van Bryce. Ik noteerde het adres en overhandigde het aan Bolton.
'Zit hij in de problemen?'
'Ja,' zei ik. 'Als u hem ziet, mevrouw Lawn, zeg dan niets tegen hem. Bel het nummer dat agent Bolton u zojuist gaf.'
'Maar als hij hier komt? Hij heeft over minder dan twee weken een afspraak met me.'
'Hij zal vast niet komen. Maar doe de deur op slot als hij komt en bel om hulp.'
'U denkt dat hij een paar weken geleden dat meisje gekruisigd heeft, hè?'
Het busje reed nu behoorlijk door, maar binnen leek het alsof alles met een ruk tot stilstand was gekomen.
Ik zei: 'Waarom denkt u dat?'
'Zoiets heeft hij ooit tegen mij gezegd.'
'Wat zei hij?'
'Zoals ik al eerder zei, u moet begrijpen dat hij een van de eerste voorwaardelijk vrijgestelden was die ik kreeg toegewezen. Hij is altijd even aardig en vriendelijk geweest, verdomme, hij heeft me zelfs eens bloemen gestuurd in het ziekenhuis toen ik mijn been had gebroken. Ik ben geen maagd waar het ex-gevangenen betreft, meneer Kenzie, maar Evandro leek me een echte, keurige knul die eenmaal gestruikeld was, maar niet van plan was om dit nog een keer te doen.'
'Wat zei hij over kruisigingen?'
Bolton en Fields keken naar me en ik kon zien dat zelfs de normaal ongeïnteresseerde Erdham naar mijn spiegelbeeld in zijn monitor keek.
'Toen we op een dag klaar waren met ons gesprek, keek hij strak naar mijn borst. Weet u, in het begin dacht ik dat hij naar mijn borsten keek, maar toen drong het tot me door dat hij naar het crucifix

keek dat ik droeg. Gewoonlijk draag ik het onder mijn blouse, maar die dag hing het over mijn blouse. Ik had het zelf niet in de gaten, totdat ik merkte dat Evandro ernaar keek. En het was geen bewonderende blik, maar een beetje obsessief, als u begrijpt wat ik bedoel. Toen ik hem vroeg waar hij naar keek, zei hij: "Wat denkt u van kruisigingen, Sheila Lawn?" Niet agent Lawn, of mevrouw Lawn, maar *Sheila* Lawn.'

'Wat zei u toen?'

'Ik zei: "In welk opzicht?" of iets dergelijks.'

'En wat zei Evandro?'

'Hij zei: "In seksueel opzicht natuurlijk." Ik herinner me dat ik het "natuurlijk" nogal eng vond, want hij gaf de indruk dat het volkomen normaal was dat je een kruisiging met iets seksueels associeerde.'

'Hebt u dit gesprek gerapporteerd?'

'Aan wie? Maakt u een geintje? Meneer Kenzie, ik krijg ongeveer tien mannen per dag te spreken die nog veel ergere dingen tegen me zeggen, maar geen enkele wet overtreden. Hoewel ik het als seksuele intimidatie kan beschouwen als ik zeker wist dat mijn mannelijke collega's dezelfde opmerkingen níet horen.'

'Mevrouw Lawn,' zei ik, 'u vroeg naar aanleiding van mijn vragen direct of Evandro iemand had gekruisigd, terwijl ik nooit heb gezegd dat hij wegens moord werd gezocht – '

'Maar u zit nu bij de FBI en u vertelt me dat ik me schuil moet houden als ik hem zie.'

'Maar als Evandro zo'n voorbeeldige voorwaardelijk vrijgelatene is, waarom maakt u die gevolgtrekking dan? Als hij zo aardig is, waarom dacht u dan – '

'Dat hij dat meisje gekruisigd heeft?'

'Ja.'

'Omdat... In deze job negeer je elke dag een heleboel dingen, meneer Kenzie. Dat móet je wel om er niet aan onderdoor te gaan. En ik was dat gesprek over het crucifix met Evandro helemaal vergeten, tot ik het artikel over dat vermoorde meisje las. En toen kwam het weer snel boven, en ik herinnerde me hoe ik me voelde toen hij heel even naar me keek en zei: "In seksueel opzicht natuurlijk", en hoe smerig en naakt en volkomen kwetsbaar ik me voelde. Maar er was meer. Ik was doodsbang – en dat was maar heel even – want ik dacht dat hij overwoog...'

Het bleef enige tijd stil terwijl ze naar de juiste woorden zocht.

'Om u te kruisigen?' vroeg ik.

Ze slaakte een diepe zucht. 'Absoluut.'

'Afgezien van het verven van zijn haar en de sik,' zei Erdham, terwijl we zagen hoe Evandro's foto in heldere kleuren haarscherp op de monitor verscheen, 'heeft hij ook zijn haarlijn veranderd.'

'Hoezo?'

Hij hield de laatste foto van Evandro omhoog, die in de gevangenis was genomen. 'Zie je dat litteken van het mes op zijn voorhoofd?'

Bolton zei: 'Shit.'

'En nu niet,' zei Erdham, en tikte tegen de monitor.

Ik keek naar de foto die Angie van Evandro had genomen toen hij de Sunset Grill verliet. De haarlijn was zeker anderhalve centimeter lager dan toen hij de gevangenis verliet.

'Nu denk ik niet dat het per se deel uitmaakt van een vermomming,' zei Erdham. 'Het is zo miniem. De meeste mensen zouden het helemaal niet zien.'

'Hij is trots,' zei ik.

'Precies.'

'En wat nog meer?'

'Kijk zelf maar.'

Ik keek naar de twee foto's. Het was moeilijk om de witte haardos te negeren, die in het begin donkerbruin was, maar langzaam...

'Zijn ogen,' zei Bolton.

Erdham knikte. 'Oorspronkelijk zijn ze bruin, maar op de foto van meneer Kenzie's compagnon zijn ze groen.'

Fields legde zijn telefoon neer. 'Agent Bolton?'

'Ja?' Hij draaide zich om.

'Zijn jukbeenderen,' zei ik, terwijl ik mijn eigen spiegelbeeld in Evandro's foto op de monitor zag.

'Je bent er hartstikke goed in,' zei Erdham.

'Hij is op zijn woonadres noch op zijn werk aanwezig,' zei Fields. 'Zijn huisbaas heeft hem twee weken niet gezien, en zijn baas zei dat hij zich twee dagen geleden ziek heeft gemeld en dat hij hem sindsdien niet meer heeft gezien.'

'Ik wil dat er direct bij beide adressen gepost wordt.'

'Ze zijn al onderweg, meneer.'

'Wat is er met die jukbeenderen?' vroeg Bolton.

'Implantaten,' zei Erdham. 'Dat vermoed ik tenminste. Ziet u wel?' Hij drukte drie keer op een toets en Evandro's foto werd uitvergroot tot we alleen maar zijn rustige, groene ogen, het bovenste gedeelte van zijn neus en zijn jukbeenderen zagen. Erdham tikte met een pen tegen het linkerjukbeen. 'De huid is hier veel zachter dan op de foto. Verdomme, hier zit bijna geen vlees aan. Maar hier... En zien jullie hoe de huid bijna gebarsten en een beetje rood is? Dat is omdat die niet gewend is dat hij zo ver wordt uitgerekt, zoals de huid over een blaar die op het punt staat open te barsten.'

'Je bent geniaal,' zei Bolton.

'Absoluut,' zei Erdham, en zijn ogen lichtten op als van een klein kind dat naar de kaarsen op zijn verjaardagstaart kijkt. 'Maar hij is ook verdomde slim. Hij streefde geen grote veranderingen na, want dat zou zijn reclasseringsambtenaar of huisbaas opvallen. Behalve dan de haren,' zei hij snel, 'want dat zou iedereen begrijpen. In plaats daarvan streefde hij kleine, cosmetische veranderingen na. Je kunt deze meest recente foto door een computer halen en tenzij je *precies* weet waar je op moet letten, zou je geen enkele gelijkenis met een van deze gevangenisfoto's kunnen zien.'

Het busje helde enigszins opzij toen we in Braintree de 93 op draaiden. Bolton en ik zochten even steun bij het dak van het busje.

'Als hij zover vooruitdacht,' zei ik, 'dan wist hij dat we ten slotte naar hem zouden gaan zoeken, of naar iemand die op hem leek.' Ik wees naar de monitor.

'Absoluut,' zei Erdham.

'Dan verwacht hij dat hij gearresteerd zal worden,' zei Bolton.

'Dat schijnt inderdaad het geval te zijn,' zei Erdham. 'Waarom zou hij anders een paar van Hardimans moorden imiteren?'

'Hij weet dat hij gegrepen zal worden,' zei ik, 'en het kan hem niets schelen.'

'Misschien is het nog veel erger,' zei Erdham. 'Misschien wíl hij zelfs wel gegrepen worden. Dat betekent dat al die doden een of andere boodschap vormen, en dat hij doorgaat met moorden tot we weten wat die boodschap is.'

'Terwijl jij met Arujo's reclasseringsambtenaar in gesprek was, vertelde brigadier Amronklin me een paar interessante dingen.'

Het busje verliet bij Haymarket de 93 en opnieuw zochten Bolton en ik steun bij het dak om ons evenwicht te bewaren.

'Zoals.'

'Hij kreeg Kara Riders kamergenoot in New York te pakken. Kara Rider ontmoette tijdens haar cursus drie maanden geleden een collega-acteur. Hij zei dat hij van Long Island kwam en slechts eenmaal per week voor deze cursus naar Manhattan kwam.' Hij keek me aan. 'En raad eens.'

'Die kerel had een sik.'

Hij knikte. 'Hij heette Evan Hardiman. Leuk, hè? Kara Riders kamergenoot zei ook, en ik herhaal het letterlijk: "Hij was de meest sensuele man op aarde".'

'Sensueel,' zei ik.

Hij grijnsde. 'Weet je, ze was een beetje dramatisch.'

'Zei ze verder nog iets?'

'Ze zei dat Kara had gezegd dat hij het beste neukte van alle mannen die ze ooit gehad had. "De perfecte man en het absolute einde", zo beschreef ze hem.'
'Nou, het absolute einde heeft ze in elk geval gekregen.'

'Ik wil onmiddellijk een psychologisch profiel,' zei Bolton, toen we met de lift omhooggingen. 'Ik wil alles over Arujo weten, vanaf het moment dat ze zijn navelstreng doorknipten.'
'Oké,' zei Fields.
Bolton veegde met zijn mouw langs zijn gezicht. 'Ik wil eenzelfde lijst als we van Hardiman hebben gemaakt, en wil dat iedereen wordt nagegaan die in de gevangenis ooit contact met Arujo heeft gehad. En morgenochtend wil ik bij ieder van hen een agent op de stoep hebben staan.'
'Genoteerd.' Fields schreef driftig op zijn notitieblok.
'Ik wil dat agenten naar het huis van zijn ouders gaan, als ze tenminste nog leven,' zei Bolton, zwaar ademend, en trok zijn jas uit. 'Shit, zelfs als ze al dood zijn. Agenten bij het huis van ieder vriendinnetje of vriendje dat hij heeft gehad, met wie hij verder ook bevriend is geweest, ieder meisje of iedere jongen van wie hij weleens werk heeft gemaakt.'
'Daar heb je heel wat mensen voor nodig,' zei Erdham.
Bolton haalde zijn schouders op. 'Dat is niets vergeleken met wat Waco de regering heeft gekost, en misschien winnen we in dit geval wél. Ik wil alle plaatsen delict nog eens grondig laten onderzoeken, en alle medewerkers van de Bostonse politie ondervragen die er rond hebben gelopen voordat wij daar arriveerden. Ik wil alle belangrijke personen op Kenzies lijst' – hij begon ze op zijn vingers af te tellen – 'Hurlihy, Rouse, Constantine, Pine, Timpson, Diandra Warren, Glynn, Gault – opnieuw en uitgebreid laten verhoren en een uitgebreid, nee, *uitputtend* onderzoek naar hun achtergrond instellen om te zien of ze ooit iets met Arujo te maken hebben gehad.' Hij stak een hand in zijn borstzakje om zijn inhaleerapparaatje te pakken. De lift stopte. 'Begrepen? Begrepen? Aan het werk dan.'
De deuren gingen open en hij stormde de lift uit, terwijl hij luidruchtig aan het inhaleerapparaatje snoof.
Achter me vroeg Fields aan Erdham: '"Uitputtend" – wordt dat met één lul gespeld of met twee?'
'Met twee,' zei Erdham. 'Maar ze zijn allebei wel erg klein.'

Bolton maakte zijn stropdas los, tot de knoop voor zijn borstbeen hing en liet zich in de stoel achter zijn bureau ploffen.
'Doe de deur achter je dicht,' zei hij.

Ik sloot de deur. Zijn gezicht was vuurrood geworden en hij haalde met moeite adem.

'Gaat het?'

'Ik heb me nog nooit zo goed gevoeld. Vertel me over je vader.'

Ik ging zitten. 'Er valt niets te vertellen. Ik vermoed dat Hardiman zijn best deed om me met een lulverhaal van mijn stuk te brengen.'

'Dat denk ik niet,' zei hij, en maakte gebruik van zijn inhaleerapparaat. 'Jullie drieën stonden met je rug naar hem toe toen hij dat zei. Maar ik kon alles op de film zien. Het leek alsof hij een punt wilde scoren toen hij zei dat je vader tijdens zijn werk een geel vest droeg, het was alsof hij dit als laatste had bewaard om zo veel mogelijk indruk te maken.' Hij haalde een hand door zijn haren. 'Je had als jongen een weerborstel, hè?'

'Een heleboel jongens hadden er een.'

'Een heleboel jongens zijn groot geworden zonder dat een seriemoordenaar hun aanwezigheid verlangde.'

Ik knikte en stak een hand op. 'Ik had een weerborstel, agent Bolton. Maar die was meestal te zien als ik veel getranspireerd had.'

'Waarom?'

'Omdat ik ijdel was, vermoed ik. Meestel deed ik troep in mijn haar om hem plat te krijgen.'

Hij knikte. 'Hij kende jou.'

'Ik weet niet wat ik u moet vertellen, agent Bolton. Ik heb die kerel nog nooit eerder gezien.'

Hij knikte weer. 'Vertel eens wat over je vader. Je weet dat ik zijn levensloop al door mijn mensen laat onderzoeken.'

'Dat vermoedde ik al.'

'Wat was hij voor een man?'

'Het was een klootzak, die het heerlijk vond om iemand pijn te doen, Bolton. En ik vind er niks aan om over hem te praten.'

'En dat spijt me,' ze hij, 'maar je persoonlijke gevoelens zeggen me op dit moment niets. Ik probeer Arujo te arresteren en het bloedvergieten te stoppen – '

'En er tegelijkertijd een mooie promotie uit te slepen.'

Hij trok een wenkbrauw op en knikte nadrukkelijk. 'Absoluut. Reken daar maar op. Ik ken niemand van de slachtoffers, meneer Kenzie, en in het algemeen gesproken wens ik dat niemand sterven zal. Nooit. Maar in zeker opzicht voel ik niets voor deze mensen. En daar word ik ook niet voor betaald. Ik word ervoor betaald om kerels zoals Arujo te arresteren, en dat doe ik dus. En het is toch een perfecte wereld, als ik tijdens dat proces ook nog carrière maak?' Zijn kleine ogen keken me beschuldigend aan. 'Vertel me over uw vader.'

'Hij was het grootste deel van zijn leven ondercommandant bij de brandweer van Boston. Later ging hij in de plaatselijke politiek en werd gemeenteraadslid. Niet lang daarna kreeg hij longkanker en stierf.'

'Jullie konden niet met elkaar opschieten.'

'Nee, hij was een bullebak. Iedereen die hem kende was bang voor hem en de meeste mensen haatten hem. Hij had geen vrienden.'

'U schijnt het tegenovergestelde te zijn.'

'Hoezo?'

'Nou, mensen zoals u. De brigadiers Amronklin en Lee mogen u erg graag, Lief vond u meteen sympathiek, en wat ik na het overnemen van deze zaak over u heb gehoord, heeft u sterke banden met tegenovergestelde types, zoals een liberale krantencolumnist en een psychotische wapenhandelaar. Uw vader had geen vrienden, maar u hebt er daarentegen veel. Uw vader was een gewelddadige man, terwijl u daar geen onbedwingbare neiging toe hebt.'

Vertel dat maar eens aan Marion Socia, dacht ik.

'Waar ik probeer achter te komen, meneer Kenzie, als Alec Hardiman Jason Warren voor de zonden van zijn moeder wilde laten betalen, zou het dan misschien mogelijk zijn dat men u voor de zonden van uw vader wil laten betalen?'

'Dat maakt mij niets uit, agent Bolton. Maar Diandra was direct verantwoordelijk voor Hardimans veroordeling. Maar tot nu toe bestaat er nog geen link tussen mijn vader en Hardiman.'

'We hebben er tot nu toe nog geen ontdekt.' Hij nam een andere houding aan. 'Maar bekijk het eens vanuit mijn standpunt. Het begon allemaal toen Kara Rider, een actrice, contact opnam met Diandra Warren. Daarbij gebruikte ze de naam Moira *Kenzie*. Dat was geen vergissing. Dat was een boodschap. We kunnen aannemen, denk ik, dat Arujo haar daartoe aanzette. Dan beschuldigt ze Kevin Hurlihy en indirect Jack Rouse. U neemt contact op met Gerry Glynn, die met Alec Hardimans vader samenwerkte. Hij refereert aan Hardiman zelf. Hardiman heeft in uw wijk Charles Rugglestone vermoord. Tevens nemen we aan dat hij Cal Morrison heeft vermoord. En dat gebeurde eveneens in uw wijk. Toen waren u en Kevin Hurlihy nog jong, maar Jack Rouse had een kruidenierswinkel, Stan Timpson en Diandra Warren woonden een paar blokken verderop, Kevin Hurlihy's moeder, Emma, was huisvrouw, Gerry Glynn was agent en uw vader, meneer Kenzie, was brandweerman.'

Hij gaf mij een plattegrond van de wijken Edward Everett Square, Savin Hill en Columbia Point. Iemand had een cirkel om de parochie van St. Bart's getrokken – die bestond uit Edward

Everett zelf, Blake Yard, het station van de JFK-universiteit van Massachusetts en een gedeelte van Dorchester Avenue, vanaf de lijn naar South Boston tot aan St. William's Church in Savin Hill. Binnen die cirkel had iemand vijf kleine, zwarte vierkantjes en twee grote, blauwe punten aangebracht.

'Wat zijn die vierkantjes?' vroeg ik, en keek hem aan.

'Dat zijn bij benadering de huizen van Jack Rouse, Stan en Diandra Timpson, Emma Hurlihy, Gerry Glynn en Edgar Kenzie in 1974. De twee blauwe punten zijn de plaatsen delict waar Cal Morrison en Charles Rugglestone werden vermoord. Maar de vierkantjes en punten bevinden zich slechts op minder dan vierhonderd meter van elkaar.'

Ik staarde naar de plattegrond. Mijn wijk. Een kleine, bijna vergeten, marginale plek met slecht onderhouden huizen van twee verdiepingen hoog, gezellige kroegen en winkels op de hoek. Op een enkele barruzie na bepaald niet de plek die de aandacht op zich vestigde. En nu was er de FBI die alles in de nationale schijnwerpers zette.

'Wat u nu ziet,' zei Bolton, 'is een moordzone.'

Ik belde Angie vanuit een lege vergaderkamer.

Nadat de telefoon viermaal was overgegaan, nam ze buiten adem op. 'Hallo, ik kwam net binnen.'

'Wat doe je op dit moment?'

'Met jou praten, domkop, en mijn post nakijken. Rekening, rekening, reclamefolder, rekening…'

'Hoe ging het met Mae?'

'Fijn. Ik heb haar net bij Grace thuis gebracht. Hoe was jouw dag?'

'De naam van die kerel met de sik is Evandro Arujo. Hij was Alec Hardimans liefje in de gevangenis.'

'Gelul.'

'Nee hoor. Het lijkt erop dat hij onze man is.'

'Maar hij kent jou toch niet?'

'Dat is zo.'

'Waarom laat hij dan jouw kaartje achter in Kara's hand?'

'Toeval?'

'Goed. Maar geldt dat ook voor de moord op Jason?'

'Een echt, heel groot toeval?'

Ze zuchtte, en ik hoorde haar een envelop openscheuren. 'Dat slaat totaal nergens op.'

'Dat ben ik met je eens.'

'Vertel me eens wat over Hardiman.'

Dat deed ik, en ik vertelde haar wat ik die dag allemaal had meegemaakt, terwijl ze intussen nog meer enveloppen openscheurde en op een afwezige toon 'ja, ja' zei, waaraan ik me eigenlijk had moeten ergeren, ware het niet dat ik haar voldoende goed kende om te weten dat ze tegelijkertijd met iemand kon telefoneren, naar de radio luisteren, tv kijken en pasta koken, terwijl ze ook nog eens met iemand anders in de kamer een gesprek kon voeren en dan toch nog elk woord hoorde wat je zei.

Maar halverwege mijn verhaal stopten de 'ja-ja's' opeens en hoorde ik niets meer. Het was geen in diep gepeins verzonken stilte, maar een onheilspellende.

'Ange?'

Niets.

'Ange?' zei ik opnieuw.

'Patrick,' zei ze, en haar stem klonk zó zacht dat het leek alsof er geen lichaam bij betrokken was.

'Wat? Wat is er?'

'Ik heb zojuist een foto over de post gekregen.'

Ik ging zó vlug staan dat de lichtjes van de stad om me heen tolden. 'Van wie?'

'Van mij,' zei ze. En toen: 'En Phil.'

25

'Moet ik bang zijn van deze kerel?' Phil hield een van de foto's omhoog die Angie van Evandro had genomen.
'Ja,' zei Bolton.
Phil zwaaide met de foto heen en weer. 'Nou, mooi niet.'
'Geloof me, Phil,' zei ik, 'dat zou je wél moeten zijn.'
Hij keek ons allemaal aan – Bolton, Devin, Oscar, Angie en ik stonden in Angies kleine keuken – en schudde zijn hoofd. Hij stak een hand in zijn jack en haalde een pistool tevoorschijn, richtte het op de vloer en controleerde of het geladen was.
'Jezus, Phil,' zei Angie. 'Stop dat ding weg.'
'Heb je daar een vergunning voor?' vroeg Devin.
Phil hield zijn ogen neergeslagen, en we zagen zijn haren donker worden van het transpiratievocht.
'Meneer Dimassi,' zei Bolton, 'dit hebt u niet nodig. Wíj zullen u beschermen.'
'Ja,' zei Phil heel zacht.
We wachtten terwijl hij weer naar de foto keek die hij op de aanrecht had neergelegd. Vervolgens keek hij weer naar het pistool in zijn hand, en opeens begon de angst uit al zijn poriën te stromen. Hij keek eenmaal naar Angie en sloeg toen zijn ogen weer neer, en ik zag dat hij probeerde alles op een rijtje te zetten. Hij was van zijn werk thuisgekomen en buiten zijn appartement door federale agenten opgewacht, die hem hier brachten. Daarna werd hem meegedeeld dat iemand, die hij nog nooit had ontmoet, vastbesloten was hem te vermoorden, waarschijnlijk binnen een week.
Ten slotte sloeg hij zijn ogen op en had zijn normaal olijfkleurige huid de kleur van romige melk gekregen. Hij zag dat ik naar hem keek, grinnikte jongensachtig en schudde zijn hoofd alsof we dit al eens eerder hadden meegemaakt.
'Oké,' zei hij. 'Misschien ben ik tóch wel een beetje bang.'
De gespannen sfeer die dreigend in de keuken had gehangen, loste zachtjes op en verdween onder de achterdeur.

Hij legde het pistool op het fornuis en ging op de aanrecht zitten, waarna hij Bolton enigszins geamuseerd aankeek.

'Nou, vertel me alles over deze vent.'

Een agent stak zijn hoofd om de keukendeur. 'Agent Bolton, meneer? Er is geen enkel bewijs dat iemand met de sloten heeft geknoeid of geprobeerd heeft binnen te komen. We hebben alles op afluisterapparatuur gecontroleerd en niets gevonden. De achtertuin is sterk verwaarloosd en er heeft niemand daar de laatste maand rondgelopen.'

Bolton knikte en de agent verdween.

'Agent Bolton,' zei Phil.

Bolton draaide zich om en keek hem aan.

'Kunt u mij iets vertellen over de kerel die mij en mijn vrouw probeert te vermoorden?'

'Ex, Phil,' zei Angie. 'Ex.'

'Sorry.' Hij keek Bolton aan. 'Mij en mijn ex-vrouw?'

Bolton leunde tegen de koelkast. Devin en Oscar pakten een stoel, terwijl ik aan de andere kant van het fornuis op de aanrecht ging zitten.

'Die man heet Evandro Arujo,' zei Bolton. 'Hij wordt verdacht van vier moorden, die hij de afgelopen maand gepleegd zou hebben. Vóór elke moord stuurde hij foto's van zijn toekomstige slachtoffers naar hun geliefden.'

'Foto's zoals deze.' Phil wees naar de foto van hem en Angie, die onder de vingerafdrukpoeder op de keukentafel lag.

'Ja.'

De foto was onlangs genomen. De gevallen bladeren op de voorgrond waren veelkleurig. Phil luisterde naar iets dat Angie tegen hem zei. Hij had zijn hoofd gebogen terwijl ze hem aankeek. Ze liepen over het gras en het pad dat dwars door Commonwealth Avenue liep.

'Maar die foto ziet er helemaal niet bedreigend uit.'

Bolton knikte. 'Behalve het feit dat die foto genomen werd en vervolgens naar mevrouw Gennaro gestuurd werd. Hebt u ooit van Evandro Arujo gehoord?'

'Nee.'

'Alec Hardiman?'

'Nee.'

'Peter Stimovich of Pamela Stokes?'

Phil dacht even na. 'Beide namen komen me vaag bekend voor.'

Bolton sloeg de dossiermap open die hij bij zich had en overhandigde hem de foto's van Stimovich en Stokes.

Phils gezicht betrok. 'Is dit niet de vent die vorige week werd doodgestoken?'

Bolton zei: 'Heel wat erger dan doodgestoken.'

'In de kranten stond dat hij was doodgestoken,' zei Phil. 'Ze zeiden dat het ex-vriendje van zijn vriendin werd verdacht.'

Bolton schudde zijn hoofd. 'Dat is het verhaal dat we gelekt hebben. Naar wij weten had Stimovich' vriendin geen ex-vriendje.'

Phil hield Pamela Stokes' foto omhoog. 'Is zij ook dood?'

'Ja.'

Phil wreef in zijn ogen. 'Fuck,' zei hij, en het klonk alsof hij zijn lachen probeerde in te houden.

'Hebt u ooit een van beiden ontmoet?'

Phil schudde het hoofd.

'En Jason Warren?'

Phil keek naar Angie. 'Was dat de knul die jullie probeerden te beschermen? Die pas gestorven is?'

Ze knikte. Ze had na onze komst niet veel gezegd, had aan één stuk door staan roken en uit het raam gestaard dat over de achtertuin uitkeek.

'Kara Rider?' vroeg Bolton.

'Is zij ook door die klootzak vermoord?'

Bolton knikte.

'Jezus!' Phil sprong voorzichtig van de aanrecht, alsof hij bang was dat de vloer hem niet zou houden. Hij liep met stramme benen naar Angie, nam een sigaret uit haar pakje, stak hem aan en keek naar zijn ex-vrouw.

Ze keek hem aan met de blik waarmee je iemand aankijkt die net gehoord heeft dat hij kanker heeft, niet zeker of je hem de ruimte moet geven om uit te halen, of dicht bij hem moet blijven om hem op te vangen als hij instort.

Hij legde een hand tegen haar wang, ze drukte haar hoofd tegen zijn hand, en iets heel intiems – een wetenschap die hen verbond – passeerde tussen hen.

'Meneer Dimassi, kende u Kara Rider?'

Phil trok zijn hand met een strelend gebaar terug van Angies wang en liep terug naar de aanrecht.

'Ik kende haar toen we nog jong waren. We kenden haar allemaal.'

'Heeft u haar onlangs nog gezien?'

Hoofdschuddend zei hij: 'In geen drie of vier jaar.' Hij staarde naar de sigaret en schoot hem toen in de gootsteen. 'Waarom wíj, meneer Bolton?'

'Dat weten we niet,' zei Bolton, en er klonk iets van wanhopige irritatie door in zijn stem. 'We zijn nu op zoek naar Arujo, en zijn gezicht zal morgenochtend in elke krant in New England verschijnen. Hij kan zich niet lang schuilhouden. We weten nog steeds niet waarom hij de mensen uitkiest die hij uitgekozen heeft, behalve dan in de zaak-Warren, waarvoor hij misschien een motief heeft – maar nu weten we in elk geval wie hij heeft uitgekozen, en kunnen we u en mevrouw Gennaro in de gaten houden.'

Erdham liep de keuken in. 'De omgeving van dit huis en van meneer Dimassi's appartementengebouw is veilig.'

Bolton knikte en wreef met zijn vlezige handen in zijn gezicht.

'Oké, meneer Dimassi,' zei hij, 'dit is het verhaal. Twintig jaar geleden heeft een man, Alec Hardiman, zijn vriend, Charles Rugglestone, vermoord in een pakhuis ongeveer zes blokken van hier. We nemen aan dat Hardiman en Rugglestone toen verantwoordelijk waren voor een reeks moorden, waarvan de bekendste de kruisiging van Cal Morrison was.'

'Ik herinner me Cal,' zei Phil.

'Kende u hem goed?'

'Nee. Hij was een paar jaar ouder dan wij. Maar ik heb nooit iets over een kruisiging gehoord. Hij werd neergestoken.'

Hoofdschuddend zei Bolton: 'Ook dat was een verhaal dat naar de media werd gelekt om tijd te winnen en idioten te elimineren, die voor het ontbijt de moorden op Hoffa en beide Kennedy's bekennen. Morrison werd gekruisigd. Zes dagen later ging Hardiman door het lint en leefde zich als tien psychopaten uit op zijn compagnon, Rugglestone. Niemand weet waarom, behalve dat de lichamen van beide mannen toen grote hoeveelheden PCP en alcohol bevatten. Hardiman kreeg levenslang en zit nu in Walpole. Twaalf jaar daarna werd Arujo zijn vriendje, die hij in een psychopaat veranderde. Arujo was relatief onschuldig toen hij achter de tralies verdween, maar dat is hij nu beslist niet meer.'

'Als je hem ziet,' zei Devin, 'dan smeer je hem direct, Phil.'

Phil slikte even en knikte.

'Arujo is nu zes maanden vrij,' zei Bolton. 'We geloven dat Hardiman buiten de gevangenis een contactpersoon heeft, een tweede moordenaar, die Arujo's noodzaak om te moorden voedt, of vice versa. Dat weten we nog niet zeker, maar daar werken we aan. Om een ons onbekende reden wijzen Hardiman, Arujo en deze onbekende derde man slechts in één richting – deze buurt. En ze leiden ons naar bepaalde mensen – meneer Kenzie, Diandra Warren, Stan Timpson, Kevin Hurlihy en Jack Rouse – maar waarom, dat weten we niet.'

'En die andere mensen – Stimovich en Stokes – wat is hun relatie met deze buurt?'

'We nemen aan dat ze willekeurig gekozen zijn. Moorden om te kicken, geen enkele motivatie dan de moord op zich.'

'En waarom zijn Angie en ik nu het doelwit?'
Bolton haalde zijn schouders op. 'Het kan een truc zijn. Dat weten we niet. Het kan zijn dat ze aan mevrouw Gennaro's kooi rammelen, omdat ze bij hun opsporing betrokken is. Wíe Arujo's compagnon ook mag zijn, vanaf het begin vormen meneer Kenzie en mevrouw Gennaro hun doelwit. Kara Riders rol was specifiek voor dit doel uitgekozen. En misschien,' zei Bolton, terwijl hij naar me keek, 'probeert hij meneer Kenzie tot een keuze te dwingen waar Hardiman op doelde.'

Iedereen keek naar mij.

'Hardiman zei dat ik gedwongen werd een bepaalde keuze te maken. Hij zei: "Niet al je geliefden kunnen blijven leven." Misschien moet ik tussen Phil en Angie kiezen.'

Phil zei hoofdschuddend: 'Maar iedereen die ons kent, weet dat we de laatste tien jaar helemaal niet zo close waren, Patrick.'

Ik knikte.

'Maar vroeger wel?' vroeg Bolton.

'Als broers,' zei Phil. Ik probeerde bitterheid en zelfmedelijden in zijn stem te ontdekken, maar hoorde slechts een rustige, trieste acceptatie.

'Hoe lang?' vroeg Bolton.

'Vanaf onze geboorte tot we zo rond de twintig waren. Dat klopt toch?'

Ik haalde mijn schouders op en zei: 'Ongeveer tot die tijd, ja.'

Ik keek naar Angie, maar die staarde naar de vloer.

Bolton zei: 'Hardiman zei dat jullie elkaar eerder ontmoet hebben, meneer Kenzie.'

'Ik heb die man nooit ontmoet.'

'Of u herinnert zich dat niet.'

'Dat gezicht vergeet ik nooit,' zei ik.

'Als volwassene, jazeker. Maar als kind?'

Hij overhandigde Phil twee foto's van Hardiman – een uit '74 en een recente.

Phil keek ernaar, en ik zag dat hij zich Hardiman wilde herinneren, dat hij het snapte, zodat er een bepaalde reden was waarom deze man hem uitgekozen had om te vermoorden. Ten slotte sloot hij zijn ogen, slaakte een diepe zucht en schudde zijn hoofd.

'Ik heb deze man nog nooit gezien.'

Hij gaf de foto's terug. 'Dat weet ik zeker.'

'Nou, dat is dan jammer,' zei Bolton, 'want van nu af aan maakt hij deel uit van uw leven.'

Een agent bracht Phil 's avonds om acht uur naar huis, terwijl Angie, Devin, Oscar en ik naar mijn huis reden, waar ik een tas met logeerspullen kon inpakken.

Bolton wilde dat Angie kwetsbaar was en alleen, maar we overtuigden hem ervan dat we, als Evandro of zijn compagnon ons in de gaten hield, ons zo normaal mogelijk moesten gedragen. En we verkeerden minimaal eenmaal per maand in het gezelschap van Devin en Oscar, hoewel we dan meestal niet nuchter waren.

Ik stond erop om bij Angie in te trekken, of Bolton zich daar nu druk om maakte of niet.

Maar hij vond het idee zo gek nog niet. 'Vanaf het begin nam ik al aan dat jullie met elkaar naar bed gingen, dus ik weet zeker dat Evandro hetzelfde denkt.'

'U bent een varken,' zei Angie, maar hij haalde zijn schouders op.

Weer thuisgekomen, gingen we om de keukentafel zitten. Intussen haalde ik kleren uit mijn droger en stopte die in een sporttas. Toen ik uit het raam keek, zag ik dat Lyle Dimmick het genoeg vond voor deze dag. Hij veegde de verf van zijn handen en zette de kwast in een bus met verfoplosser.

'Hoe staat het met jouw relatie met de Feds?' vroeg ik Devin.

'Die wordt met de dag slechter,' zei hij. 'Waarom denk je dat we vanmiddag van het bezoek aan Hardiman werden buitengesloten?'

'Dus is het jullie taak nu om bij ons te babysitten?' zei Angie.

'Eigenlijk,' zei Oscar, 'hebben we hier specifiek om gevraagd. We kunnen niet wachten om te zien hoe jullie je gedragen als je op elkaars lip zit.'

Hij keek Devin aan, en ze begonnen beiden te lachen.

Devin vond een speelgoedkikker die Mae op mijn gootsteen had achtergelaten en pakte hem op. 'Is die van jou?'

'Van Mae.'

'Natuurlijk.' Hij hield hem voor zijn gezicht omhoog en trok lelijke gezichten naar de kikker. 'Als ik jullie was, zou ik hem maar houden,' zei hij, 'al was het alleen maar om een beetje tegenwicht te vormen.'

'We hebben weleens eerder samengewoond,' zei Angie met een nijdig gezicht.

'Dat is waar,' zei Devin, 'twee hele weken. Maar toen was je net bij je echtgenoot weggelopen, Angie. En als ik me goed herinner, brachten jullie toen niet veel tijd in elkaars gezelschap door. Patrick verhuisde vrijwel naar Fenway Park, terwijl jij de avonden op Kenmore Square doorbracht. Nu worden jullie gedwongen om tijdens dit onderzoek bij elkaar te zijn. Dat kan maanden duren, zelfs jaren, voor het afgerond is.' Hij zei tegen de kikker: 'Wat denk jij ervan?'

Terwijl hij en Oscar zaten te grinniken en Angie pisnijdig werd, keek ik uit het raam. Lyle was van de steiger afgegaan. Hij hield de radio en de koelbox in één hand, terwijl een fles Jack uit zijn kontzak stak.

Terwijl ik naar hem keek, moest ik opeens aan iets denken. Ik had nog nooit meegemaakt dat hij na vijf uur aan het werk was, en nu was het halfnegen. Bovendien had hij vanmorgen verteld dat hij kiespijn had...

'Hebben jullie nog chips hier?' vroeg Oscar.

Angie ging staan en begaf zich naar de kastjes boven het fornuis. 'Bij Patrick is een goede voedselvoorraad nooit zeker.' Ze opende het linkerkastje en zocht tussen de diverse blikken.

Vanmorgen hadden Mae en ik ontbeten, maar dat was na mijn gesprek met Lyle. Nadat ik met Kevin had gesproken, was ik weer naar de keuken gegaan en belde Bubba...

'Wat heb ik je gezegd?' zei Angie tegen Oscar, en ze trok de deur van het middelste kastje open. 'Hier ook al geen chips.'

'Jullie tweeën zullen vast heel goed met elkaar kunnen opschieten,' zei Devin.

Na Bubba had ik Lyle gevraagd of hij de muziek wat zachter kon zetten omdat Mae nog steeds sliep. En toen zei hij...

'Laatste poging,' zei Angie, en stak haar hand uit om de deur van het rechterkastje open te trekken.

... dat hij dat niet erg vond, omdat hij een afspraak met de tandarts had en slechts een halve dag zou werken.

Ik stond op en keek uit het raam naar de tuin onder de steiger. Tegelijkertijd gilde Angie en sprong bij het kastje vandaan.

De tuin was leeg. 'Lyle' was verdwenen.

Ik keek naar het kastje, en het eerste wat ik zag, waren een paar ogen die me aankeken. Ze waren blauw en van een mens en zaten nergens aan vast.

Oscar graaide naar zijn walkietalkie. 'Geef me Bolton. Nú.'

Angie strompelde weg en hield zich aan de tafel vast. 'O, shit.'

'Devin,' zei ik, 'die huisschilder...'

'Lyle Dimmick,' zei hij. 'We zijn hem nagegaan.'

'Dat was Lyle niet.'

Oscar ving ons gesprek op, terwijl Boltons stem over de walkietalkie klonk. 'Bolton,' zei Oscar, 'stuur iedere man hierheen. Arujo loopt hier vermomd als huisschilder rond. Hij is net weg.'

'In welke richting is hij verdwenen?'

'Dat weet ik niet. Stuur al je mannen hierheen '

'We komen eraan.'

Angie en ik namen drie treden tegelijk toen we omlaag vlogen, we stormden de veranda op en renden met getrokken pistolen de tuin in. Hij kon in drie richtingen zijn verdwenen. Als hij in westelijke richting door de achtertuinen was verdwenen, moest hij daar nog steeds zijn, want vier blokken lang was er geen enkele dwarsstraat. Als hij in noordelijke richting naar de school was verdwenen, had hij in de armen van de FBI moeten rennen. Zodoende bleef in zuidelijke richting het blok achter mijn huis over, of in oostelijke richting Dorchester Avenue.

Ik ging naar het zuiden, Angie naar het westen.

We vonden hem geen van beiden.

En dat gold ook voor Devin en Oscar.

En de FBI had ook geen geluk.

Even voor negen uur vloog een helikopter over de buurt en hadden ze honden ingezet, terwijl agenten een buurtonderzoek hielden. Omdat ik bijna een gangsteroorlog voor hun deur was begonnen, mochten mijn buren me niet zo erg. Ik kon me heel goed voorstellen welke eeuwenoude Keltische vervloekingen in mijn richting werden geslingerd.

Door als Lyle Dimmick op te treden, was Evandro Arujo aan het veiligheidssysteem ontsnapt. Iedere buur die naar buiten keek en een ladder tegen mijn ramen op de tweede verdieping zag staan, nam gewoon aan dat Ed Donnegan nu ook eigenaar van míjn huis was geworden en Lyle had aangenomen om het te verven.

Die klootzak was in mijn huis geweest.

Men nam aan dat het de ogen van Peter Stimovich waren. Die was zonder ogen gevonden, een detail dat Bolton had achtergehouden.

'Bedankt dat je me dat verteld hebt,' zei ik.

'Kenzie,' zei hij met zijn eeuwige gehijg, 'ik word niet betaald om jou in te lichten. Ik word alleen betaald om jou in te lichten als het mij uitkomt.'

Onder de gelatineachtige ogen, die een federale patholoog-anatoom voorzichtig uit mijn kastje oppakte en in afzonderlijke plastic zakjes stopte, lag weer een briefje voor me, een witte envelop en een grote stapel folders. Op het briefje stond: 'Leukjeweertezien', op dezelfde typmachine getikt als de andere briefjes.

Voor ik de kans kreeg, greep Bolton de envelop en keek naar de andere briefjes die ik afgelopen maand had ontvangen. 'Waarom heb je die nooit aan ons laten zien?'

'Ik wist niet dat ze van hem afkomstig waren.'

Hij gaf ze aan een technicus van het gerechtelijk laboratorium. 'Kenzies en Gennaro's vingerafdrukken zitten in het dossier dat agent Erdham in zijn bezit heeft. Neem die bumperstickers ook mee.'

'Wat denk je van die folders?' vroeg Devin.

Er waren meer dan duizend folders, netjes verdeeld in twee stapels en bijeengehouden door elastieken. Sommige waren geel van ouderdom, sommige waren gekreukeld en andere waren slechts tien dagen oud. Op alle folders stond in de linkerhoek een foto van vermiste kinderen, met onder de foto's de belangrijke gegevens. Op alle folders stond dezelfde kreet: Heeft u mij gezien?

Nou, nee, dat had ik niet. In de loop van de jaren had ik honderden van deze folders via de post ontvangen. Ik had ze altijd goed bekeken vóór ik ze in de prullenbak gooide, maar in al die tijd had ik geen enkel gezicht gezien dat ik herkende. Omdat ik ze ongeveer eenmaal per week ontving, was het makkelijk om ze te vergeten, maar nu ik met strakke rubberhandschoenen aan erdoorheen bladerde, voelde ik op een overweldigende manier het zweet uit de poriën van mijn handpalmen stromen.

Duizenden waren het. Verdwenen. Een land op zich. Een stapel vervlogen dromen van misplaatste levens. Ik nam aan dat sommigen van hen dood waren. Ik was er zeker van dat anderen gevonden waren, in veel slechtere toestand dan toen ze verdwenen. De rest zwierf als een reizend carnaval door ons landschap, passeerde als piepjes de harten van onze steden en sliep op stenen en roosters en versleten matrassen. Ze waren broodmager, hadden een slechte huid, keken uit doffe ogen en hadden klitten in hun haar.

'Het is hetzelfde als met die bumperstickers,' zei Bolton.

'Hoezo?' vroeg Oscar.

'Hij wil dat Kenzie zijn postmoderne malaise deelt. Dat de wereld scheef hangt en niet meer overeind gezet kan worden, dat wel duizend stemmen idiote opinies naar elkaar schreeuwen en niet één stem in staat is een andere te veranderen. Dat we steeds onze eigen doelen nastreven en er geen holistische, gedeelde hang naar meer wetenschap is. Dat kinderen elke dag verdwijnen en wij slechts zeggen: "Wat erg, hè. Geef het zout eens door".' Hij keek me aan. 'Klopt het een beetje?'

Angie zei hoofdschuddend: 'Nee, dat is gelul.'

'Pardon?'

'Gelul,' zei ze. 'Misschien dat het gedeeltelijk klopt, maar dat is niet zijn totale boodschap. Agent Bolton, u hebt het feit geaccepteerd dat we waarschijnlijk met twee moordenaars te maken hebben en niet met die ene, kleine Evandro Arujo. Klopt dat?'

Hij knikte.

'Die tweede heeft twintig jaar gewacht of erop zitten broeden, verdomme. Dat is de overheersende mening, ja?'

'Dat klopt.'

Ze knikte, stak een sigaret op en hield die omhoog. 'Ik heb al diverse malen geprobeerd te stoppen met roken. Weet u hoeveel moeite mij dat kost?'

'Weet u hoezeer ik het zou waarderen als u er op dit moment mee stopte?' zei Bolton, terwijl hij de rookwolk probeerde te ontwijken die door de keuken zweefde.

'Jammer,' zei ze schouderophalend. 'Mijn punt is dat we allemaal onze verslaving hebben gekozen. Het enige dat bezit van onze ziel neemt. Op een bepaalde manier hebben wij dat ook. Waar kunt ú niet buiten?'

'Ik?' zei hij.

'Ja, u.'

Hij glimlachte, keek enigszins verlegen en sloeg zijn ogen neer. 'Boeken.'

'Boeken?' lachte Oscar.

Hij keek hem kwaad aan. 'Wat is daar mis mee?'

'Niets, niets. Ga verder, agent Bolton. U bent aan het woord.'

'Wat voor boeken?'

'De grote werken,' zei Bolton een beetje schaapachtig. 'Tolstoi, Dostojevski, Joyce, Shakespeare, Flaubert.'

'En als ze nu in de ban werden gedaan?' zei Angie.

'Dan zou ik de wet overtreden,' zei Bolton.

'Wat een wildebras,' zei Devin. 'Ik ben stomverbaasd.'

'Hé.' Bolton keek hem kwaad aan.

'En jij, Oscar?'

'Eten,' zei Oscar, en klopte op zijn buik. 'Geen gezond eten, maar echt, smakelijk voedsel waar je een hartaanval van krijgt. Steaks, ribkarbonades, eieren, gebraden kipfilets met vet.'

Devin zei: 'Wat een schok.'

'Verdomme,' zei Oscar. 'Alleen al door er nu over te praten, heb ik weer honger gekregen.'

'Devin?'

'Sigaretten,' zei hij. 'En misschien drank.'

'Patrick?'

'Seks.'

'Jij bent een hoer, Kenzie,' zei Oscar.

'Prima,' zei Angie. 'Dit zijn de dingen die ons erdoor slepen en het leven veraangenamen. Sigaretten, boeken, voedsel, weer sigaretten, drank en seks. Dat zijn wij.' Ze tikte op de stapel folders. 'En hij? Waar kan hij niet buiten?'

'Moorden?' zei ik.

'Dat vermoed ik ook,' zei ze.

'Dus,' zei Oscar, 'als hij gedwongen wordt om twintig jaar met vakantie te gaan – '

'Verdomme, dat houdt hij nooit vol,' zei Devin.
'Maar hij heeft de aandacht nog niet op zíjn moorden gevestigd,' zei Bolton.
Angie tilde de stapel folders op. 'Tot nu toe.'
'Hij heeft kinderen vermoord,' zei ik.
'Twintig jaar lang,' zei Angie.

Erdham arriveerde om tien uur om te vertellen dat een kerel met een cowboyhoed op in een gestolen rode Jeep Cherokee door een rood licht was gereden op een kruispunt in Wollaston Beach. De politie van Quincy had hem achtervolgd, maar was hem in een scherpe bocht van de 3A in Weymouth kwijtgeraakt. Hij wist namelijk die bocht wel te nemen en zij niet.

'Een verdomde Jeep achternazitten in een scherpe bocht?' zei Devin ongelovig. 'Die Mario Andretti's vlogen de bocht uit, terwijl een tuimelaar als een Cherokee in zo'n bocht wél overeind blijft?'

'Daar komt het ongeveer wel op neer. Hij is het laatst gesignaleerd toen hij in zuidelijke richting de brug bij de oude marinewerf passeerde.'

'Hoe laat was dat?'

Erdham keek zijn aantekeningen na. 'Negen uur vijfendertig in Wollaston. Negen uur vijfenveertig toen ze hem uit het oog verloren.'

'Verder nog iets?' zei Bolton.

'Ja,' zei Erdham aarzelend, en keek naar mij.

'Wat?'

'Mallon?'

Fields stapte de keuken binnen met in zijn handen een paar taperecorders en ten minste zeventien meter coaxkabel.

'Wat is dat?' zei Bolton.

'Hij heeft overal in het appartement afluisterapparaten geplaatst,' zei Fields, die weigerde mij aan te kijken. 'De recorders waren met speciaal plakband aan de onderzijde van de veranda van de huismeester opgehangen. Er was binnen geen enkele recorder te vinden. De kabels waren aangesloten op een verdeelstekker op het dak, en zaten tussen de tv-kabel, elektriciteitsdraden en telefoonlijnen verborgen. Die kabels liepen met de rest van de draden langs de zijkant van het huis omlaag. En als we er niet speciaal naar gezocht hadden, zouden we ze nooit gevonden hebben.'

'Je belazert me,' zei ik.

Fields schudde verontschuldigend het hoofd. 'Ik ben bang van niet. Gezien de hoeveelheid stof en aanslag die ik op de kabels aantrof, vermoed ik dat hij in elk geval de afgelopen week alles heeft afgeluisterd wat er zich in dit appartement afspeelde.' Hij haalde zijn schouders op. 'En misschien nog wel langer.'

26

'Waarom zette hij die cowboyhoed niet af?' vroeg ik toen we naar Angies huis terugreden.
 Ik verliet met een gevoel van dankbaarheid mijn appartement. Op dit moment liepen er overal technici en agenten rond, die vloerplaten lostrokken en alles onder een laag vingerafdrukpoeder achterlieten. Onder een vloerplank in de woonkamer werd een microfoontje gevonden, een tweede aan de onderzijde van de kast in mijn slaapkamer en een derde die in de zoom van mijn keukengordijn was genaaid.
 Ik probeerde niet langer aan de enorme inbreuk op mijn privacy te denken en fixeerde daarom mijn aandacht op de cowboyhoed.
 'Wat?' vroeg Devin.
 'Waarom droeg hij nog steeds die cowboyhoed toen hij door het rode licht in Wollaston reed?'
 'Hij vergat hem af te zetten,' zei Oscar.
 'Als hij uit Texas of Wyoming kwam,' zei ik, 'dan zou ik zeggen, oké. Maar hij is een knul uit Brockton. Hij zal merken dat hij tijdens het rijden nog een cowboyhoed op zijn hoofd heeft. Hij weet dat de Feds hem achternazitten. Hij moet weten dat we na het vinden van de ogen doorhebben dat hij Lyle niet was.'
 'En toch draagt hij nog steeds die hoed,' zei Angie.
 'Hij lacht ons uit,' zei Devin na enige tijd. 'Hij laat ons weten dat we niet goed genoeg zijn om hem te pakken.'
 'Wát een vent,' zei Oscar. 'Verdomme, wát een vent.'

Bolton had agenten bij de buren van Phil geïnstalleerd en in het huis van de familie Livoskis tegenover Angies huis en in het huis van de familie McKay aan de achterzijde. Beide families kregen een fikse vergoeding voor het ongemak en mochten in het Marriott-hotel in het centrum van de stad logeren, maar toch belde Angie hen op om zich voor het ongemak te verontschuldigen.
 Ze legde neer en nam een douche. Intussen zat ik in het donker

met de gordijnen dicht in haar eetkamer aan de met stof bedekte tafel. Oscar en Devin zaten in een auto een eindje verderop in de straat en hadden twee walkietalkies voor ons achtergelaten. Ze lagen vóór me op de tafel, hard en vierkant, en in het schemerlicht leken de twee identieke silhouetten op zenders naar een ander galactisch stelsel.

Toen Angie uit de badkamer tevoorschijn kwam, droeg ze een grijs T-shirt van Monsignor Ryan Memorial High School en een korte, rode, flanellen broek die om haar dijen fladderde. Haar haren waren nog nat en ze zag er kwetsbaar uit toen ze de asbak en sigaretten op de tafel zetten en mij een coke gaf.

Ze stak een sigaret aan. In het licht van de vlam zag ik heel even haar vermoeide en bange gezicht.

'Het komt weer goed,' zei ik.

Schouderophalend zei ze: 'Ja.'

'Voor hij hier binnen weet te komen, krijgen ze hem te pakken.'

Weer haalde ze haar schouders op. 'Ja.'

'Ange, hij krijgt je niet te pakken.'

'Tot nu toe is zijn gemiddelde vrij hoog.'

'We zijn erg goed in het beschermen van mensen, Ange. Ik vermoed dat we ook elkaar kunnen beschermen.'

Ze blies een rookwolk over mijn hoofd. 'Zeg dat maar tegen Jason Warren.'

Ik legde mijn hand op haar handen. 'Toen we ons uit de zaak-Warren terugtrokken, wisten we niet met wie we te maken hadden. Nu wel.'

'Patrick, hij wist heel gemakkelijk je huis binnen te dringen.'

Ik was er helemaal nog niet aan toe om daar nu aan te denken. De vernedering waar ik mee leefde, nadat Fields die taperecorders omhooghield, was totaal en kwaadaardig.

Ik zei: 'Er zitten geen vijftig agenten om míjn huis – '

Ze draaide haar hand onder mijn hand om, zodat onze handpalmen elkaar raakten. Ze klemde haar vingers om mijn pols. 'Hij is buiten alle proporties,' zei ze, 'Evandro. Zoals hij…. zijn we nog nooit iemand tegengekomen. Het is geen persoon, het is een kracht, en ik vermoed dat als hij me heel graag wil, hij me ook krijgt.'

Ze nam een stevige trek aan haar sigaret; het puntje lichtte op en ik zag rode kringen onder haar ogen.

'Hij zal nooit – '

'Sst,' zei ze, en trok haar hand los. Ze drukte de sigaret uit en schraapte haar keel. 'Ik wil geen huilebalk zijn of het aandoenlijke kleine vrouwtje spelen, maar nu heb ik iemand nodig die me vasthoudt, en ik…'

Ik kwam uit mijn stoel, knielde tussen haar benen en ze sloeg haar armen om me heen, drukte de zijkant van haar gelaat tegen mijn gezicht en begroef haar vingers in mijn rug.

Haar stem klonk als een warme fluistering in mijn oor. 'Als hij me vermoordt, Patrick – '

'Ik zal niet – '

'Maar als hij het wel doet, moet je me iets beloven.'

Ik wachtte, en voelde de verschrikkelijke angst door haar borst trekken en door haar poriën naar buiten komen.

'Beloof me,' zei ze, 'dat je nog lang genoeg in leven zult blijven om hem te doden. Langzaam. Dagenlang, als je daartoe in staat bent.'

'En als hij mij het eerst te pakken krijgt?' zei ik.

'Hij kan ons niet allebei doden. Niemand is zo goed. Als hij jou te pakken krijgt vóór mij –' ze hield haar hoofd naar achteren om me recht aan te kijken ' – dan verf ik dit huis rood met zijn eigen bloed. Tot de laatste vierkante centimeter.'

Een paar minuten later ging ze naar bed. Ik deed een klein lampje in de keuken aan en nam de dossiers door die Bolton aan me had gegeven. Ze waren van Alec Hardiman, Charles Rugglestone, Cal Morrison en de moorden in 1974.

Zowel Hardiman als Rugglestone leek op het eerste gezicht normaal. Alec Hardimans enige opvallende karaktertrek was dat hij, evenals Evandro, bijzonder knap was. Je zou bijna kunnen zeggen dat ze iets vrouwelijks hadden. Maar er liepen veel knappe mannen rond in deze wereld die nog nooit een vlieg kwaad hadden gedaan.

Rugglestone, met die lok over zijn voorhoofd en zijn lange gezicht, leek meer op een mijnwerker uit West Virginia dan wie ook. Hij zag er niet bepaald vriendelijk uit, maar leek niet op een man die kinderen kruisigde en dronkaards opensneed.

De gezichten vertelden me niets.

Mensen, beweerde mijn moeder ooit, kun je nooit helemaal begrijpen, je kunt er alleen maar op reageren.

Mijn moeder was vijfentwintig jaar met mijn vader getrouwd, en waarschijnlijk heeft ze al die jaren veel gereageerd.

Maar nu moest ik het wel met haar eens zijn. Ik was bij Hardiman geweest en had gelezen hoe hij van een engelachtige jongen in een duivel was veranderd, en uit niets bleek waarom.

Nog minder was er bekend over Rugglestone. Hij had in Vietnam gediend, was eervol ontslagen, kwam van een kleine boerderij in Texas en had, toen hij vermoord werd, zes jaar lang geen contact met zijn familie gehad. Volgens zijn moeder was hij 'een goeie jongen'.

Ik sloeg een blad om in Rugglestones dossier en zag de plattegronden van het lege pakhuis, waar Hardiman zich onverwachts tegen hem gekeerd had. Het pakhuis was inmiddels afgebroken, en er was op dezelfde plek een supermarkt en een stomerij neergezet.

Op de plattegrond stond de plek aangegeven waar Rugglestone's aan een stoel vastgebonden lichaam was gevonden. Hij was verschillende keren gestoken, mishandeld en verbrand. Ook de plek waar Hardiman door rechercheur Gerry Glynn werd gevonden, was aangegeven. Deze had op een anoniem telefoontje gereageerd. Hardiman lag naakt, als een foetus in elkaar gedoken, in het voormalig kantoortje van de administrateur. Zijn lichaam zat onder Rugglestone's bloed en de ijspriem lag een meter bij hem vandaan.

Wat had Gerry gevoeld toen hij op die anonieme tip reageerde, daar binnenliep en Rugglestone's lichaam zag en even later de in elkaar gekrompen zoon van zijn partner met vlak bij hem het moordwapen?

En wie was de anonieme beller geweest?

Ik sloeg nog een blad om en zag een vergeelde foto van een witte bestelwagen, die op Rugglestone's naam stond geregistreerd. De wagen was oud en slecht onderhouden en miste de voorruit. Volgens het verslag was het interieur van de bestelwagen nog geen vierentwintig uur vóór Rugglestone's dood helemaal schoongespoten. Alles was schoongeveegd, alleen de voorruit was kort daarna ingeslagen. Glassplinters lagen glinsterend op de zittingen van de chauffeur en de passagier, en op de vloer. Twee gasbetonblokken lagen in het midden van de laadbak.

Terwijl de bestelwagen voor het pakhuis stond, hadden waarschijnlijk kinderen de blokken door de voorruit gegooid. Er werd vandalisme gepleegd, terwijl Hardiman slechts een paar meter verderop iemand vermoordde.

Misschien hadden de vandalen binnen geluiden gehoord, het als iets gevaarlijks beschouwd en een anoniem telefoontje gepleegd.

Ik keek nog eens aandachtig naar de bestelwagen en voelde me een beetje bang worden.

Ik heb het nooit zo op bestelwagens gehad. Om een bepaalde reden, waarvan ik zeker weet dat Dodge en Ford die graag zouden willen ontkrachten, associeerde ik ze met ziekte – met chauffeurs die kinderen mishandelden, met verkrachters die met draaiende motoren op parkeerterreinen stonden te wachten, met kinderverhalen over clowns die moorden pleegden, met kwaad.

Ik sloeg weer een blad om en las het verslag van Rugglestone's bloedonderzoek. Er zaten enorme hoeveelheden PCP en methylamfetamine in zijn bloed, genoeg om hem een week wakker te houden. Daartegenover stond een alcoholniveau van .12, maar ik was er zeker van dat zelfs die hoeveelheid alcohol onvoldoende was om de effecten van zoveel kunstmatige adrenaline teniet te doen. Zijn bloed was met enorme snelheid door zijn lichaam gestroomd.

Hoe slaagde Hardiman, die vijfentwintig pond lichter was, erin hem vast te binden?

Ik sloeg weer een blad om en las het autopsierapport van Rugglestone's verwondingen. Hoewel ik het persoonlijk van Gerry Glynn en Bolton had gehoord, was de aard van de verwondingen op Rugglestone's lichaam bijna niet te bevatten.

Zevenenzestig slagen met een hamer, die onder een stoel in het administratiekantoor bij Alec Hardiman werd gevonden. De slagen werden gegeven vanaf een hoogte van twee meter tien tot een afstand van slechts vijftien centimeter. Ze waren van voren, van achteren, van links en van rechts toegediend.

Ik sloeg het dossier van Hardiman open en legde ze naast elkaar. Tijdens zijn rechtszaak verklaarde Hardimans advocaat dat zijn cliënt als kind een zenuwbeschadiging aan zijn linkerhand had opgelopen, dat hij niet tweehandig was en niet in staat was geweest om zo krachtig met een hamer in zijn linkerhand uit te halen.

De aanklager wees op de aanwezigheid van PCP in Hardimans bloed, en de rechter en de jury waren het ermee eens dat de drug in staat was geweest om een reeds verwarde man de kracht van wel tien anderen te verschaffen.

Niemand geloofde het argument dat, vergeleken met de hoeveelheid in Rugglestone's bloed, de PCP in Hardimans bloed te verwaarlozen was, en dat Hardiman geen speed gebruikt had, maar een combinatie van morfine en seconol. Als men daar de alcohol nog bijtelt die hij had gedronken, had Hardiman nog geluk dat hij die middag op zijn benen kon staan, laat staan dat hij in staat was geweest om dergelijke fysieke daden van zo'n omvang te verrichten.

Vier uur lang had hij bij Rugglestone lichaamsdeel na lichaamsdeel verbrand. Hij was met de voeten begonnen, en vlak voordat de vlammen het onderste gedeelte van zijn scheenbenen hadden bereikt, had hij ze gedoofd. Daarna was hij weer met de hamer verdergegaan, met de ijspriem of met het scheermes waarmee hij Rugglestone's huid op meer dan honderdtien plaatsen had opengesneden, eveneens van links en van rechts. Daarna had hij de onderbenen en knieën verbrand, de vlammen gedoofd en was weer verdergegaan.

Het onderzoek van Rugglestone's wonden had duidelijk gemaakt dat er citroensap, waterstofperoxide en tafelzout was gebruikt. Schaafwonden in het gezicht en op het hoofd wezen uit dat er twee gezichtscrèmes waren gebruikt – Ponds cold cream en witte Pan-Cake make-up.

Had hij make-up gebruikt?

Ik raadpleegde het dossier van Hardiman. Tijdens zijn arrestatie werden er bij Hardiman tussen de voorste haren ook sporen van witte Pan-Cake make-up gevonden. Het was alsof hij zijn gezicht had schoongeveegd, maar nog geen tijd had gehad om zijn haren te wassen.

Ik nam nu het dossier van Cal Morrison door. Op een bewolkte middag had Morrison om drie uur zijn huis verlaten om naar een footballwedstrijd op het speelveld in Columbia Park te kijken. Zijn huis bevond zich op nog geen anderhalve kilometer daarvandaan. Hoewel de politie elke mogelijke route had gecontroleerd, had ze geen enkele getuige gevonden die Cal had gezien nadat hij in Sumner Street naar een buurman zwaaide.

Zeven uur later was hij gekruisigd.

Leden van forensische teams hadden bewijzen gevonden dat Cal diverse uren op zijn rug op een kleed had gelegen. Een goedkoop kleed, dat slordig in stukken was gesneden, zodat pluisjes ervan in zijn haar achterbleven. In het kleed zaten ook restanten van rem- en motorolie.

Onder de nagels van zijn linkerhand vonden ze sporen van bloedgroep A en stoffen die nodig waren om Pan-Cake make-up te fabriceren.

Rechercheurs speelden heel even met de gedachte dat ze naar een moordenares moesten zoeken.

Haren en gipsafdrukken van schoenen maakten evenwel gauw een einde aan deze theorie.

Make-up. Waarom hadden Rugglestone en Hardiman make-up gebruikt?

27

Omstreeks elf uur riep ik Devin op via de walkietalkie en vertelde hem over de make-up.
'Dat vond ik toen ook al vreemd,' zei hij.
'En?'
'En op het laatst bleek het gewoon een van die toevalligheden te zijn. Hardiman en Rugglestone *waren* minnaars, Patrick.'
'Ze waren homofiel, Devin – maar dat betekent niet dat ze travestiet of vrouwelijke types waren. Er zit niets in deze dossiers wat erop wijst dat ze ooit make-up gebruikten.'
'Ik weet niet wat ik er verder van moet zeggen, Patrick. Het leidt nergens toe. Hardiman en Rugglestone vermoordden Morrison, en vervolgens werd Rugglestone door Hardiman vermoord. En al droegen ze ananassen op hun hoofd en hadden ze paarse tutu's aan op het moment van de moord, het verandert niets aan de feiten.'
'Er klopt iets niet in deze dossiers, Devin. Dat wéét ik.'
Hij zuchtte. 'Waar is Angie?'
'Die slaapt.'
'Alleen?' Hij grinnikte.
'Wat?' zei ik.
'Niets.'
Op de achtergrond hoorde ik Oscars grommende, bulderende lach.
'Gooi het er maar uit,' zei ik.
Devins geamuseerde zucht volgde op het piepgeluid van de walkietalkie. 'Oscar en ik hebben een kleine weddenschap afgesloten.'
'Om wát?'
'Om jou en je compagnon, hoe lang jullie bij elkaar blijven voordat er één van twee dingen gebeurt.'
'En welke dingen zijn dat?'
'Volgens mij vermoorden jullie elkaar, maar volgens Oscar kruipen jullie voor het weekend met elkaar in bed.'
'Leuk,' zei ik. 'Zijn jullie niet te laat voor een trainingscursus politieke correctheid?'

'Het hoofdbureau noemt het Menselijke Sensitiviteitsgesprekken,' zei Devin, 'maar brigadier Lee en ik besloten dat we sensitief genoeg waren.'
'Vanzelfsprekend.'
'Het lijkt wel alsof je ons niet gelooft,' bemoeide Oscar zich er ook mee.
'O, nee. Jullie zijn het ideale beeld van de Nieuwe Sensitieve Man.'
'Ja?' zei Devin. 'Denk je dat het ons helpt bij het oppikken van een grietje?'

Nadat ik de verbinding verbroken had, belde ik Grace.
 Dat had ik het grootste deel van de avond weten uit te stellen. Grace was volwassen en begrijpend, maar toch wist ik niet precies hoe ik haar moest uitleggen dat ik bij Angie was ingetrokken. Ik ben niet zo'n bezitterig persoon, maar toch was ik er niet zeker van hoe goed ik het zou opnemen als Grace me zou bellen om me te vertellen dat ze een paar dagen bij een vriend zou intrekken.
 Maar er gebeurde iets waardoor het onderwerp niet meteen ter sprake kwam.
'Hallo,' zei ik.
Stilte.
'Grace?'
'Ik weet niet zeker of ik wel met je praten wil, Patrick.'
'Waarom niet?'
'Dat weet je verdomme heel goed.'
'Nee,' zei ik, 'dat weet ik niet.'
'Als je een spelletje met me wilt spelen, dan hang ik op.'
'Grace, ik heb geen enkel idee waarover je het hebt – '
Ze verbrak de verbinding.
Ik staarde een poosje naar de telefoon en overwoog om hem een paar keer tegen de muur te slaan. Daarna haalde ik enige keren diep adem en belde haar opnieuw.
'Wat?' zei ze.
'Hang niet op.'
'Dat hangt ervan af hoeveel onzin je uitkraamt.'
'Grace, ik kan niet reageren als ik niet weet wat ik verkeerd heb gedaan.'
'Loopt mijn leven gevaar?' vroeg ze.
'Waar heb je het toch over?'
'Geef antwoord op mijn vraag. Loopt mijn leven gevaar?'
'Voorzover ik weet, niet.'
'Waarom laat je me dan in de gaten houden?'
Het was alsof mijn maag zich in tweeën splitste en er ijswater langs mijn ruggengraat liep.

'Ik laat je niet in de gaten houden, Grace.'
Evandro? Kevin Hurlihy? De mysterieuze moordenaar? Wie?
'Gelul,' zei ze. 'Die psychopaat in z'n regenjas is heus niet zelf op het idee gekomen om me – '
'Bubba?'
'Verdomme, je kent Bubba maar al te goed.'
'Grace, kalm aan. Vertel me precies wat er is gebeurd.'
Ze haalde langzaam adem. 'Ik zit in het St. Botolph Restaurant met Annabeth en mijn dochter – mijn *dochter,* Patrick – en er zit een kerel aan de bar naar me te kijken. En hij gaat niet erg subtiel te werk, maar oké, bedreigen doet hij me ook niet. En toen – '
'Hoe zag die vent eruit?'
'Wat? Hij leek een beetje op Larry Bird, vóór Madison Avenue hem te pakken kreeg – lang, erg bleek, verschrikkelijk haar, lange onderkaak en een grote adamsappel.'
Kevin. Verdomde Kevin. Op een paar meter afstand van Grace, Mae en Annabeth.
Om te bepalen op welke manier hij hun ruggengraat kon breken.
'Ik vermoord hem,' fluisterde ik.
'Wat?'
'Ga verder, Grace. Alsjeblieft.'
'Dus eindelijk is hij zijn zenuwen de baas, hij staat op van de bar en loopt naar ons tafeltje. Intussen probeert hij een of andere aandoenlijke openingszin te verzinnen. Maar opeens komt jouw krankzinnige mutant uit het niets tevoorschijn en sleept hem aan zijn haren het restaurant uit. Voor de ogen van zeker dertig mensen slaat hij het gezicht van de man een keer of wat tegen een brandkraan.'
'O, o,' zei ik.
'"O, o"?' zei ze. 'Is dat alles wat je kunt zeggen? "*O, o?*" Patrick, de brandkraan stond recht tegenover ons tafeltje voor ons raam. Mae heeft alles gezien. Terwijl ze keek, heeft hij het gezicht van de man in elkaar geslagen. Ze heeft de hele dag gehuild. En die arme, arme man, die – '
'Is hij dood?'
'Dat *weet* ik niet. Een paar vrienden van hem sleepten hem een auto in en die… verdomde *idioot* en een of andere dwerg, zijn helper, stonden te kijken toen ze de man de wagen in sleepten en wegreden.'
'Die "arme, arme man", Grace, is een huurmoordenaar voor de Ierse maffia. Zijn naam is Kevin Hurlihy en hij vertelde me vanmorgen dat hij je pijn ging doen om mijn leven te verwoesten.'
'Je houdt me voor de gek.'

'Ik wou dat het waar was.'
Enige tijd hing er een ongemakkelijke stilte tussen ons.
'En nu,' zei Grace ten slotte, 'is hij in míjn leven opgedoken? In het leven van míjn dochter, Patrick? En moet híj me een veilig gevoel bezorgen?'
'Daar komt het wel op neer.'
'Je hebt dit in mijn leven gebracht. Dit geweld. Jij… Jezus!'
'Grace, luister – '
'Ik bel je later wel,' zei ze zachtjes.
'Ik logeer bij Angie.'
'Wat?'
'Ik logeer hier vannacht.'
'Bij Angie,' zei ze.
'Het is mogelijk dat zij het volgende doelwit is van de kerel die Jason Warren en Kara Rider heeft vermoord.'
'Bij Angie,' zei ze nogmaals. 'Misschien bel ik je later nog wel.'
Ze hing op.
Geen 'tot ziens'. Geen 'pas goed op jezelf'. Alleen 'misschien'.

Het duurde tweeëntwintig minuten voordat ze terugbelde. Ik zat aan de tafel en staarde naar de foto's van Hardiman, Rugglestone en Cal Morrison, tot ze wazig werden en in mijn hoofd in elkaar overliepen. Dezelfde vragen lieten me nog steeds niet met rust. Maar ik wist dat de antwoorden hier voor me lagen, terwijl ze tegelijkertijd net buiten de grenzen van mijn gezichtsveld bleven.
'Hallo,' zei ze.
'Hallo.'
'Hoe is het met Angie?'
'Bang.'
'Dat neem ik haar niet kwalijk,' zei ze zuchtend. 'Hoe gaat het met jou, Patrick?'
'Oké, denk ik.'
'Luister, ik wil me niet verontschuldigen voor het feit dat ik zojuist pisnijdig was.'
'Dat verwacht ik ook niet van je.'
'Ik wil dat je deel uitmaakt van mijn leven, Patrick…'
'Prima.'
' – maar ik weet niet zeker of ik jouw leven in míjn leven wil.'
'Dat begrijp ik niet,' zei ik.
Er werd niets gezegd, de lijn zoemde en ik merkte dat ik naar Angies sigarettenpakje keek en naar een sigaret snakte.
'Jouw leven,' zei Grace. 'Het geweld. Je zoekt het op, hè?'
'Nee.'
'Ja,' zei ze zachtjes. 'Nog niet zo lang geleden ging ik naar de

bibliotheek. Ik heb de krantenartikelen van vorig jaar opgezocht die over jou gingen. Toen die vrouw werd doodgeschoten.'

'En?'

'En ik heb over jou gelezen,' zei ze. 'Ik zag de foto waarop jij naast die vrouw knielt, en de man die jij hebt neergeschoten. Je zat onder het bloed.'

'Dat was van haar.'

'Wat?'

'Het bloed,' zei ik. 'Dat was van Jenna. De vrouw die vermoord werd. Misschien ook nog iets van Curtis Moore, de kerel die ik verwondde. Maar niet van mij.'

'Dat weet ik,' zei ze. 'Dat weet ik. Maar ik keek naar foto's van jou en las artikelen over jou, en toen dacht ik: Wie is die kerel? Ik ken die kerel op die foto's niet. Ik ken die kerel niet die mensen neerschiet. Ik ken die persoon niet. Het was zo vreemd.'

'Ik weet niet wat ik moet zeggen, Grace.'

'Heb je ooit iemand doodgeschoten?' Haar stem klonk scherp.

Aanvankelijk gaf ik geen antwoord.

Ten slotte zei ik: 'Nee.'

Het ging zo makkelijk, de eerste keer dat ik ooit tegen haar loog.

'Maar je bent er wel toe in staat, hè?'

'Dat zijn we allemaal.'

'Misschien wel, Patrick. Misschien wel. Maar de meesten van ons zoeken het niet op. Jij wel.'

'Ik heb er niet voor gekozen dat deze moordenaar in mijn leven zou komen, Grace. En ik heb Kevin Hurlihy ook niet gekozen.'

'Ja,' zei ze, 'dat heb je wél. Je hele leven is een doelbewuste poging om gewelddadige confrontaties op te zoeken, Patrick. Je kunt hem niet verslaan.'

'Wie?'

'Je vader.'

Ik greep het pakje sigaretten en tikte ermee op de verspreid liggende foto's van Hardiman, Rugglestone's verbrande lichaam en een gekruisigde Cal Morrison.

'Waar voert dit gesprek ons naartoe, Grace?'

'Je verkeert in het gezelschap van mensen als... Bubba. En Devin en Oscar. En je woont in een wereld waarin veel geweld voorkomt, en je omringt je met gewelddadige mensen.'

'Het zal jou nooit bereiken.'

'Dat hééft het al. Shit. En ik weet dat je nog liever sterft dan dat ze me iets zouden doen. Dat weet ik.'

'Maar...'

'Maar tegen welke prijs? Wat gebeurt er met jou? Je kunt geen putjesschepper zijn en tegelijkertijd naar zeep ruiken als je thuiskomt, Patrick. Zolang je dit werk blijft doen, zal het aan je blijven knagen. Het zal je helemaal uithollen.'

'Is dat tot nu toe gebeurd?'

Er ontstond een duidelijk hoorbare, pijnlijke stilte.

'Nog niet,' zei ze. 'Maar dat mag een wonder heten. Hoeveel wonderen heb je nog over, Patrick?'

'Dat weet ik niet,' zei ik met schorre stem.

'Ik ook niet,' zei ze. 'Maar ik vind het erg onwaarschijnlijk.'

'Grace – '

'Ik bel je weer gauw,' zei ze. Haar stem haperde even bij het woord *gauw*.

'Oké.'

'Welterusten.'

Ze verbrak de verbinding. Ik luisterde naar de kiestoon. Daarna verpulverde ik de sigaret tussen mijn vingers en duwde het pakje weg.

'Waar ben je nu?' vroeg ik aan Bubba, toen ik hem eindelijk op zijn gsm bereikte.

'Voor een van Jack Rouse's eethuisjes in Southie.'

'Waarom?'

'Omdat Jack daarbinnen zit, in het gezelschap van Kevin en het grootste gedeelte van hun bende.'

'Je hebt Kevin vandaag behoorlijk te grazen genomen,' zei ik.

'Ja, Kerstmis kwam nogal vroeg dit jaar.' Hij grinnikte. 'Die ouwe Kev zal voorlopig zijn eten door een rietje moeten nuttigen, maatje.'

'Heb je zijn kaak gebroken?'

'Zijn neus ook. De speciale twee-voor-de-prijs-van-één-aanbieding.'

Ik zei: 'Maar Bubba – moest dat vlak voor Grace gebeuren?'

'Waarom niet? Ik zal je eens wat zeggen, Patrick, je gaat met een zeer ondankbare dame om.'

'Verwachtte je soms nog een fooi?' zei ik.

'Ik verwachtte een glimlach,' zei hij. 'Een dankjewel of gewoon een dankbare blik in haar ogen was ook acceptabel geweest.'

'Je hebt een man voor de ogen van haar dochter in elkaar geramd, Bubba.'

'Nou, en? Dat verdiende hij ook.'

'Dat wist Grace niet, en Mae is nog te jong om dat te begrijpen.'

'Wat moet ik zeggen, Patrick? Een slechte dag voor Kev en een goede dag voor mij. Een verdomd goeie zelfs.'

Ik zuchtte. Met Bubba over sociale omgangsvormen en ideeën over moraal praten, is hetzelfde als proberen cholesterol aan een Big Mac uit te leggen.

'Houdt Nelson nog steeds Grace in de gaten?'

'Als een havik.'

'Tot het allemaal voorbij is, Bubba, tot dat ogenblik mag hij haar niet uit het oog verliezen.'

'Ik vermoed dat hij dat ook niet wil. Ik vermoed dat hij verliefd op die vrouw is geworden.'

Ik moest bijna rillen. 'Wat doen Kevin en Jack op dit moment?'

'Ze zijn aan het inpakken. Het lijkt wel alsof ze op reis gaan.'

'Waarheen?'

'Dat weet ik niet. Maar daar komen we nog wel achter.'

Ik hoorde dat zijn stem een beetje teleurgesteld klonk.

'Hé, Bubba.'

'Ja?'

'Bedankt dat je op Grace en Mae wilde passen.'

Zijn stem klonk opeens een stuk opgewekter. 'Graag gedaan. Je zou voor mij hetzelfde gedaan hebben.'

Waarschijnlijk iets delicater, maar...

'Natuurlijk,' zei ik. 'Maar moet je je niet een poosje gedeisd houden?'

'Waarom?'

'Nou, misschien dat Kevin probeert wraak te nemen.'

Hij lachte. 'Verdomme, en wat dan nog?' Hij snoof even. 'Kevin.'

'En hoe zit het met Jack? Hij wil waarschijnlijk zijn figuur redden en jou een lesje leren omdat jij een van zijn mannen in elkaar hebt geslagen.'

Bubba zuchtte. 'Jack is een waardeloos figuur, Patrick. Dat heb jij nooit gemerkt. Hij heeft zich omhooggewerkt, hij is gevaarlijk, zeker, maar alleen voor mensen die kwetsbaar zijn. Niet voor iemand als ik. Hij weet dat hij een verdomd grote hoeveelheid mankracht nodig heeft om me uit te schakelen, en dat hij op een totale oorlog voorbereid moet zijn als dat mislukt. Hij is net een... toen ik in Beiroet in dienst lag, gaven ze ons geweren zonder munitie. Nou, zo is Jack ook. Het is een geweer zonder kogels. En ik ben die krankzinnige, sjiitische mohammedaanse klootzak die met een vrachtwagen vol explosieven in de buurt van zijn ambassade rondrijdt. Ik ben de dood. En Jack is te laf om het tegen de dood op te nemen. Ik bedoel, dit is de kerel die voor het eerst aan de macht rook toen hij de EEPA leidde.'

'Eepa?' zei ik.

'E-E-P-A. De Edward Everett Protection Association. Een groep vrijwilligers die de buurt beschermde. Weet je nog? Tijdens de jaren zeventig?'

'Vaag.'

'Shit, ja. Het waren allemaal goede burgers, ze stonden allemaal

klaar om hun buurt te beschermen tegen nikkers en latino's en mensen die hen niet bevielen. Verdomme, ze kregen me tweemaal te pakken. Je ouweheer gaf me ooit eens een pak slaag. Tjonge, dat – '
'Mijn ouweheer?'
'Ja. Nu ik er weer aan denk, klinkt het grappig. Verdomme, die hele groep bestond misschien zes maanden. Maar als ze ons te pakken kregen, dan kregen we ervan langs, dat moet ik ze nageven.'
'Wanneer was dat?' vroeg ik, terwijl een paar feiten me weer te binnen schoten – de vergaderingen bij ons thuis in de woonkamer, het geluid van luide stemmen vol eigendunk, de ijsblokjes in de glazen en de loze dreigementen in de richting van de autodieven, de insluipers en graffitiartiesten in de buurt.
'Dat weet ik niet,' geeuwde Bubba. 'Toen jatte ik wieldoppen, waarschijnlijk was ik net uit de wieg. Misschien waren we elf of twaalf. Waarschijnlijk was het in vier- of vijfenzeventig. Ik was toen erg druk bezig.'
'En mijn vader en Jack Rouse...'
'Waren de leiders. En dan waren er nog, even nadenken – Paul Burns en Terry Climstich, en een kleine kerel die altijd een stropdas droeg, maar niet lang in de buurt woonde, en, o ja, nog twee vrouwen. Dat zal ik nooit vergeten – ze betrapten me toen ik Paul Burns' wieldoppen probeerde te jatten. Ze begonnen te schoppen, dat was op zich niet erg, maar toen ik omhoogkeek, zag ik dat het twee wijven waren. Ik bedoel, Jezus.'
'Wie waren die vrouwen?' vroeg ik. 'Bubba?'
'Emma Hurlihy en Diedre Rider. Geloof je dat? Een paar vrouwen die me schopten. Krankzinnige wereld, hè?'
'Ik moet ervandoor, Bubba. Ik bel je weer gauw. Oké?'
Ik verbrak de verbinding en belde Bolton.

28

'Wat hebben deze mensen gedaan?' vroeg Angie.

We stonden in het gezelschap van Bolton, Devin, Oscar, Erdham en Fields over haar bijzettafeltje gebogen. Allemaal keken we naar de afdrukken van een foto die Fields te pakken had gekregen door de uitgever van *The Dorchester Community Sun*, een plaatselijk weekblad dat sinds 1962 alle nieuwtjes uit de wijk vermeldde, uit zijn bed te trommelen.

De foto hoorde bij een uitgebreid artikel van 12 juni 1974, over groepen die de buurt bewaakten. Onder de kop BUREN DIE OPLETTEN ging het artikel uitgebreid in op de gedurfde wapenfeiten van de EEPA, de Adams Corner Neighborhood Watch in Neponset, de Savin Hill Community League, de Field's Corner Citizens Against Crime en de Ashmont Civic Pride Protectors.

Mijn vader werd in de derde kolom geciteerd: 'Ik ben brandweerman, en er is één ding dat brandweerlieden heel goed weten: als je het niet helemaal uit de hand wil laten lopen, moet je meteen de vlammen op de onderste verdiepingen doven'.

'Je ouweheer gebruikte graag stevige uitdrukkingen,' zei Oscar. 'Zelfs toen al.'

'Het was een van zijn favoriete uitdrukkingen. Maar hij had er dan ook jaren ervaring mee.'

Fields had de foto van de leden van de EEPA laten vergroten, en daar stonden ze, op het basketbalveldje van Ryan Playground. Ze probeerden dreigend en tegelijk vriendelijk te kijken.

Mijn vader en Jack Rouse zaten geknield in het midden van de groep, aan weerszijden van een EEPA-bord met klaverblaadjes in de bovenhoeken. Ze keken beiden alsof ze poseerden voor een voetbalplaatje en namen een verdedigende houding aan met hun vuisten op de grond, terwijl ze met hun andere hand het bord omhooghielden.

Achter hen stond een zeer jonge Stan Timpson, de enige man met een stropdas, met van links naar rechts Diedre Rider, Emma Hurlihy, Paul Burns en Terry Climstich.

'Wat is dat?' zei ik, en wees naar een kleine, zwarte streep rechts op de foto.
'De naam van de fotograaf,' zei Fields.
'Kunnen we die niet vergroten, zodat we iets kunnen zien?'
'Dat heb ik al gedaan, meneer Kenzie.'
We draaiden ons om en keken hem aan.
'Diandra Warren heeft die foto genomen.'

Ze zag eruit als de dood zelf.
Haar huid had de kleur van wit formica, en de kleren die om haar broodmagere lichaam hingen waren gekreukeld.
'Diandra, vertel me alsjeblieft alles over de Edward Everett Protection Association,' zei ik.
'De wát?' Ze staarde me met bloeddoorlopen ogen aan. Zoals ze zo voor me stond, had ik het gevoel dat ik naar iemand keek die ik vroeger gekend had, maar in tientallen jaren niet meer had gezien, alleen om te ontdekken dat de tijd haar niet alleen klein had gekregen, maar dat ook nog eens zonder medelijden had gedaan.
Ik legde de foto voor haar op de bar.
'Jouw echtgenoot, mijn vader, Jack Rouse, Emma Hurlihy, Diedre Rider.'
'Dat was vijftien of twintig jaar geleden,' zei ze.
'Twintig,' zei Bolton.
'Waarom herkende je mijn naam niet?' zei ik. 'Je kende mijn vader.'
Ze hield haar hoofd een beetje schuin en keek me aan alsof ik zojuist had beweerd dat zij een zus was die ik lang geleden uit het oog had verloren.
'Ik heb uw vader nooit gekend, meneer Kenzie.'
Ik wees naar de foto. 'Daar staat hij, dokter Warren. Slechts dertig centimeter bij uw echtgenoot vandaan.'
'Is dat uw váder?' Ze staarde naar de foto.
'Ja. En die man naast hem is Jack Rouse, en links van hem staat Kevin Hurlihy's moeder.'
'Ik wist niet...' Ze keek naar de gezichten. 'Ik kende die mensen niet persoonlijk, meneer Kenzie. Ik heb deze foto genomen omdat Stan dat vroeg. Hij was bij die dwaze groep betrokken, maar ik niet. Ik wilde zelfs niet hebben dat ze in mijn huis bij elkaar kwamen.'
'Waarom niet?' vroeg Devin.
Ze zuchtte en maakte een gebaar met een magere hand. 'Al dat machogedoe onder het mom van het dienen van de gemeenschap. Het was zo belachelijk. Stan probeerde me ervan te overtuigen dat het zo goed op zijn cv zou staan, maar hij was niet anders dan de rest. Ze vormden een straatbende en noemden het tot nut van de gemeenschap.'

Bolton zei: 'Uit onze gegevens blijkt dat u in november 1974 een eis tot echtscheiding hebt ingediend. Waarom?'

Ze haalde haar schouders op en geeuwde achter haar hand.

'Dokter Warren?'

'Jezus Christus,' zei ze op scherpe toon. 'Jezus Christus.' Ze keek ons aan, en even leek ze tot leven te komen, maar evenzo snel was het weer verdwenen. Ze begroef haar gezicht in haar handen, zodat de lokken over haar vingers vielen.

'Stanley,' zei ze, 'liet die zomer zien wie hij echt was. Eigenlijk was hij een Romein, volkomen overtuigd van zijn eigen morele superioriteit. Hij kwam thuis met het bloed van een ongelukkige autodief op zijn schoenen en probeerde me wijs te maken dat het gerechtigheid was. Hij werd kwaadaardig... op seksueel gebied, alsof ik niet langer zijn vrouw was, maar een courtisane die hij gekocht had. Hij veranderde van een in feite nette kerel met een paar onbeantwoorde vragen over zijn mannelijkheid in een commando.' Ze drukte een vinger op de foto. 'En deze groep was er de oorzaak van. Deze belachelijke, idiote groep dwazen.'

'Was er een bepaald incident dat u zich kunt herinneren, dokter Warren?'

'In welk opzicht?'

'Heeft hij u ooit oorlogsverhalen verteld?' vroeg Devin.

'Nee. Niet na die ene keer dat we ruzie hadden over het bloed op zijn schoenen.'

'En u weet zeker dat dit het bloed van een autodief was?'

Ze knikte.

'Dokter Warren,' zei ik, en ze keek me aan. 'Als u van Timpson vervreemd bent, waarom hielp u de officier van justitie dan tijdens het proces tegen Hardiman?'

'Stan had niets met die zaak te maken. In die tijd had hij nachtdienst en fungeerde als officier van justitie in strafzaken tegen prostituees. Ik had de officier van justitie weleens eerder geholpen in een zaak, waarin de verdachte beweerde krankzinnig te zijn. Ze waardeerden het behaalde resultaat, waarna ze me vroegen om Alec Hardiman te ondervragen. Ik vond hem sociaal passief, hij leed aan grootheidswaanzin, was paranoïde, maar juridisch gesproken bij zijn volle verstand en zich volkomen bewust van het verschil tussen goed en kwaad.'

'Bestonden er toen banden tussen de EEPA en Alec Hardiman?' vroeg Oscar.

Ze schudde haar hoofd en zei: 'Niet dat ik weet.'

'Waarom hebben ze de EEPA opgeheven?'

Schouderophalend zei ze: 'Ik vermoed dat ze zich gewoon verveelden. Ik weet het echt niet. Maar toen was ik al uit de wijk verhuisd. Stan volgde me een paar maanden later.'

'Weet u zich verder niets meer te herinneren over die periode?'
Ze staarde enige tijd naar de foto.
'Ik herinner me,' zei ze somber, 'dat ik, toen ik die foto nam, in verwachting was en dat ik die dag erg misselijk was. Ik dacht dat het door de warmte kwam en door de baby die in mij groeide. Maar dat was niet het geval. Zíj waren het.' Ze duwde de foto weg. 'Er hing een ziekmakende sfeer om die groep, iets boosaardigs. Toen ik die foto nam, had ik het gevoel dat ze die dag iemand heel erg te grazen hadden genomen. En het heerlijk hadden gevonden.'

In het busje nam Fields zijn koptelefoon af en keek Bolton aan. 'De gevangenispsychiater, dokter Dolquist, probeerde meneer Kenzie te pakken te krijgen. Ik kan hem doorverbinden.'
Bolton knikte en keek me aan. 'Zet hem op de luidspreker.'
Nadat de telefoon eenmaal was overgegaan, nam ik op.
'Meneer Kenzie? Ron Dolquist.'
'Dokter Dolquist,' zei ik, 'mag ik u op de luidspreker zetten?'
'Natuurlijk.'
Nadat dit was gebeurd, kreeg zijn stem een metaalachtige klank, alsof hij van verschillende satellieten tegelijk kwam.
'Meneer Kenzie, ik heb na uw bezoek al mijn aantekeningen geraadpleegd die ik in de loop van de jaren over mijn bezoeken aan Alec Hardiman heb gemaakt. En nu denk ik dat ik iets ontdekt heb. Directeur Lief vertelt me dat Evandro Arujo buiten de gevangenis de plaats van Alec Hardiman heeft ingenomen.'
'Dat is correct.'
'Heeft u aan de mogelijkheid gedacht dat Evandro misschien een compagnon heeft?'
We stonden met z'n achten in het busje, en met een ruk keken we allen tegelijkertijd naar de luidspreker.
'Waarom denkt u dat, dokter?'
'Nou, ik was het vergeten, maar in zijn beginjaren hier sprak Alec dikwijls over iemand die John heette.'
'John?'
'Ja. In die tijd deed Alec zijn best om het vonnis op grond van krankzinnigheid nietig te laten verklaren, en hij gebruikte alle trucjes om de psychiater ervan te overtuigen dat hij waandenkbeelden had, paranoïde was, aan schizofrenie leed en wat al niet meer. Ik geloofde dat hij deze John gebruikte om te laten zien dat hij aan een meervoudig persoonlijkheidssyndroom leed. Na '79 heeft hij de naam nooit meer genoemd.'
Bolton leunde over mijn schouder. 'Waardoor bent u van gedachten veranderd, dokter?'
'Agent Bolton? O. Nou, toen dacht ik dat John een uiting van zijn

eigen persoonlijkheid was – een fantasie-Alec zogezegd, die door muren kon lopen, in de mist verdwijnen en zo. Maar toen ik gisteravond mijn aantekeningen raadpleegde, kwam ik regelmatig het woord drie-eenheid tegen, en ik herinnerde mij, meneer Kenzie, dat u in een "indrukwekkende man" was veranderd door – '

'De "Vader, de Zoon en de Heilige Geest",' zei ik.

'Ja. Als Alec over deze John sprak, noemde hij hem dikwijls Vader John. Alec zou dan de zoon zijn. En de geest – '

'Arujo,' zei ik. 'Hij verdwijnt in de mist.'

'Precies. Alecs gedachte over de werkelijke betekenis van de Heilige Drie-eenheid laat veel te wensen over, maar dat geldt voor veel van zijn mythologische en religieuze denkbeelden – hij pakt wat hij nodig heeft, en kneedt het net zolang tot het aan zijn doel beantwoordt. De rest gooit hij weg.'

'Vertel ons meer over John, dokter.'

'Ja, ja. Volgens Alec is John zijn absolute tegenpool. Slechts bij zijn slachtoffers en zijn dierbaarste vrienden – Hardiman, Rugglestone en nu Arujo – laat hij zijn masker zakken, zodat ze de "pure woede van zijn echte gezicht" kunnen zien, zoals Alec dit noemt. Als je naar John kijkt, zie je dingen die je in een persoon *wilt* zien; je ziet liefde en wijsheid en zachtmoedigheid. Maar John is geen van deze dingen. Volgens Alec is John een "geleerde" die uit de eerste hand het lijden van de mensen bestudeert om aanknopingspunten voor de motieven achter de schepping te vinden.'

'De motieven achter de schepping?' vroeg ik.

'Ik zal een paar aantekeningen voorlezen die ik tijdens een gesprek met Alec in september '78 heb gemaakt, vlak voordat hij voor het laatst over John sprak. Dit zijn Alec Hardimans woorden:

"Als God zo liefdevol is, waarom hebben we dan de mogelijkheid om pijn te voelen? Eigenlijk zouden onze zenuwen ons moeten waarschuwen voor gevaar; dat is de biologische reden voor pijn. En toch voelen we pijn die ver boven het niveau gaat dat eigenlijk nodig is om ons voor gevaar te waarschuwen. We kunnen een pijn verdragen die onbeschrijflijk is. En net als de dieren beschikken we niet alleen daarover, maar ook hebben we de mentale kracht om deze pijn steeds weer opnieuw emotioneel en fysiek te verdragen. Geen enkel ander dier beschikt hierover. Haat God ons dan zó erg? Of houdt Hij juist zoveel van ons? Als dat in beide gevallen niet waar is, als het gewoon een willekeurige afwijking in ons DNA is, bezorgt Hij ons die pijn dan om ons te harden? Zodat we net zo onverschillig tegenover het lijden staan als Hij? En moeten we Hem daarom niet naar de kroon steken, of doen wat John doet – erin zwelgen, langer pijn veroorzaken, en methoden zoeken om dat te perfectioneren? John begrijpt dat dit de essentie van puurheid is.'

Dolquist schraapte zijn keel. 'Einde citaat.'
Bolton zei: 'Dokter?'
'Ja?'
'Geeft u eens een signalement van John, zo voor de vuist weg.'
'Hij is fysiek zeer sterk, en als u hem ontmoet, zou u dat kunnen zien. Maar niet op het eerste gezicht. Het is geen bodybuilder, begrijpt u, maar een gewone, sterke man. Voor anderen is hij een gewone, verstandige en rationeel denkende man, misschien zelfs wel wijs. Ik vermoed dat hij bijzonder gezien is in zijn wijk, iemand die op kleine schaal een weldoener is.'
'Is hij getrouwd?' vroeg Bolton.
'Ik betwijfel het. Zelfs hij moet weten dat, hoe goed zijn façade ook mag zijn, zijn vrouw en kinderen zijn ziekte kunnen opmerken. Misschien dat hij ooit getrouwd is geweest, maar nu niet meer.'
'En verder?'
'Ik vermoed dat hij er de afgelopen twee decennia niet in geslaagd is om te stoppen met moorden. Dat zou onmogelijk voor hem zijn. Ik vermoed dat hij ervoor gekozen heeft over zijn moorden te zwijgen.'
We keken allemaal naar Angie, en die tikte tegen een denkbeeldige hoed.
'En verder, dokter?'
'Het gaat hem voornamelijk om het gevoel bij het moorden. Maar daarnaast, en dat gevoel is bijna net zo erg, is er de vreugde die hij erin schept om achter zijn masker te leven. John kijkt jullie vanachter dat masker aan en lacht jullie uit vanachter de dekking die het hem verschaft. Voor hem is dat puur seksueel genot, en dat is de reden waarom hij het masker na al die jaren moet afzetten.'
'Ik kan u niet volgen,' zei ik.
'Beschouw het maar als een langdurige erectie, als u kunt. John heeft nu meer dan twintig jaar op een climax gewacht. Hoe heerlijk hij die erectie ook vindt, de noodzaak om te ejaculeren is nog dwingender aanwezig.'
'Hij wil gegrepen worden.'
'Hij wil zichzelf *blootgeven*. En dat is niet hetzelfde. Hij wil het masker afzetten en in jullie gezicht spugen als jullie in zijn *echte* ogen kijken, maar dat wil niet zeggen dat hij vrijwillig om de handboeien vraagt.'
'Verder nog iets, dokter?'
'Ja. Ik vermoed dat hij meneer Kenzie kent. En dan bedoel ik niet dat hij van hem *gehoord* heeft. Ik bedoel dat hij hem al heel lang kent. Ze hebben elkaar al eens eerder ontmoet. Persoonlijk.'
'Waarom zegt u dat?' zei ik.
'Een man als hij onderhoudt vreemde relaties, maar hoe vreemd

ze ook zijn, voor hem zijn ze heel belangrijk. Voor hem is het enorm belangrijk dat hij één van zijn achtervolgers kent. Om een bepaalde reden heeft hij ú gekozen, meneer Kenzie. En dat laat hij u weten door Hardiman opdracht te geven naar u te vragen. U en John kennen elkaar, meneer Kenzie. Daar durf ik mijn reputatie onder te verwedden.'

'Dank u, dokter,' zei Bolton. 'Ik neem aan dat de reden waarom u uit uw aantekeningen hebt voorgelezen, is dat u niet van plan bent om die aan ons te overhandigen?'

'Niet zonder een verzoek van de rechtbank,' zei Dolquist. 'En zelfs dan zult u daar uw uiterste best voor moeten doen. Als ik ook maar de kleinste aanwijzing vind om deze moorden te doen stoppen, dan neem ik direct contact met u op. Meneer Kenzie?'

'Ja?'

'Mag ik u even alleen spreken?'

Bolton haalde zijn schouders op en overhandigde mij de telefoon. 'Ja, dokter?'

'Alec had ongelijk.'

'Waarover?'

'Over mijn vrouw. Hij had ongelijk.'

'Dat is goed om te horen,' zei ik.

'Dat wilde ik even... duidelijk gezegd hebben. Hij had ongelijk,' herhaalde Dolquist. 'Goedendag, meneer Kenzie.'

'Goedendag, dokter.'

'Stan Timpson zit in Cancún,' zei Erdham.

'Wat?' zei Bolton.

'Dat klopt, meneer. Hij is drie dagen geleden voor een korte vakantie met vrouw en kinderen vertrokken.'

'Een korte vakantie,' zei Bolton. 'Hij is de officier van justitie van Suffolk County die tot over zijn oren in een zaak met een seriemoordenaar zit. En dan gaat hij naar Mexico?' Hij schudde zijn hoofd. 'Ga hem halen.'

'Meneer? Daar heb ik het recht niet toe.'

Bolton wees met zijn vinger naar hem. 'Stuur dan iemand. Stuur twee agenten die hem mee terug nemen.'

'Moeten we hem arresteren?'

'Nee, alleen voor verhoor. Waar zit hij?'

'Zijn secretaresse zei dat hij in het Marriott logeerde.'

'Maar er is een *maar*. Ik voel het.'

Erdham knikte. 'Hij is daar nooit aangekomen.'

'Vier agenten,' zei Bolton. 'Ik wil *vier* agenten op het eerstvolgende vliegtuig naar Cancún. En reken zijn secretaresse ook in.'

'Ja, meneer.' Terwijl het busje de snelweg opreed begon Erdham te bellen.

'Ze zijn allemaal ondergedoken, hè?' zei ik.
Bolton zuchtte. 'Dat schijnt het geval te zijn. Jack Rouse en Kevin Hurlihy zijn onvindbaar. En Diedre Rider is sinds de begrafenis van haar dochter niet meer gezien.'
'En Burns en Climstich?' vroeg Angie.
'Die zijn beiden overleden. Paul Burns was een bakker, die in '77 zijn hoofd in een van zijn eigen ovens stopte. Climstich stierf in '83 aan een hartaanval. Geen van beiden liet nakomelingen achter.' Hij liet de foto in zijn schoot vallen en keek ernaar. 'U lijkt precies op uw vader, meneer Kenzie.'
'Dat weet ik,' zei ik.
'U zei dat hij een wrede man was. Was dat alles?'
'Wat bedoelt u?'
'Ik wil weten waartoe de man in staat was.'
'Hij was tot alles in staat, agent Bolton.'
Bolton knikte en raadpleegde zijn dossier. 'Emma Hurlihy werd in '75 in het Della Vorstin Home opgenomen. Vóór die tijd kwam er geen enkel geval van zwakzinnigheid in haar familie voor, ook waren er vóór eind '74 geen bewijzen dat ze overlast veroorzaakte. Diedre Riders eerste arrestatie wegens dronkenschap en overlast gebeurde in februari '75. Daarna werd ze regelmatig door de politie opgepakt. Jack Rouse veranderde binnen vijf jaar van een enigszins corrupte buurtwinkelier in het hoofd van de Ierse maffia. Rapporten, die ik zowel bij het bureau van de Georganiseerde Misdaad als bij de afdeling Zware Misdaden van de politie van Boston heb opgevraagd, vermeldden dat Rouse's greep naar de macht als één van de bloedigste uit de geschiedenis van de Ierse maffia moet worden beschouwd. Hij heeft de macht gegrepen door iedereen die in zijn weg stond te elimineren. Hoe is dat gekomen? Hoe is een heel eenvoudig gokbaasje erin geslaagd om in zo'n korte tijd zo machtig te worden?'
Hij keek ons aan, maar we schudden ons hoofd.
Hij raadpleegde een ander document in het dossier. 'Officier van justitie Stanley Timpson, nou, dat is een interessant geval. Studeerde als een van de slechtste studenten dat jaar af aan Harvard. Was slechts een middelmatig rechtenstudent in Suffolk. Voor hij uiteindelijk slaagde, zakte hij tweemaal voor zijn eindexamen. Alleen door connecties van Diandra Warrens vader werd hij in de staf van de officier van justitie opgenomen. In het begin werden zijn optredens laag gewaardeerd. Maar in '75 veranderde hij in een tijger. Hij wist een reputatie op te bouwen door, nota bene tijdens zijn nachtdienst, regelingen te treffen. Hij promoveert naar een hogere rechtbank, van hetzelfde laken een pak. Mensen beginnen bang van hem te worden, en het bureau van de officier van justitie geeft

hem zwaardere zaken. Zijn ster begint te rijzen. In '84 werd hij beschouwd als de meest gevreesde aanklager van New England. Daarom nogmaals de vraag, hoe kon dat gebeuren?'

Het busje draaide van de snelweg mijn wijk in en reed naar de kerk van St. Bart's, waar Bolton zijn ochtendbespreking hield.

'Uw vader, meneer Kenzie, deed in '78 mee aan de verkiezingen voor gemeenteraadslid. Hij werd in die functie alleen maar bekend door een niets en niemand ontziende honger naar macht, waarbij die van Lyndon Johnson gewoon verbleekte. Hij was in alle opzichten een te verwaarlozen overheidsdienaar, maar wel een meedogenloos politicus. Opnieuw hebben we hier een obscuur persoon – een brandweerman, verdomme – wiens ster hoger rijst dan ooit iemand van hem voor mogelijk had gehouden.'

'En Climstich?' vroeg Angie. 'Burns pleegde zelfmoord, maar vertoonde Climstich nog tekenen van verandering?'

'Meneer Climstich werd een soort kluizenaar. Zijn vrouw verliet hem in de herfst van '75. Uit de scheidingspapieren maken we op dat mevrouw Climstich na een huwelijk van achtentwintig jaar een eis tot echtscheiding wegens onoverbrugbare verschillen heeft ingediend. Ze verklaarde dat haar echtgenoot zich terugtrok, somber werd en zich overgaf aan pornografie. Verder verklaarde ze dat die pornografie echt smerig was en dat meneer Climstich geobsedeerd was door bestialiteiten.'

'Wat wilt u hiermee eigenlijk beweren, agent Bolton?' vroeg Angie.

'Ik zeg dat er iets vreemds met deze mensen is gebeurd. Ze werden óf heel succesvol en bereikten een niveau dat veel hoger was dan normaal van hen verwacht kon worden, óf – ' hij wees met zijn vinger naar Emma Hurlihy en Paul Burns ' – hun leven viel in stukken uiteen en ze gingen eraan onderdoor.' Hij keek naar Angie of zij soms antwoord kon geven. 'Deze mensen zijn door iets veranderd, mevrouw Gennaro. Iets heeft hen veranderd.'

Het busje stopte achter de kerk. Angie keek naar de foto en zei het nogmaals.

'Wat hebben deze mensen gedaan?'

'Dat weet ik niet,' zei Bolton, en keek me met een trieste glimlach aan. 'Maar zoals Alec Hardiman zou zeggen: het heeft wél indruk gemaakt.'

29

Angie en ik liepen naar een donutzaak in Boston Street, op een discrete afstand gevolgd door Devin en Oscar.

We waren beiden doodmoe, en in de lucht dansten doorzichtige blaasjes die voor mijn ogen uiteenspatten.

We spraken nauwelijks toen we bij het raam onze koffie dronken en naar de grijze ochtend staarden. Alle stukjes van deze puzzel leken op hun plaats te vallen, maar op een of andere manier weigerde de puzzel zelf een herkenbaar beeld op te leveren.

Volgens mij had de EEPA een ontmoeting gehad met Hardiman, Rugglestone of, en dat was waarschijnlijker, met de derde, mysterieuze moordenaar. Maar wat voor ontmoeting? Hadden ze iets gezien dat hen volgens Hardiman of de mysterieuze moordenaar in een compromitterende situatie bracht? En als dat het geval was, wat kon dat dan geweest zijn? En waarom niet halverwege de jaren zeventig de oorspronkelijke leden van de EEPA opgeruimd? Waarom twintig jaar gewacht om achter hun nakomelingen aan te gaan, of de geliefden van die nakomelingen?

'Je ziet er moe uit, Patrick.'

Zorgelijk glimlachend keek ik haar aan. 'Jij ook.'

Ze nam een slok van haar koffie. 'Laten we na deze bespreking naar huis gaan en in bed kruipen.'

'Dat meende je niet.'

Ze grinnikte. 'Nee, inderdaad. Je weet wel wat ik bedoel.'

Ik knikte. 'Probeer je me na al die jaren nog steeds in de koffer te krijgen?'

'Dat zou je wel willen, gladde jongen.'

'Wat voor mogelijke reden kon een man in '74 hebben om make-up te dragen?' zei ik.

'Dat laat je maar niet met rust, hè?'

'Nee.'

'Dat weet ik niet, Patrick. Misschien waren het ijdeltuiten. Misschien wilden ze er hun kraaienpootjes mee wegwerken.'

'Met witte Pan-Cake?'
'Misschien waren het wel mimespelers. Of clowns. Of gewoon freaks.'
'Of fans van KISS,' zei ik.
'Dat kan ook.' Ze neuriede een gedeelte van 'Beth'.
'Shit.'
'Wat?'
'De connectie is er,' zei ik. 'Ik vóel het gewoon.'
'Je bedoelt de make-up?'
'Ja,' zei ik. 'En de connectie tussen Hardiman en de EEPA. Ik weet het zeker. Het staart ons strak in het gezicht en we zijn te moe om het te zien.'
Ze haalde haar schouders op. 'Laten we eens gaan horen wat Bolton op zijn bespreking te zeggen heeft. Misschien dat hij er iets van snapt.'
'Zeker.'
'Wees niet zo'n pessimist,' zei ze.

De helft van Boltons mannen zocht in de wijk naar informatie, anderen bewaakten Angies huis, Phils appartement en dat van mij, en daarom had Bolton toestemming gekregen van pastoor Drummond om in de kerk te vergaderen.
Precies zoals elke morgen hing in de kerk de geur van brandende wierook en kaarsen van de mis van zeven uur, een sterkere geur van dennenolie en oliehoudende zeep tussen de banken en de trieste geur van verlepte chrysanten. Stofdeeltjes dansten in het zonlicht dat door de oostelijke glas-in-loodramen over het altaar naar binnen viel en in de middelste rijen banken verdween. Op een koude herfstmorgen hangt in een kerk met haar warm bruine en rode kleuren, whiskykleurige lucht en veelkleurige ramen, die zich in de koude zon koesteren, altijd een sfeer die de stichters van het katholicisme waarschijnlijk voor ogen hadden – een plek, gereinigd en verschoond van alle aardse onvolkomenheden, waar je alleen maar mag fluisteren en het knisperen van stof tegen de gebogen knieën mag horen.
Bolton zat op de verhoging van het altaar in de stoel van de geestelijke die de mis leidde. Hij had de stoel een beetje naar voren geschoven, zodat hij zijn voeten op de balustrade van de verhoging kon zetten, terwijl agenten van de FBI en de politie in de eerste vier rijen banken zaten. De meeste van hen hielden pennen, papier of bandrecorders gereed.
'Ik ben blij dat jullie er zijn,' zei Bolton.
'Doe dat niet,' zei Angie, terwijl ze naar zijn schoenen keek.
'Wat?'

'Op de verhoging van het altaar in de stoel van de priester gaan zitten met je voeten op de balustrade.'
'Waarom niet?'
'Omdat sommige mensen zich daaraan ergeren.'
'Ik niet,' zei hij schouderophalend. 'Ik ben niet katholiek.'
'Ik wel,' zei ze.
Hij keek haar aan om te zien of ze een grapje maakte, maar ze keek hem zó kalm en vastberaden aan dat hij begreep dat ze het serieus meende.
Hij zuchtte, stond op en zette de stoel op zijn oude plaats terug. Toen we ons naar de banken begaven, liep hij voor het altaar langs en klom op de preekstoel.
'Is dit beter?' riep hij.
Ze haalde haar schouders op, terwijl Devin en Oscar in de rij vóór ons gingen zitten. 'Het kan ermee door.'
'Ik ben zo blij dat ik uw delicate gevoelens niet langer kwets, mevrouw Gennaro.'
Toen we in de vijfde rij gingen zitten, keek ze me heel even met een wanhopige blik aan, en opnieuw voelde ik iets van bewondering voor het vertrouwen van mijn compagnon in een religie die ik lang geleden vaarwel had gezegd. Ze loopt er niet mee te koop en gaat niet op elk moment preken, want ze is alleen maar nijdig op de patriarchale hiërarchie die de kerk bestuurt, maar desondanks houdt ze vast aan de godsdienst en rituelen op een rustige, intense manier die onwankelbaar is.
Bolton had het algauw naar zijn zin op die preekstoel. Zijn dikke handen streelden de Latijnse woorden en Romeins houtsnijwerk op de zijkanten, en hij snoof hoorbaar toen hij op zijn gehoor neerkeek.
'Tot de ontwikkelingen van de afgelopen nacht behoren de volgende zaken. Eén, bij het doorzoeken van Evandro Arujo's appartement vonden we foto's, die onder een vloerplaat onder een stalen radiator lagen. Het aantal keren dat men mannen heeft gezien die beantwoorden aan Arujo's signalement zijn sinds vanochtend zeven uur, na het verschijnen van de dagbladen waarin twee foto's van hem stonden, verdrievoudigd – één foto met sik, de andere zonder. De meeste waarnemingen lijken niet te kloppen. Maar vijf van die waarnemingen vonden plaats in het zuidelijke gedeelte van South Shore en twee recentere in Cape Cod, in de buurt van Bourne. Gisteravond heb ik agenten, die aan het werk waren in het noordelijke gedeelte van South Shore, naar het zuidelijke gedeelte en de Cape en de eilanden gedirigeerd. Wegversperringen zijn in beide richtingen op de Routes 6, 28 en 3, alsmede op de I-495 opgericht. Tweemaal heeft men Arujo in een zwarte Nissan Sentra

gesignaleerd, maar nogmaals wijs ik erop dat het belang van deze waarnemingen in het licht van deze plotselinge, algemene hysterie uiterst verdacht is.'

'De Jeep?' vroeg een agent.

'Tot nu toe nog niets. Misschien maakt hij er nog steeds gebruik van, misschien heeft hij hem ergens gedumpt. Een rode Cherokee is gistermorgen van de parkeerplaats van de Bayside Expo Center gestolen, en we gaan van de veronderstelling uit dat dit de auto is waarin Evandro gisteren gesignaleerd is. Het kenteken is 299ZSR. De politie van Wollaston zag gisteren tijdens de jacht op de Jeep een deel van het kenteken, en dat blijkt te kloppen.'

'U zei iets over foto's,' zei Angie.

Bolton knikte. 'Het waren verscheidene foto's van Kara Rider, Jason Warren, Stimovich en Stokes. Die foto's zijn dezelfde die naar de geliefden van de slachtoffers zijn gestuurd. Zonder enige twijfel is Arujo nu de voornaamste verdachte voor deze moorden. Andere foto's die we hebben gevonden, zijn van onbekende mensen van wie we aannemen dat het vermoedelijke slachtoffers zijn. Dames en heren, het goede nieuws is dat we misschien in staat zijn te voorspellen waar hij binnenkort zal toeslaan.'

Bolton kuchte achter zijn hand. 'Het forensisch onderzoek in deze zaak,' zei hij, 'heeft nu onomstotelijk bewezen dat bij de vier moorden twee moordenaars betrokken zijn. Blauwe plekken op Jason Warrens polsen wezen uit dat hij door iemand is vastgehouden, terwijl de tweede zijn gezicht en borst met een scheermes openhaalde. Kara Riders hoofd werd stevig door twee handen vastgehouden, terwijl twee andere handen een ijspriem door haar strottenhoofd stootten. De wonden op de lichamen van Peter Stimovich en Pamela Stokes bevestigen de aanwezigheid van twee moordenaars.'

'Enig idee waar ze werden vermoord?'

'Op dit moment nog niet. Jason Warren werd in het pakhuis in South Boston vermoord. De rest werd ergens anders vermoord. Om een bepaalde reden vonden de moordenaars het nodig Jason Warren vlug te vermoorden.' Hij haalde zijn schouders op en zei: 'We hebben geen idee waarom. De andere drie hadden een minimale hoeveelheid hydrochlorofyl in hun lichaam, dat suggereert dat ze alleen bewusteloos waren toen de moordenaars hen naar de plek brachten waar ze werden vermoord.'

Devin zei: 'Stimovich werd minstens één uur gemarteld, Stokes tweemaal zo lang. Ze moeten erg veel lawaai gemaakt hebben.'

Bolton knikte: 'We zijn op zoek naar een geïsoleerd liggende moordlocatie.'

'En hoeveel locaties komen daarvoor in aanmerking?' vroeg Angie.

'Ontelbare. Afgelegen woningen, verlaten gebouwen, afgeschermde natuurgebieden, een half dozijn eilanden voor de kust, gesloten gevangenissen, ziekenhuizen, pakhuizen, noemt maar op. Als één van deze moordenaars zich twintig jaar koest heeft gehouden, kunnen we gevoeglijk aannemen dat hij alles tot in het kleinste detail heeft uitgedokterd. Hij kan gemakkelijk zijn eigen woning met een geluiddichte kelder of kamers hebben uitgerust.'

'Is er verder nog bewijs of bestaan er suggesties dat de moordenaar, die zich koest heeft gehouden, intussen kinderen heeft vermoord?'

'Geen enkel definitief bewijs,' zei Bolton. 'Maar van de elfhonderdtweeënzestig folders die je hebt gekregen, die een periode van tien jaar bestrijken, zijn tweehonderdzevenentachtig kinderen officieel dood verklaard. Tweehonderdelf van deze zaken worden officieel als onopgelost beschouwd.'

'Hoeveel in New England?' vroeg een agent.

'Zesenvijftig,' zei Bolton kalm. 'Waarvan negenenveertig onopgelost.'

'Percentsgewijs,' zei Oscar, 'is dat verschrikkelijk hoog.'

'Ja,' zei Bolton zorgelijk, 'dat is zo.'

'Hoeveel daarvan zijn op dezelfde manier als deze slachtoffers omgekomen?'

'In Massachusetts,' zei Bolton, 'geen enkele, hoewel verschillende slachtoffers door steekwonden zijn omgekomen. Verschillende slachtoffers hadden doorboorde handen, dus die zaken onderzoeken we nog steeds. We hebben twee gevallen waarin zóveel extreem geweld is gebruikt dat we overeenkomsten met de huidige slachtoffers zien.'

'Waar?'

'Eén in '86 in Lubbock, Texas. En de andere in '91 in de buurt van Miami, in Dade County.'

'Met amputaties?'

'Dat klopt.'

'Worden er lichaamsdelen vermist?'

'Ook dat klopt.'

'Hoe oud waren die kinderen?'

'In Lubbock ging het om een veertienjarige jongen. En in Dade ging het om een zestienjarig meisje.' Hij schraapte zijn keel en zocht in zijn borstzakjes naar zijn inhaleerapparaatje, maar vond het niet. 'Zoals jullie vannacht allemaal gehoord hebben, heeft meneer Kenzie ons een mogelijke connectie tussen de moorden van '74 en die van de laatste tijd verschaft. Heren, het lijkt erop dat onze moordenaars een rekening met de kinderen van de EEPA-leden hebben te vereffenen, maar tot nu toe zijn we er niet in geslaagd om een link tussen Alec Hardiman of Evandro Arujo en deze groep te leggen. We weten niet waarom, maar we moeten aannemen dat deze link erg belangrijk is.'

'En hoe zit het met Stimovich en Stokes?' vroeg een agent. 'Wat is hun relatie?'

'We geloven dat er geen enkele is. We geloven dat zij twee van de "onschuldige" slachtoffers zijn, over wie de moordenaar in zijn brief sprak.'

'Welke brief?' vroeg Angie.

Bolton keek op ons neer. 'De brief die we in uw appartement vonden, meneer Kenzie. Die onder Stimovich' ogen lag.'

'De brief die u me niet wilde laten lezen.'

Hij knikte, raadpleegde zijn aantekeningen en zette zijn bril goed. 'Tijdens het onderzoek in Jason Warrens kamer vonden we in een afgesloten lade een dagboek van meneer Warren. Kopieën daarvan zullen op verzoek aan agenten worden verstrekt, maar nu wil ik even iets voorlezen wat hij op 17 oktober heeft vermeld, de dag dat meneer Kenzie en mevrouw Gennaro Warren hem in het gezelschap van Arujo hebben gezien.' Hij schraapte zijn keel, en het was duidelijk te zien dat hij zich niet op zijn gemak voelde, omdat hij woorden sprak die niet van hem waren. '"E. was vandaag weer in de stad. Iets langer dan een uur. Hij heeft geen enkel idee van zijn macht, heeft geen enkel idee hoe attractief zijn zelfangst is. Hij wil met me vrijen, maar kan zijn eigen biseksualiteit nog niet volledig aanvaarden. Ik begrijp hem, heb ik hem gezegd. Dat nam veel tijd in beslag. Vrijheid kan pijn doen. Voordat hij vertrok, raakte hij me voor de eerste keer aan. Terug naar New York. En naar zijn vrouw. Maar ik zie hem weer terug. Ik wéét het. Ik weet dat hij zich tot mij aangetrokken voelt".'

We zagen Bolton blozen toen hij dit gelezen had.

'Evandro is het lokaas,' zei ik.

'Klaarblijkelijk,' zei Bolton. 'Arujo lokt hem naar binnen en zijn mysterieuze compagnon strikt ze. Alle mededelingen over Arujo – van medegevangenen tot mensen in de bar op de avond dat hij Stokes oppikte – zeggen elke keer hetzelfde: die man straalt een enorme seksualiteit uit. Als hij slim genoeg is – en ik weet dat hij dat is – om hindernissen voor zijn toekomstige slachtoffers op te werpen, dan zullen zij uiteindelijk met zijn voorwaarden voor geheimhouding en ontmoetingen in niet zulke populaire gelegenheden instemmen. Daarnaast is er de zogenaamde echtgenote over wie hij met Jason sprak. God alleen weet wat hij de anderen heeft verteld, maar ik vermoed dat hij deed alsof hij door hén werd ingepalmd in plaats van andersom.'

'Een mannelijke Helena van Troje,' zei Devin.

'Harry van Troje,' zei Oscar, en enige agenten grinnikten.

'Verder onderzoek op de plaatsen delict heeft het volgende opgeleverd. Eén – beide moordenaars wegen tussen de 150 en 170 pond. Twee – omdat Evandro Arujo's schoenmaat dezelfde is als de maat 42 bij de plek waar we Kara Rider hebben gevonden, moet zijn compagnon de man zijn die maat 40 heeft. Drie – de tweede moordenaar heeft bruin haar en is behoorlijk sterk. Stimovich was een zeer sterke kerel, maar voordat ze hem een verdovingsmiddel toedienden, heeft iemand hem in bedwang gehouden. Arujo is niet zo sterk, daarom moeten we aannemen dat zijn compagnon dat wél is.

'Vier – iedereen die banden met deze slachtoffers had, is opnieuw verhoord. Dat heeft het volgende opgeleverd: iedereen, op professor Gault en Gerald Glynn na, heeft voor alle vier moorden een waterdicht alibi. Gault en Glynn worden op dit moment in JFK verhoord. Gault kwam niet door de test met de leugendetector. Beide mannen zijn sterk en beiden zijn klein genoeg om schoenmaat 40 te hebben, hoewel beiden beweren dat ze maat 41 hebben. Verder nog vragen?'

'Worden zij verdacht?' vroeg ik.

'Waarom vraag je dat?'

'Omdat Gault me bij Diandra Warren aanbeval en Gerry Glynn me cruciale informatie verschafte.'

Bolton knikte. 'En dat bevestigt ons vermoeden omtrent de pathologie van de mysterieuze moordenaar.'

'En dat is?' vroeg Angie.

'Dokter Elias Rottenheim van Gedragswetenschappen heeft met betrekking tot deze mysterieuze, onzichtbare moordenaar de volgende theorie ontwikkeld. En dan verwijs ik tevens naar de getypte versie van het gesprek met dokter Dolquist hedenochtend. En dan citeer ik nu dokter Rottenheim: "Verdachte beantwoordt aan alle criteria van mensen die lijden aan een narcistische persoonlijkheidsstoornis in combinatie met een gedeelde, psychotische stoornis, waarin verdachte degene is die alles verzint of de baas is".'

'In gewone taal, alstublieft,' zei Devin.

'Dokter Rottenheims rapport komt erop neer dat iemand die een narcistische persoonlijkheidsstoornis heeft, in dit geval onze onzichtbare moordenaar, onder de impressie verkeert dat zijn daden op een exceptioneel niveau verkeren. Alleen al omdat hij *bestaat,* verdient hij liefde en bewondering. Hij vertoont alle kenmerken van de sociopaat, is bezeten van zijn eigen rechtsgevoel en gelooft dat hij iets speciaals is of zelfs goddelijk. De moordenaar, die aan een gedeelde, psychotische stoornis lijdt, is in staat om anderen ervan te overtuigen dat zijn stoornis volkomen logisch en natuurlijk is. Vandaar het woord *gedeeld*. Híj is de belangrijkste persoon, híj is het die *anderen* waanideeën bezorgt.'

'Hij heeft Evandro Arujo of Alec Hardiman of beiden ervan overtuigd dat het goed is om iemand te vermoorden,' zei Angie.

'Daar komt het op neer.'

'Hoe past dit profiel bij Gault of Glynn?' vroeg ik.

'Gault beval jou bij Diandra Warren aan. Glynn stuurde je naar Alec Hardiman. Omdat ze beiden probeerden te helpen, zou je vanuit een welwillend perspectief gezien kunnen zeggen dat beide mannen er niet bij betrokken zijn. Maar, onthoud wat Dolquist zei – deze man heeft een relatie met u, meneer Kenzie. Hij daagt u uit om hem te grijpen.'

'Dus Gault of Glynn zou Arujo's mysterieuze compagnon kunnen zijn.'

'Ik denk dat alles mogelijk is, meneer Kenzie.'

De novemberzon vocht een verloren strijd uit tegen de opdringerige, dikke, grijze wolken in de lucht. In het directe zonlicht voelde je je nog warm genoeg om je jack uit te doen, maar daarbuiten was je in staat om naar een parka te grijpen.

'In de brief,' zei Bolton toen we het schoolplein overstaken, 'schreef hij dat sommige slachtoffers het "waard" waren, terwijl anderen de blaam van alle onschuldigen zou treffen.'

'Wat betekent dat?' vroeg ik.

'Het is een gezegde van Shakespeare. In *Othello* beweert Iago: "Alle onschuldigen treft blaam." Verschillende professoren beweren dat op dat moment Iago van een misdadiger met een motief verandert in een schepsel met wat Coleridge "zinloze boosaardigheid" noemt.'

'Ik kan het even niet volgen,' zei Angie.

'Iago had een reden om zich op Othello te wreken, hoe klein die reden ook was. Maar hij had geen enkele reden om Desdemona te vernietigen of het Venetiaanse leger vlak voor de Turkse aanval van zijn talent en officieren te beroven. Maar, zo gaat het argument verder, hij werd zo van zijn eigen kwaadaardige capaciteiten vervuld dat het een motief werd, dat in en door zichzelf in staat was om iedereen te vernietigen. Hij begint in het stuk door te beloven dat de schuldigen – Othello en Cassio – gestraft zullen worden, maar in het vierde bedrijf is hij vast van plan *iedereen* te vernietigen – "alle onschuldigen treft blaam" – gewoon omdat hij ertoe in staat is. Gewoon omdat hij ervan geniet.'

'En deze moordenaar –'

'Is misschien hetzelfde. Hij vermoordt Kara Rider en Jason Warren omdat zij de kinderen van zijn vijanden zijn.'

'Maar de moord op Stimovich en Stokes?' vroeg Angie.
'Geen enkel motief,' zei hij. 'Dat deed hij gewoon voor de lol.'
Een lichte motregen bedekte onze haren en jacks.
Bolton stak een hand in zijn aktetas en overhandigde Angie een vel papier.
'Wat is dit?'
Bolton kneep zijn ogen half dicht tegen de motregen. 'Een kopie van de brief van de moordenaar.'
Angie hield de brief een eind bij zich vandaan, alsof hij besmettelijk was.
'U wilde toch van alles op de hoogte zijn?' zei Bolton.
'Ja.'
Hij wees naar de brief. 'Nu bént u op de hoogte.' Hij haalde zijn schouders op en liep weer naar het schoolplein terug.

30

Patrick,

het belangrijkste is pijn. begrijp dat.

in het begin bestond er geen groot plan. Ik doodde iemand bijna per ongeluk, en Ik voelde al die dingen die je op zo'n moment zou moeten voelen – schuld, walging, angst, schaamte en zelfhaat. Ik nam een bad om haar bloed van Mijn lichaam te verwijderen. Ik zat in het bad, Ik moest overgeven maar maakte geen beweging. Ik zat daar terwijl het water stonk naar haar bloed en Mijn schaamte, de stank van Mijn doodzonde.

daarna liet Ik het bad leeglopen, nam een douche en... ging ermee door, wat doen mensen tenslotte nadat ze iets immoreels of onbeschrijfelijks hebben gedaan? ze gaan ermee door. als je jezelf buiten de wet hebt geplaatst, heb je geen andere keuze.

dus ging Ik verder met Mijn leven, en ten slotte verdwenen die gevoelens van schaamte en schuld. Ik dacht dat ik er last van zou blijven houden, maar dat gebeurde niet.

en Ik herinner Me dat Ik dacht: zo eenvoudig kan het toch niet zijn, maar dat was het wel. en al heel gauw, meer uit nieuwsgierigheid dan door iets anders, vermoordde Ik weer iemand, en Ik voelde me, nou ja, prettig. kalm. als een koud glas bier in de hand van een alcoholist nadat hij een poosje droog heeft gestaan, zoals seksuele gemeenschap in de nacht voor minnaars die elkaar enige tijd niet hebben gezien.

iemand het leven benemen lijkt veel op seks. soms is het een transcendentale, orgastische daad, een andere keer stelt het nauwelijks iets voor, maar wat doe je eraan? het is een soort sensa-

tie. maar minder dan interessant is het nooit. het is iets dat je onthoudt.

Ik weet niet waarom ik je schrijf, patrick. als Ik dit schrijf, ben Ik niet dezelfde die Ik overdag ben, noch degene die Ik ben als Ik dood ben. Ik heb een heleboel gezichten, sommige ervan zul je nooit zien en sommige zul je nooit wíllen zien. Ik heb een paar van jouw gezichten gezien – en ik vraag me af welk gezicht je zult hebben als we elkaar ooit tussen de kadavers ontmoeten. Ik vraag het me af.

alle onschuldigen, heb ik gehoord, zal blaam treffen. misschien is dat zo, soit. Ik ben er alleen niet zeker van of alle waardevolle slachtoffers ook al die moeite waard zijn.

Ik droomde eens dat Ik op een planeet was gestrand met alleen maar het witste zand, de lucht was er wit en dat was alles – Ik, enorme vlakten wit zand zo uitgestrekt als oceanen en een brandende, witte hemel. Ik was alleen en voelde me klein. na dagen vol overpeinzing kon Ik Mijn eigen bederf ruiken en Ik wist dat Ik in deze witte vlakte onder een brandende hemel zou sterven. Ik bad om schaduw, die uiteindelijk verscheen, en het had een stem en een naam. 'Kom,' zei de Duisternis, 'kom met me mee,' maar Ik was te zwak. Ik was aan het ontbinden en kon niet meer op Mijn benen staan. 'Duisternis,' zei Ik, 'neem Mijn hand. Neem Me mee van deze plek,' en de Duisternis nam Me mee.

begrijp je wat Ik je vertel, patrick?

het beste,
De Vader

'O,' zei Angie, en smeet de brief op de tafel in de woonkamer, 'dit is een goeie, zeg. Deze kerel klinkt heel normaal.' Ze keek nijdig naar de brief. 'Jezus.'
    'Ik weet het.'
    'Zulke mensen bestaan écht,' zei ze.
    Ik knikte. De brief en de inhoud op zich waren verschrikkelijk. In de gemiddelde mens die elke dag opstaat, naar zijn werk gaat en van zichzelf denkt dat hij het zo goed mogelijk doet, schuilt wel degelijk kwaad. Misschien bedriegt hij zijn vrouw, misschien belazert hij een medewerker en misschien denkt hij diep vanbinnen dat er een paar rassen zijn die ondergeschikt zijn aan hem.
    Maar meestal, met onze vermogens tot rationalisatie, hoeft hij

niet aan die gevoelens toe te geven. Hij kan tot zijn dood toe denken dat hij een goed mens is.

De meesten van ons kunnen dat. En de meesten van ons doen dat.

Maar de man die deze brief heeft geschreven, heeft het kwade omarmd. Hij geniet van de pijn van anderen. Hij heeft zijn haat niet gerationaliseerd, nee, hij zwelgt erin.

En bovenal was het lezen van deze brief erg vermoeiend. Op een unieke, verwerpelijke manier.

'Ik ben bekaf,' zei Angie.

'Ik ook.'

Ze keek nogmaals naar de brief en raakte met haar handpalmen haar schouders aan. Ze sloot haar ogen.

'Ik wilde zeggen dat het onmenselijk is,' zei ze, 'maar dat is niet het geval.'

Ik keek naar de brief. 'Het is wel degelijk menselijk.'

Ik maakte een bed op haar bank en probeerde het mezelf gemakkelijk te maken, toen ze me vanuit de slaapkamer riep.

'Wat?' zei ik.

'Kom eens even hier.'

Ik liep naar de slaapkamer en leunde tegen de deurpost. Ze zat rechtop in bed, het dekbed hing als een roze zee om haar schouders.

'Lig je lekker op die bank?'

'Prima,' zei ik.

'Oké.'

'Oké,' zei ik, en liep weer naar de bank terug.

'Want – '

Ik draaide me om. 'Wat?'

'Het bed is groot, weet je. Met veel ruimte.'

'De bank?'

Ze keek me fronsend aan. 'Het béd.'

'O.' Ik kneep mijn ogen half dicht en keek haar aan. 'Wat is er?'

'Maak nu niet dat ik het hardop moet zeggen.'

'Wat?'

Haar lippen vertrokken zich in een poging om te grijnzen, maar die poging mislukte jammerlijk. 'Ik ben bang, Patrick. Oké?'

Ik heb geen idee hoeveel moeite het haar kostte om dat te zeggen.

'Ik ook,' zei ik, en liep de slaapkamer binnen.

Op zeker moment tijdens onze slaap bewoog Angies lichaam. Ik opende mijn ogen en merkte dat ze haar been over mijn been had gelegd en die stevig tussen haar dijen had geklemd. Ze had haar hoofd tegen mijn schouder geduwd en haar linkerhand over mijn borst gelegd. Ze sliep, en ik voelde haar ritmische ademhaling in mijn hals.

Ik dacht aan Grace, maar om een bepaalde reden kon ik haar beeld niet volledig voor me halen. Ik zag haar haren en haar ogen, maar als ik een beeld van haar hele gezicht probeerde te vormen, dan lukte het niet.

Angie kreunde en ze drukte haar been nog steviger tegen mijn lichaam.

'Niet doen,' mompelde ze heel zacht. 'Niet doen,' zei ze weer, nog steeds slapend.

Zo eindigt de wereld, dacht ik, en zonk weg in een droom.

Later die dag belde Phil, en ik nam na de eerste keer op.

'Ben je wakker?' vroeg hij.

'Ik ben wakker.'

'Ik dacht dat ik maar eens langs moest komen.'

'Angie slaapt nog.'

'Dat is cool. Ik zit... hier maar alleen te wachten tot die vent iets van plan is, ik word er stapelgek van.'

'Kom dan hierheen, Phil.'

Toen we sliepen, was de temperatuur zeven of acht graden gedaald en was de hemel granietkleurig geworden. De stormwinden uit Canada bliezen door onze wijk, de ramen rammelden en de carrosserieën van de auto's in de straten schudden heen en weer.

Daarna begon het hard te hagelen. Toen ik naar Angies badkamer ging om te douchen, sloeg het als door oceaangolven opgezweept zand tegen de ramen. Toen ik me afdroogde, spuugde het tegen de ramen en muren alsof de wind spijkers en klinknagels meevoerde.

Terwijl ik in de slaapkamer schone kleren aantrok, zette Phil koffie. Ik liep weer naar de keuken.

'Slaapt ze nog steeds?' vroeg hij.

Ik knikte.

'Zo uitgeteld als Spinks na een gevecht met Tyson, hè? Het ene ogenblik is ze een en al energie en het volgende moment klapt ze in elkaar alsof ze een maand lang niet heeft geslapen.' Hij schonk koffie in een beker. 'Zo is ze altijd geweest, dat grietje.'

Ik pakte een coke voor mezelf en ging aan tafel zitten. 'Ze is weer gauw de oude, Phil. Niemand krijgt haar te pakken. Of jou.'

'Hm.' Hij liep met de koffie naar de tafel. 'Ga je al met haar naar bed?'

Ik ging gemakkelijker zitten en keek hem met een vragend gezicht aan. 'Je gaat buiten je boekje, Phil.'

Hij haalde zijn schouders op en zei: 'Ze houdt van je, Patrick.'

'Niet op die manier. Dat heb je nooit begrepen.'

Hij glimlachte. 'Ik heb heel veel begrepen, Patrick' Hij greep de beker met beide handen vast. 'Ik weet dat ze van mij hield. Daar zal ik niet over twisten. Maar ze heeft altijd ook min of meer van jou gehouden.'

Ik schudde mijn hoofd. 'Raad eens, Phil, in al de jaren dat jij haar geslagen hebt? Ze heeft jou nooit belazerd, Phil.'

'Dat weet ik.'

'Echt?' Ik leunde naar voren en zei zachtjes: 'Maar dat verhinderde jou niet om haar regelmatig een hoer te noemen. Maar dat verhinderde jou niet om haar in elkaar te slaan als je daarvoor in de stemming was, hè? Of wel?'

'Patrick,' zei hij zachtjes. 'Ik weet wat ik was. Wat ik... ben.' Fronsend staarde hij in zijn koffiebeker. 'Ik mishandel vrouwen. En ik ben een alcoholist. En dat is het. Alsjeblieft.' Hij glimlachte bitter naar zijn beker. 'Ik heb die vrouw mishandeld.' Hij keek over zijn schouder in de richting van de slaapkamer. 'Ik mishandelde haar en ik verdien dat ze me haat, en ze zal me nooit meer vertrouwen. Nooit meer. We zullen nooit... vrienden worden. In de verste verte niet meer zoals vroeger.'

'Waarschijnlijk niet.'

'Ja. Dus ik ben geworden die ik nu ben. Ik ben haar kwijtgeraakt en dat verdien ik ook, omdat ze uiteindelijk zonder mij in haar leven beter af zal zijn.'

'Ik denk niet dat ze van plan is om jou ooit uit haar leven te schoppen, Phil.'

Bitter glimlachend keek hij me aan. 'Maar zo is Angie nu eenmaal. Laten we eerlijk zijn, Patrick. Angie, ondanks haar verrek-maar-ik-heb-niemand-nodig-houding, kan geen afscheid nemen. Nergens van. Dat is haar zwakte. Waarom denk je dat ze nog steeds in het huis van haar moeder woont? Waarom de meeste meubelen er al stonden toen zij nog kind was?'

Ik keek om me heen en zag haar moeders ouderwetse, zwarte potten in de keuken, haar kanten kleedjes op de bank in de erker en realiseerde me dat Phil en ik op stoelen zaten die haar ouders bij Marshall Field's in Uphams Corner hadden gekocht, de zaak die aan het einde van de jaren zestig was afgebrand. Iets kan je hele leven vlak voor je neus staan, wachtend om opgemerkt te worden, maar dikwijls zit je er te dicht op om het te zien.

'Je hebt een punt,' moest ik toegeven.

'Waarom denk je dat ze nooit uit Dorchester is weggegaan? Een meisje, zo knap en slim als zij. De enige keer dat ze deze staat heeft verlaten, was tijdens onze huwelijksreis. Waarom denk je dat het twaalf jaar bij haar duurde voordat ze mij verliet? Anderen zouden al na zes jaar zijn vertrokken. Maar Angie kan niet weglopen. Dat is haar zwakte. Waarschijnlijk heeft dat met haar zuster te maken, die het tegenovergestelde was.'

Ik weet zelf niet hoe ik naar hem keek, maar hij stak verontschuldigend zijn hand omhoog.

'Pijnlijk onderwerp,' zei hij. 'Dat vergat ik even.'

'Wat wil je nu eigenlijk zeggen, Phil?'

Schouderophalend zei hij: 'Angie kan geen afscheid nemen, daarom doet ze haar best om me om zich heen te hebben.'

'En?'

'En dat wil ik niet. Ik ben een albatros om haar nek. Op dit moment wil ik – hoe moet ik dat zeggen – dat we weer tot onszelf komen. Dat we alles afsluiten. Dat er vast van overtuigd is dat ík de slechterik ben. Het was allemaal, maar dan ook allemaal míjn schuld. En niet de hare.'

'En als dat allemaal achter de rug is?'

'Dan ben ik weg. Iemand als ik kan overal werk vinden. Rijke mensen willen steeds weer hun huis opnieuw inrichten. Dus knijp ik er heel gauw tussenuit. Ik vind dat jullie beiden een kans verdienen.'

'Phil – '

'Toe nou, Pat, alsjeblieft,' zei hij. 'Ik ben het. We zijn al heel lang met elkaar bevriend. Ik ken jou. En ik ken Angela. Er mag nu iets moois tussen jou en Grace zijn, en ik vind het fantastisch. Echt waar. Maar ken jezelf.' Hij duwde zijn elleboog tegen de mijne en keek me doordringend aan. 'Oké? Voor die ene keer in je leven, maatje, kijk jezelf recht in de ogen. Sinds de kleuterklas hou jij al van Angie. En zij al die tijd van jou.'

'Ze is met jou getrouwd, Phil.' Ik duwde zijn elleboog terug.

'Omdat ze pisnijdig op je was – '

'Dat was niet de enige reden.'

'Dat weet ik. Ze hield ook van mij. Misschien dat ze even van mij het meeste heeft gehouden. Daar twijfel ik niet aan. Maar we kunnen van meer dan één persoon tegelijk houden. We zijn mensen, dus maken we er een rotzooi van.'

Ik glimlachte, en realiseerde me dat dit de eerste keer in tien jaar was dat ik op een natuurlijke manier in Phils aanwezigheid glimlachte. 'Dat doen we zeker.'

We keken elkaar aan, en ik voelde de oude banden weer tussen ons – de geheime banden van een gezamenlijke jeugd. Phil en ik werden beiden niet in onze gezinnen geaccepteerd. Zijn vader was een alcoholist en een onverbeterlijke vrouwenjager, een kerel die met iedere vrouw in de buurt naar bed was gegaan en ervoor zorgde dat zijn vrouw het wist. Toen Phil zeven of acht was, was hun gezin in een oorlogszone van rondvliegende borden en beschuldigingen veranderd. Elke keer als Carmine en Laura Dimassi in dezelfde ruimte verbleven, was het zo veilig als in Beiroet. En door een van de enorme, perverse, verkeerde interpretaties van hun katholieke geloof, weigerden ze te scheiden of apart te gaan wonen. Ze hielden van de dagelijkse schermutselingen en nachtelijke goedmaaksessies van hartstochtelijke vrijpartijen, waarbij ze dan regelmatig tegen de muur tussen hun slaapkamer en de slaapkamer van hun zoon bonkten.

Ik was om diverse redenen zo min mogelijk thuis, zodat Phil en ik steun bij elkaar zochten. De eerste plek waar we ons veilig voelden, was een verlaten duivenhok op het dak van een garagebedrijf in Sudan Street. We verwijderden alle witte duivenstront en verstevigden het hok met platen van oude pallets. We zetten er afgedankte meubelen in en al heel gauw verzamelden we andere zwervers zoals wij om ons heen – Bubba, Kevin Hurlihy een tijdje, Nelson Ferrare en Angie. The Little Rascals vol klassenhaat en neiging tot diefstal en een totaal gebrek aan respect voor autoriteiten.

Terwijl hij tegenover mij aan de tafel van zijn ex-vrouw zat, zag ik de oude Phil weer, de enige broer die ik ooit heb gehad. Hij grinnikte alsof hij het zich ook allemaal herinnerde, en ik hoorde het lachen dat we als jongens vaak deden, als we door de straten zwierven en als wolven over de daken renden om uit de handen van onze ouders te blijven. Jezus, voor kinderen die eigenlijk altijd boos hadden moeten zijn, lachten we veel.

Buiten klonk het gekletter van de hagel, alsof er met duizend stokken op het dak van Angies huis geslagen werd.

'Wat is er met jou gebeurd, Phil?'

Zijn grijns verdween. 'Hé, jij – '

Ik stak een hand op. 'Nee, ik veroordeel je niet. Ik vroeg het me gewoon af. Zoals je Bolton vertelde, was het alsof we broers waren. We *waren* broers, verdomme. En toen liet je me in de steek. Wanneer kreeg je haat de overhand, Phil?'

Hij haalde zijn schouders op. 'Sommige dingen die je hebt gedaan, heb ik je nooit vergeven, Pat.'

'Zoals?'

'Nou... Jij en Angie, weet je wel....'

'Dat we met elkaar naar bed gingen?'

'Dat jij haar ontmaagde. Jij was mijn beste vriend, en we waren allemaal zo katholiek en onderdrukt en seksueel gefrustreerd. En die zomer lieten jullie beiden me in de steek.'

'Nee.'

'O, ja,' zei hij grinnikend. 'O, ja, jullie lieten me achter bij Bubba en Frankie Shakes en een stelletje andere slijmballen met hersens als aardappelpuree. En toen – wanneer was het, augustus?'

Ik wist wat 'het' was. Ik knikte. 'Vier augustus.'

'Daar in Carson Beach, nou, toen deden jullie tweeën het. En toen, genie dat je was, behandelde je haar als stront. En toen kwam ze naar mij. En ik was tweede keus. Opnieuw.'

'Opnieuw?'

'Opnieuw.' Hij leunde naar achteren en spreidde zijn armen met een bijna verontschuldigend gebaar. 'Hé,' zei hij, 'ik was altijd charmant en zag er altijd goed uit, maar jij had het instinct.'

'Je belazert me.'

'Nee,' zei hij. 'Kom nou, Pat. Ik dacht altijd te veel over al die dingen na, maar jij déed ze gewoon. Jij was de eerste knul die doorhad dat Angie niet meer een van de jongens was, de eerste die niet langer op straat rondhing, de eerste die – '

'Ik was rusteloos, ik was – '

'Jij had instinct,' zei hij. 'Jij had de situatie altijd veel eerder door dan de rest van ons en handelde er dan ook naar.'

'Gelul.'

'Gelul?' Hij grinnikte. 'Kom nou, Pat. Het is jouw gave. Herinner je je nog die verdomde, spookachtige clowns in Savin Hill?'

Ik glimlachte en huiverde tegelijkertijd. 'O, ja.'

Hij knikte en merkte dat hij twintig jaar later nog steeds de angst voelde die ons na onze ontmoeting met de clowns wekenlang in zijn greep hield.

'Als jij die honkbalknuppel niet door hun voorruit had gesmeten,' zei hij, 'hadden we hier misschien vandaag niet gezeten.'

'Phil,' zei ik, 'we waren jongens met een op hol geslagen verbeelding, en – '

Hij schudde nadrukkelijk het hoofd. 'Zeker, zeker. We waren jongens en waren gespannen omdat Cal Morrison die week vermoord was. Daarna hadden we alleen maar geruchten over die clowns gehoord en bla, bla, bla. Dat is allemaal waar, maar we wáren er wel, Patrick. Jij en ik. En je weet wat er met ons gebeurd zou zijn als we bij hen in die bestelwagen waren gestapt. Ik zie het in gedachten nog steeds voor me. Shit. Het vuil en vet overal op de spatborden, de stank uit het open raam – '

De witte bestelwagen met de kapotte voorruit in het dossier van Hardiman.

'Phil,' zei ik. 'Phil. Jezus Christus.'

'Wat?'

'De clowns,' zei ik. 'Je zei het zojuist zelf. Het was in de week dat

Cal werd vermoord. En toen, shit, smeet ik die honkbalknuppel door hun voorruit – '

'Dat deed je verdomme zeker.'

'En ik vertelde het mijn vader.' Ik stak mijn hand omhoog en hield hem voor mijn mond, want die hing wijdopen in shock.

'Wacht eens even,' zei hij, en ik zag dat het besef bij hem op dat moment ook doordrong. De rillingen liepen over onze rug. Hij keek me doordringend aan.

'Ik heb de bestelwagen gemarkeerd,' zei ik. 'Ik heb hem verdomme gemarkeerd, Phil, zonder dat ik het zelf wist. En de EEPA heeft hem gevonden.'

Hij keek me aan, en ik zag dat hij het ook wist.

'Patrick, je zegt dat – '

'Alec Hardiman en Charles Rugglestone de clowns waren.'

31

In de dagen en weken na de moord op Cal Morrison was je als kind in onze wijk bang.

Je was bang voor zwarte jongens, want men dacht dat Cal door een van hen vermoord was. Je was bang voor sjofele, behaarde mannen die in de ondergrondse te lang naar je keken. Je was bang voor auto's die te lang op een kruispunt stilstonden nadat het licht op groen was gesprongen, of langzaam gingen rijden als ze dichterbij kwamen. Je was bang voor de daklozen en de bedompte stegen en donkere parken waarin ze sliepen.

Je was bijna overal bang voor.

Maar de kinderen in mijn wijk koesterden de grootste angst voor clowns.

Achteraf bekeken leek het zo dwaas. Moordzuchtige clowns kwamen voor in sensatieromannetjes en slechte drive-infilms. Ze leefden in het rijk van de vampiers en prehistorische monsters die Tokio plattrapten. Al die beelden joegen hun die er gevoelig voor waren angst aan – kinderen.

Toen ik als volwassene midden in de nacht wakker werd, was ik niet langer bang voor elke kast. Het kraken van het oude huis waarin ik opgroeide, joeg me eveneens geen angst meer aan; het waren gewoon krakende geluiden – het klaaglijke huilen van ouder wordend hout en het ontspannen zuchten van de zich zettende funderingen. Ik groeide op zonder ergens bang voor te zijn, behalve voor de loop van een pistool die in mijn richting wees, het plotselinge vermogen om tot geweld over te gaan in de ogen van verbitterde dronkelappen, of voor mannen die zich realiseerden dat hun hele leven in de ogen van anderen onopgemerkt voorbij was gegaan, behalve voor henzelf.

Maar als kind was ik doodsbang voor clowns.

Ik weet niet zeker hoe het gerucht ontstond – misschien bij een kampvuur tijdens een zomerkamp, misschien nadat iemand van onze groep een slechte drive-infilm had gezien – maar toen ik een jaar of zes was, wist elk kind van de clowns, hoewel eigenlijk niemand kon zeggen dat hij ze daadwerkelijk gezien had.

Maar de geruchten waren onuitroeibaar.

Ze reden rond in een bestelwagen en hadden zakken vol snoep en felkleurige ballonnen bij zich, en boeketten bloemen die uit hun grote pofmouwen sprongen.

Er stond een machine achter in de bestelwagen die binnen een mum van tijd de kinderen bewusteloos kon maken, en als je eenmaal bewusteloos was, werd je nooit meer wakker.

En terwijl je bewusteloos was, misbruikten ze vóór je stierf om de beurt je lichaam.

Daarna sneden ze je keel door.

En omdat het clowns waren en hun monden zo geverfd waren, glimlachten ze altijd.

Phil en ik hadden bijna de leeftijd bereikt dat je niet meer bang voor ze hoefde te zijn, de leeftijd dat je niet meer in sinterklaas geloofde en waarschijnlijk ook niet de lang vermiste zoon van een liefdevolle multimiljonair was die op een dag terugkeerde om je op te eisen.

We waren op de terugweg van een wedstrijd in de Little League in Savin Hill en zwierven tot het donker werd rond. We speelden oorlogje in de bossen achter de Motley School en klommen de krakende brandweertrap op naar het dak van de school. Toen we naar beneden gingen, was het schemerig en kil geworden. De schaduwen op de muren waren langer geworden en tekenden zich scherp af op het kale asfalt, alsof ze erin gesneden waren.

Toen we Savin Hill Avenue insloegen, verdween de zon helemaal en kreeg de hemel de glans van gepolijst metaal. We gooiden de bal naar elkaar om warm te blijven en negeerden het gerommel in onze maag, want dat betekende dat we vroeg of laat weer naar huis moesten, en dat was in ons geval zeker niet leuk.

Toen we de helling in de straat bij het station van de ondergrondse afliepen, haalde de bestelwagen ons langzaam in. En ik herinnerde me nog heel goed dat de hele straat leeg was. Hij lag voor ons met de plotselinge leegte die omstreeks het avondeten in een wijk ontstaat. Hoewel het nog niet donker was, zagen we in verschillende huizen langs de straat oranje en geel verlichte vensters, en een eenzame plastic hockeypuck die tegen de wieldop van een wagen lag.

Iedereen zat binnen te eten. Zelfs in de bars was het rustig.

Phil wierp de bal met zijn werparm weg en hij ging een beetje hoger dan ik verwachtte; ik moest springen en mijn uiterste best doen om hem te vangen. Toen ik weer op de grond terechtkwam, draaide ik me enigszins om, en op dat moment zag ik het witte gezicht met de blauwe haren en de brede, rode lippen vanuit het raampje aan de passagierskant naar mij kijken.

'Mooi gevangen,' zei de clown.

Er was slechts één manier waarop kinderen in mijn buurt op clowns reageerden.

'Ach vent, verrek,' zei ik.

'Wat een taal,' zei de clown, en ik vond de manier waarop hij glimlachte niet leuk. Zijn gehandschoende hand rustte op de rand van het geopende raampje.

'Heel fraai,' zei de chauffeur. 'Heel, heel fraai. Weet je moeder dat je zulke woorden zegt?'

Ik stond niet meer dan een halve meter bij het portier vandaan. Ik stond bijna vastgevroren aan het trottoir, en kon mijn voeten niet meer bewegen. Ik kon mijn ogen niet van de rode clownsmond afwenden.

Ik merkte dat Phil drie meter verderop eveneens als vastgenageld aan de grond stond te kijken.

'Willen jullie een lift?' vroeg de passagiersclown.

Met een droge mond schudde ik mijn hoofd.

'Opeens heeft deze knaap niet zoveel praatjes meer.'

'Nee.' De chauffeur rekte zich uit om langs zijn collega te kijken, zodat ik zijn vuurrode haren zag en de barstjes in het geel om zijn ogen. 'Jullie zien er koud uit.'

'Ik zie kippenvel,' zei de passagiersclown.

Ik ging twee stappen naar rechts en het leek wel alsof mijn voeten in natte sponzen stonden.

De passagiersclown keek vlug de straat in en toen weer naar mij.

De chauffeur keek in de achteruitkijkspiegel en zijn hand liet het stuur los.

'Patrick?' zei Phil. 'Laten we gaan.'

'Patrick,' zei de passagiersclown langzaam, alsof hij op het woord kauwde. 'Dat is een mooie naam. Wat is je achternaam, Patrick?'

Zelfs nu weet ik nog niet waarom ik antwoord gaf. Totale angst misschien, of een verlangen om tijd te winnen, maar zelfs toen had ik het benul moeten hebben om een valse naam te geven, maar dat deed ik niet. Ik voelde me wanhopig, vermoed ik, want als ze mijn achternaam wisten, zouden ze me als persoon zien en niet als slachtoffer, zodat ik gespaard zou worden.

'Kenzie,' zei ik.

De clown glimlachte verleidelijk naar me. Ik hoorde het slot van het portier openklikken alsof er een patroon in een jachtgeweer werd gestopt.

Op dat moment gooide ik de honkbal.

Ik was het eigenlijk helemaal niet van plan. Ik deed gewoon twee stappen opzij – moeizame, langzame stappen, als in een droom – en dacht in het begin dat ik op de clown zelf mikte toen die het portier opendeed.

In plaats daarvan zeilde de bal uit mijn hand. Toen zei iemand: 'Shit!' en ik hoorde een luide klap toen de bal midden tegen de voorruit belandde. Het glas brak en er verscheen een groot spinnenweb.

Phil schreeuwde: 'Help! Help!'

De deur aan de passagierskant zwaaide open en ik zag dat de clown verschrikkelijk kwaad was.

Struikelend over mijn eigen voeten sprong ik weg, en de helling van Savin Hill Avenue gaf me vleugels.

'Help!' schreeuwde Phil en begon te rennen. Ik liep vlak achter hem en zwaaide wanhopig met mijn armen om in evenwicht te blijven, maar het wegdek bleef maar in de richting van mijn gezicht komen.

Een stevige man met een snor zo dik als een borstel stapte uit de Bulldog's bar op de hoek van Sydney. We hoorden het snerpende geluid van banden achter ons. De stevige man keek kwaad; hij had een afgezaagde honkbalknuppel in zijn hand, en eerst dacht ik dat hij die op ons zou gebruiken.

Ik herinnerde me dat er op zijn schort rode en bruine bloedvlekken zaten.

'Wat is er aan de hand, verdomme?' zei de man, en hij keek met samengeknepen ogen over mijn schouder naar iets. Ik wist dat de bestelwagen achter ons aan kwam. Hij zou de stoep oprijden en ons verpletteren.

Ik draaide mijn hoofd om om mijn eigen dood onder ogen te zien, maar in plaats daarvan zag ik een flits van smerige, oranje achterlichten toen de bestelwagen snel de hoek van Grampian Way nam en uit het oog verdween.

De eigenaar van de bar kende mijn vader, en tien minuten later liep mijn ouweheer de Bulldog's binnen. Phil en ik zaten aan de bar, dronken ginger ale en deden alsof het whisky was.

Mijn vader was niet altijd gemeen. Hij had ook zijn goede dagen. En om wat voor reden dan ook was die dag een van zijn beste. Hij was niet boos omdat we ver na etenstijd buiten waren gebleven, hoewel ik voor hetzelfde geintje vorige week een pak slaag had gekregen. Normaal gesproken onverschillig tegenover mijn vrienden, wreef hij door Phils haren en kocht nog een paar ginger ales en twee enorme cornedbeefsandwiches voor ons. We bleven in de bar zitten tot het helemaal donker was geworden en de bar was volgestroomd.

Toen ik met een haperende stem verteld had wat er gebeurd was, verscheen er een zachte en vriendelijke uitdrukking op zijn gezicht die ik nog nooit bij hem had gezien. Hij keek een beetje bezorgd naar me en haalde voorzichtig met een stevige vinger de vochtige haarlokken van mijn voorhoofd en veegde met een servetje de cornedbeef uit mijn mondhoeken.

'Nou, jullie hebben vandaag wél een avontuur beleefd,' zei hij. Hij floot eventjes en keek Phil glimlachend aan. Phil glimlachte spontaan terug.

Die zeldzame glimlach van mijn vader was een compleet wonder.

'Ik was niet van plan de voorruit kapot te gooien,' zei ik. 'Dat was ik niet van plan, pa.'

'Het is oké,' zei hij.

'Bent u niet kwaad?'

Hij schudde het hoofd.

'Ik – '

'Je hebt het fantastisch gedaan, Patrick. Je hebt het fantastisch gedaan,' fluisterde hij. Hij drukte mijn hoofd tegen zijn brede borst, kuste me op mijn wang en drukte de weerborstel met zijn hand omlaag. 'Ik ben trots op je.'

Het was de enige keer dat ik ooit die woorden uit de mond van mijn vader hoorde.

'Clowns,' zei Bolton.

'Clowns,' zei ik.

'Ja, clowns,' zei Phil.

'Oké,' zei Bolton langzaam. 'Clowns,' zei hij nogmaals, en knikte.

'Echt waar,' zei ik.

'Hm.' Hij knikte nogmaals, draaide zijn enorme hoofd om en keek me strak aan. 'Verdomme, ik neem aan dat jullie me proberen te belazeren.' Hij haalde de rug van zijn hand langs zijn mond.

'Nee.'

'We zijn volkomen en verdomd serieus,' zei Phil.

'Jezus.' Bolton leunde tegen de aanrecht en keek Angie aan. 'Zeg me dat u hier niet bij hoort, mevrouw Gennaro. U lijkt me tenminste nog een rationeel mens.'

Ze trok de ceintuur van haar ochtendjas steviger aan. 'Ik weet niet wat ik moet geloven.' Ze haalde haar schouders op en keek Phil en mij aan. 'Ze lijken vrij zeker van hun zaak.'

'Luister nou eens even – '

Hij nam drie grote stappen en stond meteen voor me. 'Nee. Nee. Door uw schuld is het schaduwen mislukt, meneer Kenzie. U hebt me hierheen laten komen om me te vertellen dat u de zaak hebt opgelost. U hebt – '

'Ik heb niet – '

' – het allemaal uitgezocht en u wilde me direct spreken. Dus kom ik hierheen en dan zie ik dat *hij* hier is' – hierbij wees hij naar Phil – 'zodat elke hoop die we koesterden om Evandro naar dit huis te lokken mislukt is. Het lijkt wel of hier een verdomd politiecongres gehouden wordt.' Hij zweeg om even naar adem te happen. 'En daar zou ik nog vrede mee kunnen hebben als we, nu we tóch hier zijn, nog resultaten hadden geboekt. Maar nee, jullie komen met clowns op de proppen.'

'Meneer Bolton,' zei Phil, 'we zijn bloedserieus.'

'O. Prima. Laten we eens kijken of ik het goed gesnapt heb – twintig jaar geleden stoppen twee circusartiesten met enorme haardossen en rubberbroeken in een bestelwagen langs de trottoirrand, terwijl jullie op weg zijn naar een Little League-wedstrijd – '

'Van,' zei ik.

'Wat?'

'We kwamen terug *van* de wedstrijd,' zei Phil.

'Mea culpa,' zei Bolton met een zwierige buiging. 'Mea maxima fucking culpa, tu morani.'

'Ik ben nog nooit in het Latijn beledigd,' zei Devin tegen Oscar. 'Jij?'

'In het mandarijnenchinees,' zei Oscar. 'Maar nooit in het Latijn.'

'Prima,' zei Bolton. 'Jullie werden aangesproken door twee circusartiesten toen jullie *van* een wedstrijd terugkeerden en omdat – heb ik dat goed begrepen, meneer Kenzie? – omdat Alec Hardiman tijdens het verhoor in de gevangenis "Send in the Clowns" zong, denkt u dat hij een van die clowns was en dat hij, vanzelfsprekend dáárom, die mensen heeft vermoord omdat ú hem die dag ontsnapt bent?'

'Zo simpel is dat niet.'

'O, nou, de hemel zij dank. Luister, meneer Kenzie, vijfentwintig jaar geleden vroeg ik Carol Yaeger uit Chevy Chase, Maryland, of ze zin had om met me uit te gaan. Ze lachte me midden in mijn gezicht uit. Maar dat betekent nog niet – '

'Moeilijk te geloven,' zei Devin.

' – dat ik het volkomen logisch vind om enige decennia te wachten en vervolgens iedereen te vermoorden die haar gekend heeft.'

'Bolton,' zei ik, 'ik vind het heerlijk om jou voor jezelf een kuil te zien graven, maar daar is geen tijd voor. Heb je de dossiers van Hardiman, Rugglestone en Morrison meegenomen, waar ik om gevraagd heb?'

Hij klopte op zijn aktetas. 'Hier zitten ze in.'

'Pak ze.'

'Meneer Kenzie – '

'Alstublieft.'

Hij opende de aktetas, haalde de dossiers eruit en legde ze op de keukentafel. 'En?'

'Controleer het verslag van de patholoog-anatoom over Rugglestone. En let dan vooral op de paragraaf waarin sprake is van onverklaarbare stoffen.'

Hij vond het en zette zijn bril goed. 'Ja?'

'Wat werd er gevonden in de snijwonden in Rugglestone's gezicht?'

Hij las hardop: 'Citroensap; waterstofperoxide; talkpoeder; minerale olie; stearinezuur; een stabilisator, triëthanolamine, lanoline... allemaal overeenkomend met ingrediënten van witte Pan-Cake make-up.' Hij keek op. 'Nou?'

'Kijk nu in Hardimans dossier. Dezelfde paragraaf.'

Hij sloeg een paar bladzijden om en begon te lezen.

'Nou? Ze hadden allebei make-up op.'

'*Witte* pancake, die door pantomimespelers wordt gebruikt,' zei ik. 'En clowns.'

'Ik begrijp wat – '

'Toen Cal Morrison werd gevonden, zaten dezelfde stoffen onder zijn vingernagels.'

Hij opende het dossier van Morrison en sloeg de pagina's om tot hij het gevonden had.

'Maar toch,' zei hij.

'Zoek de foto van de bestelwagen in de buurt van de plaats delict – die stond op naam van Rugglestone.'

Hij zocht in het dossier. 'Hier is hij.'

'Er is geen voorruit meer,' zie ik.

'Klopt.'

'Maar de bestelwagen is waarschijnlijk nog dezelfde dag schoongespoten. Ergens tussen het tijdstip van het schoonspuiten en het tijdstip dat de politie hem gevonden heeft, heeft iemand een paar gasbetonblokken door de voorruit gesmeten, waarschijnlijk op het moment dat Rugglestone vermoord werd.'

'Nou?'

'Nou, ik heb de voorruit gemarkeerd. Ik heb een honkbal gegooid en een spinnenweb in het midden van de ruit gemaakt. Dat was de enige suggestie dat Hardiman en Rugglestone de clowns waren. Haal die markering weg en je haalt het motief weg.'

'Wat is uw punt eigenlijk?'

Ik geloofde het eigenlijk zelf niet, tot ik de woorden zelf zei.

'Ik geloof dat de EEPA Charles Rugglestone vermoord heeft.'

243

'Hij heeft gelijk,' zei Devin ten slotte.

Even na acht uur was de hagel in regen veranderd, en die regen bevroor meteen nadat hij de grond raakte. Waterstroompjes liepen langs Angies ramen omlaag en veranderden voor onze ogen in golvende adertjes van krakend ijs.

Bolton had een agent naar het busje gestuurd om kopieën van de dossiers van Rugglestone, Hardiman en Morrison te maken, waarna we het laatste uur in Angies eetkamer doorbrachten met het lezen daarvan.

Bolton zei: 'Ik ben er niet zo zeker van.'

'Alstublieft,' zei Angie. 'Als u dit op de juiste manier bekijkt, zult u zien dat het wel zo is. Iedereen gaat van de veronderstelling uit dat Alec Hardiman, zwaar onder de PCP, het werk van tien man doet als hij Rugglestone vermoordt. Als ik ervan overtuigd was dat Hardiman verschillende mensen heeft vermoord, dan zou ik dat waarschijnlijk ook denken. Maar hij heeft een beschadigde zenuw in zijn linkerhand, seconol in zijn lichaam en was bewusteloos toen men hem vond. Nou, als u naar Rugglestone's wonden kijkt met het idee dat er misschien tien mensen – of laten we zeggen zeven, acht – bij betrokken waren, dan klopt het precies.'

Devin zei: 'Patricks vader wist van de schade aan de voorruit. Hij en zijn vrienden van de EEPA hebben de bestelwagen opgespoord, vonden Hardiman en Rugglestone…'

'De EEPA heeft Rugglestone vermoord,' zei Oscar enigszins geschokt.

Bolton keek naar het dossier, toen naar mij en toen weer naar het dossier. Hij keek nog eens goed, terwijl hij zachtjes prevelend de bijzonderheden van Rugglestone's verwondingen las. Toen hij mij ten slotte aankeek, zag hij er verslagen uit en hing zijn mond half open. 'Je hebt gelijk,' zei hij zachtjes. 'Je hebt gelijk.'

'Maar ga nu niet verwaand worden,' zei Devin. 'Klootzak.'

'Het verhaal van een kind,' fluisterde Bolton

'Wat?'

We zaten aan de tafel in de eetkamer. De rest zat in de keuken, waar Oscar zijn beroemde biefreepjes bakte.

Bolton hief in het donker zijn handen op. 'Het lijkt wel een sprookje van de gebroeders Grimm. Die twee clowns, de grote, donkere bestelwagen, de bedreiging van onschuldigen.'

Ik haalde mijn schouders op. 'In die tijd was je er gewoon bang van.'

'Je vader,' zei hij.

Ik keek naar de ijsbloemen op het raam.

'Je weet wat ik wil gaan zeggen,' zei hij.

Ik knikte. 'Hij zou degene geweest kunnen zijn die Rugglestone verbrand heeft.'

'Elke keer een lichaamsdeel,' zei Bolton. 'Terwijl de man gilde.'

Het ijs op de ramen kraakte en viel in stukken uiteen, waarna de regen door de openingen stroomde. Onmiddellijk daarna werden ze weer door nieuwe doorzichtige adertjes vervangen.

'Ja,' zei ik, en herinnerde me de kus van mijn vader diezelfde avond. 'Mijn vader heeft Rugglestone stukje bij beetje levend verbrand.'

'Was hij daartoe in staat?'

'Ik heb u al eens eerder gezegd, agent Bolton, hij was tot alles in staat.'

'Maar *dat*?' zei Bolton.

Ik herinnerde me de lippen van mijn vader op mijn wangen, het bloed dat door zijn borstkas stroomde toen hij mij tegen zich aan trok, de liefde in zijn stem toen hij me vertelde dat hij trots op me was.

Daarna dacht ik aan die keer dat hij me met het strijkijzer brandde, de stank van schroeiend vlees dat van mijn buik kwam en me bijna deed stikken, terwijl mijn vader me met een woeste, bijna aan extase grenzende blik aankeek.

'Hij was er niet alleen toe in staat,' zei ik, 'hij heeft er waarschijnlijk nog van genoten ook.'

We zaten biefreepjes in de eetkamer te eten, toen Erdham de kamer binnenkwam.

'Ja?' zei Bolton.

Erdham gaf hem een foto. 'Ik dacht dat u deze wel wilde zien.'

Bolton veegde zijn mond en vingers af met een servetje en hield de foto in het licht. 'Dit is één van de foto's die jullie in Arujo's huis hebben gevonden, hè?'

'Ja, meneer.'

'Hebben jullie de mensen op de foto's geïdentificeerd?'

Hoofdschuddend zei Erdham: 'Nee, meneer.'

'En waarom zit ik dan naar deze foto te kijken, agent Erdham?'

Erdham keek me met een zorgelijk gezicht aan. 'Het gaat niet zozeer om die mensen, meneer. Kijk eens waar deze foto is genomen!'

Bolton bekeek de foto aandachtig. 'Ja?'

'Meneer, als u – '

'Wacht eens even.' Bolton liet zijn servetje op zijn bord vallen.

'Ja, meneer,' zei Erdham, en hij maakte een bezorgde indruk.

Bolton keek naar mij. 'Is dat bij u thuis?'

Ik legde mijn vork neer. 'Waar hebt u het over?'

'Deze foto werd op de veranda voor uw huis genomen.'
'Van mij en Patrick?' vroeg Angie.
Bolton schudde het hoofd. 'Van een vrouw met een klein meisje.'
'Grace,' zei ik.

32

Ik rende als eerste Angies huis uit. Terwijl ik met een gsm aan mijn oor de veranda opstapte, kwamen verscheidene patrouillewagens met gierende banden Howes inrijden.

'Grace?'

'Ja?'

'Is alles oké?' Ik gleed uit over de bevroren grond en hield mezelf staande door de leuning te pakken. Tegelijkertijd kwamen Angie en Bolton naar buiten.

'Wat is er? Je hebt me wakker gemaakt. Ik moet om zes uur beginnen. Hoe laat is het?'

'Tien uur. Sorry.'

'Kunnen we elkaar morgenochtend spreken?'

'Nee. Nee, ik wil dat je aan de lijn blijft en al je ramen en deuren controleert.'

De auto's stopten slippend op het bevroren wegdek. De bomen voor ons waren door de glimmende ijspegels topzwaar geworden. De straat en de trottoirs lagen er donker en glanzend bij.

'Patrick, ik – '

'Doe het nu, Grace.'

Ik sprong achter in de eerste auto, een donkerblauwe Lincoln, en Angie kwam naast me zitten. Bolton kroop voorin en gaf de chauffeur het adres van Grace door.

'Rijden.' Ik gaf een klap op de hoofdsteun van de chauffeur. 'Rijden. Nú!'

'Patrick,' zei Grace, 'wat is er aan de hand?'

'Heb je de deuren gecontroleerd?'

'Daar ben ik nu mee bezig. De voordeur is gesloten. De kelderdeur is op slot. Wacht even, ik loop nu naar achteren.'

'Er komt een auto van rechts,' zei Angie.

Onze chauffeur gaf gas toen we met volle snelheid het kruispunt in zuidelijke richting passeerden. De wagen die uit westelijke richting aan kwam rijden, gleed met geblokkeerde remmen door over het kruispunt. Hij toeterde nijdig terwijl de rij auto's achter ons naar rechts uitweek en achter hem langsschoot.

'De achterdeur zit op slot,' zei Grace. 'Ik ga nu de ramen controleren.'

'Prima.'

'Je maakt me doodsbang.'

'Dat weet ik. Het spijt me. De ramen.'

'De ramen van de voorste slaapkamer en de eetkamer zitten allemaal dicht. Ik ga nu naar Mae's kamer. Dicht, dicht...'

'Mama?'

'Het is al goed, lieverd. Blijf in bed. Ik ben zo terug.'

De Lincoln gleed de oprit van de 93 op met een snelheid van zeker negentig kilometer. De achterwielen slipten over een ijsbobbel van bevroren modder en sloegen tegen de opstaande middenrand.

'Ik ben nu in de kamer van Annabeth,' fluisterde Grace. 'Dicht. Dicht. Open.'

'Open?'

'Ja. Ze liet hem op een kiertje open.'

'Shit.'

'Patrick, vertel me wat er aan de hand is.'

'Doe hem dicht, Grace. Doe hem dicht.'

'Dat heb ik nu gedaan. Wat is er volgens jou – '

'Waar is je pistool?'

'Mijn pistool? Dat heb ik niet. Ik haat vuurwapens.'

'Een mes dan.'

'Wat?'

'Pak een mes, Grace. Jezus. Pak een – '

Angie trok de telefoon uit mijn hand en bracht me met een vinger voor haar lippen tot zwijgen.

'Grace, dit is Angie. Luister. Het is mogelijk dat je in gevaar verkeert. Dat weten we niet zeker. Blijf dus aan de telefoon tot we er zeker van zijn dat er geen inbreker in je huis is.'

De verkeersborden flitsten voorbij – Andrew Square, Massachusetts Avenue – waarna de Lincoln razendsnel Frontage Road opreed, voorbij het depot voor industrieel afval en het Big Dig-inzamelingspunt voor huisvuil, in de richting van East Berklee.

'Bolton,' zei ik, 'ze is geen lokaas.'

'Dat weet ik.'

'Ik wil haar onder bescherming zo ver weggestopt hebben dat zelfs de president haar niet meer kan vinden, ook al zou hij dat nog zo graag willen.'

'Ik begrijp het.'

'Haal Mae uit bed,' zei Angie, 'en blijf in een kamer met de deur op slot. We zullen er over drie minuten zijn. Als iemand door die deur probeert binnen te komen, dan klim je door het raam naar buiten en ren je luid gillend in de richting van Huntingdon of Massachusetts Ave.'

We reden door het eerste rode licht in East Berklee. Een auto zwaaide bij ons vandaan, reed het trottoir op en tegen een lantaarnpaal die voor de Pine Street Inn stond.

'Dat wordt een aanklacht,' zei Bolton.

'Nee, nee,' zei Angie dringend. 'Je mag pas het huis verlaten als je binnen iets gehoord hebt. Als hij buiten staat te wachten, is dat juist wat hij wil. We zijn er bijna, Grace. In welke kamer zit je?'

De linkerachterband raakte de trottoirrand toen we slingerend Columbus Avenue inreden.

'Mae's slaapkamer? Prima. We zijn nu nog acht blokken bij je vandaan.'

Het wegdek van Columbus Avenue lag onder een centimeterdikke ijslaag, zo zwart en hard dat het leek alsof we over een glimmende laag drop reden.

Toen de auto een paar keer slipte, sloeg ik met de zijkant van mijn vuist tegen het portier.

'Rustig,' zei Bolton.

Angie tikte even op mijn knie.

Toen de Lincoln rechtsaf West Newton inreed, flitsten zwart-witte beelden door mijn hoofd.

Kara, gekruisigd in de kou.

Jason Warrens hoofd heen en weer zwaaiend aan een stroomdraad.

Peter Stimovich, die recht voor zich uit staarde zonder ogen.

Mae, die de hond in het gras tackelde.

Grace's bezwete lichaam boven op mijn lichaam midden in een warme nacht.

Cal Morrison, die achter in die smerige, witte bestelwagen zit opgesloten.

De bloederig rode, wrede grijns van de clown toen hij mijn naam zei.

'Grace,' fluisterde ik.

'Het is oké,' zei Angie over de telefoon, 'we zijn er nu bijna.'

We reden St. Botolph in en de chauffeur begon te remmen, maar de auto verloor zijn grip op het ijs waardoor we twee huizen voorbij Grace's bruinrode, zandstenen huis doorgleden.

De auto's achter ons slaagden er min of meer in op normale wijze tot stilstand te komen. Intussen sprong ik uit de auto en rende naar het huis. Ik gleed uit op het trottoir en viel op een knie, toen een man rechts tussen twee auto's door op me afstormde. Ik draaide me om, richtte mijn pistool op zijn borst en zag hem in het donker een hand opsteken.

Mijn vinger stond op het punt de trekker over te halen toen hij begon te schreeuwen.

'Patrick, niet doen!'

Nelson.

Hij liet zijn arm zakken, zijn gezicht was bezweet en hij keek angstig. Oscar raakte hem van achteren als een trein. Toen ze samen op het ijs vielen, verdween Nelsons kleine lichaam compleet onder Oscars kolossale gestalte.

'Oscar,' zei ik, 'hij is oké. Hij is oké. Hij werkt voor mij.'

Ik rende de trap op naar Grace's huis.

Angie en Devin renden achter me aan, toen Grace de deur opendeed en zei: 'Patrick, wat is er verdomme aan de hand?' Ze keek over mijn schouder, terwijl Bolton zijn orders schreeuwde, en ze zette grote ogen op.

Overal in de straat gingen lichten aan.

'Het is nu oké,' zei ik.

Devin had zijn pistool getrokken en wilde langs Grace lopen. 'Waar is het kind?'

'Wat? In haar slaapkamer.'

Hij liep het huis in en dook in elkaar als een agent die op punt staat een huis te doorzoeken.

'Hé, wacht!' Ze rende achter hem aan.

Angie en ik volgden haar naar binnen, terwijl agenten met zaklantaarns de naastgelegen tuinen doorzochten.

Grace wees naar Devins pistool. 'Doe dat ding weg, brigadier. Doe dat – '

Mae begon luidkeels te huilen. 'Mama.'

Devin keek in diverse kamers rond, terwijl hij het pistool ter hoogte van zijn knie stevig vasthield.

Toen ik in het warme licht van de woonkamer stond, voelde ik me misselijk worden. Mijn handen trilden van de adrenaline. Ik hoorde Mae in de slaapkamer huilen en liep op het geluid af.

Een gedachte – *ik schoot bijna Nelson neer* – flitste door mij heen. Ik rilde eventjes en toen was het voorbij.

Grace hield Mae tegen haar schouder aan. Mae deed haar ogen open, en toen ze me zag, begon ze opnieuw te huilen.

Grace keek me aan. 'Jezus Christus, Patrick, was dit nu nodig?'

Buiten scheen het licht van de zaklantaarns tegen haar ramen.

'Ja,' zei ik.

'Patrick,' zei ze, en keek boos naar mijn hand. 'Doe dat ding weg.'

Ik keek omlaag, zag het pistool in mijn hand en besefte dat dit de oorzaak van Mae's laatste huilbui was. Ik stopte hem weer in de holster, keek moeder en dochter aan toen ze elkaar omarmden op dat bed, en voelde me vies en smerig.

'Ons eerste doel is,' zei Bolton in de woonkamer tegen Grace, terwijl Mae zich in haar slaapkamer aankleedde, 'om u en uw dochter in veiligheid te brengen. Buiten staat een auto gereed, en ik zou graag willen dat u beiden instapt en met ons meegaat.'

'Waarheen?' vroeg Grace.

'Patrick,' zei een klein stemmetje.

Ik draaide me om en zag Mae in de deuropening van haar slaapkamer staan. Ze had een spijkerbroek en een sweatshirt aan. Haar schoenveters zaten nog los.

'Ja,' zei ik zachtjes.

'Waar is je pistool?'

Ik probeerde te glimlachen. 'Weggestopt. Het spijt me dat ik je bang maakte.'

'Is het dik?'

'Wat?' Ik bukte me en begon haar veters vast te maken.

'Is het...' Ze aarzelde even en zocht naar het juiste woord. Ze was een beetje verlegen omdat ze het woord niet goed kende.

'Zwaar?' zei ik.

Ze knikte. 'Ja. Zwaar.'

'Het is zwaar, Mae. Voor jou te zwaar om te dragen.'

'En voor jou?'

'Voor mij is het ook tamelijk zwaar,' zei ik.

'Waarom heb je het dan bij je?' Ze hield haar hoofd een beetje schuin en keek omhoog naar mijn gezicht.

'Het is een stuk gereedschap dat ik voor mijn job nodig heb,' zei ik. 'Zoals jouw moeder een stethoscoop nodig heeft.'

Ik kuste haar voorhoofd.

Ze kuste mijn wang en sloeg haar armen om mijn nek. Die waren zó zacht dat het bijna onwaarschijnlijk was dat ze uit dezelfde wereld kwamen die Alec Hardiman en Evandro Arujo en messen en pistolen had gecreëerd. Ze liep weer terug naar haar slaapkamer.

In de woonkamer schudde Grace haar hoofd en zei: 'Nee.'

'Wat?' zei Bolton.

'Nee,' zei Grace. 'Ik wil niet weg. U kunt Mae meenemen, waarna ik haar vader zal bellen. Hij zal – ja, daar ben ik zeker van – vrij vragen en Mae meenemen, zodat ze niet alleen zal zijn. Ik zal haar regelmatig opzoeken tot deze zaak is opgelost, maar ik ga zelf niet onderduiken.'

'Dokter Cole, dat kunnen we niet accepteren.'

'Ik ben eerstejaars assistent, agent Bolton. Begrijpt u dat?'

'Ja, dat begrijp ik, maar uw leven loopt gevaar.'

Hoofdschuddend zei ze: 'U kunt me beschermen. U kunt me in de gaten houden. En u kunt mijn dochter laten onderduiken.' Ze keek naar de deur van Mae's slaapkamer en de tranen sprongen in haar ogen. 'Maar mijn werk opgeven kan ik niet. Op dit moment niet. Als ik tijdens een assistentschap ervandoor ga, krijg ik nergens meer een fatsoenlijke baan.'

'Dokter Cole,' zei Bolton, 'dit kan ik niet toestaan.'

Ze schudde haar hoofd opnieuw en zei: 'U zult wel moeten, agent Bolton. Bescherm mijn dochter. Ik zal voor mezelf zorgen.'

'Deze man met wie we te maken hebben – '

'Is gevaarlijk, dat weet ik. Dat hebt u me gezegd. En ik ben bang, agent Bolton, maar ik geef niet op waar ik mijn hele leven lang hard voor gewerkt heb. Nu niet. En voor niemand niet.'

'Hij krijgt je te pakken,' zei ik, en voelde nog steeds Mae's armen om mijn nek.

Iedereen in de kamer keek me aan.

Grace zei: 'Niet als ik – '

'Niet als je *wat*? Ik kan niet iedereen beschermen, Grace.'

'Ik vraag je niet – '

'Hij zei dat ik kon kiezen.'

'Wie?'

'Hardiman,' zei ik, en was verbaasd omdat mijn stem zo luid klonk. 'Ik moest kiezen tussen de mensen die me dierbaar waren. Hij bedoelde jou, Mae, Phil en Angie. Ik kan niet iedereen beschermen, Grace.'

'Doe het dan niet, Patrick.' Haar stem klonk ijskoud. 'Doe het dan niet. Jij hebt dit in mijn huis gebracht. En in het huis van mijn dochter. Jouw verdomde, stomme jacht op een gewelddadig leven bracht deze persoon in mijn leven. Jouw leven is nu mijn leven en dat van mijn dochter, en daar hebben we beiden niet om gevraagd.' Ze sloeg met de zijkant van haar vuist tegen haar knie, keek naar de vloer en slaakte een diepe zucht. 'Met mij zal het wel goed gaan. Breng Mae naar een veilige plek. Ik zal haar vader nu bellen.'

Bolton keek naar Devin, maar die haalde zijn schouders op.

'Ik kan u niet dwingen om onder te duiken – '

'Nee,' zei ik. 'Nee, nee, nee, Grace, je kent deze kerel niet. Hij zal je te pakken krijgen. Vast en zeker.'

Ik liep naar haar toe en ging vlak voor haar staan.

'Nou, en?' zei ze.

'Nou, en?' zei ik. 'Nou, en?'

Ik was me ervan bewust dat iedereen naar me keek. Ik was me ervan bewust dat ik niet meer helemaal mezelf was. Ik voelde me idioot en wraakzuchtig. Ik voelde me gewelddadig, lelijk en losgeslagen.

'Nou, en,' zei Grace opnieuw.
'Nou, dan snijdt hij je verdomde kop eraf,' zei ik.
'Patrick,' zei Angie.
Ik boog me over Grace. 'Begrijp je dat? Hij snijdt je kop eraf. Maar als laatste. Dat doet hij als laatste. Maar eerst, Grace, verkracht hij je enige tijd. Daarna snijdt hij stukjes uit je lichaam en dan slaat hij spijkers door je verdomde handpalmen en dan – '
'Stop,' zei ze rustig.
Maar ik kon het niet. Voor mij was het belangrijk dat ze dat wist.
' – snijdt hij je buik open, Grace. Dat vindt hij heerlijk. De buiken van mensen opensnijden, zodat hij hun dampende ingewanden kan zien. En daarna snijdt hij je ogen eruit, terwijl hij zijn compagnon op je loslaat, en – '
Achter me werd gegild.
Grace bedekte haar oren met haar handen. Maar toen ze het gillen hoorde, trok ze haar handen terug.
Ik draaide me om en zag Mae achter me staan, haar gezichtje was vuurrood en haar armen schokten spastisch op en neer, alsof ze onder stroom stond.
'Nee, nee, nee!' schreeuwde ze verschrikt, terwijl de tranen over haar wangen stroomden. Ze wrong zich langs me heen, sprong op haar moeder af en klemde zich wanhopig aan haar vast.
Grace keek me over de schouder van haar dochter aan, terwijl ze haar tegen haar borst drukte. Haar blik was er een vol haat.
'Mijn huis uit,' zei ze.
'Grace.'
'Nú,' zei ze.
'Dokter Cole,' zei Bolton, 'ik zou graag willen dat – '
'Ik ga met u mee,' zei ze.
'Wat?'
Haar ogen waren nog steeds op mij gefixeerd. 'Ik ga met u mee, agent Bolton, en duik onder. Ik laat mijn dochter niet alleen. Ik ga mee,' zei ze zachtjes.
Ik zei: 'Luister, Grace – '
Ze bedekte de oren van haar dochtertje met haar handen.
'Ik heb je verdomme gezegd dat je mijn huis moet verlaten.'
De telefoon ging over. Ze nam op, terwijl ze me strak bleef aankijken. 'Hallo.' Ze keek kwaad. 'Ik dacht dat ik u vanmiddag heb gezegd me niet meer te bellen. Als u Patrick wilt spreken – '
'Wie is het?' vroeg ik.
Ze smeet de telefoon voor mijn voeten op de grond. 'Heb je mijn nummer aan dat psychovriendje van je doorgegeven, Patrick?'
'Bubba?' Ik raapte de telefoon op. Intussen liep ze met Mae in haar armen vlak langs me naar de slaapkamer.

'Hallo, Patrick.'
'Met wie spreek ik?'
'Wat vind je van al die foto's die ik van je vrienden heb genomen?'
Ik keek naar Bolton en mimede: 'Evandro.'
Met Devin op zijn hielen rende hij het huis uit.
'In mijn ogen stelde dat niet zoveel voor, Evandro.'
'O,' zei hij. 'Dat spijt me. Ik heb hard gewerkt om mijn techniek te verbeteren, probeerde wat met licht en ruimte te spelen, de omgeving te benutten, dat soort dingen. Ik vind dat ik me artistiek aan het ontwikkelen ben. Vind je ook niet?'
Buiten haalde een agent ijs van de telefoonpaal in de tuin naast Grace's huis.
'Dat weet ik niet, Evandro. Maar ik twijfel eraan of Annie Leibovitz bang over haar schouder kijkt of zo.'
Evandro grinnikte. 'Maar, Patrick, ik heb er wel voor gezorgd dat jij regelmatig omkijkt, hè?'
Devin kwam weer naar binnen en hield een stuk papier met de woorden 'Houd hem *twee* minuten aan de praat' omhoog.
'Jazeker. Waar ben je nu, Evandro?'
'Ik hou je in de gaten.'
'Écht waar?' Ik weerstond de aandrang me om te draaien en uit de ramen aan de straatkant te kijken.
'Ik hou jou en je vriendin en al die aardige politieagenten in de gaten die in het huis rondzwerven.'
'Nou, als je tóch in de buurt bent, waarom kom je dan niet even langs?'
Hij grinnikte opnieuw zachtjes. 'Ik wacht liever af. Je ziet er op dit moment heel knap uit, Patrick – met die telefoon tegen je oor geklemd, dat zorgelijke gezicht en die verwarde haren door de regen. Heel knap.'
Grace liep de woonkamer weer in en liet een koffer bij de deur op de grond vallen.
'Bedankt voor het compliment, Evandro.'
Grace knipperde met haar ogen toen ze de naam hoorde en keek naar Angie.
'Graag gedaan,' zei Evandro.
'Wat heb ik op dit moment aan?'
'Wat bedoel je?' zei hij.
'Wat heb ik op dit moment aan?'
'Patrick, toen ik de foto's nam van je vriendin en haar – '
'Wat heb ik aan, Evandro?'
' – dochtertje, heb ik – '
'Dat weet je niet, omdat je dit huis niet in de gaten houdt, hè?'

‘Ik zie veel meer dan jij denkt.’

‘Je bent een grote klootzak, Evandro,’ lachte ik. ‘Je probeert net te doen alsof je – ’

‘Waag het niet om me uit te lachen.’

‘ – een of andere alleziende, alleswetende meestercrimineel bent – ’

‘Sla een andere toon aan. Nú, Patrick.’

‘ – terwijl je in mijn ogen een pleefiguur slaat.’

Devin keek op zijn horloge en hield drie vingers omhoog. Nog dertig seconden te gaan.

‘Ik ga het kind in stukken snijden en haar over de post naar je toesturen.’

Ik draaide mijn hoofd om en zag Mae bij haar koffer in de slaapkamer in haar ogen wrijven.

‘Je zult nooit bij haar in de buurt komen, rukker. Je hebt je kans gehad, en die is verspeeld.’

‘Ik zal alle bekenden van je uitroeien.’ Hij stikte bijna van woede.

Bolton kwam door de voordeur naar binnen en knikte.

‘Bid maar dat ik jou niet als eerste zie, Evandro.’

‘Dat zul je niet, Patrick. Dat lukt niemand. Tot ziens.’

Een andere stem, heser dan de stem van Evandro, sprak: ‘We zien elkaar spoedig, mannen.’

De verbinding werd verbroken. Ik keek Bolton aan.

‘Beiden,’ zei hij.

‘Ja.’

‘Herkende je de tweede stem?’

‘Niet met dat gemaakte accent.’

‘Ze bevinden zich in North Shore.’

‘*North* Shore?’ zei Angie.

Bolton knikte. ‘Nahant.’

‘Zitten ze ergens op een eiland?’ zei Devin.

‘We kunnen hen inrekenen,’ zei Bolton. ‘Ik heb de Kustwacht al gewaarschuwd en patrouillewagens vanuit Nahant, Lynn en Swampscott naar de brug gestuurd die de verbinding met het vasteland vormt.’

‘Zijn we dan veilig?’ vroeg Grace.

‘Nee,’ zei ik.

Ze negeerde me en keek Bolton aan.

‘Ik durf het risico niet te nemen,’ zei Bolton. ‘En u ook niet, dokter Cole. Tot het moment dat we hen ingerekend hebben, mag ik de veiligheid van u en uw dochter niet op het spel zetten.’

Ze keek naar Mae, die met haar Pocahontas-koffertje uit de slaapkamer kwam. ‘Oké. U hebt gelijk.’

Bolton draaide zich om en keek me aan. 'Op dit moment bewaken twee mannen het huis van meneer Dimassi, maar ik kom mensen tekort. De helft van mijn mensen zit nog steeds in South Shore. Ik moet elke beschikbare kracht hebben.'

Ik keek naar Angie, die knikte.

'Dat zijn zeer moderne alarmapparaten die u aan de voor- en achterdeur van uw huis hebt aangebracht, mevrouw Gennaro.'

'We zijn in staat om onszelf een paar uur te beschermen,' zei ik.

Hij gaf me een klap op mijn schouder. 'We hebben ze, meneer Kenzie.' Hij keek naar Grace en Mae. 'Klaar?'

Ze knikte en stak haar hand naar Mae uit. Deze greep haar hand, maar ze keek me met een verward gezicht zó triest aan dat ze ouder leek dan ze werkelijk was.

'Grace.'

'Nee.' Grace schudde haar hoofd toen ik mijn hand op haar schouder wilde leggen. Ze draaide zich om en verliet het huis.

De auto waarin ze wegreden, was een zwarte Chrysler New Yorker met kogelvrije raampjes en een chauffeur met kille, heldere ogen.

'Waar brengt u ze naartoe?' vroeg ik.

'Ver weg,' zei Bolton. 'Ver weg.'

Een helikopter landde midden in Massachusetts Avenue. Bolton, en Erdham en Fields liepen zo snel ze konden over het ijs naar het toestel.

Toen de helikopter opsteeg en het vuil tegen de puien van de winkelpanden blies, kwamen Devin en Oscar bij ons staan.

'Door mijn toedoen is die kleine vriend van je in het ziekenhuis beland,' zei Oscar met een verontschuldigend gebaar. 'Zes ribben gebroken. Het spijt me.'

Ik haalde mijn schouders op. Op een dag zou ik het weer goedmaken met Nelson.

'Ik heb een ploeg naar Angies huis gestuurd,' zei Devin. 'Ik ken de leider. Hij heet Tim Dunn. Die kun je vertrouwen. Ga daar maar weer heen.'

We stonden samen in de regen en zagen iedereen in de dienstwagens van de politie en de FBI stappen en via Massachusetts Avenue wegrijden. Het gekletter van de regen op het ijs was een van de eenzaamste geluiden die ik ooit gehoord heb.

33

Onze taxichauffeur manoeuvreerde met vaste hand door de met ijs bedekte straten, hij reed constant rond de dertig kilometer en raakte het rempedaal niet aan, tenzij het absoluut nodig was.

De stad was in ijs verpakt. Grote glazen gordijnen hingen aan de voorgevels van de gebouwen, terwijl de dakgoten bogen onder het gewicht van de witte dolken die aan de randen hingen. De bomen hadden een platina-achtige glans gekregen en de auto's in de straten waren in beeldhouwwerken veranderd.

'Man, wat zullen we vanavond veel last van stroomstoringen hebben,' zei de taxichauffeur.

'Denkt u dat,' zei Angie afwezig.

'O ja, dat weet ik zeker, jongedame. Dat ijs trekt alle stroomkabels naar de grond. Wacht maar af. Niemand gaat vanavond nog weg. Nee.'

'Waarom u wel?' vroeg ik.

'Ik moet voor brood op de plank zorgen. De kinderen hoeven nog niet te weten dat de wereld hard voor hun papa is. Nee. Alleen maar dat ze te eten krijgen.'

Ik zag Mae's gezicht, verward en doodsbang. De woorden die ik tegen haar moeder zei, echoden nog na in mijn oren.

De kinderen hoeven het niet te weten.

Hoe kon ik dat vergeten?

Toen we de trap voor Angies huis wilden oplopen, richtte Timothy Dunn het licht van zijn zaklantaarn op ons.

Hij stak de straat voorzichtig in onze richting over. Het was een slanke knul met een breed, open gezicht onder zijn donkerblauwe pet. Het was het gezicht van een boerenknul, of een knul wiens moeder hem van jongs af voor het priesterambt had bestemd.

Zijn pet was met plastic overtrokken om hem droog te houden en zijn zware, zwarte regenjas glom van de regen. Toen hij ons bij het trapje bereikte, tikte hij tegen zijn pet.

'Meneer Kenzie, mevrouw Gennaro. Ik ben Timothy Dunn. Hoe gaat het met u vanavond?'

'Het is weleens beter geweest,' zei Angie.

'Ja, mevrouw, dat heb ik gehoord.'

'Juffrouw,' zei Angie.

'Pardon?'

'Noem me alsjeblieft juffrouw of Angie. Als je me mevrouw noemt, krijg ik het idee dat ik oud genoeg ben om je moeder te zijn.' Ze keek hem tussen de regendruppels door aan. 'Dat ben ik toch niet, hè?'

Hij glimlachte schaapachtig. 'Ik weet zeker van niet, juffrouw.'

'Hoe oud ben je?'

'Vierentwintig.'

'Tjonge.'

'En u?' vroeg hij.

Ze grinnikte. 'Vraag een vrouw nooit naar haar gewicht of leeftijd, agent Dunn.'

Hij knikte. 'Het schijnt dat God u in beide gevallen vriendelijk bejegend heeft, juffrouw.'

Ik sloeg mijn ogen wanhopig omhoog.

Ze deed een stap naar achteren en keek hem aandachtig aan.

'U zult het nog ver schoppen, agent Dunn.'

'Dank u, juffrouw. Dat zeggen de mensen regelmatig tegen me.'

'Geloof ze maar op hun woord,' zei ze.

Hij keek even naar zijn schoenen, schuifelde heen en weer en trok op zo'n specifieke manier aan zijn rechteroorlel, dat ik zeker wist dat het een gewoonte van hem was als hij zenuwachtig was.

Hij schraapte zijn keel. 'Brigadier Amronklin zei dat de FBI-lui versterkingen zouden sturen zodra zij ze allemaal in South Shore ingerekend hadden. Hij zei dat het omstreeks twee, uiterlijk drie uur zou zijn. Ik heb begrepen dat de voor- en achterdeur door middel van alarmsystemen beveiligd zijn en dat alles aan de achterzijde van het huis afgesloten is.'

Angie knikte.

'Maar toch wilde ik even achter het huis kijken.'

'Ga je gang.'

Hij tikte nogmaals tegen zijn pet en liep om het huis, terwijl wij op de veranda bleven staan en naar zijn voetstappen over het bevroren gras luisterden.

'Waar heeft Devin deze knul opgepikt?' vroeg Angie. 'Mayberry?'

'Misschien een neefje?' zei ik.

'Van Devin?' Ze schudde haar hoofd. 'Absoluut niet.'

'Geloof me. Devin heeft acht zussen, en de helft daarvan is non.

Echt waar. De andere helft is getrouwd met mannen die weten hoe ze jou de hemel in moeten praten.'

'Hoe is Devin uit die genenpoel geklommen?'

'Ik moet toegeven, dat is voor mij ook een raadsel.'

'Deze is zo onschuldig en open,' zei ze.

'Hij is te jong voor je.'

'Iedere jongen heeft een vrouw nodig die hem vertroetelt,' zei ze.

'En jij bent daar de geschikte vrouw voor.'

'Daar kun je zeker van zijn. Zag je hoe zijn dijen in die strakke broek bewogen?'

Ik zuchtte.

We zagen de lichtbundel van Timothy Dunns zaklantaarn, gevolgd door zijn krakende voetstappen. Even later verscheen hij om de hoek van het huis.

'Alles veilig,' zei hij toen we boven de trap stonden.

'Dank je, agent.'

Hij keek haar even aan, zijn pupillen werden groter en hij sloeg zijn ogen neer.

'Tim,' zei hij. 'Noemt u me alstublieft Tim, juffrouw.'

'Noem mij dan maar Angie. En hij is Patrick.'

Hij knikte en keek me heel even schuldbewust aan.

'Nou,' zei hij.

'Nou,' zei Angie.

'Nou, ik zit in de auto. Als het nodig is dat ik naar het huis kom, dan waarschuw ik van tevoren. Brigadier Amronklin heeft me het nummer gegeven.'

'En als het in gesprek is?' zei ik.

Hij dacht hier even over na. 'Driemaal knipperen met mijn zaklantaarn naar dat raam.' Hij wees naar het raam van de woonkamer. 'Ik heb een plattegrond van het huis gezien, en die lichtflitsen zijn, op de keuken en badkamer na, in elke kamer te zien. Klopt dat?'

'Ja.'

'En mocht u slapen of het niet zien, dan bel ik tweemaal aan. Tweemaal kort. Oké?'

'Dat klinkt goed,' zei ik.

'U zult veilig zijn,' zei hij.

Angie knikte. 'Dank je, Tim.'

Hij knikte, maar durfde haar blik niet te beantwoorden. Hij stak de straat weer over naar zijn auto en stapte in.

Met een grijns op mijn gezicht keek ik Angie aan. 'Tim,' zei ik.

'Ach, hou toch je kop.'

'Ze komen er wel overheen,' zei Angie.
 We zaten in de eetkamer en spraken over Grace en Mae. Vanaf die plek zag ik het rode knipperlichtje van het alarmsysteem naast de voordeur. Omdat het me geen zekerheid verschafte, scheen het alleen maar mijn kwetsbaarheid te benadrukken.
 'Nee, dat zullen ze niet.'
 'Als ze van je houden, dan zullen ze weten dat je bijna onder de spanning bezweek. Bíjna bezweek, dat moet ik toegeven, je bezweek bijna.'
 Ik schudde mijn hoofd. 'Grace had gelijk. Ik heb het meegenomen naar haar huis. En toen werd ik het zelf. Ik heb haar kind doodsbang gemaakt, Angie.'
 'Kinderen herstellen zich vlug.'
 'Als jij Grace was, en ik was zo tegen jou tekeergegaan en ik had je kind misschien wel een maand lang nachtmerries bezorgd, wat zou jij dan gedaan hebben?'
 'Ik ben Grace niet.'
 'Maar als je het wel was?'
 Ze schudde haar hoofd en keek naar het bierflesje in haar hand.
 'Kom op,' zei ik.
 Ze keek nog steeds naar het bierflesje toen ze zei: 'Dan zou ik willen dat je uit mijn leven verdween. Voorgoed.'

We gingen naar de slaapkamer om daar aan weerszijden van het bed op een stoel te gaan zitten. We waren beiden uitgeput, maar te opgewonden om te gaan slapen.
 Het was opgehouden met regenen en het licht in de slaapkamer brandde niet, zodat we in de ramen de zilverachtige spiegeling van het ijs zagen, die de kamer in een parelachtige glans zette.
 'Het zal ons uiteindelijk toch te pakken krijgen,' zei Angie. 'Het geweld.'
 'Ik heb altijd het idee gehad dat we sterker waren dan dat.'
 'Je had het al die tijd verkeerd. Na een tijdje raak je ermee besmet.'
 'Heb je het nu over mij of over jezelf?'
 'Over ons beiden. Weet je nog, toen ik Bobby Royce een paar jaar geleden neerschoot?'
 Dat herinnerde ik me. 'Je redde toen mijn leven.'
 'Door hem van het leven te beroven.' Ze nam een stevige trek aan haar sigaret. 'Ik heb me al die jaren voorgehouden dat ik niet voelde wat ik op het moment voelde toen ik de trekker overhaalde. Dat was onmogelijk.'
 'Wat voelde je toen?' vroeg ik.
 Ze leunde naar voren, zette haar voeten op de rand van het bed en sloeg haar armen om haar knieën.

'Ik voelde me als God,' zei ze. 'Ik voelde me fantastisch, Patrick.'

Later lag ze met de asbak op haar buik in bed naar het plafond te staren. Intussen bleef ik in de stoel zitten.
'Dit wordt mijn laatste zaak,' zei ze. 'In elk geval voor een tijdje.'
'Oké.'
Ze draaide haar hoofd om en keek me aan. 'Vind je het niet erg?'
'Nee.'
Ze blies een ring van rook naar het plafond.
'Ik ben zo moe van het altijd maar bang zijn, Patrick. Ik ben zo bang van al die angst die in woede verandert. Ik ben volkomen uitgeput door het gevoel van haat dat ik daarvan krijg.'
'Dat weet ik,' zei ik.
'Ik ben moe van het voortdurend omgaan met psychopaten, uitvreters, rotzakken en leugenaars. Ik begin te denken dat de wereld alleen maar uit zulke mensen bestaat.'
Ik knikte. Ik was het ook spuugzat.
'We zijn nog steeds jong.' Ze keek naar me. 'Weet je dat?'
'Ja.'
'We zijn nog steeds jong genoeg om te veranderen, als we willen. We zijn nog jong genoeg om weer met een schone lei te beginnen.'
Ik leunde naar voren. 'Hoe lang loop je al rond met dat gevoel?'
'Nadat we Marion Socia doodschoten. Misschien wel nadat ik Bobby Royce doodschoot. Ik weet het niet. Maar al heel lang. Ik heb me heel lang zo smerig gevoeld, Patrick. En dat gevoel had ik vroeger nooit.'
Mijn stem was een fluistering geworden. 'Kunnen we wel weer met een schone lei beginnen, Ange? Of is het al te laat?'
Ze haalde haar schouders op. 'Het is de moeite van het proberen waard. Denk je ook niet?'
'Zeker.' Ik stak mijn hand uit en greep haar hand beet. 'Als jij dat denkt, dan is het de moeite waard.'
Ze glimlachte. 'Jij bent de beste vriend die ik ooit gehad heb.'
'Hetzelfde geldt voor jou,' zei ik.

Opeens zat ik rechtop in Angies bed.
'Wat?' zei ik, maar er was niemand die iets tegen me zei.
Het was stil in het appartement. Uit mijn ooghoeken zag ik iets bewegen. Ik draaide me om en staarde naar het verste raam. Terwijl ik naar de bevroren ramen keek, zag ik de donkere silhouetten van de bladeren die tegen het raam werden gedrukt, maar toen de populier buiten in de wind boog, waren ze opeens verdwenen..
Ik merkte dat de rode, digitale cijfers van haar wekker zwart waren.

Ik pakte mijn horloge van het nachtkastje en boog in de richting van het koude licht dat door het raam naar binnen viel: kwart voor twee.

Ik draaide me om, duwde het gordijn achter me omhoog en keek naar de huizen in de buurt. Nergens brandde een lamp, zelfs de lampen op de veranda's brandden niet. De buurt leek wel een bergdorp dat door het ijs was ingepakt en verstoken was van stroom.

Ik schrok toen de telefoon overging.

Ik nam op. 'Hallo.'

'Meneer Kenzie?'

'Ja.'

'Tim Dunn.'

'De lampen branden niet.'

'Ja,' zei hij. 'Op veel plaatsen in de stad. Het ijs wordt te zwaar en trekt alle kabels omlaag, waardoor overal in de staat de transformatoren het begeven. Ik heb Boston Edison van onze situatie op de hoogte gebracht, maar het zal nog wel enige tijd duren.'

'Oké. Bedankt, agent Dunn.'

'Tot uw dienst.'

'Agent Dunn?'

'Ja?'

'Welke zus van Devin is uw moeder?'

'Hoe weet u dat?'

'Ik ben detective, weet u nog?'

Hij grinnikte. 'Theresa.'

'Aha,' zei ik. 'Een van de oudere zussen. Devin is bang voor de oudere zussen.'

Hij lachte zachtjes. 'Dat weet ik. Ik vind het wel grappig.'

'Bedankt dat u op ons past, agent Dunn.'

'Graag gedaan,' zei hij. 'Welterusten.'

Ik legde neer en staarde naar de stille mengeling van gitzwarte, zilverwitte en parelachtige kleuren.

'Patrick?'

Haar hoofd kwam omhoog van het kussen en haar linkerhand verwijderde een massa haar van haar gezicht. Ze kwam half overeind en leunde op een elleboog, en ik was me ervan bewust dat haar borsten onder haar Monsignor Ryan Memorial High School-T-shirt bewogen.

'Wat is er?'

'Niets,' zei ik.

'Een boze droom?' Ze ging met één been onder haar lichaam rechtop zitten, terwijl het andere been glad en bloot onder het laken uitstak.

'Ik dacht dat ik iets hoorde.' Ik knikte in de richting van het raam. 'Het bleek een tak van de boom te zijn.'

Ze geeuwde. 'Ik ben al heel lang van plan hem af te zagen.'
'En er brandt nergens licht. In de hele stad niet.'
Ze keek onder het gordijn door. 'Tjonge.'
'Dunn vertelde dat overal in de staat de transformatoren het begeven.'
'Nee, nee,' zei ze plotseling. Ze sloeg de deken open en stapte uit bed. 'Absoluut niet. Te donker.'
Ze rommelde wat in haar kast, tot ze een schoenendoos had gevonden. Ze zette hem op de grond en haalde er een handvol kaarsen uit.
'Moet ik je helpen?'
Ze schudde nee en liep door de kamer, waar ze de kaarsen in houders en kandelaars zette die ik niet in het donker kon zien. Ze had ze overal neergezet – op de twee nachtkastjes, de ladekast en haar toilettafel. Het was een beetje vreemd om haar al die kaarsen te zien aansteken. Ze hield de vlam van haar aansteker steeds brandend toen ze van de ene kandelaar naar de volgende liep, totdat de vlammetjes in het licht op de wanden dansten.
Binnen twee minuten had ze in de kamer een sfeer geschapen die je eerder in een kapel dan in een slaapkamer zult vinden.
'Zo,' zei ze, en kroop weer onder de dekens.
Gedurende enige tijd zeiden we geen van beiden iets. Ik keek naar flikkerende vlammen, die steeds groter werden, en het warme, gele licht dat speels op onze huid viel en haar haren deed glanzen.
Ze draaide zich om, zodat haar gezicht naar mij was gekeerd, sloeg haar opgetrokken benen bij de knieën over elkaar en trok de dekens omhoog tot haar middel. Ze kneedde de dekens tussen haar handen, tilde haar hoofd op en schudde haar haar, tot het minder in de war zat en op haar rug hing.
'In mijn dromen zie ik steeds maar lichamen,' zei ze.
'Ik zie alleen maar Evandro,' gaf ik toe.
'Wat is hij van plan?' Ze boog zich een beetje naar me toe.
'Hij komt achter ons aan,' zei ik. 'Langzaam maar zeker.'
'In mijn dromen is hij er al.'
'Dus die lichamen...'
'Zijn die van ons.' Ze kneep haar handen samen in haar schoot en keek ernaar alsof ze los zouden scheuren en elk zijn eigen gang zou gaan.
'Ik ben nog niet zover om dood te gaan, Patrick.'
Ik zat rechtop tegen het hoofdeinde. 'Ik ook niet.'
Ze leunde naar voren. Met haar samengeknepen handen stevig in haar schoot gedrukt, leunde ze met haar bovenlichaam in mijn richting. Haar volle haardos omlijstte haar gezicht, zodat ik het bij-

na niet meer kon zien. Het leek wel of ze een samenzwering wilde opzetten en geheimen koesterde die ze misschien nooit met iemand zou willen delen.

'Als iemand ons te grazen wil nemen – '

'Dat gaat niet gebeuren.'

Ze leunde met haar voorhoofd tegen dat van mij. 'Ja, dat gebeurt wel.'

Het huis kraakte en zakte weer een millimeter dichter naar de aarde.

'Als hij ons wil pakken, dan zijn we er klaar voor.'

'We zijn ten dode opgeschreven, Patrick. Jij weet het. Ik weet het, en waarschijnlijk weet hij het. We hebben dagenlang niet goed gegeten of geslapen. Hij heeft ons emotioneel en psychologisch te grazen genomen, en misschien nog wel op elke andere manier die je kunt verzinnen.' Ze drukte haar klamme handen tegen mijn wangen. 'Als hij dat wil, dan kan hij ons begraven.'

Ik voelde haar rillen, alsof er plotselinge stroomstoten door haar handpalmen schoten. De hitte en het stromen van haar bloed en de golfbewegingen van haar lichaam waren zichtbaar onder haar T-shirt, en ik wist dat ze waarschijnlijk gelijk had.

Als hij wilde, dan kon hij ons begraven.

En die wetenschap was zó verdomde kwaadaardig, zó doortrokken van het allerlaagste soort zelfbewustzijn – dat we ons niet meer voelden dan een hoop organen, aderen, spieren en gewrichten tussen stromen bloed in een kwetsbaar, waardeloos en zinloos uiterlijk. En dat, met het omzetten van een schakelaar, Evandro in staat was langs te komen om ons uit te schakelen, ons uit te zetten alsof we een lamp waren, zodat die specifieke hoop organen en gewrichten ophield te functioneren, de lichten gedoofd werden en de duisternis compleet werd.

'Onthoud waar we over gesproken hebben,' zei ik. 'Als we sterven, dan nemen we hem met ons mee.'

'Nou, *en*?' zei ze. 'Verdomme, nou én, Patrick? Ik wil Evandro niet met me meenemen. Ik wil gewoon niet dóód. Ik wil dat hij me met rust laat.'

'Hé,' zei ik zachtjes. 'Het is oké. Kom maar.'

Ze glimlachte triest naar me. 'Het spijt me. Het komt doordat het midden in de nacht is en ik banger ben dan ooit in mijn leven, en op dit moment niet in de stemming ben om de ruige bink uit te hangen. De laatste tijd klinkt dat zo ontzettend hol.'

Haar ogen waren vochtig, en dat gold ook voor haar handpalmen, waarmee ze mijn wangen streelde. Even later rustte ze op haar ellebogen.

Ik greep haar handen zachtjes bij de polsen. Ze leunde weer naar voren. Haar rechterhand woelde door mijn haar en duwde het van mijn voorhoofd weg. Intussen liet ze haar lichaam op mijn lichaam zakken, haar dijen gleden tussen mijn dijen en haar linkervoet wreef over mijn rechtervoet toen ze de deken naar het voeteinde terugduwde.

Een haarlok kietelde in mijn linkeroog. We verroerden ons beiden niet, terwijl onze gezichten elkaar bijna aanraakten. Ik kon onze angst bijna ruiken, in haar adem, in onze haren, op onze huid.

Haar donkere ogen keken zoekend naar mijn gezicht met een mengeling van nieuwsgierigheid, vastbeslotenheid en geesten van oud zeer uit het verleden waar we nooit over spraken. Haar vingers grepen mijn haar stevig beet en ze duwde haar bekken naar voren, totdat het mijn bekken aanraakte.

'We zouden dit niet moeten doen,' zei ze.

'Nee,' zei ik.

'En hoe moet het met Grace?' fluisterde ze.

Omdat ik daar geen antwoord op wist, liet ik de vraag tussen ons hangen.

'En hoe moet het met Phil?' zei ik.

'Phil is voorbij,' zei ze.

'Er waren goede redenen waarom we dit zeventien jaar niet gedaan hebben,' zei ik.

'Dat weet ik. Ik probeer ze me te herinneren.'

Ik tilde mijn hand op en duwde de haren over haar linkerslaap weg. Zij beet zachtjes in mijn pols en kromde haar rug, zodat haar bekken nog harder tegen mijn bekken werd geduwd.

'Renee,' zei ze, en greep de haren bij mijn slapen met een plotseling boos gebaar.

'Renee is er niet meer.' Ik greep haar haren net zo ruw beet.

'Weet je het zeker?'

'Heb je me ooit over haar horen praten?' Ik gleed met mijn linkerbeen langs haar rechterbeen en haakte mijn enkel achter haar enkel.

'Opvallend,' zei ze. Haar linkerhand gleed over mijn borst en kneep in mijn heup op de plek waar de naakte huid de boxershort ontmoette. 'Je praat opvallend weinig over een vrouw met wie je ooit getrouwd bent geweest.' De zijkant van haar hand duwde een stukje ondergoed over mijn heup omlaag.

'Ange – '

'Zeg mijn naam niet.'

'Wat?'

'Niet als je over jou en mijn zus praat.'

Dat was het. Nadat we het onderwerp praktisch gesproken een vol decennium uit de weg waren gegaan, was het nu weer tevoorschijn gekomen, met alle daarbij horende, kwalijke implicaties.

Ze leunde achterover tot ze op mijn dijen zat en mijn handen op haar heupen waren gevallen.

'Ik heb genoeg voor haar betaald,' zei ik.

Hoofdschuddend zei ze: 'Nee.'

'Ja.'

Ze haalde haar schouders op. 'Maar ik ben nu het punt gepasseerd dat ik me daar nog druk over kan maken.'

'Ange – '

Ze drukte een vinger tegen mijn lippen, ging vervolgens weer rechtop zitten en trok het T-shirt van haar lichaam. Ze smeet het naar de zijkant van het bed, greep mijn handen, trok ze omhoog en legde ze op haar borsten.

Ze liet haar hoofd zakken en haar haren vielen over mijn handen. 'Ik heb je zeventien jaar gemist,' mompelde ze.

'Ik jou ook,' zei ik schor.

'Goed,' fluisterde ze.

Toen haar lippen vlak boven mijn lippen aarzelden, viel haar haar weer over mijn gezicht. Haar knieën drukten tegen mijn dijen en duwden het ondergoed langs mijn benen omlaag. Het puntje van haar tong streelde aarzelend mijn bovenlip. 'Goed,' zei ze weer.

Ik tilde mijn hoofd op en kuste haar. Mijn rechterhand drukte in haar haar, en toen mijn mond haar mond losliet, volgde zij die, bedekte mijn lippen met haar mond en begroef haar tong diep in mijn mond. Mijn handen gleden omlaag over haar rug, en mijn vingers drukten aan beide kanten van haar ruggengraat, waarna ze onder het elastiek van haar broekje haakten.

Ze tilde een arm op en greep het hoofdeind van het bed vast; haar lichaam kromde zich toen mijn tong haar keel vond en mijn handen haar broekje in een rol zijde veranderde, die over haar heupen en het begin van haar achterwerk gleed. Haar borst zonk diep in mijn mond, ze hijgde even en trok het hoofdeind tegen het matras. Haar handpalm ging ruw over mijn buik omlaag naar mijn onderlichaam, terwijl ze naar de rol ondergoed om haar enkels schopte en zich weer op mijn lichaam liet zakken.

En toen ging de telefoon over.

'Laat ze maar verrekken,' zei ik. 'Wíe het ook is.'

Haar neus raakte mijn neus even, ze kreunde en we moesten beiden lachen, terwijl onze tanden slechts centimeters van elkaar verwijderd waren.

'Help me even om deze uit te trekken,' zei ze. 'Ik zit hier helemaal vast.'

De telefoon ging nogmaals over, luid en schril.

Onze benen en ondergoed zaten volledig in de war, mijn hand

gleed langs haar benen omlaag en probeerde het ondergoed te pakken. Ik raakte Angies hand aan die zich daar ook bevond, en de plotselinge aanraking was een van de meest erotische sensaties die ik ooit heb meegemaakt.

De telefoon ging weer over en ze boog opzij. Intussen kwamen onze enkels vrij en in het kaarslicht zag ik het glinsterende zweet op haar olijfkleurige huid.

Angie kreunde, maar het was een kreunen van pure kwaadheid en wanhoop, toen onze lichamen langs elkaar gleden en ze zich over me boog om de telefoon te pakken.

'Het kan agent Dunn zijn,' zei ze. 'Shit.'

'Tim,' zei ik. 'Noem hem Tim.'

'Je kunt verrekken,' zei ze schor lachend en sloeg me tegen mijn borst.

Ze nam de hoorn mee terug en ging naast me in bed liggen. Haar olijfkleurige huid werd nog donkerder door het witte laken waarop ze lag.

'Hallo,' zei ze, en blies een vochtige haarlok weg die op haar voorhoofd zat.

Ik hoorde iets aanhoudend krassen. Zacht, maar onophoudelijk. Ik keek naar het raam rechts van mij en zag de donkere bladen tegen het raam.

Kras, kras.

Angie trok haar rechterbeen weg en opeens kreeg ik het koud.

'Phil, alsjeblieft,' zei ze. 'Het is bijna twee uur in de nacht.'

Ze duwde haar hoofd en schouders in de kussens, klemde de hoorn tussen haar oor en schouder, tilde haar onderlichaam en achterwerk van het bed en trok haar onderboekje weer over haar heupen.

'En ik ben blij dat het goed met je gaat,' zei ze. 'Maar, Phil, kunnen we dat niet morgenochtend bespreken?'

De bladeren krasten opnieuw tegen het raam. Ik vond mijn boxershort en trok hem aan.

Angies handpalm streelde afwezig mijn heup. Ze draaide zich naar me om en keek me aan met een blik van 'Kun je je dat voorstellen?' Opeens kneep ze in het vlees op mijn heup waar ik volgens haar een zwembandje had, en beet op haar onderlip in een poging om niet te glimlachen. Die poging mislukte.

'Phil, je hebt gedronken, hè?'

Kras. Kras.

Ik keek naar het raam, maar de bladeren waren in een windvlaag verdwenen.

'Dat weet ik, Philip,' zei ze triest. 'Dat weet ik. En ik doe mijn best.' Haar hand viel van mijn heup, ze draaide zich om naar de telefoon en kwam uit bed. 'Dat doe ik niet. Ik haat je niet.'

Ze stond met één knie op het bed geleund en keek naar het raam. Het snoer van de telefoon drukte tegen de achterkant van haar dijen en zocht zijn weg onder haar T-shirt.

Ik stapte ook uit bed, en trok mijn spijkerbroek en shirt weer aan. Zonder de warmte van een ander lichaam was het koud in het huis, en ik voelde er niets voor om weer onder de dekens te kruipen terwijl zij met Phil in gesprek was.

'Ik vel geen oordeel over jou,' zei ze. 'Maar zou je liever niet goed bij je positieven willen zijn, als Arujo deze nacht besluit om achter jou aan te komen?'

De heldere lichtstraal raakte haar schouder en de brandende kaarsen en knipperde driemaal hoog tegen de muur tegenover haar. Omdat ze haar hoofd gebogen hield, had ze het niet in de gaten. Daarom verliet ik de slaapkamer en liep de gang in, terwijl ik over mijn armen wreef om de kou te verdrijven. Door het raam van de woonkamer zag ik dat Tim Dunn de straat overstak en in de richting van het huis liep.

Ik stak mijn hand uit om het alarm af te zetten, maar merkte dat dat door de stroomstoring niet meer functioneerde.

Voordat hij kon aanbellen, trok ik de deur open.

'Wat is er aan de hand?' vroeg ik.

Hij hield zijn hoofd omlaag tegen de druppels die van de bomen vielen, en ik realiseerde me dat hij naar mijn blote voeten keek.

Een walkietalkie kwam in de woonkamer tot leven.

'Heeft u het koud?' vroeg Dunn, terwijl hij aan zijn oorlel trok.

'Ja, kom binnen,' zei ik. 'En doe de deur achter je dicht.'

Ik liep de gang weer in toen ik Devins stem over de walkietalkie hoorde: 'Patrick, ga als de sodemieter uit dat huis. Arujo heeft ons in de val laten lopen. Arujo heeft ons in de val laten lopen. Hij zit niet in Nahant.'

Ik draaide me weer om, terwijl Dunn rechtop ging staan. Onder de klep van zijn pet keek het gezicht van Arujo mij strak aan.

'Arujo is niet in Nahant, Patrick. Hij is hier. Voor de rest van je leven.'

34

Voordat ik iets kon zeggen, drukte Evandro een stiletto tegen de huid onder mijn rechteroog. Hij duwde de punt stevig tegen mijn oogkas en sloot de deur achter zich.
Er zat al bloed aan het mes.
Hij zag mijn blik en glimlachte triest.
'Ik ben bang dat agent Dunn geen vijfentwintig zal worden,' fluisterde hij. 'Jammer, hè?'
Hij duwde me achteruit door de punt van de stiletto steviger tegen het bot te duwen. Ik deed een paar stappen achteruit de gang in.
'Patrick,' zei hij, met zijn andere hand op Dunns dienstrevolver, 'als je ook maar één geluid maakt, dan steek ik je oog eruit en schiet je compagnon dood voordat ze halverwege de slaapkamer uit is. Begrepen?'
Ik knikte.
In het zwakke kaarslicht in de slaapkamer zag ik dat hij Dunns uniformoverhemd aanhad; het was doordrenkt met bloed.
'Waarom moest je hem doden?' fluisterde ik.
'Hij gebruikte gel in zijn haar,' zei Evandro. Toen we de badkamer bereikten, hield hij een vinger voor zijn lippen. We bevonden ons halverwege de gang, en hij gaf met een gebaar te kennen dat ik moest stoppen.
Dat deed ik.
Hij had zijn sik afgeschoren en zijn haar, dat onder de rand van zijn pet tevoorschijn kwam, was lichtblond geverfd. Zijn gekleurde lenzen waren lichtgrijs, en ik nam aan dat de enige centimeters lange bakkebaarden vals waren, want hij had ze niet toen ik hem voor het laatst zag.
'Draai je om,' fluisterde hij. 'Langzaam.'
Vanuit de slaapkamer hoorde ik Angie zuchten: 'Phil, ik ben echt heel erg moe.'
Ze had de walkietalkie niet gehoord. Fuck.

Ik draaide me om, terwijl Evandro de platte kant van het lemmet tegen mijn gezicht drukte en het over mijn huid liet glijden toen ik mijn hoofd omdraaide. Ik voelde de punt langs mijn nek glijden en zich in de holte onder mijn rechteroor nestelen, in de opening tussen mijn schedel en mijn kaak.

'Als je me probeert te belazeren,' fluisterde hij in mijn oor, 'dan komt die punt door je neus weer naar buiten. Ga nu met kleine pasjes verder.'

'Philip,' zei Angie. 'Alsjeblieft...'

De slaapkamer had twee deuren. De eerste kwam in de gang uit, de andere, twee meter verderop, in de keuken. We bevonden ons iets meer dan één meter verwijderd van de eerste deur, toen Evandro de punt van de stiletto in mijn huid drukte om aan te geven dat ik stil moest blijven staan. 'Sst,' fluisterde hij, 'sst.'

'Nee,' zei Angie, en haar stem klonk zorgelijk. 'Nee, Phil, ik haat je niet. Je bent een goede man.'

'Ik stond buiten drie meter bij jullie vandaan,' fluisterde Evandro. 'Jij, je compagnon en die arme agent Dunn hadden het over de beveiliging van het huis, terwijl ik achter de heg van de buurman zat. Ik kon je daarvandaan zelfs ruiken, Patrick.'

Ik voelde een kleine, prikkelende sensatie toen de punt van de stiletto als een speld vlak bij mijn kaak door mijn huid boorde.

Ik zag geen enkele optie. Als ik met mijn elleboog Evandro's borst probeerde te raken, en dat was het eerste dat hij verwachtte, dan had hij toch nog meer dan vijftig procent kans om het mes alsnog door mijn hersens te steken. Alle andere mogelijkheden – zoals een vuist in zijn onderlichaam, een keiharde trap tegen de binnenkant van zijn scheenbeen of plotseling links- of rechtsom draaien – hadden evenveel kans op succes. In de ene hand hield hij het mes vast, in de andere de revolver, en beide wapens waren stevig tegen mijn lichaam gedrukt.

'Als je vanmorgen nu eens gewoon terugbelt,' zei Angie, 'dan praten we verder.'

'Of niet,' fluisterde Evandro. Hij duwde me vooruit.

Bij de deurpost haalde hij opeens met een ruk de revolver uit mijn zij. De punt van het mes kwam los van mijn oor en drukte nu tegen mijn achterhoofd, waar de ruggengraat en de basis van mijn schedel elkaar ontmoetten. Hij draaide zich om in de deuropening, zodat hij volledig door mijn lichaam werd beschermd.

In plaats van bij het bed, waar ik haar had achtergelaten, was Angie verdwenen. De hoorn lag midden op bed naast het toestel. Ik hoorde Evandro's ademhaling sneller gaan toen hij over mijn schouder keek om een beter overzicht te krijgen.

De lakens op het bed vertoonden nog steeds sporen van onze

lichamen. De as van haar sigaret viel in de asbak en de rook kringelde omhoog. De kaarsvlammen schitterden als ogen van jungleroofdieren.

Evandro keek naar de kast en zag dat er genoeg kleren in hingen om een lichaam te verbergen.

Hij gaf me opnieuw een duw en weer dacht ik erover na om hem een stoot met mijn elleboog te geven.

Hij richtte Dunns revolver over mijn schouder op de kast en spande het wapen.

'Zit ze daarin?' fluisterde hij, terwijl hij links van me ging staan, op de kast richtte en het mes steviger tegen mijn schedel drukte.

'Dat weet ik niet,' zei ik.

Voordat ik doorhad dat ze daar stond, hoorde ik haar stem.

Hij klonk een paar centimeter achter me en werd voorafgegaan door de luide, metalen klik van het spannen van de haan van een pistool.

'Beweeg. Je. Niet. Verdomme.'

Evandro duwde de punt van het mes zó stevig tegen de onderkant van mijn schedel dat ik op mijn tenen ging staan en het bloed langs mijn nek voelde lopen.

Door die beweging draaide ik mijn hoofd naar links en zag de loop van Angies .38 uit Evandro's rechteroor steken en haar witte knokken om de kolf.

Angie sloeg met een vlugge beweging de revolver uit Evandro's hand. Toen hij bij het voeteneind van het bed op de grond terechtkwam, verwachtte ik dat hij zou afgaan, maar hij bleef daar met gespannen haan liggen, met de loop in de richting van de kaptafel.

'Angela Gennaro,' zei Evandro. 'Leuk je te zien. Heel slim van je om te doen alsof je nog steeds telefoneerde.'

'Ik ben nog steeds aan het telefoneren, klootzak. Heb ik volgens jou opgehangen?'

Evandro knipperde even met zijn ogen. 'Nee, dat niet.'

'En wat betekent dat volgens jou?'

'Volgens mij heeft iemand vergeten op te hangen.' Hij snoof even. 'Het ruikt hier trouwens naar seks. Naar het samensmelten van vlees. Ik haat die reuk. Ik hoop dat jullie je geamuseerd hebben.'

'De politie is onderweg, Evandro, leg het mes dus maar neer.'

'Dat zou ik graag willen, Angela, maar eerst moet ik je doden.'

'Je kunt ons niet allebei te pakken krijgen.'

'Je denkt niet helder na, Angela. Waarschijnlijk komt het door de seks dat je een beetje suffig bent. Dat is nu eenmaal zo. Eigenlijk is het de stank van holbewoners, die lucht van seks. Nadat ik Kara en Jason had geneukt – en geloof me, het was míjn keus niet, maar hún keus – wilde ik daarna meteen hun keel doorsnijden. Maar ik was gedwongen te wachten. Ik was – '

'Hij probeert je in slaap te wiegen met dat geouwehoer, Ange.'

Ze drukte het pistool steviger tegen zijn oor. 'Maak ik volgens jou een slaperige indruk, Evandro?'

'Onthoud wat je de laatste paar weken geleerd hebt. Ik werk niet alleen, of ben je dat vergeten?'

'Volgens mij ben je nu alleen, Evandro. Leg daarom dat verdomde mes maar neer.'

Hij duwde het mes nog verder, en een witte flits schoot door mijn hersens.

'Je gaat te ver buiten je boekje,' zei Evandro. 'Jullie denken dat wij júllie niet kunnen verslaan, maar in plaats daarvan kunnen jullie óns niet verslaan.'

'Schiet hem neer,' zei ik.

'Wat?' zei Evandro geschrokken.

'Schiet hem neer.'

Rechts van ons uit de keuken zei iemand: 'Hallo.'

Angie draaide haar hoofd om, en ik rook de kogel die haar raakte. Hij rook naar zwavel, cordiet en bloed.

Haar eigen pistool ging tussen Evandro en mij af, en de vlam uit de loop verblindde me even.

Met een ruk boog ik me naar voren en voelde de stiletto uit mijn huid schieten en op de grond achter ons vallen, terwijl Evandro zijn nagels over mijn gezicht haalde.

Ik hakte met mijn elleboog tegen zijn hoofd, hoorde botten kraken en hij gilde. Opeens schoot Angie tweemaal, waarna ik in de keuken glas hoorde breken.

Evandro en ik vochten blindelings in de slaapkamer, en ik begon weer gestalten te onderscheiden tussen de witte vlekken voor mijn ogen. Mijn voet raakte Dunns dienstrevolver, die met een luide knal afging en de keuken in gleed.

Evandro klauwde met zijn handen naar mijn gezicht, en ik boorde mijn handen in het vlees onder zijn ribben. Ik draaide me met een ruk om, klemde mijn vingers om zijn zwevende ribben en smeet hem over Angies kaptafel tegen de spiegel.

De witte vlekken voor mijn ogen verdwenen en ik zag zijn slanke lichaam op haar make-upspullen terechtkomen en tegen de spiegel vallen. De spiegel brak in grote, scherpe stukken in de vorm van rugvinnen. De kaarsvlammen sputterden en lichtten fel op toen ze de grond raakten. Ik dook over het bed, terwijl hij met kaptafel en al op de grond viel.

Ik griste mijn pistool van Angies nachtkastje, stond aan de andere kant van het bed op en vuurde zonder een ogenblik te aarzelen naar de plek waar ik hem voor het laatst gezien had.

Maar daar was hij niet meer.

Ik draaide mijn hoofd om en zag Angie rechtop op de grond zitten. Ze kneep één oog dicht toen ze richtte en haar arm stilhield, terwijl een gevallen kaars naast haar op de grond lag te branden. Voetstappen stopten even bij de keukendeur, en Angie haalde de trekker over.

En daarna nog een keer.

Iemand in de keuken schreeuwde.

Buiten hoorde ik ook een geluid, maar dat was het geluid van metaal en van een gierende motor. Opeens flikkerde het licht boosaardig in de keuken, gevolgd door het gezoem van elektrische apparaten.

Ik trapte de kaars bij Angies arm uit en liep de gang achter haar in, terwijl ik mijn pistool op Evandro richtte. Hij stond met zijn rug naar ons gekeerd en hield zijn armen langs zijn zij. Hij zwaaide in het midden van de keuken heen en weer, als op de maat van muziek die alleen hij kon horen.

Angies eerste kogel had hem midden in de rug geraakt en er zat een groot gat in Dunns zwartleren dienstjack. Terwijl we toekeken, zagen we dat het gat rood werd. Evandro zwaaide niet langer heen en weer en hij liet zich op een knie vallen.

Haar tweede kogel had een huidflap van zijn hoofd geschoten, vlak boven zijn rechteroor.

Met een afwezig gebaar bracht hij de hand met het wapen omhoog in de richting van de hoofdwond, maar Dunns dienstrevolver viel uit zijn hand en gleed over het linoleum weg.

'Gaat het?' vroeg ik.

'Wat een stomme vraag,' kreunde ze. 'Jezus. Ga naar de keuken.'

'Waar is de vent die jou neerschoot?'

'Hij verdween door de keukendeur. Ga er nu heen.'

'Hij kan verrekken. Je bent gewond.'

Ze trok een pijnlijk gezicht. 'Het gaat wel, Patrick, maar hij kan nog steeds die revolver pakken. Ga je er nu heen of niet?'

Ik ging achter Evandro staan en raapte Dunns dienstrevolver op, liep om hem heen en keek hem aan. Evandro keek me aan, terwijl hij driftig de plek aanraakte waar een stuk van zijn hoofd had gezeten. Zijn gezicht was vaalgrijs in het knipperende licht van de tl-lampen.

Hij huilde zachtjes en de tranen vermengden zich met het bloed dat langs zijn gezicht stroomde. Zijn huid was nu zó wit geworden dat ik aan de clowns moest denken, lang geleden.

'Het doet geen pijn,' zei hij.

'Dat komt nog.'

Hij keek me met een verwarde, eenzame blik in zijn ogen aan.

'Het was een blauwe Mustang,' zei hij, en het leek voor hem erg belangrijk dat ik dat snapte.
'Wat?'
'De auto die ik gestolen heb. Hij was blauw en had witleren kuipstoelen.'
'Evandro,' zei ik, 'wie is je compagnon?'
'De wieldoppen glommen,' zei hij.
'Wie is je compagnon?'
'Voel je nu totaal *niets* voor me?' vroeg hij met wijd opengesperde ogen, en stak zijn handen uit, alsof hij ergens om smeekte.
'Nee,' zei ik, en mijn stem klonk kil en gevoelloos.
'Dan zullen we je te grazen nemen,' zei hij. 'We gaan winnen.'
'Wie zijn wij?'
Hij knipperde door de tranen en het bloed in zijn ogen. 'Ik ben in de hel geweest.'
'Dat weet ik.'
'Nee. Nee, ik ben in de *hel* geweest,' schreeuwde hij, en er sprongen weer tranen in zijn ogen, terwijl zijn gezicht in een grimas veranderde.
'En heb je die daarna voor andere mensen gecreëerd? Vlug, Evandro, wie is je compagnon?'
'Dat herinner ik me niet.'
'Gelul, Evandro. Vertel het me.'
Hij glipte uit mijn handen. Hij stierf voor mijn neus, terwijl hij zijn hand op zijn hoofd legde en probeerde het stromende bloed tegen te houden. Ik wist dat hij nu of over een paar uur zou sterven, maar dat hij dood zou gaan was zeker.
'Dat herinner ik me niet,' herhaalde hij.
'Evandro, hij heeft je achtergelaten. Jij gaat dood. Hij niet. Kom op. Ik – '
'Ik herinner me niet wie ik was toen ik daar naar binnen ging. Ik heb geen enkel idee. Ik kan me zelfs niet herinneren – ' Zijn borst ging plotseling hevig op en neer, hij blies zijn wangen op als een kogelvis en ik hoorde iets in zijn borstkas rommelen.
'Wie is – '
' – weet me zelfs niet meer te herinneren hoe ik als kind was.'
'Evandro.'
Hij braakte bloed op de vloer en keek er even naar. Toen hij me weer aankeek, was hij doodsbang.
Mijn gezicht verschafte hem waarschijnlijk niet veel hoop toen ik omlaagkeek en zag wat zijn lichaam zojuist had opgegeven; ik wist dat hij zonder dat niet lang meer te leven had.
'O, shit,' zei hij. Hij stak zijn handen uit en keek ernaar.
'Evandro – '

Maar zo stierf hij – starend naar zijn handen, terwijl ze langs zijn zij vielen, met een gebogen knie op de vloer en een verbaasd gezicht, bang en verschrikkelijk eenzaam.

'Is hij dood?'

Ik liep terug de gang in, nadat ik lang genoeg in haar slaapkamer was gebleven om de eenzame kaars uit te trappen, die een gat in haar vloer brandde. 'O, ja. Hoe gaat het met je?'

Haar huid glinsterde van het zweet. 'Ik zit een beetje in de vernieling, Patrick.'

Ik vond de klank van haar stem niet leuk. Die was hoger dan normaal en klonk klagend.

'Waar ben je geraakt?'

Ze tilde haar arm op en ik zag een donkerrood gat net boven haar heup en vlak onder haar ribbenkast, dat scheen te ademen.

'Hoe ziet het eruit?' Ze lag met haar hoofd tegen de deurpost.

'Niet zo slecht,' loog ik. 'Ik ga even een handdoek halen.'

'Ik zag alleen zijn lichaam,' zei ze. 'Alleen de vorm.'

'Wat?' Ik pakte een handdoek van het rek in de badkamer en liep weer terug naar de gang. 'Wie?'

'De rotzak die me neerschoot. Toen ik terugschoot, zag ik zijn lichaam. Hij was klein, maar stevig. Hoor je me?'

Ik duwde de handdoek tegen haar zij. 'Oké. Klein, maar stevig. Ik heb het.'

Ze sloot haar ogen. 'Tswarig,' zei ze.

'Wat? Doe je ogen open, Ange. Kom op.'

Ze opende haar ogen en glimlachte moeizaam. 'Srevolver,' zei ze. 'Szwaar.'

Ik nam de revolver uit haar hand. 'Niet meer, Ange. Ik wil dat je nog even wakker blijft – '

Er klonk een luide bons bij de voordeur, ik draaide me met een ruk om in de gang en richtte op Phil en twee paramedici, die het huis binnenstormden.

Ik liet mijn revolver zakken, terwijl Phil in de gang naast Angie knielde.

'O, Jezus,' zei hij. 'Lieveling?' Hij verwijderde de klamme haren van haar voorhoofd.

Een van de broeders zei: 'Geef me wat ruimte. Schiet op.'

Ik stapte opzij.

'Lieveling?' schreeuwde Phil.

Ze knipperde met haar ogen. 'Hallo,' zei ze.

'Achteruit, meneer,' zei de broeder, 'ga nu achteruit.'

Phil liet zich op zijn achterwerk zakken en gleed een meter opzij.

'Mevrouw?' zei de broeder, 'voelt u mijn hand in uw zij?'

Buiten voor het huis stopten patrouillewagens met gierende banden en verlichtten de ramen met kleurige, boze lampen.

'Zo bang,' zei Angie.

De tweede broeder liet het onderstel van de brancard zakken en duwde een metalen rol aan het hoofdeind omhoog.

Opeens klonk er getrappel in de gang, ik keek omlaag en zag Angies hielen op de vloer trommelen.

'Ze raakt in een shock,' zei de broeder. Hij greep haar bij de schouders. 'Grijp haar benen,' schreeuwde hij. 'Grijp haar benen, man.'

Ik greep haar benen en Phil zei: 'O, Jezus. Doe iets, doe iets, doe iets.'

Haar benen trapten tegen mijn oksel en ik perste ze tussen mijn arm en mijn borst. Ik hield haar stevig vast terwijl het wit van haar ogen verscheen en haar hoofd opzij viel en op de vloer bonsde.

'Nu,' zei de eerste broeder. De tweede broeder overhandigde hem een injectienaald, die hij in Angies borst stak.

'Wat doe je nu?' vroeg Phil. 'Jezus Christus, wat doe je nu met haar?'

Ze schokte nog eenmaal in mijn armen en toen leek ze gewoon langzaam op de vloer in elkaar te zakken.

'We gaan haar optillen,' zei de broeder tegen me. 'Voorzichtig, maar vlug. Op de derde tel. Eén...' Vier agenten verschenen in de deuropening met de handen op hun wapens.

'Twee,' zei de broeder. 'Ga verdomme bij die deuropening vandaan! Er komt een gewonde vrouw aan.'

De tweede broeder haalde een zuurstofmasker uit zijn tas tevoorschijn en hield hem gereed.

De agenten gingen op de veranda staan.

'Drie.'

We tilden haar op. Haar lichaam voelde veel te licht aan in mijn armen, alsof het nooit had bewogen, gesprongen of gedanst.

We legden haar op de brancard, terwijl de tweede broeder het zuurstofmasker over haar gezicht klemde en 'Opzij!' schreeuwde. Ze reden haar door de gang de veranda op.

Phil en ik volgden hen, en op het moment dat we op de met ijs bedekte veranda stapten, hoorde ik het geluid van minstens twintig wapens die werden gespannen en in mijn richting wezen.

'Leg jullie wapens neer en kniel, verdomme.'

Ik wist wel iets beters dan met zenuwachtige agenten in discussie te gaan.

Ik legde mijn pistool en Dunns revolver op de vloer van de veranda en stak mijn handen omhoog.

Phil maakte zich te veel zorgen over Angie om te denken dat ze het ook tegen hem hadden.

Hij deed twee stappen in de richting van de brancard, toen een agent hem met de kolf van zijn jachtgeweer op zijn sleutelbeen sloeg.

'Hij is de echtgenoot,' zei ik. 'Hij is de echtgenoot.'

'Hou je bek dicht, klootzak! Hou je verdomde handen omhoog. Nu! Nu! Nu!'

Dat deed ik. Ik bleef op mijn knieën zitten, terwijl de agenten voorzichtig dichterbij kwamen en de bitterkoude lucht mijn blote voeten en dunne overhemd vond. De broeders schoven Angie achter in de ambulance en reden met haar weg.

35

Toen de politie alles uitgeplozen had, lag Angie al twee uur op de operatietafel.

Phil mocht weg nadat hij City Hospital had gebeld, maar ik moest blijven om met vier rechercheurs en een zenuwachtige hulpofficier van justitie alles nog eens door te nemen.

Timothy Dunns naakte lichaam werd in een vuilnisbak bij de schommels van Ryan Playground gevonden. Men nam aan dat Evandro hem daarheen had gelokt door iets opvallends te doen wat de achterdocht van Dunn had gewekt, maar niet zo opvallend dat het als een directe bedreiging of teken van gevaar kon worden beschouwd.

Een wit laken hing aan een basketbalring, direct in het zicht van Dunn in zijn onopvallende patrouillewagen. Een man die om twee uur 's nachts een laken aan een basketbalring hangt, gedraagt zich waarschijnlijk zo vreemd dat hij de aandacht van een jonge agent trekt, maar weer niet zo vreemd dat hij versterkingen moet oproepen.

Het laken vroor aan de paal vast en bleef zo hangen, een witte rechthoek tegen een vaalgrijze lucht.

Dunn liep naar de ingang van de speeltuin toen Evandro hem van achteren besloop en zijn stiletto in Dunns rechteroor stootte.

De man die Angie had neergeschoten, was door de achterdeur binnengekomen. Zijn voetafdrukken – maat veertig? – vond men overal in de achtertuin terug, maar ze verdwenen bij Dorchester Avenue. De alarmsystemen die Erdham had geïnstalleerd, waren waardeloos geworden door het uitvallen van de stroom. De man hoefde alleen maar het eenvoudige slot van de achterdeur te forceren om naar binnen te komen.

De twee kogels van Angie hadden hem gemist. De eerste werd in de muur naast de deur gevonden, de tweede was tegen het fornuis geketst en had het raam boven de aanrecht vernield.

Zodat alleen Evandro uitleg behoefde.

Als een van hun eigen mensen wordt vermoord, zijn agenten mensen om bang voor te zijn. De woede, die normaal gesproken onder de oppervlakte blijft, komt dan in volle hevigheid naar boven, en je hebt medelijden met de arme klootzak die als eerste wordt gearresteerd.

Die avond was het nog erger dan anders, omdat Timothy Dunn familie van een gedecoreerde collega was. Een veelbelovende en ook nog eens jonge en onschuldige agent was van zijn uniform beroofd en in een vuilnisbak gepropt.

Terwijl rechercheur Cord – een man met witte haren, vriendelijke stem en meedogenloze ogen – mij in de keuken verhoorde, liep agent Rogin – een agressieve kerel – met samengebalde vuisten om Evandro's lichaam.

Volgens mij was Rogin iemand die om dezelfde reden agent wordt waarom sommige anderen gevangenbewaarder worden – het zijn sadisten die een sociaal aanvaardbare uitlaatklep nodig hebben.

Evandro's lichaam bevond zich op de plek waar ik het had achtergelaten. Het negeerde de wetten van natuurkunde en zwaartekracht, zoals ik ze had geleerd, door op één knie te zitten met zijn handen naast zijn zij en zijn blik omlaag.

In die houding verstijfde zijn lijk, en Rogin was er pisnijdig om. Hij keek een hele tijd zwaar ademhalend en met gebalde vuisten naar Evandro, alsof hij door lang genoeg te blijven staan en lang genoeg woede uit te stralen Evandro tot leven zou wekken om hem wéér neer te kunnen schieten.

Maar dat gebeurde niet.

Daarom haalde Rogin uit en schopte het lijk met zijn schoen met de stalen neus midden in het gezicht.

Evandro's lichaam viel achterover op de rug, en de schouders bonsden op en neer op de vloer. Eén van de benen vouwde zich dubbel onder het lichaam, het hoofd rolde naar links en de ogen staarden naar het fornuis.

'Rogin, wat doe je nu, verdomme?'

'Goed gedaan, Hughie.'

'Je gaat op rapport,' zei rechercheur Cord.

Rogin keek hem aan, en het was duidelijk dat er eerder ook weleens iets tussen hen voorgevallen was.

Rogin haalde nadrukkelijk zijn schouders op en spuugde op Evandro's neus.

'Goed zo,' zei een agent. 'Die gozer heeft het lef niet om voor de tweede keer dood te gaan, Rogin.'

En toen heerste er absolute stilte in het huis. Rogin keek, onzeker met zijn ogen knipperend, naar iets in de gang.

Devin liep de keuken in, terwijl hij naar Evandro keek. Zijn gezicht was roze van de kou. Oscar en Bolton stapten na hem de keuken in en bleven een paar passen achter hem staan.

Devin keek een hele tijd naar het lichaam. Al die tijd zei niemand iets. Ik weet zelfs niet zeker of er wel iemand ademhaalde.

'Voel je je nu beter?' Hij keek Rogin aan.

'Brigadier?'

'Voel je je nu beter?'

Rogin veegde een hand af aan zijn heup. 'Ik weet niet precies wat u bedoelt, meneer.'

'Het was een vrij eenvoudige vraag,' zei Devin. 'Je hebt zojuist een lichaam geschopt. Voel je je nu beter?'

'Hm...' Rogin keek naar de vloer. 'Ja. Ik voel me nu beter.'

Devin knikte. 'Prima,' zei hij zachtjes. 'Prima. Ik ben blij dat je het gevoel hebt dat je iets bereikt hebt, agent Rogin. Dat is belangrijk. Wat heb je vanavond nog meer bereikt?'

Rogin schraapte zijn keel. 'Ik heb de omgeving van de plaats delict afgezet – '

'Goed. Dat is altijd goed.'

'En, ik, eh – '

'Heb een man op de veranda geslagen,' zei Devin. 'Klopt dat?'

'Ik dacht dat hij gewapend was, meneer.'

'Begrijpelijk,' zei Devin. 'Vertel me eens, ben je nog bezig geweest om naar de tweede schutter te zoeken?'

'Nee, meneer. Dat was – '

'Heb je misschien voor een deken gezorgd om daarmee het naakte lichaam van agent Dunn te bedekken?'

'Nee.'

'Nee. Nee.' Devin raakte Evandro's lichaam aan met het puntje van zijn schoen en keek er met een apathische blik naar. 'Heb je de nodige stappen ondernomen om de verblijfplaats van de tweede schutter te lokaliseren, of ben je al met een buurtonderzoek begonnen om de bewoners te verhoren?'

'Nee. Maar nogmaals, ik – '

'Dus, afgezien van het schoppen van een lijk, het in elkaar slaan van een ongewapende man en het uitzetten van wat geel lint om de plaats delict af te zetten, heeft u nog niet veel bereikt, of wel, agent?'

Rogin bekeek iets op het fornuis. 'Nee.'

'Wat zei je?' vroeg Devin.

'Ik zei nee, meneer.'

Devin knikte, stapte over het lijk en ging naast Rogin staan.

Rogin was een stevige vent en Devin niet, zodat Rogin zich een beetje moest bukken toen Devin dat van hem vroeg. Hij boog zijn

hoofd, waarna Devin zijn lippen in de buurt van Rogins oor bracht.
'Verlaat direct mijn plaats delict, agent Rogin,' zei Devin.
Rogin keek hem aan.
Devin fluisterde, maar iedereen in de keuken kon het duidelijk horen: 'Nu je armen nog aan je schouders vastzitten.'

'We hebben een fout gemaakt,' zei Bolton. 'Eigenlijk heb *ik* een fout gemaakt.'
'Nee,' zei ik.
'Dit is mijn fout.'
'Dit is Evandro's fout,' zei ik. 'En van zijn compagnon.'
Hij leunde met zijn hoofd tegen de muur in Angies gang. 'Ik wilde te graag. Zij zetten een val op en ik trapte erin. Ik had jullie nooit alleen moeten laten.'
'Jij had die stroomstoring toch niet voorzien, Bolton.'
'Nee?' Hij hief beide handen op en liet ze met een verachtelijk gebaar vallen.
'Bolton,' zei ik. 'Grace is veilig. Mae is veilig. Phil is veilig. Zij zijn de burgers in deze zaak. Angie en ik niet.'
Ik liep door de gang naar de woonkamer.
'Kenzie.'
Ik draaide me om en keek hem aan.
'Als jij en je compagnon geen burgers zijn en ook geen agenten, wat zijn jullie dan?'
Ik haalde mijn schouders op. 'Twee idioten, die nog niet half zo flink waren als ze dachten.'

Later in de woonkamer vertelde een grijze schemering ons dat het weer ochtend werd.
'Heb jij het al aan Theresa verteld?' vroeg ik Devin.
Hij staarde uit het raam. 'Nog niet. Ik ga er over een paar minuten heen.'
'Het spijt me, Devin.' Het was niet veel, maar het was alles wat ik kon bedenken.
Oscar kuchte zachtjes en staarde naar de vloer.
Devin haalde zijn vinger langs de vensterbank en keek naar het stof op zijn vinger. 'Mijn zoon is gisteren vijftien geworden,' zei hij.
Devins ex-vrouw, Helen, en hun twee kinderen woonden in Chicago met haar tweede man, een orthodontist. Helen had de voogdij, terwijl Devin het recht om de kinderen te zien was kwijtgeraakt na een onaangenaam incident vier jaar geleden met de kerst.
'Ja? Hoe gaat het tegenwoordig met Lloyd?'
Hij haalde zijn schouders op. 'Hij stuurde me een paar maanden geleden een foto. Hij is groot geworden en heeft nu zulk lang haar

dat je zijn ogen niet meer kunt zien.' Hij bestudeerde zijn harde, gehavende handen. 'Hij is drummer in een plaatselijke band. Helen zegt dat hij slechte cijfers haalt op school.'

Hij keek naar buiten naar de straat, en het grijze ochtendlicht scheen bezit van zijn huid te nemen. Toen hij weer sprak, trilde zijn stem.

'Toch denk ik dat er heel wat ergere dingen zijn dan musiceren. Weet je dat, Patrick?'

Ik knikte.

Phil was met mijn Crown Victoria naar het ziekenhuis gereden, en daarom bracht Devin me aan het begin van de ochtend naar de garage, waar ik mijn Porsche stalde.

Buiten de garage zat hij onderuitgezakt in zijn stoel. Hij sloot zijn ogen, terwijl de warmte van zijn kapotte uitlaat om de auto hing.

'Arujo en zijn compagnon hebben een telefoonverbinding met een computermodem in een verlaten huis in Nahant geregeld,' zei hij. 'Geregeld, want als ze op straat een munttelefoon gebruikten, werd het gesprek naar die computertelefoon getraceerd. Heel slim.'

Ik wachtte, terwijl hij met zijn handen in zijn gezicht wreef en zijn ogen nog steviger dichtkneep, alsof hij een nieuwe golf van verdriet wilde afweren.

'Ik ben agent,' zei hij. 'Met heel mijn hart. Ik moet mijn job doen. Professioneel.'

'Dat weet ik.'

'Zoek die vent, Patrick.'

'Dat zal ik doen.'

'Op alle mogelijke manieren.'

'Bolton – '

Hij stak een hand op. 'Bolton wil ook dat er een einde aan komt. Vestig niet de aandacht op jezelf. Houd je schuil. Bolton en ik geven je je privacy weer terug. Je wordt niet langer in de gaten gehouden.' Hij deed zijn ogen open, verzette de rugleuning en keek me enige tijd aan. 'Geef die kerel de kans niet om brieven uit de gevangenis te schrijven of zich door Geraldo te laten interviewen.'

Ik knikte.

'Ze zullen graag zijn hersens willen onderzoeken.' Hij trok aan een loszittend stukje vinyl van zijn verweerde dashboard. 'Dat kunnen ze niet als er geen hersens zijn om te onderzoeken.'

Ik tikte één keer op zijn arm en stapte uit.

Toen ik het ziekenhuis belde, lag Angie nog steeds op de operatietafel. Ik vroeg ze of ze Phil wilden oproepen, en toen ik zijn stem over de lijn hoorde, klonk die doodop.
'Hoe is de stand van zaken?' vroeg ik.
'Ze zijn nog steeds met haar bezig. Ze willen me niets vertellen.'
'Rustig blijven, Phil. Ze is sterk.'
'Kom je nog hierheen?'
'Ik kom zo,' zei ik. 'Maar eerst moet ik nog iemand spreken.'
'Zeg, Patrick,' zei hij voorzichtig, 'doe jij ook rustig aan, hè?'

Ik trof Eric in zijn appartement in de Back Bay.
Gekleed in een versleten badjas en grijze sportbroek deed hij de deur open. Hij zag er doodmoe uit en had een baard van zeker drie dagen oud. Zijn haar was niet in een paardenstaart vastgebonden, zodat hij er ouderwets uitzag met dat kapsel over zijn oren en schouders.
'Vertel me alles, Eric.'
Hij keek naar het pistool tussen mijn broekriem. 'Laat me alleen, Patrick. Ik ben bekaf.'
Achter hem zag ik weggesmeten kranten op de grond, en een stapel borden en kopjes in de gootsteen.
'Je kunt verrekken, Eric. We moeten praten.'
'Ik heb al gepraat.'
'Met de FBI, dat weet ik. Je bent niet door de leugendetectortest gekomen, Eric.'
Hij knipperde met zijn ogen. 'Wát?'
'Je hebt me wel verstaan.'
Hij krabde aan zijn been, geeuwde en keek naar een punt boven mijn schouder. 'Leugendetectors worden niet geaccepteerd door de rechter.'
'Het gaat niet om een rechtszaak,' zei ik. 'Het gaat om Jason Warren. Het gaat om Angie.'
'Angie?'
'Ze is door een kogel getroffen, Eric.'
'Is ze...?' Hij hield een hand voor zich uit alsof hij niet zeker wist wat hij ermee moest doen. 'Jezus, Patrick, gaat ze het redden?'
'Dat weet ik niet, Eric.'
'Je zult wel gek worden.'
'Ik ben nu al verdomde erg van streek, Eric. Denk daar maar goed over na.'
Hij kromp in elkaar en er verscheen een bittere, hopeloze uitdrukking in zijn ogen.
Hij draaide zich om, liet de deur open en liep zijn appartement weer in. Ik volgde hem door de rotzooi in zijn woonkamer. Overal lagen boeken, pizzadozen, flessen wijn en lege bierblikjes.

In de keuken schonk hij voor zichzelf een kop koffie in. Het koffiezetapparaat zat onder de koffievlekken, alsof hij dagenlang vergeten was die af te vegen. Wie weet hoe oud die koffie al was.

'Waren jij en Jason minnaars?' vroeg ik.

Hij nam een slok koude koffie.

'Eric? Waarom ben je bij de universiteit van Massachusetts weggegaan?'

'Weet je wat er gebeurt als mannelijke professoren met mannelijke studenten naar bed gaan?' vroeg hij.

'Professoren slapen voortdurend met studenten,' zei ik.

Hij schudde glimlachend zijn hoofd. 'Mannelijke professoren slapen altijd met vrouwelijke studenten.' Hij zuchtte. 'Maar in de huidige, politieke sfeer wordt dat zelfs op de meeste campussen gevaarlijk. *In loco parentis.* Dat is geen verschrikkelijk dreigende uitdrukking, tenzij het eenentwintig jaar oude mannen en vrouwen betreft in het enige land waar we eigenlijk niet willen dat onze kinderen volwassen worden.'

Ik vond een schone plek aan de aanrecht en leunde ertegen.

Eric keek op van zijn koffiekopje. 'Maar ja, Patrick, in het algemeen vindt men het goed dat mannelijke professoren met vrouwelijke studenten naar bed gaan, zolang deze studentes op dat moment geen colleges bij die professoren volgen.'

'Wat is dan het probleem?'

'Het probleem wordt gevormd door homofiele professoren en homofiele studenten. Ik verzeker je, over een dergelijke relatie doet men nog steeds moeilijk.'

'Eric,' zei ik, 'doe me een lol. We spreken nu over academische instellingen in Boston. Het sterkste bolwerk van Amerikaans liberalisme.'

Hij lachte zachtjes. 'Dat denk je, hè?' Hij schudde opnieuw zijn hoofd en er verscheen een vreemde glimlach om zijn dunne lippen. 'Als jij een dochter had, Patrick, en laten we aannemen dat ze twintig is, ze is knap, studeert aan Harvard, Bryce of B.U., en jij zou erachter komen dat ze met een professor naar bed gaat, hoe zou jij je dan voelen?'

Ik keek naar zijn holle ogen. 'Ik zou niet beweren dat ik het leuk vond, Eric, maar ik zou niet verrast zijn. En omdat ik vind dat zij volwassen is, is het háár keus.'

Hij knikte. 'Hetzelfde scenario, maar nu is het je zoon, en hij gaat met zijn mannelijke professor naar bed?'

Daar had hij me mee te pakken. Het raakte een diepgeworteld en onderdrukt deel van mezelf dat eerder puriteins dan katholiek was, en het beeld dat ik in gedachten voor me zag – van een jonge man met Eric in een te smal bed – voelde ik me heel even misselijk voordat ik het gevoel weer wist te onderdrukken. Ik probeerde het beeld kwijt te raken en de intellectuele handvatten van mijn eigen sociaal liberalisme vast te grijpen.

'Ik zou – '

'Begrijp je?' Hij glimlachte stralend, maar zijn ogen keken nog steeds hol en verward. 'De gedachte maakte je misselijk, hè?'

'Eric, ik – '

'Of niet?'

'Ja,' zei ik rustig. En ik vroeg me af wat ik nu was.

Hij stak een hand op. 'Het is oké, Patrick. Ik ken je tien jaar, en je bent een van de minst homofobe heterofielen die ik ken. Maar toch ben je homofoob.'

'Niet als het – '

'Wat jou en je homovrienden betreft,' zei hij, 'je bent een fijne vent, dat moet ik toegeven. Maar als de kans bestaat dat je *zoon* en zijn homovrienden…'

Ik haalde mijn schouders op. 'Misschien.'

'Jason en ik hadden een relatie,' zei hij, en goot zijn koffie in de gootsteen.

'Wanneer?'

'Vorig jaar. En toen was het voorbij. Om te beginnen duurde het slechts één maand. Ik was een vriend van de familie en had het gevoel dat ik Diandra bedroog. Wat Jason betrof, kreeg ik het idee dat hij liever iemand van zijn eigen leeftijd had, en bovendien voelden vrouwen zich enorm tot hem aangetrokken. Maar we gingen als goede vrienden uit elkaar.'

'Heb je dit aan de FBI verteld?'

'Nee.'

'Eric, in 's hemelsnaam, waarom niet?'

'Dat kost me mijn carrière,' zei hij. 'Denk aan je reactie op mijn hypothetische vraag. Het maakt niet uit hoe liberaal de academische wereld volgens jou is, de bestuurders van de meeste universiteiten zijn blanke, mannelijke heterofielen. Of hun vrouwen, die altijd op de countryclubs rondhangen. Zodra ze denken dat een homofiele professor homofiele studenten van hun kinderen of van de kinderen van hun vrienden maakt, dan zullen ze hem ruïneren. Reken daar maar op.'

'Eric, het zal bekend worden. De FBI, Eric. De FBI. Op dit moment leggen ze elk facet van je leven onder een vergrootglas. Vroeg of laat keren ze de goede steen om.'

'Ik kan het niet toegeven, Patrick. Ik kán het niet.'

'En Evandro Arujo? Kende je hem?'

Hij schudde zijn hoofd. 'Nee, Jason was bang en Diandra was bang. Daarom heb ik jouw hulp ingeroepen.'

Ik geloofde hem. 'Eric, denk er nog eens over na om met de Feds te gaan praten.'

'Ga je ze vertellen wat ik jou heb verteld?'

Ik schudde mijn hoofd. 'Zo werk ik niet. Ik weet niet of het veel uitmaakt, maar ik zal vertellen dat je volgens mij geen verdachte bent, hoewel ik vermoed dat ze dit niet zullen accepteren zonder dat ze daar een stevig bewijs voor hebben.'

Hij knikte en liep de keuken uit naar de voordeur. 'Bedankt dat je even langs wilde komen, Patrick.'

Ik bleef in de deuropening staan. 'Vertel het, Eric.'

Hij legde een hand op mijn schouder, keek me glimlachend aan en probeerde dapper te zijn. 'De avond dat Jason vermoord werd, was ik bij een student. De vader van deze student is een machtige advocaat uit North Carolina en een vooraanstaand lid van de Christian Coalition. Wat denk je dat hij zal doen, als hij erachter komt?'

Ik keek naar het stoffige tapijt.

'Ik kan alleen maar lesgeven, Patrick. Dat is mijn hele leven. Zonder dat besta ik niet meer.'

Ik keek hem aan, en het leek wel of hij niet meer bestond toen hij deze woorden sprak, het was alsof hij vlak voor mijn ogen in een mist verdween.

Op mijn weg naar het ziekenhuis stopte ik even bij The Black Emerald, maar die was gesloten. Ik keek omhoog naar Gerry's appartement boven de zaak, maar de gordijnen waren dicht. Ik keek of ik Gerry's Grand Torino zag staan, die normaal voor de bar stond, maar die stond er ook niet.

Als de moordenaar mij vanaf het begin van deze zaak persoonlijk kende, zoals Dolquists theorie luidde, dan werd het aantal verdachten daardoor wel kleiner. Eric en Gerry werden beiden door de FBI als verdachten beschouwd. En Gerry was fysiek heel erg sterk.

Maar wat voor motief kon hij hebben?

Ik heb Gerry mijn hele leven gekend. Kon hij moorden?

We zijn allemaal in staat om te moorden, fluisterde een stem in mijn hoofd. Iedereen.

'Meneer Kenzie.'

Ik draaide me om en zag agent Fields bij de kofferbak van een donkere Plymouth staan. Hij smeet opnameapparatuur achter in de auto. 'Meneer Glynn gaat vrijuit.'

'Hoezo?'

'We hebben de afgelopen nacht dit pand in de gaten gehouden. Glynn ging om één uur naar zijn appartement, keek tot drie uur tv en ging daarna naar bed. We hebben hier de hele nacht gezeten, maar hij is nooit weggegaan. Hij is onze man niet, meneer Kenzie. Het spijt me.'

Ik knikte. Een deel van mij was opgelucht, een ander deel voelde zich schuldig omdat ik Glynn als verdachte had beschouwd.

Vanzelfsprekend was er nog een ander deel van mij dat teleurgesteld was. Misschien wilde ik wel dat het Glynn was.

Dan was het tenminste voorbij.

'De kogel heeft veel schade aangericht,' vertelde dokter Barnett me. 'Hij heeft haar lever en beide nieren geraakt en is in haar onderbuik blijven steken. Tweemaal stond ze bijna op het punt om te overlijden, meneer Kenzie.'

'Hoe maakt ze het nu?'

'Ze is er nog lang niet,' zei hij. 'Is ze sterk? Heeft ze een sterk hart?'

'Ja,' zei ik.

'Dan heeft ze meer kans dan anderen. Dat is alles wat ik nu kan zeggen.'

Nadat ze anderhalf uur in de recoverkamer had gelegen, brachten ze haar om halfnegen naar de intensive care.

Het was alsof ze twintig kilo was kwijtgeraakt, en haar lichaam leek in haar bed te zweven.

Phil en ik stonden aan haar bed, terwijl een verpleegster intraveneuze aansluitingen verzorgde en haar aansloot op de monitor.

'Waar is dat voor?' vroeg Phil. 'Het gaat nu toch goed met haar, of niet?'

'Ze heeft tweemaal een inwendige bloeding gehad, meneer Dimassi. We gebruiken deze monitor om er zeker van te zijn dat het niet weer gebeurt.'

Phil pakte Angies hand, en die leek zo klein.

'Ange?' zei hij.

'Ze zal het grootste deel van de dag slapen,' zei de verpleegster. 'U kunt nu niet veel voor haar doen, meneer Dimassi.'

'Ik laat haar niet alleen,' zei Phil.

De verpleegster keek me aan, maar ik reageerde niet.

Om tien uur verliet ik de intensive care en zag Bubba in de wachtkamer zitten.

'Hoe is het met haar?'

'Ze denken dat ze er wel weer bovenop komt,' zei ik.

Hij knikte.

'Ik vermoed dat we meer zullen weten als ze weer bijkomt.'

'Wanneer is dat?'

'Vanmiddag laat,' zei ik. 'Misschien vanavond.'
'Kan ik nog iets voor je doen?'
Ik boog over het fonteintje en dronk water als een man die zojuist uit een woestijn komt.
'Ik moet Fat Freddy spreken,' zei ik.
'Zeker. Waarom?'
'Ik moet Jack Rouse en Kevin Hurlihy spreken, want ik wil ze wat vragen.'
'Ik vermoed dat Freddy daar geen problemen mee zal hebben.'
'En als ze mijn vragen niet beantwoorden,' zei ik, 'dan wil ik toestemming hebben om op ze te schieten tot ze me antwoord geven.'
Bubba boog zich over het fonteintje en keek me aan. 'Meen je dat?'
'Bubba, zeg maar tegen Freddy dat ik het, ook al krijg ik géén toestemming, tóch zal doen.'
'Zo is het maar net,' zei hij.

Phil en ik waakten om de beurt.
Als een van ons naar het toilet moest of iets wilde drinken, hield de ander Angies hand vast. De hele dag hield een van onze handen haar hand vast.
Om twaalf uur ging Phil naar het restaurant. Ik tilde haar hand op naar mijn lippen en sloot mijn ogen.
De dag dat ik haar voor het eerst zag, miste ze beide voortanden. Haar haren waren zó kort en slordig geknipt dat ik dacht dat ze een ander jongetje was. We waren in het gymnastieklokaal van het Little House Recreation Center in East Cottage, en alle zesjarigen mochten doen wat ze wilden. Dit was lang voordat er in mijn woonwijk sprake was van naschoolse kinderopvang, maar ouders konden hun kinderen naar het Little House brengen, waar ze voor vijf dollar per week drie uur per dag mochten blijven. Het personeel liet ons onze gang gaan, zolang we maar niets vernielden.
Die dag was de vloer van de gymnastiekzaal bezaaid met bruine trefballen, oranje Nerfs, stevige plastic voetballen, zaalhockeysticks en pucks, basketballen en misschien wel vijfentwintig ongecoördineerde kinderen van zes jaar, die schreeuwend als maniakken rondrenden.
Er was een tekort aan pucks, en nadat ik een hockeystick had gepakt, rende ik naar het kind met het slechte kapsel dat voorzichtig langs de wand van de zaal haar weg zocht. Ik besloop haar van achteren, tilde haar stick op met mijn stick en pakte de puck van haar af.
Maar ze tackelde me, stompte me op mijn hoofd en pakte de puck weer terug.

Ik zat met haar hand tegen mijn gezicht gedrukt in de intensive care en herinnerde me die dag alsof het gisteren was.

Ik boog me naar haar toe en drukte mijn wang tegen die van haar, drukte haar hand stevig tegen mijn borst en deed mijn ogen dicht.

Toen Phil terugkwam, leende ik een sigaret van hem en liep naar de parkeerplaats om hem daar op te roken.

Ik had zeven jaar niet gerookt, maar de tabak rook als parfum toen ik de sigaret aanstak, en de rook die mijn longen vulde voelde schoon en puur in de koude lucht.

'Die Porsche,' zei iemand rechts van mij, 'is een mooie auto. Zesenzestig?'

'Drieënzestig,' zei ik, en draaide me om om hem aan te kijken.

Pine droeg een kameelharen overjas, een bordeauxrode keperbroek en een zwarte kasjmieren sweater. Zijn zwarte handschoenen zaten als een tweede huid om zijn handen.

'Hoe kon je die betalen?' zei hij.

'Ik kocht eigenlijk alleen het chassis,' zei ik. 'De rest van de onderdelen heb ik in de loop van de jaren aangeschaft.'

'Ben jij één van die kerels die meer van zijn auto dan van zijn vrouw of vrienden houdt?'

Ik hield de sleutels omhoog. 'Het is chroom, metaal en rubber, Pine, en op dit moment zegt het me totaal niets. Als je hem wilt hebben, ga je gang.'

Hij schudde zijn hoofd. 'Veel te opvallend voor mijn smaak. Ik rij zelf in een Acura.'

Ik nam weer een trek van mijn sigaret en voelde me onmiddellijk licht in mijn hoofd worden. De omgeving danste voor mijn ogen op en neer.

'Vincent Patriso's enige kleindochter neerschieten,' zei hij, 'is een zeer onverstandige daad van iemand geweest.'

'Ja.'

'Meneer Constantine laat u bij dezen weten dat hij er niets mee te maken heeft.'

'Dat weet ik.'

'Meneer Constantine laat u ook weten dat u carte blanche hebt om te doen wat in uw ogen nodig is om de man die mevrouw Gennaro heeft neergeschoten te identificeren en in te rekenen.'

'Carte blanche?'

'Carte blanche, meneer Kenzie. Als meneer Hurlihy en meneer Rouse nooit meer komen opdagen, dan verzekert meneer Constantine u dat hij en zijn medewerkers geen zin hebben om hen te gaan zoeken. Duidelijk?'

Ik knikte.

Hij overhandigde me een kaartje. Op de ene kant stond een adres geschreven – 411 South Street, derde verdieping. Op de andere kant een telefoonnummer, dat ik herkende als het nummer van Bubba's gsm.

'Als u tijd hebt, zult u daar meneer Rogowski ontmoeten.'

'Dank u.'

Hij haalde zijn schouders op en keek naar mijn sigaret. 'U zou die dingen niet moeten roken, meneer Kenzie.'

Hij verliet de parkeerplaats. Ik drukte de sigaret uit en liep weer naar binnen.

Angie deed om kwart voor twee haar ogen open.

'Lieveling?' zei Phil.

Ze knipperde met haar ogen en probeerde wat te zeggen, maar haar mond was te droog.

Volgens eerdere instructies van de verpleegsters gaven we haar een paar stukjes ijs, maar geen water. Ze knikte dankbaar.

'Noem me geen lieveling,' zei ze met krakende stem. 'Hoe vaak moet ik je dat nog zeggen, Phil?'

Phil lachte en kuste haar voorhoofd. Ik kuste haar wang en ze deed een zwakke poging om ons een klap te geven.

We gingen weer zitten.

'Hoe voel je je?'

'Dat is een echt stomme vraag.'

Dokter Barnett liet zijn stethoscoop zakken, stak zijn zaklampje weer in zijn zak en zei tegen Angie: 'Tot morgen blijft u in intensive care, zodat we u goed in de gaten kunnen houden. Maar volgens mij gaat het de goede kant op.'

'Het doet verdomd zeer,' zei ze.

Hij glimlachte. 'Dat had ik wel verwacht. Die kogel heeft een zeer kwalijk traject afgelegd, mevrouw Gennaro. Later zullen we het wel over de schade hebben. Ik kan u wel beloven dat u nooit meer in staat zult zijn om bepaalde voedingsmiddelen te eten. Afgezien van water mag u de eerste tijd ook geen vloeistoffen drinken.'

'Verdomme,' zei ze.

'Later zullen we nog andere restricties bespreken, maar – '

'En hoe zit het met...' Ze keek naar Phil en mij en wendde haar blik af.

'Ja?' vroeg Barnett.

'Nou,' zei ze, 'de kogel is nogal in mijn onderbuik tekeergegaan, en...'

'Hij heeft geen van uw voortplantingsorganen geraakt, mevrouw Gennaro.'

'O,' zei ze, en keek me kwaad aan toen ze me zag glimlachen.
'Verdomme, Patrick, waag het niet om iets te zeggen.'

Om vijf uur kwam de pijn in alle hevigheid terug, en ze gaven haar zoveel Demerol dat zelfs een Bengaalse tijger ervan onder zeil zou raken.
   Terwijl ze met moeite haar ogen openhield raakte ik met mijn hand haar wang aan..
   'De kerel die me neerschoot?' zei ze met moeite.
   'Ja?'
   'Weet je al wie het is?'
   'Nee.'
   'Maar dat kom je wel te weten, hè?'
   'Absoluut.'
   'Nou, dan…'
   'Ja?'
   'Pak hem, Patrick,' zei ze. 'En schiet hem dood.'

36

411 South Street was het enige leegstaande gebouw in een straat met ateliers en tapijtweverijen, costumiers, handelaren in tweedehands spullen en galerieën die je slechts op afspraak kon bezoeken.

Nummer 411 was een drie verdiepingen hoog gebouw dat als parkeergarage fungeerde, lang voordat de stad er eigenlijk een nodig had. Het was aan het einde van de jaren veertig in andere handen overgegaan, en de nieuwe eigenaar had er een ontspanningscomplex voor zeelieden van gemaakt. Op de begane grond bevonden zich een bar en een biljartzaal, op de eerste verdieping een casino en op de tweede een bordeel.

Het gebouw had het grootste gedeelte van mijn leven leeggestaan, dus heb ik nooit geweten wat er zich op de derde verdieping bevond, totdat mijn Porsche langs de donkere verdiepingen met een ouderwetse autolift naar boven werd gebracht, waar de deuren opengingen en ik in een bedompte, muffe bowlingbaan stond.

Hier en daar hingen een paar lampen aan een ingezakt plafond, en verschillende banen lagen vol rommel. Omgegooide kegels lagen onder dikke lagen stof in de goot, en de handdrogers waren reeds lang geleden van de vloer losgetrokken en waarschijnlijk in onderdelen verkocht. Op een paar planken lagen toch nog enige bowlingballen, en onder het stof en vuil zag ik in een paar banen op sommige plekken nog de pijltjes.

Toen we uit de auto stapten en de lift verlieten, zagen we Bubba in een kapiteinsstoel bij de middelste baan zitten. Er zaten nog steeds schroeven in de voet van de stoel van de plek waar hij hem had losgetrokken. Het leer was op verschillende plekken kapotgesneden en het piepschuim van de vulling lag op de grond bij zijn voeten.

'Wie is de eigenaar van dit gebouw?' vroeg ik.

'Freddy.' Hij nam een slok uit een fles Finlandia. Zijn gezicht was rood en zijn ogen waren een beetje waterig. Ik wist dat hij net zogoed met zijn tweede fles bezig kon zijn, en dat was nooit een goed teken.

'Is Freddy gewoon voor de lol eigenaar van een leegstaand gebouw?'

Hij schudde zijn hoofd. 'Als je in de lift staat, lijken de eerste en tweede verdieping op het eerste gezicht een grote rotzooi, maar eigenlijk zijn ze best wel mooi. Freddy en zijn jongens gebruiken ze weleens om hun zaakjes te regelen en zo.' Hij keek naar Phil met een blik die beslist niet vriendelijk genoemd kon worden. 'Verdomme, wat doe jij hier, mietje?'

Phil deed een stap naar achteren, maar deed het beter dan de meeste mensen die tegenover Bubba staan als hij een enorme psychotische rotbui heeft.

'Ik ben er tot over mijn oren bij betrokken, Bubba.'

Bubba glimlachte, en de duisternis die het laatste gedeelte van de banen volledig bedekte, scheen achter hem omhoog te komen. 'Zo, nou,' zei hij. 'Wat fijn voor je. Je bent pissig omdat iemand anders Angie het ziekenhuis in heeft geschoten en jij het niet op je geweten hebt, hè? Heeft iemand zich op jouw werkterrein begeven, nicht?'

Phil deed een stap in mijn richting. 'Dit heeft niets met onze slechte verstandhouding te maken, Bubba.'

Bubba keek me verbaasd aan. 'Is hij een beetje flinker geworden of is hij gewoon dom?'

Tot nu toe heb ik Bubba slechts een paar keer in zo'n bui gezien, en ik vond het dan altijd een beetje te gevaarlijk in zijn buurt. Ik herzag mijn mening en vermoedde dat hij wel drie flessen wodka op had, en het was niet te zien of hij in staat was zijn duistere instincten in bedwang te houden.

Bubba gaf in deze wereld slechts om twee mensen – mijzelf en Angie. En Phil had Angie in de loop van de jaren te veel pijn gedaan, zodat Bubba slechts pure haat voor hem koesterde. Het is altijd relatief als je het voorwerp bent van iemands haat. Als de persoon die jou haat een reclameman is wiens Infiniti je in het verkeer gesneden hebt, dan hoef je je waarschijnlijk niet al te veel zorgen te maken. Maar als Bubba jou haat, dan is het idee om tussen jou en hem een paar continenten te hebben niet slecht.

'Bubba,' zei ik.

Hij draaide zijn hoofd langzaam om om me aan te kijken, en zijn gezicht werd rood.

'Phil staat in deze zaak aan onze kant. Dat is alles wat je nu moet weten. Hij wil meedoen, wát we ook van plan zijn.'

Hij reageerde niet; hij draaide slechts zijn hoofd om naar Phil en keek hem met een troebele blik strak aan.

Phil beantwoordde zijn blik zolang hij kon, lang nadat het zweet langs zijn oren was gelopen, maar ten slotte sloeg hij zijn ogen neer.

'Fijn, wijfie,' zei Bubba. 'Je mag een poosje meedoen, want je wilt vast wel vergeving voor wat je je vrouw hebt aangedaan, of voor wat voor kloterigs ook dat je jezelf hebt wijsgemaakt.' Hij ging staan en torende hoog boven Phil uit. Ten slotte keek Phil op. 'Ik wil er geen misverstand over laten bestaan – Patrick vergeeft. Angie vergeeft. Ik niet. Op een dag zal ik je te grazen nemen.'

Phil knikte. 'Dat weet ik, Bubba.'

Bubba gebruikte zijn wijsvinger om Phils kin omhoog te duwen. 'Als wat er in deze ruimte gebeurt naar buiten komt, dan weet ik dat het Patrick niet was. En dat betekent dat ik jou dan vermoord, Phil. Gesnopen?'

Phil probeerde te knikken, maar Bubba's vinger verhinderde dat.

'Ja,' zei Phil tussen opeengeklemde tanden door.

Bubba keek naar de donkere muur aan de andere kant van de lift. 'Licht,' riep hij.

Iemand achter die muur draaide een schakelaar om en een ziekelijk, groenig tl-licht flikkerde in een paar overgebleven houders boven het achterste gedeelte van de bowlingbanen. Er klonk nog meer gesputter en verschillende wazige, gele staaflampen gingen in de bowlingkuilen aan.

Bubba hief zijn armen omhoog en draaide zich met een groots gebaar om, als Mozes die de Rode Zee in tweeën splitste. We keken naar het einde van de banen, terwijl een rat in één van de goten een goed heenkomen zocht.

'Verdomme,' zei Phil zachtjes.

'Zei je iets?' vroeg Bubba.

'Nee, niets,' slaagde Phil erin te zeggen.

Recht tegenover mij, aan het einde van de baan, zat Kevin Hurlihy geknield. Zijn handen waren op zijn rug gebonden en zijn voeten bij de enkels. Een strop om zijn nek was aan een spijker boven het einde van de bowlingbaan bevestigd. Zijn gezicht was gezwollen en zat vol met glimmende bloedplekken. De neus, die Bubba had gebroken, hing er slap en blauw bij en zijn gebroken kaak was dichtgebonden.

Jack Rouse, die er nog beroerder uitzag, zat op dezelfde manier in de volgende baan vastgebonden. Jack was een stuk ouder dan Kevin, zijn gezicht was bijna groen en droop van het zweet.

Bubba keek naar onze geschokte gezichten en glimlachte. Hij wendde zich naar Phil en zei: 'Kijk maar goed naar ze. En bedenk dan wat ik op een dag met je ga doen, mietje.'

Terwijl Bubba over de baan naar hen toe slenterde, zei ik: 'Wat? Heb je hen al verhoord?'

Hij schudde zijn hoofd en nam een slok wodka. 'Verdomme, nee. Ik had geen enkel idee wat ik hun moest vragen.'

'Waarom zien ze er dan zo murw geslagen uit, Bubba?'

Hij bereikte Kevin en bukte zich, vervolgens keek hij me weer met die krankzinnige glimlach aan. 'Omdat ik me verveelde.'

Hij knipoogde en gaf een klap tegen Kevins kaak. Kevin schreeuwde tussen zijn aan elkaar genaaide tanden door.

'Jezus, Patrick,' fluisterde Phil. 'Jezus.'

'Relax, Phil,' zei ik, hoewel mijn bloed koud werd.

Bubba stapte naar Jack en gaf hem zó'n harde klap tegen de zijkant van zijn hoofd dat het geluid over de gehele derde verdieping te horen was, maar Jack schreeuwde niet en deed heel even zijn ogen dicht.

'Oké.' Bubba draaide zich om, en zijn overjas zweefde heel even om zijn lichaam. Hij liep zwaaiend naar ons toe en zijn gevechtslaarzen dreunden als de hoeven van een Clydesdale. 'Vraag maar raak, Patrick.'

'Hoelang zijn ze al hier?' vroeg ik.

Hij haalde zijn schouders op. 'Een paar uur.' Hij pakte een stoffige bowlingbal uit het rek en veegde hem af aan zijn mouw.

'Misschien moeten we ze wat water of zo geven.'

Hij draaide zich met een ruk om en keek me aan. 'Wat? Probeer je me te belazeren? Patrick' – hij legde een arm om mijn schouders en wees met de bowlingbal in hun richting – 'dat is de klootzak die dreigde jou en Grace te vermoorden. Weet je dat nog? Dat zijn de rotzakken die een maand geleden een eind aan deze rotzooi hadden kunnen maken, voordat Angie werd neergeschoten, voordat Kara Rider werd gekruisigd. Zíj zijn de vijand,' siste hij, en de alcoholdampen zweefden om mijn hoofd.

'Dat is zo,' zei ik, terwijl Kevin onwillekeurig zijn hoofd schudde. 'Maar –'

'Geen maar!' zei Bubba. 'Geen maar! Vandaag zei je dat je in staat was ze neer te schieten als het nodig was. Klopt dat? Klopt dat?'

'Ja.'

'Nou dan. Wat? Daar zijn ze, Patrick. Wees een man van je woord. Beschaam me niet, verdomme. Doe dat niet.'

Hij haalde zijn arm weg, trok de bowlingbal tegen zijn borst en streelde hem.

Ik had gezegd dat ik om informatie te krijgen hen zou neerschieten, en toen voelde ik dat ook zo. Maar het was heel gemakkelijk om dat te zeggen en heel makkelijk om het van plan te zijn terwijl je in de wachtkamer van een ziekenhuis stond, ver van het echte vlees, de botten en het bloed van de mens die ik bedreigde.

Nu waren het twee bebloede menselijke wezens, die volkomen hulpeloos aan mijn genade waren overgeleverd. En deze wezens waren geen vage ideeën, maar ze ademden. En beefden.

Aan *mijn* genade overgeleverd.

Ik liet Bubba en Phil staan en liep over de baan naar Kevin. Hij zag me komen en leek daar kracht uit te putten. Misschien dacht hij wel dat ik de zwakste schakel in dit gezelschap was.

Toen Grace me verteld had dat hij naar haar tafeltje was gelopen, had ik gezegd dat ik hem vermoorden zou. En als hij op dat moment de kamer was binnengelopen, had ik het gedaan. Dat was echte woede.

Maar dit was martelen.

Toen ik vlak bij hem was, haalde hij diep adem en schudde zijn hoofd om helder te worden. Hij keek me toen met zijn doffe ogen strak aan.

Kevin martelt, fluisterde een stemmetje in mijn hoofd. Hij doodt. Hij vindt het heerlijk. Hij zou jou niet sparen. Dus ben je hem niets schuldig.

'Kevin,' zei ik, en ging op één knie op de grond voor hem zitten, 'dit ziet er slecht uit. Je weet dat het er slecht voorstaat. Als je me niet vertelt wat ik wil weten, dan zal Bubba zich als de Spaanse inquisitie met je hoofd bezighouden.'

'Verrek maar.' Zijn krakende stem perste zich tussen zijn aan elkaar genaaide tanden door. 'Verrek maar, Kenzie. Oké?'

'Nee, Kev. Nee. Als je me hier niet mee helpt, dan ga jij op tien verschillende manieren verrekken. Fat Freddy heeft me in jouw geval carte blanche gegeven. En dat geldt ook voor Jack.'

De linkerhelft van zijn gezicht zakte een beetje in elkaar.

'Dat is de waarheid, Kev.'

'Gelul.'

'Denk je dat we hier zouden zijn als dat níet het geval was? Je hebt Vincent Patriso's kleindochter laten neerschieten.'

'Dat deed ik niet – '

Ik schudde mijn hoofd. 'Maar zo ziet hij het wel. Het maakt niets uit, wát je ook zegt.'

Met rode, uitpuilende ogen keek hij me aan, terwijl hij zijn hoofd schudde.

'Kevin,' zei ik zacht, 'vertel me wat er met de EEPA en Hardiman en Rugglestone is gebeurd. Wie is de derde man?'

'Vraag het maar aan Jack.'

'Dat zal ik doen,' zei ik. 'Maar ik vraag het eerst aan jou.'

Hij knikte, de strop beet zich vast in zijn nek en hij gorgelde benauwd. Ik maakte het touw rond zijn adamsappel iets losser en hij zuchtte, terwijl hij tegelijkertijd zijn ogen neersloeg.

Hij schudde koppig zijn hoofd, en ik wist dat hij niet zou praten.

'Opzij!' schreeuwde Bubba.

Kevin sperde zijn ogen wijdopen en rukte aan de strop. Ik stapte opzij terwijl de bowlingbal met enorme vaart over de baan scheerde. De bal scheen met elke afgelegde meter sneller over de splinterige, oude vloer te gaan en maakte contact met Kevin Hurlihy's onderlichaam.

Hij huilde en trok de strop strakker aan toen hij zich naar voren wierp. Ik trok aan zijn schouders om te verhinderen dat zijn nek brak. De tranen stroomden over zijn wangen.

'Het was maar een spare,' zei Bubba.

'Hé, Bubba,' zei ik, 'wacht eventjes.'

Maar Bubba was al bezig met de tweede worp. Even voor de foutlijn kruiste hij het ene been voor het andere. De bal verliet zijn hand, kwam met een boog bij de pijltjes terecht en raakte de baan met een beetje tegeneffect. Met volle snelheid gleed hij over de baan en brak Kevins linkerknie.

'Jezus!' gilde Kevin, en viel opzij naar rechts.

'Jouw beurt, Jack.' Bubba pakte een andere bal en ging in de volgende baan staan.

'Ik ga dood, Bubba.' Jacks stem klonk zacht en berustend, en Bubba hield zich even in.

'Niet als je praat, Jack,' zei ik.

Hij bekeek me alsof hij me nu pas voor het eerst zag. 'Weet je wat het verschil tussen jou en je ouweheer is, Patrick?'

Ik schudde mijn hoofd.

'Je ouwe heer zou die bowlingballen zelf gegooid hebben. Jij, jij maakt gebruik van elke willekeurige marteling, maar zelf doe je dat niet. Je bent gewoon braaksel.'

Ik keek hem aan, en opeens voelde ik dezelfde krankzinnige woede die ik in Grace's huis voelde. Voelde deze miezerige Ierse maffiamoordenaar zich boven mij verheven? Terwijl Grace en Mae zich in een of andere FBI-bunker in Nebraska of waar dan ook schuil moesten houden en Grace's carrière waarschijnlijk in puin lag? Terwijl Kara Rider onder de grond lag, Jason Warren in stukken was gesneden, Angie in een ziekenhuisbed lag en Tim Dunn van zijn kleren was beroofd en in een vuilnisbak gepropt?

Ik ben wekenlang bezig geweest, terwijl mensen als Evandro en zijn compagnon en Hardiman, en Jack Rouse en Kevin Hurlihy voor hun plezier zinloos geweld pleegden. Omdat ze van de pijn van anderen genoten. Omdat zíj daartoe in staat waren.

En opeens was ik niet alleen woedend op Jack of Kevin of Hardiman, maar ik was woest op iedereen die opzettelijk pijn veroorzaakte. Mensen die abortusklinieken opbliezen, vliegtuigen met bommen neerhaalden, gezinnen afslachtten en vrouwen vermoorden omdat zij op een vrouw leken die hen ooit afgewezen had.

Om *hun* pijn. Of *hun* principes. Of *hun* voordeel.

Nou, ik was doodziek van *hun* geweld en *hun* haat en mijn eigen opvatting van fatsoen, waardoor diverse mensen in de afgelopen maand het leven lieten. Ik was doodziek van de dood die daarmee samenhing.

Jack keek uitdagend naar me omhoog, en ik voelde het bloed in mijn oren suizen. Desondanks hoorde ik Kevin tussen zijn op elkaar geklemde tanden door sissen van de pijn. Ik ontmoette Bubba's blik, zag de glans in die ogen en dat gaf me kracht.

Ik voelde me almachtig.

Ik bleef Jack aankijken, trok mijn pistool en ramde de kolf tussen Kevins tanden. De kreet die hij de ruimte in slingerde, was er een van totaal ongeloof en plotselinge doodsangst.

Terwijl ik Jack bleef aankijken, greep ik zijn haar, dat glad en vet tussen mijn vingers voelde. Intussen ramde ik de loop tegen zijn slaap en spande de haan.

'Als je nog iets voor deze vent voelt, Jack, praat dan.'

Jack keek naar Kevin, en ik zag dat het hem pijn deed. Opnieuw werd ik verrast door de band tussen twee mensen die zo weinig van liefde wisten.

Jack deed zijn mond open, en hij zag er oud uit, zo oud.

'Je hebt vijf seconden, Jack. Een. Twee. Drie...'

Kevin kreunde, en zijn gebroken tanden klapperden tegen het draad in zijn mond.

'Vier.'

'Je vader,' zei Jack rustig, 'verbrandde Rugglestone binnen vier uur van top tot teen.'

'Dat weet ik. Wie waren er nog meer?'

Hij sperde zijn mond wijdopen en keek naar Kevin.

'Wie nog meer, Jack? Of moet ik opnieuw gaan tellen? Te beginnen met vier.'

'Wij allemaal. Timpson. Kevs moeder. Diedre Rider. Burns. Climstich. Ik.'

'Wat gebeurde er?'

'We vonden Hardiman en Rugglestone in het pakhuis waar ze zich schuilhielden. We waren de hele nacht en de daaropvolgende ochtend op zoek geweest naar de bestelwagen en vonden hem gewoon in onze wijk.' Jack likte aan zijn bovenlip met een tong die bijna spierwit was. 'Je vader kwam op het idee om Hardiman op een stoel vast te binden en hem getuige te laten zijn van wat we met Rugglestone zouden doen. In het begin waren we van plan hem om de beurt een paar opdonders te geven, vervolgens Hardiman en daarna de politie te bellen.'

'Waarom hebben jullie dat niet gedaan?'

'Dat weet ik niet. Opeens gebeurde er daar iets met ons. Je vader vond een doos die onder vloerplanken was verstopt. De doos zat in een koelbox. En daar lagen lichaamsdelen in.' Hij keek me met een wilde blik aan. 'Lichaamsdelen. Van kinderen. Maar ook van volwassenen, Jezus, er lag een kindervoetje in, Kenzie. Nog steeds met een klein rood sportschoentje aan en blauwe stippen erop. Christus. We zagen dat en verloren onze bezinning. Op dat moment greep je vader naar de benzine. Op dat moment begonnen we de ijspriemen en scheermessen te gebruiken.'

Ik maakte met mijn hand een wegwuivend gebaar, want ik wilde niets meer over de goede burgers van de EEPA horen, en over hun systematische marteling van en de moord op Charles Rugglestone.

'Wie pleegt er nu namens Hardiman die moorden?'

Jack keek verbaasd. 'Hoe heet hij ook weer? Arujo. De kerel die gisteren door jouw compagnon werd doodgeschoten. Klopt dat?'

'Arujo had een compagnon. Weet jij wie dat is, Jack?'

'Nee,' zei hij. 'Kenzie, we hebben een vergissing gemaakt. We hebben Hardiman laten leven, maar – '

'Waarom?'

'Waarom wat?'

'Waarom hebben jullie hem laten leven?'

'Dat was de enige manier om er zonder kleerscheuren van af te komen, nadat G ons had gesnapt. Dat was de deal die hij met ons maakte.'

'G? Over wie heb je het verdomme nu?'

Hij zuchtte. 'We werden betrapt, Patrick. We stonden om Rugglestone heen, terwijl zijn lichaam verbrandde, en hadden zijn bloed op al onze kleren.'

'Wie betrapte jullie?'

'G. Dat zei ik net.'

'Wie is G., Jack?'

Hij fronste zijn wenkbrauwen. 'Gerry Glynn, Kenzie.'

Opeens voelde ik me licht worden in mijn hoofd, alsof ik weer probeerde een sigaret te roken.

'En hij heeft jullie niet gearresteerd?' vroeg ik Jack.

Jack knikte flauwtjes. 'Hij zei dat het begrijpelijk was. Hij zei dat de meeste mensen hetzelfde zouden doen.'

'Zei *Gerry* dat?'

'Over wie hebben we het nu, verdomme? Ja, Gerry. Hij maakte duidelijk dat ieder van ons hem iets schuldig was, en daarna stuurde hij ons weg en arresteerde Alec Hardiman.'

'Wat bedoel je met "jullie waren hem iets schuldig"?'

'We waren hem iets schuldig. Gunsten en zo, voor de rest van ons leven. Jouw vader trok aan de touwtjes en zorgde voor de vestigings- en drankvergunning voor zijn bar. Ik zorgde voor een creatieve financiering. Anderen deden iets anders. We mochten niet met elkaar praten, zodat ik geen enkel idee had wat anderen hem gaven, behalve ikzelf en je ouweheer dan.'

'Jullie mochten niet met elkaar praten? Van Gerry?'

'Natuurlijk van Gerry.' Hij keek me aan, en de aders in zijn hals waren donkerblauw en gezwollen. 'Als je Gerry treft, weet je niet met wie je maken hebt, hè? Jezus.' Hij lachte hardop. 'Verdomme! Je trapte in dat oom-agent-gedoe, hè? Kenzie,' zei hij, en verzette zich tegen de strop om zijn nek, 'Gerry Glynn is een monster, verdomme. Bij hem vergeleken ben ik een parochiepriester.' Hij lachte weer, en het was een verschrikkelijk schril geluid. 'Jij denkt dat die wilde taxi, die altijd voor zijn deur staat, mensen naar het opgegeven adres brengt?'

Ik herinnerde me die avond in de bar, de dronken knul die tien dollar van Gerry kreeg om met die taxi te gaan. Was hij thuis aangekomen? En wie was die taxichauffeur? Evandro?

Op dat moment waren Bubba en Phil bij me komen staan. Ik keek hen aan, terwijl ik het pistool van Kevins hoofd haalde.

'Wisten jullie dat?'

Phil schudde zijn hoofd.

Bubba zei: 'Ik wist dat Gerry een beetje eigenaardig was, een beetje in drugs handelde en een paar hoeren vanuit de bar liet opereren, maar dat is alles.'

'Hij heeft jullie hele verdomde generatie gedupeerd,' zei Jack. 'Jullie allemaal. Jezus!'

'Wees eens een beetje specifieker,' zei ik. 'Heel specifiek, Jack.'

Hij keek ons glimlachend aan, en zijn oude ogen glommen. 'Gerry Glynn is een van de gemeenste schoften die ooit in deze buurt geboren zijn. Zijn zoon is gestorven. Wisten jullie dat?'

Ik zei: 'Had hij een zoon?'

'Natuurlijk had hij een zoon, verdomme. Brendan. Stierf in vijfenzestig. Had een bizarre bloeding in zijn hersenstam. Niemand wist er ooit een verklaring voor te vinden. Het kind was vier jaar, grijpt naar zijn hoofd en valt dood in Gerry's voortuin neer terwijl hij met Gerry's vrouw speelt. Gerry werd krankzinnig. Hij vermoordde zijn vrouw.'

'Gelul,' zei Bubba. 'Gerry was agent.'

'Nou, en? Gerry kreeg het idee dat het allemaal haar schuld was. Dat ze hem bedroog en dat God haar had gestraft door haar kind te doden. Hij sloeg haar dood en zei dat een neger het had gedaan. Die neger is een week na de aanklacht in Dedham doodgestoken. Zaak gesloten.'

'Hoe is Gerry in staat om een kerel achter de tralies te laten vermoorden?'

'Gerry was bewaker in Dedham. Vroeger mochten agenten binnen hetzelfde systeem twee banen vervullen. Een getuige, een zware jongen, heeft waarschijnlijk gehoord dat Gerry de opdracht gaf. Gerry kreeg die knul een week na zijn vrijlating in Scollay Square te pakken.'

Jamal Cooper. Slachtoffer nummer één. Jezus!

'Gerry is een van de engste kerels die op deze planeet rondlopen, jij stomme klootzak van een Kenzie.'

'En het is nooit bij je opgekomen dat hij Hardimans compagnon kon zijn?' vroeg ik.

Iedereen keek naar me.

'Hardimans...' Jack sperde opnieuw zijn mond wijdopen, en de kaakspieren bewogen zich heftig onder zijn huid. 'Nee, nee. Ik bedoel, Gerry is gevaarlijk, maar hij is niet...'

'Hij is niet wat, Jack?'

'Hij is, nou ja, hij is geen krankzinnige, psychotische seriemoordenaar.'

Ik schudde mijn hoofd. 'Verdomme, hoe kan iemand zo stom zijn?'

Jack keek me aan. 'Shit, Kenzie. Gerry komt uit deze buurt. We fokken dergelijke idioten niet in onze buurt.'

Ik schudde mijn hoofd. 'Je komt uit deze buurt, Jack. En dat geldt ook voor mijn vader. Kijk eens wat jullie in dat pakhuis hebben geflikt.'

Toen ik weer naar het begin van de baan liep, riep hij naar me: 'En hoe zit het met jou, Kenzie? Wat heb jij hier vandaag gedaan?'

Ik keek over mijn schouder, keek naar Kevin, die ondanks de pijn bij bewustzijn probeerde te blijven, en zag zijn bebloede mond en kin.

'Ik heb niemand vermoord, Jack.'

'Maar als ik niet had gepraat, dan had je het gedaan, Kenzie. Dat zou je gedaan hebben.'

Ik keek weer recht voor me uit en liep door.

'Jij denkt dat je alles goed voor elkaar hebt, Kenzie? Hè? Onthoud wat ik zojuist zei. Onthoud wat je van plan was.'

De schoten kwamen uit de duisternis voor me.

Ik zag de flitsen en voelde de eerste kogel echt langs mijn schouder fluiten.

Ik liet me op de grond vallen, terwijl de tweede kogel vanuit het donker het licht invloog.

Achter me hoorde ik twee harde, metalige klappen, alsof er op vlees werd geslagen. Zuigende geluiden.

Pine kwam uit de duisternis tevoorschijn en schroefde de geluiddemper van zijn pistool. Zijn gehandschoende hand was door rook omgeven.

Ik draaide me om en keek naar het einde van de bowlingbanen.

Phil lag op zijn knieën met zijn handen over zijn hoofd.

Bubba tilde zijn hoofd achterover en goot wodka in zijn open mond.

Kevin Hurlihy en Jack Rouse staarden met nietszeggende ogen naar mij, beiden met identieke schotwonden in het midden van hun voorhoofd.

'Welkom in mijn wereld,' zei Pine, en stak zijn hand uit.

37

Toen we met de lift omlaaggingen, vond ik de manier waarop Pine over de rand van de liftschacht naar Phil keek niet plezierig. Phil stond met gebogen hoofd en leunde met zijn hand op het dak van de Porsche, alsof hij een steuntje nodig had om rechtop te blijven staan. Pine bleef hem strak aankijken.

Toen we de begane grond naderden, zei Pine iets tegen Bubba. Bubba stak zijn handen in de zakken van zijn overjas en haalde zijn schouders op.

De liftdeuren gingen open en we stapten in de auto, verlieten het gebouw langs de achterzijde en reden de steeg in die naar South Street loopt.

'Jezus,' zei Phil.

Ik reed langzaam door de steeg, en mijn ogen tuurden naar het licht van de koplampen in de diepe duisternis voor ons.

'Zet de auto stil,' zei Phil wanhopig.

'Nee, Phil.'

'Alsjeblieft, ik moet overgeven.'

'Dat weet ik,' zei ik. 'Maar je zult het binnen moeten houden tot we uit het zicht van het gebouw zijn.'

'Waarom, in 's hemelsnaam?'

Ik reed South Street in, sloeg rechtsaf en reed met grotere snelheid door Summer Street. Een half blok voorbij South Station reed ik achter langs het postkantoor, controleerde elk laadperron tot ik er zeker van was dat ze de vrachtwagens nog niet aan het laden waren en zette de auto achter een afvalcontainer neer.

Voordat we helemaal stilstonden, was Phil de auto uit. Ik zette de radio zó hard dat ik de geluiden van zijn lichaam niet kon horen, dat hevig protesteerde tegen wat het zojuist had meegemaakt.

Ik zette de radio nog harder en de raampjes trilden toen Sponge's 'Plowed' door de speakers klonk en de scherpe gitaarloopjes door mijn schedel kerfden.

Twee mannen waren dood, maar ik had net zogoed zelf de trekker kunnen overhalen. Ze waren niet onschuldig. Ze waren niet brandschoon. Maar desondanks waren het tóch mensen.

Phil liep weer naar de auto. Ik overhandigde hem Kleenex uit het dashboardkastje en zette de radio zachter. Hij drukte het zakdoekje tegen zijn mond, terwijl ik Summer weer inreed en in de richting van Southie mijn weg vervolgde.

'Waarom moest hij ze vermoorden? Ze vertelden ons wat we wilden weten.'

'Ze hebben niet naar hun baas geluisterd. Probeer niet alle waaroms te verklaren, Phil.'

'Maar, Jezus, hij heeft ze gewoon neergeschoten! Hij trok gewoon zijn pistool, ze waren vastgebonden en ik stond daar naar hen te kijken en toen – shit – geen enkel geluid, niets, alleen die gaatjes.'

'Phil, luister naar me.'

In een donker gedeelte van de weg bij het Arabian Coffee Building zette ik de auto aan de kant. Ik rook de gebrande koffie, die de olieachtige stank van de havens links van mij probeerde te overtreffen.

Hij sloeg zijn handen voor zijn ogen. 'O, mijn God.'

'Phil! Kijk me aan, verdomme!'

Hij liet zijn handen zakken. 'Wat?'

'Het is nooit gebeurd.'

'Wat?'

'Het is nooit gebeurd. Snap je?' Ik schreeuwde, en Phil kroop in het donkere interieur van de auto bij me vandaan, maar daar trok ik me niets van aan. 'Wil je soms ook sterven? Wil je dat? Want daar hebben we het nu over, Phil.'

'Jezus. Ik? Waarom?'

'Omdat je getuige bent.'

'Dat weet ik, maar – '

'Maar is geen optie. Het is heel eenvoudig, Phil. Jij leeft nog omdat Bubba nooit iemand zal vermoorden voor wie ik verantwoordelijk ben. Jij leeft nog omdat hij Pine ervan heeft overtuigd dat ik je in bedwang houd. Ik leef omdat ze weten dat ik mijn mond houd. Alleen al omdat we *getuigen* zijn, zouden we beiden voor dubbele moord achter de tralies verdwijnen. Maar zover zal het nooit komen, Phil, want als Pine reden heeft om bezorgd te zijn, zal hij jou doden en zal hij mij doden, en zal hij waarschijnlijk Bubba ook doden.'

'Maar – '

'Stop met dat verdomde gemaar, Phil. Bij God, je moet jezelf ervan overtuigen dat het nooit gebeurd is. Het was allemaal een angstige droom. Kevin en Jack zijn ergens op vakantie. Want als je dát niet heel goed voor ogen houdt, ga je praten.'

'Dat zal ik niet doen.'

'Dat doe je wel. Je vertelt het aan je vrouw, of aan je vriendin of aan iemand in een bar, en dan zijn we allemaal dood. En de persoon aan wie jij het hebt verteld, gaat er ook aan. Begrepen?'

'Ja.'

'Je wordt in de gaten gehouden.'

'Wat?'

Ik knikte. 'Zie het onder ogen en probeer ermee te leven. Men zal je een hele tijd in de gaten houden.'

Hij slikte met enige moeite en zijn ogen puilden uit, en even dacht ik dat hij weer zou gaan overgeven.

In plaats daarvan draaide hij met een ruk zijn hoofd om, staarde door het raampje naar buiten en ging met opgetrokken knieën in zijn stoel zitten.

'Hoe flik je dat?' fluisterde hij. 'Elke dag weer opnieuw?'

Ik leunde naar achteren, sloot mijn ogen en luisterde naar het geronk van de Duitse motor.

'Hoe kun je met jezelf leven, Patrick?'

Ik zette de auto in de eerste versnelling en zei niets meer terwijl we door Southie naar onze buurt reden.

Ik liet de Porsche voor mijn huis staan en liep naar de Crown Victoria, die een paar auto's verderop stond. Want als je anoniem wilt blijven, is een Porsche '63 zo'n beetje de laatste auto waarin je in mijn buurt rondrijdt.

Phil stond bij het portier aan de passagierskant, maar ik schudde mijn hoofd.

'Wat?' zei hij.

'Je blijft hier, Phil. Verder wil ik het alleen doen.'

Hij schudde zijn hoofd. 'Nee. Ik was met haar getrouwd, Patrick, en die schoft heeft haar neergeschoten.'

'Wil je dat hij jou ook neerschiet, Phil?'

Hij haalde zijn schouders op. 'Denk je dat ik het niet aankan?'

Ik knikte. 'Ik denk dat je dit niet aankan, Phil.'

'Waarom? Vanwege de bowlingbaan? Kevin – dat was iemand waarmee we opgroeiden. Het was ooit een vriend van ons. Nou, oké, ik heb er niet voor gezorgd dat hij echt werd neergeschoten. Maar Gerry?' Hij hield zijn pistool boven de wagen, trok de slede naar achteren en stopte een kogel in de kamer. 'Gerry is hondenstront. Gerry zal sterven.'

Ik keek naar hem en wachtte tot hij zelf zou inzien hoe belachelijk hij was, zoals hij de slede naar achteren trok als iemand in een film, die denkt dat hij een flinke vent is.

Hij beantwoordde mijn blik, en de loop van zijn pistool draaide langzaam om, totdat hij over de wagen heen op mij gericht was.

'Je gaat me nu neerschieten, hè, Phil?'
Zijn hand beefde niet. Het pistool maakte geen beweging.
'Geef me antwoord, Phil. Ga je me neerschieten?'
'Als je het portier niet opendoet, Patrick, schiet ik het raampje kapot en klim zo toch naar binnen.'
Ik keek onbewogen naar het pistool in zijn hand.
'Ik hou ook van haar, Patrick.' Hij liet het pistool zakken.
Ik stapte in de auto. Hij tikte met het pistool tegen het raampje en ik haalde diep adem. Ik wist dat hij me te voet zou volgen als het zover kwam, of hij zou het raampje van mijn Porsche kapotschieten om hem daarna aan de praat krijgen.
Ik boog opzij en deed het portier open.

Het begon omstreeks middernacht te regenen, in het begin was het zelfs geen motregen, maar een paar spatten die zich vermengden met het vuil op mijn ruiten en langzaam naar de ruitenwissers stroomden.
We parkeerden voor een bejaardenhuis in Dorchester Avenue, een half blok van The Black Emerald verwijderd. Daarna begon het echt te plenzen, de regen kletterde op het dak en viel in grote, donkere sluiers verderop op straat. Het was ijsregen en hetzelfde weer als gisteren, maar nu was het enige effect dat het ijs op de trottoirs en aan de gebouwen niet alleen schoner maar ook dodelijker werd.
Aanvankelijk waren we er dankbaar voor, want onze raampjes besloegen en niemand kon ons zien zitten, tenzij hij pal naast de auto had gestaan.
Maar het werkte ook in ons nadeel, want al heel gauw zouden we de bar of de deur van Gerry's appartement niet meer goed kunnen zien. De verwarming en de ontdooier van de voorruit waren kapot en de kou drong door tot op mijn botten. Ik draaide mijn raampje tot op een kier open, Phil deed hetzelfde en ik gebruikte mijn elleboog om de beslagen raampjes schoon te vegen, zodat ik Gerry's voordeur en de deur van de bar weer vaag kon zien.
'Waarom ben je er zo zeker van dat Gerry met Hardiman heeft samengewerkt?' vroeg Phil.
'Dat weet ik niet,' zei ik. 'Maar dat vóel ik gewoon.'
'Waarom roepen we de politie er niet bij?'
'Om wat te vertellen? Dat twee kerels met verse kogelwonden in hun hoofd ons vertelden dat Gerry een kwaaie was?'
'En de FBI dan?'
'Hetzelfde probleem. We hebben geen enkel bewijs. Als het Gerry is, en we roepen hen er te vroeg bij, dan knijpt hij er misschien weer tussenuit en duikt weer onder om later weer weglopers, waar niemand naar omkijkt, te vermoorden.'

'Waarom zijn we dan hier?'
'Omdat ik het direct wil weten als hij een beweging maakt, wat voor beweging dan ook.'
Phil veegde zijn deel van de voorruit schoon en keek ingespannen naar de bar. 'Misschien zouden we gewoon naar binnen moeten gaan om hem een paar vragen te stellen.'
Ik keek hem aan. 'Ben je gek?'
'Waarom niet?'
'Omdat hij ons zal vermoorden als hij het is, Phil.'
'We zijn met ons tweeën, Patrick. We zijn gewapend.'
Ik merkte dat hij probeerde zich moed in te praten, om alle moed te verzamelen die nodig was om door die deur naar binnen te gaan. Maar het was duidelijk dat hij nog een lange weg te gaan had.
'Het is de spanning,' zei hij. 'Het wachten.'
'Hoe bedoel je?'
'Soms is het veel erger dan welke confrontatie ook, alsof je alleen maar iets moet doen om te verhinderen dat je uit je vel wil springen.'
Hij knikte. 'Ja, ik ken dat gevoel.'
'Phil, het probleem is dat de confrontatie veel erger zal zijn dan het wachten, als Gerry onze man blijkt te zijn. Hij zal ons vermoorden, of we nu gewapend zijn of niet.'
Hij slikte een keer en knikte.
Een hele tijd staarde ik aandachtig naar de deur van de Emerald. In de tijd dat wij hier stonden, had ik niemand naar binnen zien gaan of naar buiten zien komen, en dat was vlak na middernacht voor een bar in deze buurt meer dan een beetje vreemd. Een dicht regengordijn zo groot als een gebouw zwiepte met gebogen randen door de straat en in de verte huilde de wind.
'Hoeveel mensen?' vroeg Phil.
'Wat?'
Phil maakte een beweging met zijn hoofd in de richting van de Emerald. 'Als hij onze man is, hoeveel mensen heeft hij volgens jou vermoord? Gedurende zijn hele leven? Ik bedoel, als je in ogenschouw neemt dat hij in de loop van de jaren al die weglopers heeft vermoord en misschien nog meer mensen waar niemand ooit van gehoord heeft, en – '
'Phil.'
'Ja?'
'Ik ben al zenuwachtig genoeg. Er zijn een paar dingen waar ik op dit moment liever niet aan wil denken.'
'O.' Hij wreef over de stoppels op zijn kin. 'Juist.'
Ik staarde naar de bar en wachtte nog een volle minuut. Nog steeds kwam er niemand naar buiten.
Mijn gsm ging over, Phil en ik schrokken zó dat we beiden met ons hoofd tegen het dak van de auto bonsden.

'Jezus,' zei Phil. 'Jezus Christus.'
Ik pakte de gsm. 'Hallo.'
'Patrick, met Devin. Waar ben je?'
'In mijn auto. Wat is er?'
'Ik heb zojuist bij de FBI met Erdham gesproken. Hij heeft een gedeeltelijke voetafdruk weten te maken onder een van de vloerplanken in jouw huis, waar een afluisterapparaatje was geplaatst.'
'En?' De zuurstof door mijn lichaam kroop nu slechts langzaam voort.
'Het is Glynn, Patrick. Gerry Glynn.'
Ik keek door de beslagen raampjes en kon nog net de vorm van de bar zien. Ik voelde een onbeschrijfelijke angst die ik nog nooit eerder in mijn leven had meegemaakt.
'Patrick? Ben je er nog?'
'Ja. Luister, Devin, op dit moment sta ik voor Gerry's bar.'
'Je bent waar?'
'Je hebt me wel gehoord. Ik kwam een uur geleden tot dezelfde conclusie.'
'Jezus, Patrick. Maak dat je daar wegkomt. Nú. Blijf daar niet langer rondhangen. Smeer 'm. Smeer 'm.'
Dat wilde ik. Jezus Christus, dat wilde ik.
Maar als hij daar nu binnen was en zijn ijspriemen en scheermessen inpakte en van plan was om een ander slachtoffer op te pikken...
'Dat kan ik niet, Dev. Als hij binnen zit en iets van plan is, dan volg ik hem waar hij ook heen gaat.'
'Nee, nee, nee. Nee, Patrick. Hoor je me? Smeer 'm nu!'
'Dat kan ik niet, Dev.'
'Verdomme!' Ik hoorde hem ergens hard op slaan. 'Goed. Ik ben nu met een leger onderweg daarheen. Heb je het gehoord? Je blijft waar je bent en wij zullen er binnen een kwartier zijn. Als hij iets van plan is, dan bel je dit nummer.'
Hij gaf me een nummer op, dat ik op het blocnootje noteerde dat op mijn dashboard zat geplakt.
'Schiet op,' zei ik.
'Ik schiet op.' Hij verbrak de verbinding.
Ik keek Phil aan. 'Het staat nu vast. Gerry is onze man.'
Phil keek naar de gsm in mijn hand, en zijn gezicht was een mengeling van misselijkheid en wanhoop.
'Is er hulp onderweg?' vroeg hij.
'Er is hulp onderweg.'
De raampjes waren nu volledig beslagen, ik veegde mijn raampje weer schoon en zag iets wat donker en zwaar was schuin achter mij bij het achterportier bewegen.
Daarna werd het portier geopend en wipte Gerry Glynn naar binnen. Hij sloeg zijn natte armen om mijn nek.

38

'Hoe gaat het met jullie, jongens?' zei Gerry.
 Phil stak zijn hand in zijn jack, ik keek hem aan en maakte hem duidelijk dat ik niet wilde dat hij in de auto een pistool trok.
 'Goed, Gerry,' zei ik.
 Ik beantwoordde zijn blik in het achteruitkijkspiegeltje, en hij keek vriendelijk en een beetje geamuseerd.
 Zijn dikke handen klopten op mijn borstbeen. 'Heb ik je een beetje verrast?'
 'O, ja,' zei ik.
 Hij grinnikte. 'Het spijt me. Ik zag jullie hier zitten en dacht: waarom zitten Patrick en Phil om halfeen 's nachts hier in Dot Ave tijdens een stortbui in een auto?'
 'We zitten gewoon te praten, Ger,' zei Phil, maar zijn poging om nonchalant te klinken kwam een beetje geforceerd over.
 'O,' zei Gerry. 'Nou. Jullie hebben wel een fijne nacht uitgekozen.'
 Ik keek naar de natte, rode haartjes die slap op zijn onderarmen lagen.
 'Probeer je gelukkig met me te worden?' vroeg ik.
 Ik zag in het spiegeltje dat hij zijn ogen samenkneep en toen naar zijn armen keek.
 'O, jeetje.' Hij haalde zijn armen weg. 'Sorry. Ik vergat hoe nat ik was.'
 'Werk je niet in de bar vanavond?' vroeg Phil.
 'Hè? Nee. Nee.' Hij legde zijn onderarmen op de leuningen van onze stoeltjes tussen de twee hoofdsteunen en stak zijn hoofd naar voren. 'De bar is nu gesloten. Weet je, ik dacht: wie gaat er met dit weer nog weg?'
 'Dat is jammer,' zei Phil, en grinnikte half hoestend. 'We zouden vanavond best wel een borrel kunnen gebruiken.'
 Ik keek naar het stuur om mijn woede te verbergen. Phil, dacht ik, hoe kom je erbij om dat nu te zeggen?

'De bar is voor vrienden altijd open,' zei Gerry opgewekt, en gaf ons een klap op onze schouders. 'Ja, meneer. Geen enkel probleem.'

Ik zei: 'Ik weet het niet, Ger. Het wordt een beetje laat voor me, en –'

'Ik geef een rondje,' zei Gerry, 'ik geef mijn vrienden een rondje. "Een beetje laat",' zei hij, en stootte Phil aan. 'Wat is er met hem aan de hand?'

'Nou –'

'Kom op. Kom op. Eén borrel maar.'

Hij sprong de auto uit en voordat ik er zelf aan dacht, opende hij mijn portier.

Phil keek me aan met een blik van 'wat doen we?', terwijl de regen door het open portier in mijn gezicht en nek spatte.

Gerry bukte zich en keek in de auto. 'Kom op, jongens. Proberen jullie me hier te laten verdrinken?'

Toen we naar de bar renden, hield Gerry zijn handen in de zakken van zijn sweater met de capuchon en toen hij met zijn rechterhand de deur van de bar opende, bleef de linkerhand in zijn sweater. In het donker, met de wind en de regen in mijn gezicht, kon ik niet zien of hij een wapen in zijn hand hield of niet, dus was ik helemaal niet van plan mijn eigen pistool te trekken om op straat een burgerarrestatie te verrichten met een zenuwachtige compagnon als back-up.

Gerry deed de deur open en gaf met een breed gebaar te kennen dat wij als eersten naar binnen konden gaan.

Een gedempte, geelkleurige halo verlichtte de bar zelf, maar de rest was donker. De biljartkamer, direct achter de bar, was aardedonker.

'Waar is mijn favoriete hond?' vroeg ik.

'Patton? Boven, in het appartement, hij droomt zoals honden doen.' Hij schoof de grendel dicht, en Phil en ik keken hem aan.

Hij glimlachte. 'Ik wil niet dat mijn vaste klanten binnen komen stommelen en pissig worden omdat ik vroeger dicht ben.'

'Dat kunnen we niet hebben,' zei Phil, en lachte als een idioot.

Gerry keek hem onderzoekend aan, en vervolgens keek hij naar mij.

Ik haalde mijn schouders op. 'We hebben beiden de laatste dagen niet veel geslapen, Gerry.'

Op zijn gezicht verscheen onmiddellijk een uitdrukking van welgemeende sympathie.

'Dat vergat ik bijna. Jezus. Angie is gisteravond gewond geraakt, hè?'

'Ja,' zei Phil, maar nu klonk zijn stem te luid.

Gerry ging achter de bar staan. 'O, jongens, het spijt me. Maar het gaat toch wel goed met haar?'

'Ze is oké.'

'Ga zitten, ga zitten,' zei Gerry, en graaide in de koelkast. Met zijn rug naar ons toe zei hij: 'Weet je, Angie is, nou ja, speciaal.'

Toen we eenmaal zaten, draaide hij zich weer om en zette een paar flessen Bud voor ons neer. Ik trok mijn jack uit, probeerde gewoon te doen en schudde de regendruppels van mijn handen.

'Ja,' zei ik. 'Dat is ze.'

Terwijl hij de dopjes van de flessen verwijderde, keek hij fronsend naar zijn handen. 'Ze is... nou, soms is er in deze stad iemand die gewoon uniek is. Levendig en opgewekt. Ik zou nog liever zelf sterven dan dat haar iets ergs zou overkomen.'

Phil greep zijn fles zó stevig beet dat ik bang was dat hij hem in stukken zou knijpen.

'Dank je, Gerry,' zei ik. 'Maar ze komt er wel doorheen.'

'Nou, dat vraagt om een borrel.' Hij schonk voor zichzelf een glas Jameson's in en hief zijn glas. 'Op Angies herstel.'

We tikten met onze flessen tegen zijn glas en namen een slok.

'Maar met jou gaat alles goed, Patrick?' vroeg hij. 'Ik hoorde dat jij ook midden in het vuurgevecht zat.'

'Prima, Gerry.'

'Goddank, Patrick. Jazeker.'

Achter ons explodeerde opeens muziek in onze oren en Phil draaide zich met een ruk verschrikt om. 'Verdomme!'

Gerry glimlachte, raakte een knop aan onder de bar en het geluid werd snel zachter tot de geluidsmuur in een song veranderde die ik kende.

'Let It Bleed.' Absoluut verdomde perfect.

'De jukebox begint automatisch twee minuten nadat ik door de deur naar binnen ben gekomen,' zei Gerry. 'Sorry dat ik jullie heb laten schrikken.'

'Geen probleem,' zei ik.

'Gaat het een beetje, Phil?'

'Hè?' Phils ogen waren zo groot als wieldoppen. 'Fijn. Prima. Waarom?'

Gerry haalde zijn schouders op. 'Volgens mij ben je een beetje zenuwachtig.'

'Nee,' Phil schudde nadrukkelijk zijn hoofd. 'Ik niet. Helemaal niet.' Hij keek ons beiden met een brede, ziekelijke glimlach aan. 'Ik voel me prima, Gerry.'

'Oké,' zei Gerry, en glimlachte, terwijl hij me weer een beetje bevreemd aankeek.

Deze man vermoordt mensen, fluisterde een stem. Voor de lol. Tientallen mensen.

'Is er verder nog nieuws?' vroeg Gerry aan mij.
Vermoordt, fluisterde de stem.
'Wat?'
'Of er nog nieuws is?' herhaalde Gerry. 'Ik bedoel, afgezien van die schietpartij gisternacht en zo.'
Hij snijdt mensen aan stukken, siste de stem, terwijl ze nog in leven zijn. En gillen.
'Nee,' slaagde ik erin te zeggen, 'afgezien daarvan heerst er een status quo, Ger.'
Hij grinnikte. 'Het is nog een wonder dat je zover gekomen bent, Patrick, met het leven dat je leidt.'
Ze smeken. En hij lacht. Ze bidden. En hij lacht. Deze man, Patrick. Deze man met het open gezicht en de vriendelijke ogen.
'Het geluk van de Ieren,' zei ik.
'Dat zal ik niet weten.' Hij hief zijn glas Jameson's, knipoogde en dronk het in één keer leeg. 'Phil,' zei hij, terwijl hij zijn glas nogmaals volschonk, 'wat voer jij tegenwoordig uit?'
'Wat?' zei Phil. 'Wat bedoel je?'
Phil klemde zich aan zijn stoel vast als een raket aan zijn booster, alsof het aftellen al begonnen was en hij elk moment door het dak gelanceerd kon worden.
'Wat voor werk,' zei Gerry. 'Werk je nog steeds voor de gebroeders Galvin?'
Phil knipperde met zijn ogen. 'Nee, nee, ik ben, eh, nu voor mezelf bezig, Gerry.'
'Heb je regelmatig werk?'
Deze man sneed Jason Warrens lichaam open, amputeerde zijn ledematen en verwijderde zijn hoofd.
'Wat?' Phil nam een slok van zijn bier. 'O, ja, vrij regelmatig.'
'Jullie reageren een beetje langzaam vanavond,' zei Gerry.
'Ha, ha,' zei Phil zwakjes.
Deze man heeft Kara Riders handen aan de bevroren grond vastgenageld.
Zijn vingers klikten vlak voor mijn gezicht.
'Ben je er nog steeds bij met je gedachten, Patrick?'
Ik glimlachte. 'Graag nog een biertje, Gerry.'
'Prima.' Hij bleef me nieuwsgierig aankijken, terwijl hij achter zich in de koelkast graaide.
Achter ons had 'Let It Bleed' plaatsgemaakt voor 'Midnight Rambler', en de harmonica klonk als een aanhoudend gegrinnik uit het graf.
Hij overhandigde me een fles, en zijn hand, die het koude flesje vasthield, raakte heel even mijn hand aan. Ik onderdrukte de neiging om hem terug te trekken.

'De FBI heeft me verhoord,' zei hij. 'Heb je dat gehoord?'
Ik knikte.
'De vragen die ze stelden, mijn God! Ik begrijp dat ze hun werk moeten doen, maar ik zweer je, die miserabele kutten.'

Hij keek met een stralende glimlach naar Phil, maar die glimlach stemde niet overeen met zijn woorden. Opeens werd ik me bewust van een geur die ik sinds onze binnenkomst had geroken. Het was een zweterige, muskusachtige lucht, vermengd met de verstikkende lucht van een dierlijke vacht.

Het kwam niet van Gerry, van Phil of van mezelf, want het was geen menselijke lucht. Het was een dierlijke lucht.

Ik keek naar de klok boven Gerry's schouder. Het was precies vijftien minuten geleden dat ik met Devin had gesproken.

Waar bleef hij nu?

Ik voelde nog steeds de hand om het bierflesje. De huid gloeide.
Die hand heeft de ogen van Peter Stimovich uit zijn hoofd geplukt.

Phil leunde een beetje naar rechts en staarde naar iets bij de hoek van de bar. Gerry keek ons beiden aan en zijn glimlach verdween.

Ik wist dat de stilte geladen was, ongemakkelijk en vol achterdocht, maar ik wist niet hoe ik die verbreken kon.

Opnieuw rook ik die lucht, het was een ziekelijke, warme lucht, en ik wist dat die geur ergens rechts van mij kwam, uit de donkere biljartkamer.

'Midnight Rambler' was afgelopen, en de stilte die daarna heerste was heel even tastbaar.

Ik hoorde een zacht, nauwelijks waarneembaar geluid uit de biljartkamer. Het geluid van een ademhaling. Patton bevond zich ergens in het donker en hield ons in de gaten.

Zeg iets, Patrick. Zeg iets of je sterft.

'Zo, Ger,' zei ik met een droge keel, en het was alsof de woorden in mijn keel bleven steken, 'en hoe gaat het met jou?'

'Zo'n gangetje,' zei hij, en ik wist dat hij geen zin meer had in een loos gesprek. Hij keek nu openlijk naar Phil.

'Je bedoelt, afgezien van het verhoor door de FBI en zo?' Ik grinnikte, en probeerde de geforceerd luchtige sfeer weer terug te brengen.

'Afgezien daarvan, ja,' zei Gerry, en keek nog steeds naar Phil.

'The Long Black Veil' verving 'Midnight Rambler'. Nog een song over de dood. Fantastisch.

Phil staarde naar iets wat ik niet kon zien, maar dat net om de hoek van de bar op de grond stond.

'Phil,' zei Gerry. 'Is er iets wat je interesseert?'

Phil hief met een ruk zijn hoofd op en sloot bijna zijn ogen, alsof hij stomverbaasd was.
'Nee, Ger.' Hij glimlachte en stak zijn handen op. 'Ik kijk gewoon naar die hondenbak op de grond, en, weet je, het voedsel erin is vochtig, alsof Patton er zojuist op gekauwd heeft. Weet je zeker dat hij boven is?'
Het was de bedoeling dat het nonchalant zou klinken. Ik weet zeker dat hij dat van plan was. Maar het klonk totaal anders.
De vriendelijke uitdrukking in Gerry's ogen verdween en maakte plaats voor een intens zwarte, koude blik, en hij keek naar me alsof ik een insect onder een microscoop was.
En ik wist dat hij alle schijn had laten varen.
Ik greep naar mijn pistool, terwijl buiten het geluid van snerpende banden klonk en Gerry onder de bar naar iets greep.
Phil had zich nog niet bewogen toen Gerry 'Iago!' zei.
Het was niet alleen de naam van iemand uit een stuk van Shakespeare, maar het was ook een aanvalscode.
Ik had mijn pistool tussen mijn broekband vandaan gehaald toen Patton uit het donker tevoorschijn dook en ik de flits van een scheermes in Gerry's hand zag.
Phil zei: 'O, nee. Nee.' En dook in elkaar.
En Patton dook over zijn schouder in mijn richting.
Gerry's arm schoot uit en ik boog naar achteren toen het scheermes door de huid bij mijn jukbeen sneed. Intussen raakte Patton mij als een sloperskogel en smeet me van mijn barkruk.
'Nee, Gerry! Nee!' schreeuwde Phil, terwijl zijn hand naar zijn broekband dook om zijn pistool te grijpen. De tanden van de hond schampten langs mijn voorhoofd, hij hief zijn kop naar achteren en met wijd opengesperde bek dook hij in de richting van mijn rechteroog.
Iemand schreeuwde.
Ik greep met mijn vrije hand Pattons nek beet, en de geluiden die hij maakte, waren een woeste combinatie van gillen en blaffen. Ik kneep zijn keel dicht, maar hij wrong zich los. Mijn hand gleed over zijn natte vacht en zijn kop dook weer naar mijn gezicht.
Ik duwde het pistool tegen zijn lichaam, maar hij trapte tegen mijn arm en toen ik de trekker overhaalde – tweemaal – schoot Pattons kop naar achteren, alsof iemand zijn naam had geroepen. Vervolgens schokte hij en begon te beven, en een laag, sissend geluid ontsnapte aan zijn lippen. Zijn lichaam werd slap in mijn handen, terwijl hij naar rechts viel en tussen de rij krukken omlaagtuimelde.
Ik ging staan en vuurde zes kogels in de spiegels en flessen achter de bar, maar Gerry was daar niet.

Phil lag naast zijn kruk op de grond en hield zijn keel vast.
 Terwijl ik naar hem toe kroop kwam de voordeur in stukken los van de scharnieren, en ik hoorde Devin schreeuwen: 'Niet schieten! Niet schieten! Hij hoort bij ons!' Daarna: 'Kenzie, leg je pistool neer!'
 Ik legde hem op de grond naast Phil, die ik op dat moment bereikte.
 Het meeste bloed kwam uit de rechterkant van zijn keel, waar Gerry in het begin had toegestoken, voor hij een brede glimlach naar de andere zijde sneed.
 'Een ambulance!' schreeuwde ik. 'We hebben een ambulance nodig!'
 Phil keek me met een verwarde blik aan, terwijl het helderrode bloed tussen zijn vingers door over zijn hand stroomde.
 Devin gaf me een bardoekje, en ik hield het tegen Phils keel, terwijl ik het aan beide zijden stevig met mijn handen aandrukte.
 'Shit,' zei hij.
 'Niets zeggen, Phil.'
 'Shit,' zei hij opnieuw.
 Zijn ogen waren twee parels van verdriet, alsof hij dit al sinds het moment van zijn geboorte had verwacht, alsof je als winnaar of verliezer uit de baarmoeder komt en hij altijd had geweten dat hij op een avond met doorgesneden keel op de vloer van een bar zou liggen, in de lucht van verschaald bier dat opsteeg uit de rubberen tegels waarop hij lag.
 Hij probeerde te glimlachen, en de tranen stroomden uit zijn ooghoeken, gleden over zijn slapen en verdwenen in zijn donkere haren.
 'Phil,' zei ik, 'je haalt het wel.'
 'Dat weet ik,' zei hij.
 En stierf.

39

Gerry was via de kelder naar het gebouw ernaast gerend en verliet het via de achterdeur, zoals hij in de nacht had gedaan toen hij Angie had neergeschoten. Hij sprong in de steeg achter de bar in zijn Grand Torino en reed in de richting van Crescent Avenue.

Toen hij met grote snelheid de steeg verliet en Crescent opreed, botste hij bijna tegen een patrouillewagen, en tegen de tijd dat hij met gierende banden Dorchester Avenue insloeg, zaten er al vier patrouillewagens achter hem aan.

Nog twee patrouillewagens en een Lincoln van de FBI kwamen van de andere kant en vormden een blokkade op de hoek van Harborview Street, terwijl Gerry's auto over het ijs in hun richting gleed.

Bij de Ryan Playground gaf Gerry een ruk aan het stuur en reed pardoes de trap op die toegang tot de speeltuin gaf en zo glad was dat het net zogoed een glijbaan had kunnen zijn.

In het midden van de speeltuin kwam Gerry slippend tot stilstand. Terwijl de agenten en de Feds uit hun auto's stapten en hun wapens richtten, opende hij de kofferbak en trok zijn gijzelaars eruit.

De ene was een eenentwintig jaar oude vrouw, Danielle Rawson, die sinds vanmorgen uit het huis van haar ouders werd vermist. De andere gijzelaar was haar twee jaar oude zoon, Campbell.

Toen Gerry Danielle uit de kofferbak trok, zagen we dat er met isolatietape een jachtgeweer tegen haar hoofd was bevestigd.

Hij bond Campbell op zijn rug met de rugzak die Danielle op het moment van hun ontvoering droeg.

Beiden waren verdoofd, en alleen Danielle kwam weer bij toen Gerry zijn vinger om de trekker van het jachtgeweer kromde en benzine over zichzelf en Danielle goot, om daarna op het ijs een cirkel van benzine om hen drieën te gieten.

Daarna vroeg Gerry naar mij.

Ik was nog steeds in de bar.
Ik lag geknield over Phils lichaam en huilde met mijn hoofd op zijn borst.
Ik had sinds mijn zestiende niet meer gehuild, en de tranen stroomden over mijn wangen toen ik bij het lichaam van mijn oudste vriend knielde. Ik voelde me afgesneden van alles wat mijn wereld had gevormd.
'Phil,' zei ik, en drukte mijn hoofd tegen zijn borst.

'Hij vraagt naar je,' zei Devin.
Ik hief mijn hoofd op, keek hem aan en voelde me van alles en iedereen verlaten.
Ik zag een nieuwe bloedvlek op Phils overhemd waar mijn hoofd was geweest en herinnerde me dat Gerry me gesneden had.
'Wie?' vroeg ik.
'Glynn,' zei Oscar. 'Hij zit in de val in de speeltuin. Met gijzelaars.'
'Hebben jullie scherpschutters?'
'Ja,' zei Devin.
Ik haalde mijn schouders op. 'Schiet hem dan neer.'
'Dat kan niet.' Devin gaf me een handdoek voor mijn wang.
Daarna vertelde Oscar over de baby die op Glynns rug was vastgebonden, over het jachtgeweer dat aan het hoofd van de moeder was vastgeplakt en over de benzine.
Maar alles leek zo onwerkelijk in mijn ogen.
'Hij heeft Phil vermoord,' zei ik.
Devin greep mijn arm en trok me overeind.
'Ja, Patrick, dat heeft hij gedaan. En nu kan hij nóg twee mensen vermoorden. Ben je bereid om te helpen dit te voorkomen?'
'Ja,' zei ik, maar mijn stem klonk als die van iemand anders. Hij klonk dood. 'Zeker.'

Ze volgden me naar mijn auto, terwijl ik het kogelvrije vest aantrok dat ze voor me geregeld hadden en een nieuwe houder met patronen in mijn Beretta stopte. Buiten op straat kwam Bolton bij ons staan.
'Hij is omsingeld,' zei hij. 'En helemaal ingesloten.'
Ik voelde me totaal verdoofd en uitgehold, alsof al mijn emoties als een klokhuis uit een appel waren weggesneden
'Je moet snel zijn,' zei Oscar. 'Je hebt vijf minuten voordat hij de eerste gijzelaar executeert.'
Ik knikte, en trok mijn shirt en jack over het vest terwijl we intussen mijn auto bereikten.
'Je weet waar Bubba's pakhuis is,' zei ik.

'Ja.'
'Het hek dat om het pakhuis staat, fungeert tevens als scheiding met de speeltuin.'
'Dat weet ik,' zei Devin.
Ik trok het portier open, deed het klepje van het dashboardkastje open, haalde de inhoud tevoorschijn en spreidde die uit over de zitting.
'Wat doe je, Patrick?'
'In dat hek,' zei ik, 'zit een gat. Je kunt het in het donker niet zien omdat het kapotgeknipt is. Je duwt ertegen en dan valt het losse stuk opzij.'
'Oké.'
Ik zag de rand van een kleine, stalen cilinder uit de stapel luciferhouders, papieren en schroeven op mijn zitting steken.
'Dat gat bevindt zich in de oostelijke hoek, bij het begin van Bubba's perceel waar de beide hekken samenkomen.'
Toen ik het portier sloot en over straat naar de speelplaats begon te lopen, keek Devin naar de cilinder.
'Wat heb je daar in je hand?'
'Dat is een wapen waarmee je maar één schot kunt lossen.' Ik maakte het horlogebandje een beetje losser en stopte de cilinder tussen het leren bandje en mijn pols.
'Een *one-shot*.'
'Een kerstcadeau van Bubba,' zei ik. 'Dat heb ik jaren geleden gekregen.' Ik liet het hem zien. 'Eén kogel. Ik druk deze knop in, want die werkt net als een trekker. De kogel verlaat de cilinder.'
Hij en Oscar keken ernaar. 'Dat werkt met luchtdruk, verdomme, het zijn een paar scharniertjes en schroeven, een slaghoedje en een kogel. Het explodeert in je hand, Patrick.'
'Waarschijnlijk.'
We naderden de speelplaats. Het vijf meter hoge hek glom van het ijs, en de donkere bomen bogen onder de zware last.
'Waarom heb je dat ook nog nodig?' zei Oscar.
'Omdat hij wil dat ik mijn pistool inlever.' Ik draaide me om en keek hen aan. 'Het gat in het hek, jongens.'
'Ik zal er een mannetje naartoe sturen,' zei Bolton.
'Nee,' zei ik hoofdschuddend. Ik knikte naar Devin en Oscar. 'Eén van hen. Zij zijn de enigen die ik vertrouw. Eén van jullie tweeën gaat door dat gat en probeert hem kruipend van achteren te naderen.'
'En wat dan? Patrick, hij heeft een –'
' – een baby op zijn rug gebonden. Vertrouw me. Jij moet zijn val breken.'
'Dat doe ik,' zei Devin.

Oscar snoof even. 'Met jouw knieën? Shit. Op dat ijs kom je nog geen tien meter ver.'
Devin keek hem aan. 'O ja? Hoe ben jij in staat om met jouw walvissenreet ongezien door die speeltuin te komen?'
'Ik ben een broeder, maat. Ik ben één met de nacht.'
'Wie wordt het?' vroeg ik.
Devin zuchtte en wees met zijn duim naar Oscar.
'Walvissenreet,' gromde Oscar. 'Hm.'
'Ik zie je daar,' zei ik, en liep over het trottoir naar de speelplaats.

Ik klom de trap op door me hand over hand aan de leuning op te trekken.
De straten waren overdag door zout en autobanden ijsvrij geworden, maar de speeltuin was een ijsbaan. Ten minste vijf centimeter dik blauwzwart ijs bedekte het midden van de speeltuin, waar de bestrating afliep en het water was blijven staan.
De bomen, basketbalringen en klimtoestellen waren een en al ijs geworden.
Gerry stond in het midden van de speeltuin, in wat oorspronkelijk bedoeld was als fontein of kikkerbadje, voordat de stad zonder geld kwam te zitten, waarna het gewoon een betonnen bak werd met een paar banken eromheen. Een plek om met de kinderen heen te gaan en je kinderbijslag bezig te zien.
Gerry's auto stond met de zijkant naar mij gekeerd. Hij leunde tegen de motorkap, terwijl ik dichterbij kwam. Ik kon de baby op zijn rug niet zien, maar Danielle Rawson keek als iemand die haar eigen dood reeds had geaccepteerd, terwijl ze op het ijs bij Gerry's voeten knielde. Twaalf uur in een kofferbak hadden de haren tegen de linkerzijde van haar hoofd gedrukt, alsof een grote hand dat had gedaan. Haar gezicht zat onder de zwarte vegen van uitgelopen mascara en haar ooghoeken waren vuurrood van de benzine.
Ze herinnerde me aan foto's die ik had gezien van vrouwen in Auschwitz of Dachau of Bosnië. Ze scheen te beseffen dat haar leven het punt was gepasseerd waarop ze nog door mensen beschermd kon worden.
'Hallo, Patrick,' zei Gerry. 'Dat is ver genoeg.'
Ik bleef ruim anderhalve meter bij de auto vandaan staan en ruim één meter van Danielle Rawson verwijderd. Ik merkte dat de neuzen van mijn schoenen de cirkel van benzine raakten.
'Hallo, Gerry,' zei ik.
'Je bent verschrikkelijk rustig.' Hij trok een wenkbrauw op, die droop van de benzine. Zijn roestkleurige haar zat op zijn hoofd geplakt.
'Ik ben moe,' zei ik.

'Je ogen zijn rood.'
'Als jij dat zegt.'
'Ik neem aan dat Philip Dimassi dood is.'
'Ja.'
'Je hebt om hem gehuild.'
'Ja, dat is zo.'
Ik keek naar Danielle Rawson, die de energie probeerde op te brengen die nodig was om te beseffen wat er met haar ging gebeuren.
'Patrick?'
Hij leunde tegen de auto, en het jachtgeweer dat aan Danielle Rawsons hoofd zat vastgeplakt trok haar mee naar achteren.
'Ja, Gerry?'
'Heb je een shock?'
'Dat weet ik niet.' Ik draaide mijn hoofd om en keek naar de prisma's van ijs, de donkere miezelregen en de blauwe en witte lichten van de patrouillewagens en de agenten en de federale agenten, die gebogen over de motorkappen lagen of met veel moeite in telefoonpalen waren geklommen of op de daken van de ons omringende gebouwen waren neergeknield. Iedereen, niemand uitgezonderd, had zijn wapen getrokken.
Wapens, wapens, wapens. Driehonderdzestig graden puur geweld.
'Ik denk dat je een shock hebt,' zei Gerry knikkend.
'Nou, shit, Gerry,' zei ik, en merkte dat ik op mijn hoofd krabde terwijl de regen erop neerkletterde. 'Ik heb twee dagen niet geslapen, en je hebt bijna iedereen waar ik om geef vermoord of verwond. Nou, ik weet het niet, maar hoe zou ik me dan moeten voelen?'
'Nieuwsgierig,' zei hij.
'Nieuwsgierig?'
'Nieuwsgierig,' herhaalde hij, en draaide het jachtgeweer, zodat Danielle Rawsons nek in zijn greep meedraaide en haar hoofd tegen zijn knie sloeg.
Ik keek naar haar, maar ze was niet bang of boos. Ze was verslagen. Precies zoals ik. Ik probeerde om zo een band tussen ons te creëren, om me te dwingen me geëmotioneerd te voelen, maar er kwam niets.
Ik keek weer naar Gerry.
'Nieuwsgierig naar wat, Gerry?' Ik zette een hand in mijn zij en voelde de kolf van mijn pistool. Hij had me niet naar mijn pistool gevraagd, realiseerde ik me. Wat vreemd.
'Nieuwsgierig naar mij,' zei hij. 'Ik heb een heleboel mensen vermoord, Patrick.'

'Gefeliciteerd,' zei ik.

Hij draaide het jachtgeweer, zodat Danielle Rawsons knieën van het ijs loskwamen.

'Vind je dat leuk?' vroeg hij, en zijn vinger kromde zich om de trekker van het jachtgeweer.

'Nee, Gerry,' zei ik. 'Ik ben gewoon apathisch.'

Net boven de achterzijde van een auto merkte ik dat in het donker een stuk van het hek naar voren werd geduwd en er op die plek een gat ontstond. Daarna viel het hek weer terug en verdween het gat.

'Apathisch?' zei Gerry. 'Laten we eens zien, Pat – hoe apathisch je bent.' Hij stak een hand achter zijn rug, greep de baby, waarbij zijn vuist de kleertjes aan de achterkant vasthield. Hij hield het kindje omhoog. 'Het weegt minder dat sommige stenen die ik heb weggegooid,' zei hij.

De baby was nog steeds verdoofd. Misschien wel dood, ik wist het niet. Zijn ogen waren dichtgeknepen, alsof hij pijn had, en op zijn hoofdje zaten blonde plukjes haar. Hij leek wel zachter dan een kussen te zijn.

Danielle Rawson keek op en toen sloeg ze met haar hoofd tegen Gerry's knieën, terwijl haar gegil door het plakband over haar mond werd gesmoord.

'Ga je de baby ook vermoorden, Gerry?'

'Jazeker,' zei hij. 'Waarom niet?'

Ik haalde mijn schouders op. 'Waarom niet. Hij is niet van mij.'

Danielle's ogen puilden uit en hun pupillen vervloekten me.

'Je bent totaal op, Pat.'

Ik knikte. 'Ik heb totaal geen fut meer, Gerry.'

'Pak je pistool, Pat.'

Dat deed ik. Ik wilde het in de bevroren sneeuw gooien.

'Nee, nee,' zei Gerry. 'Houd het vast.'

'Moet ik het vasthouden?'

'Absoluut. Ik wil zelfs dat je een kogel in de kamer stopt en hem op mij richt. Kom op. Dat zal pas leuk zijn.'

Ik deed wat hij vroeg, bracht mijn arm omhoog en richtte op Gerry's voorhoofd.

'Dat is veel beter,' zei hij. 'Het spijt me een beetje dat je door mij totaal geen fut meer hebt, Patrick.'

'Nee, dat heb je niet. Dit moest toch één van de bewijzen zijn. Of niet?'

Hij glimlachte. 'Wat bedoel je?'

'Jij wilde zien of jouw lultheorie over ontmenselijking wel klopte, hè?'

Hij haalde zijn schouders op. 'Sommige mensen zullen beweren dat het geen gelul is.'

'Sommige mensen zouden zonnebrandzalf in Antarctica kopen, Gerry.'

Hij lachte. 'Voor Evandro gold dat wel degelijk.'

'Was dat de reden waarom het twintig jaar duurde voordat je terugkeerde?'

'Ik ben nooit weggeweest, Patrick. Maar, met betrekking tot mijn experiment met de menselijke conditie in het algemeen, plus een zeker geloof dat ik heb in de charme om met z'n drieën te zijn, ja, Alec en ik moesten wachten tot jullie allemaal volwassen waren geworden en Alec in Evandro een waardige kandidaat had gevonden. En dan waren er al die jaren van planning, en alle pogingen van Alec met Evandro, totdat we er zeker van waren dat hij bij ons hoorde. Volgens mij is het een groot succes geworden, hè? Vind je ook niet?'

'Jazeker, Gerry. Ik vind het prima.'

Hij hield zijn arm zo dat het hoofd van de baby direct naar het ijs was gericht en staarde naar de grond, alsof hij naar de perfecte plaats zocht waar hij de baby kon laten vallen.

'Wat ga je eraan doen, Patrick?'

'Ik weet niet of ik er wel veel aan kan doen, Gerry.'

Hij glimlachte. 'Als je me nu neerschiet, sterft de moeder gegarandeerd en de baby waarschijnlijk ook.'

'Dat klopt.'

'Als je me nu niet neerschiet, dan zou ik gewoon het hoofd van de baby tegen het ijs gooien.'

Danielle probeerde zich los te wringen van het jachtgeweer.

'Als ik dat doe,' zei Gerry, 'dan ben je ze beiden kwijt. Dus hebben we een keuze. Jóuw keuze, Patrick.'

Het ijs onder Gerry's auto werd donker door Oscars schaduw, terwijl hij voorzichtig aan de andere kant dichterbij kroop.

'Gerry,' zei ik, 'jij hebt gewonnen. Oké?'

'Je moet me corrigeren als ik het bij het verkeerde eind heb. Er wordt van mij verwacht dat ik de rekening zal betalen voor wat mijn vader met Charles Rugglestone deed. Klopt dat?'

'Gedeeltelijk,' zei hij, en keek naar het hoofd van de baby. Hij tilde hem zó vér omhoog dat ik de dichtgeknepen oogjes kon zien.

'Oké. Je hebt me te pakken. Nou, schiet me maar neer als je wilt. Dat is cool.'

'Ik heb je nooit willen doden, Patrick,' zei hij, met zijn blik nog steeds op de baby gericht. Hij tuitte zijn lippen en maakte een sussend geluid. 'Gisteravond in het huis van je compagnon? Evandro moest haar doden en jou alleen met je schuldgevoel en je pijn achterlaten.'

'Waarom?'

Oscars schaduw werd langer en kroop nu voor hem uit over het ijs. Hij kwam voor de auto tevoorschijn en verspreidde zich ongelijk over de stenen dieren en hobbelpaarden pal achter Gerry. De schaduw werd veroorzaakt door de lantaarn achter in de speeltuin, en ik vroeg me af welk genie er niet aan had gedacht hem uit te doen voordat Oscar door het hek kroop.

Gerry hoefde alleen zijn hoofd maar om te draaien en dan zou deze hele rotzooi het kookpunt bereiken.

Gerry draaide zijn hand om en draaide de baby om en om.

'Mijn zoon hield ik altijd zo vast,' zei hij.

'Boven het ijs?' zei ik.

Hij grinnikte. 'Hm. Nee, Patrick. Ik hield hem gewoon in mijn armen en kuste hem af en toe boven op zijn hoofd.'

'En toen stierf hij.'

'Ja.' Gerry keek aandachtig naar het gezicht van het kindje en probeerde hetzelfde gezicht te trekken.

'Dus – nou, Gerry – daarom heeft dit allemaal zo zijn betekenis?'

Het was aan mijn stem te horen, ik weet niet precies hoe en waarom, maar het was er – een hint van emotie.

Gerry hoorde het. 'Gooi je pistool opzij.'

Ik keek ernaar alsof het me niets kon schelen, alsof ik zelfs niet wist dat ik het in mijn hand had.

'Nu.' Gerry opende zijn hand en de baby viel.

Danielle gilde achter het plakband en duwde haar hoofd met een ruk tegen het jachtgeweer.

'Oké,' zei ik. 'Oké.'

Het hoofd van de baby viel in de richting van het ijs, toen Gerry de enkels greep.

Ik smeet mijn pistool in de vieze zandkuil onder de klimtoestellen.

'En nu je andere wapen,' zei Gerry, en zwaaide met de baby heen en weer.

'Verrek maar,' zei ik, en keek ingespannen naar zijn levensgevaarlijke greep om de enkeltjes.

'Patrick,' zei hij met opgetrokken wenkbrauwen, 'het lijkt wel of je uit je verdoving raakt. Je andere wapen.'

Ik haalde het pistool dat Phil had vastgehouden toen Gerry zijn keel doorsneed, en gooide het naast mijn eigen pistool.

Oscar had waarschijnlijk zijn schaduw gezien, want die verdween weer langzaam achter de auto. Even later verschenen zijn benen weer tussen de voor- en achterwielen.

'Toen mijn zoon stierf,' zei Gerry, en hij trok Campbell Rawson tegen zijn wang en drukte zijn neus in het zachte gezichtje, 'gebeurde dat zonder waarschuwing vooraf. Hij speelde in de tuin, was vier jaar oud, maakte lawaai en toen... was hij er niet meer. Een ader in zijn hersens ging kapot.' Hij haalde zijn schouders op. 'Ging gewoon kapot. En zijn hoofd liep vol met bloed. En hij stierf.'

'Erg om zo te sterven.'

Hij keek me met een zachte, vriendelijke glimlach aan. 'Als je nog eens zo badinerend tegen me doet, Patrick, dan sla ik de schedel van dit kind in.' Hij boog zijn hoofd en kuste Campbells wang. 'Dus mijn zoon is dood. En ik merkte dat er geen enkele manier was waarop het gebeurde voorspeld of voorkomen had kunnen worden. God besloot dat Brendan Glynn vandaag moest sterven. En zo gebeurde het.'

'En je vrouw?'

Hij streek over Campbells haar, zodat het plat tegen het hoofdje zat. De ogen van de baby bleven gesloten.

'Mijn vrouw,' zei hij. 'Hm. Ik vermoordde haar, ja. Niet God. *Ik*. Ik weet niet wat voor plan God had met die vrouw, maar die plannen heb ik goed verziekt. Ik had plannen voor Brendans leven. Die heeft Hij verziekt. Waarschijnlijk had Hij plannen met Kara Riders leven, maar die moest Hij veranderen, hè?'

'En Hardiman,' zei ik, 'hoe raakte hij hierbij betrokken?'

'Vertelde hij jou over zijn jeugdervaring met bijen?'

'Ja.'

'Hm. Het waren geen bijen. Alec vindt het heerlijk om het mooier te maken dat het is. Ik was erbij, en het waren muggen. Hij verdween in een wolk van muggen, en toen hij weer tevoorschijn kwam, zag ik dat het teken van een geweten bij hem was weggenomen.' Hij glimlachte, en ik zag de muggenwolk en het donkere meer in zijn ogen. 'Daarna kregen Alec en ik een leraar-leerlingrelatie, die later nog veel intenser werd.'

'En toen ging hij – wat? – vrijwillig de gevangenis in om jou te beschermen?'

Gerry haalde zijn schouders op. 'De gevangenis betekende niets voor een vent als Alec. Zijn vrijheid is volkomen, Alec. Die zit in zijn hoofd. Hij is in de gevangenis vrijer dan de meeste anderen die vrij rondlopen.'

'Waarom heb je Diandra Warren dan gestraft? Omdat zij hem daarheen gestuurd heeft?'

Met een frons op zijn gezicht zei hij: 'Toen ze getuigde, liet ze Alec niet in zijn waarde. Ze veroorloofde het zich om hem te *verklaren* tegenover een jury, die louter uit domkoppen bestond. Het was een verdomde belediging.'

'Dus dit gaat allemaal' – met mijn arm maakte ik een breed gebaar naar de speeltuin – 'over jou en Alec die wraak willen nemen. Op wat eigenlijk?'

'Wie,' corrigeerde hij me en glimlachte weer.
'God?' zei ik.
'Dat is een beetje kort door de bocht, maar als dat het gladde lulverhaaltje moet worden dat je na mijn dood aan de media wilt vertellen, dan ga je je gang maar, Patrick.'
'Ga je sterven, Gerry? Wanneer?'
'Zodra jij in beweging komt, Patrick. Je gaat me doden.' Hij knikte met zijn hoofd naar de politie. 'Of anders zij.'
'En hoe zit het dan met de gegijzelden, Gerry?'
'Eén van hen sterft. Eén in elk geval. Je kunt ze niet beiden redden, Patrick. Geen schijn van kans. Dat moet je accepteren.'
'Dat heb ik gedaan.'
Danielle Rawson keek naar mij of ik soms een grapje maakte, maar ik keek haar lang genoeg aan om haar te laten weten dat het niet het geval was.
'Eén van hen sterft,' zei Gerry. 'Zijn we het daarover eens?'
'Jazeker.'
Ik bewoog mijn linkervoet naar rechts en toen weer terug en toen weer naar rechts. Ik hoopte dat Gerry dat als een onwillekeurig gebaar zou beschouwen. Maar tevens hoopte ik dat Oscar het wel zou begrijpen. Ik durfde het risico niet te nemen om nog eens naar de auto te kijken. Ik moest gewoon aannemen dat hij daar nog was.
'Een maand geleden,' zei Gerry, 'had je van alles gedaan om ze beiden te redden. Dan zou je van alles verzinnen. Maar nu niet.'
'Nee. Je hebt me goed te pakken, Gerry.'
'Hoeveel levens heb je verwoest om mij te pakken te krijgen?' vroeg hij.
Ik dacht aan Jack en Kevin. Daarna aan Grace en Mae. En aan Phil natuurlijk.
'Genoeg,' zei ik.
Hij lachte. 'Goed. Goed. Het is grappig, hè? Ik bedoel, oké, je hebt nog nooit iemand met opzet gedood, hè? Maar ik zeg je dit, ik heb het ook niet zo gepland dat het mijn levenswerk zou zijn. Nadat ik mijn vrouw in pure woede gedood had, het was echt niet met voorbedachten rade... nadat ik haar vermoord had, voelde ik me verschrikkelijk. Ik moest overgeven. Het koude zweet liep me twee weken lang over de rug. En toen op een avond reed ik in de buurt van Mansfield over een eenzame weg, er was in geen velden of wegen een andere auto te zien. En toen ik die kerel op z'n fiets passeerde, kreeg ik een impuls – de sterkste impuls die ik ooit gehad heb. Ik passeer hem rechts, ik zie de reflectoren van z'n fiets, ik zie z'n serieuze, geconcentreerde gezicht en toen zei die stem tegen me: "Gooi het stuur om, Gerry, gooi het stuur om." Dat deed ik dus. Ik draaide mijn hand slechts een paar centimeter naar links

en hij werd zo tegen een boom gesmeten. Toen ik weer naar hem terugliep, leefde hij bijna niet meer. En ik zag hem doodgaan. En ik voelde me prima. En ik ging me steeds beter voelen. Die negerjongen, die wist dat iemand anders de schuld van de dood van mijn vrouw had gekregen, en al die anderen na hem, Cal Morrison. Ik ging me er steeds beter door voelen. Ik heb er totaal geen spijt van. Sorry, maar ik heb geen spijt. Dus als je mij doodt – '

'Ik ga je niet doodschieten, Gerry.'

'Wat?' Hij deinsde een beetje achteruit.

'Je hebt me gehoord. Laat iemand anders jou maar naar je glorieuze vuurdood sturen. Je bent verrot, man. Je bent niets. Je bent de kogel of het litteken op mijn ziel niet waard om afgemaakt te worden.'

'Probeer je me weer pissig te maken, Patrick?' Hij haalde Campbell Rawson van zijn schouder en hield hem omhoog.

Ik draaide mijn pols om, zodat de cilinder in mijn handpalm zakte, en haalde mijn schouders op. 'Je bent belachelijk, Gerry. Ik zeg het maar zoals ik het zie.'

'Is dat zo?'

'Absoluut.' Ik beantwoordde zijn kille blik. 'En je zult weer vervangen worden, zoals ieder ander, misschien binnen één week al. Dan is er weer een andere, domme, ziekelijke klootzak die een paar mensen vermoordt en dan staat híj weer in alle kranten en in het nummer van *Hard Copy,* en dan ben jíj weer oud nieuws. Je vijftien minuten zijn voorbij, Gerry. En die zijn, zonder dat er iets bijzonders gebeurde, gepasseerd.'

Hij draaide Campbell Rawson ondersteboven in zijn hand, greep zijn enkels opnieuw en haalde de trekker van het jachtgeweer een paar millimeter over. Danielle kneep het ene oog dicht, in afwachting van de knal, maar bleef met het andere oog naar haar baby kijken.

'Ze zullen zich dit herinneren,' zei Gerry. 'Geloof me maar.'

Hij zwaaide zijn arm naar achteren als een softbalpitcher en Campbell verdween in het donker achter hem, het kleine, witte lichaam verdween alsof het weer terug in de baarmoeder kroop.

Maar toen Gerry zijn arm naar voren zwaaide om de baby in de lucht los te laten, bevond Campbell zich niet meer in zijn hand.

Hij keek verbaasd omlaag, ik sprong naar voren, kwam met mijn knieën op het ijs terecht en stak mijn linkerwijsvinger tussen de trekker van het jachtgeweer en de beugel.

Gerry wilde naar de trekker grijpen. Toen hij mijn vinger voelde, keek hij me aan en kneep toen zó hard dat mijn vinger brak.

Het scheermes verscheen in zijn linkerhand en ik duwde de *oneshot* in zijn rechterhandpalm.

Voordat ik de trekker overhaalde, begon hij te schreeuwen. Het was een hoog, krijsend geluid, als een kennel vol hyena's. Het scheermes voelde aan als het puntje van een liefkozende tong toen het in mijn hals zonk en vervolgens mijn kaak raakte.

Ik haalde de trekker van de *one-shot* over, maar er gebeurde niets.

Gerry gilde nog harder, en het scheermes werd uit mijn hals getrokken, om onmiddellijk weer terug te zwaaien. Ik kneep mijn ogen dicht en haalde wanhopig driemaal de trekker over.

En toen explodeerde Gerry's hand.

En mijn hand.

Het scheermes viel naast mijn knie op het ijs. Ik liet de *one-shot* vallen, en de tape en de benzine op Gerry's arm vatten vlam en de vlammen bereikten bijna Danielle's haar.

Gerry gooide zijn hoofd naar achteren, deed zijn mond wijdopen en schreeuwde in extase.

Ik greep het scheermes, maar voelde het bijna niet omdat de zenuwen in mijn hand schijnbaar niet meer reageerden.

Ik sneed het plakband aan het einde van de loop van het jachtgeweer door, waarna Danielle op het ijs viel en haar hoofd door het bevroren zand rolde.

Mijn gebroken vinger raakte los van het jachtgeweer, waarna Gerry de lopen in de richting van mijn hoofd zwaaide.

De twee lopen van het jachtgeweer zwaaiden door het donker als twee meedogenloze ogen. Ik hief mijn hoofd op om ernaar te kijken. Gerry's gehuil vulde mijn oren toen de vlammen zijn nek bereikten.

Vaarwel, dacht ik. Iedereen. Het is mooi geweest.

Oscars eerste twee kogels troffen Gerry's achterhoofd en kwamen via het midden van zijn voorhoofd weer naar buiten, terwijl een derde kogel hem in de rug raakte.

Het jachtgeweer schokte omhoog in Gerry's in brand staande arm en toen werden van de andere kant diverse schoten tegelijk gelost. Gerry tolde als een marionet rond en viel op de grond. Het jachtgeweer ging tweemaal dreunend af en maakte twee gaten in de grond voor hem.

Hij kwam op zijn knieën terecht, en heel even wist ik niet of hij nu dood was of niet. Zijn rossige haar stond in brand en zijn hoofd zakte naar links, terwijl één oog in de vlammen verdween. Maar het andere oog keek me met een glanzende pupil door golven hete lucht spottend en geamuseerd aan.

Patrick, zei het oog door de dikker wordende rook, nu weet je nog niets.

Oscar kwam aan de andere kant van Gerry's lichaam tevoorschijn, terwijl hij Campbell Rawson stevig tegen zijn massieve, zwoegende borst drukte. Toen ik dat zag – iets dat zo klein en kwetsbaar was in de armen van iets dat zo groot en reusachtig was – moest ik lachen.

Oscar liep vanuit het donker naar mij toe en stapte om Gerry's brandende lichaam heen. Ik voelde het steeds warmer worden toen de cirkel van benzine om Gerry vlam vatte.

Verbrand maar, dacht ik. Verbrand maar. God, help me, maar verbrand.

Precies op het moment dat Oscar over de buitenste rand van de cirkel stapte, vloog deze in brand, en ik begon nog harder te lachen toen hij er totaal niet onder de indruk even naar keek.

Ik voelde een paar koude lippen tegen mijn oor, maar toen ik in haar richting keek, was Danielle alweer snel weg om haar kind van Oscar over te nemen.

Zijn grote schaduw viel over mij toen hij dichterbij kwam. Ik keek naar hem op en we keken elkaar een hele poos strak aan.

'Hoe gaat het, Patrick?' zei hij met een brede grijns.

En achter hem verbrandde Gerry op het ijs.

En alles was om een bepaalde reden zo grappig, hoewel ik wist dat het niet zo was. Ik wist dat het niet zo was. Ik wist het. Maar ik lachte nog steeds toen ze me naar de ambulance droegen.

Epiloog

Een maand na Gerry Glynns dood werd zijn executieplaats gevonden, in wat vroeger het restaurant van het opvoedingsgesticht in Dedham was. Naast verschillende lichaamsdelen van zijn slachtoffers, die hij in zes koelkasten had opgeslagen, vond de politie ook een door Gerry opgestelde lijst van al de mensen die hij sinds 1965 vermoord had. Gerry was zevenentwintig toen hij zijn vrouw vermoordde, en achtenvijftig toen hij stierf. Tijdens die eenendertig jaar vermoordde hij – alleen, of met hulp van Charles Rugglestone, Alec Hardiman of Evandro Arujo – vierendertig mensen. Volgens de lijst.

Een politiepsycholoog dacht dat het aantal waarschijnlijk nog hoger was. Iemand met Gerry's ego, beweerde hij, was makkelijk in staat om onderscheid te maken tussen 'waardevolle' slachtoffers en mensen die 'minder waard' waren.

Van die vierendertig waren zestien weglopers, één in Lubbock, Texas, en een andere in Dade County, Florida, precies zoals Bolton vermoedde.

Drieëneenhalve week na zijn dood publiceerde Cox Publishers het true-crime-boek, *The Boston Manglers,* geschreven door een hoofdredacteur van de *News.* Het boek verkocht twee dagen heel goed, maar toen vond de ontdekking in Dedham plaats en was het publiek niet langer geïnteresseerd, want zelfs een boek dat binnen vierentwintig dagen werd uitgegeven bleef niet actueel.

Een intern politieonderzoek naar Gerry Glynns dood concludeerde dat agenten en federale agenten 'noodzakelijk, extreem geweld' hadden gebruikt toen scherpschutters zijn lichaam met veertien kogels hadden geraakt, hoewel Oscars eerste drie kogels hem op een effectieve manier hadden gedood.

Stanley Timpson werd na terugkeer uit Mexico op Logan Airport gearresteerd op verdenking van samenzwering met het doel Rugglestone te vermoorden, en obstructie van een federaal onderzoek.

Na onderzoek in de zaak-Rugglestone besloot de staat, omdat de enige getuigen van Rugglestone's dood een patiënt was die aan catatonische schizofrenie leed, verder een losgeslagen alcoholist en ten slotte een aids-slachtoffer die het proces niet zou halen, en omdat er geen fysieke bewijzen meer waren, dat ze de vervolging van Timpson aan de federale autoriteiten zouden overlaten.

Ten slotte hoorde ik nog dat Timpson van plan was om de obstructie te bekennen, in ruil voor kwijtschelding van de samenzwering.

Alec Hardimans advocaat diende een petitie in bij het hooggerechtshof van de staat voor onmiddellijke herziening van het vonnis van zijn cliënt en onmiddellijke strafvermindering op grond van de aanklachten tegen Timpson en de EEPA met betrekking tot de moord op Rugglestone. Daarnaast diende de advocaat een tweede petitie in bij de civiele rechtbank tegen de staat Massachusetts, de huidige gouverneur en de commissaris van politie, plus de mensen die in 1974 die functies bekleedden. Omdat hij ten onrechte in de gevangenis werd opgesloten, argumenteerde de advocaat, had Alec Hardiman recht op zestig miljoen dollar – of drie miljoen voor elk jaar dat hij achter de tralies had doorgebracht. Zijn cliënt, zo beweerde de advocaat, was door de staat nog meer gestraft toen hij door onvoldoende toezicht tijdens omgang met andere gevangenen aids had opgelopen en dat hij, nu hij nog in leven was, onmiddellijk vrijgelaten moest worden.

Een herziening van Hardimans vonnis is thans in behandeling.

Volgens geruchten houden Jack Rouse en Kevin Hurlihy zich schuil op de Caymaneilanden.

Volgens een ander gerucht, dat af en toe in de kranten verschijnt, zijn ze op last van Fat Freddy Constantine vermoord. Inspecteur John Kevosky van de afdeling Zware Misdaad zei: 'Dat klopt niet. Zowel Kevin als Jack staat erom bekend dat ze een poosje op vakantie gaan als de grond te heet onder hun voeten wordt. Trouwens, Freddy had geen enkele reden om hen te vermoorden. Ze hebben geld voor hem verdiend. Ze houden zich ergens in het Caraïbisch gebied schuil.'

Of niet.

Diandra Warren nam ontslag als consultant bij Bryce en legde voor enige tijd haar particuliere praktijk neer.

Eric Gault blijft lesgeven op Bryce, terwijl zijn geheime leven voor dit moment veilig is.

Evandro Arujo's ouders verkochten het dagboek van hun zoon, dat hij als tiener bijhield, voor $20.000 aan een tv-blad. De uitgevers dienden een aanklacht in bij de ouders. Ze wilden het geld terughebben, omdat het dagboek slechts de gedachten van een in die tijd volkomen gezonde jongen bevatte.

De ouders van Peter Stimovich en Pamela Stokes dienden gezamenlijk een klacht in tegen de staat, de gouverneur (opnieuw) en de Walpole-gevangenis vanwege de vrijlating van Evandro Arujo.

Campbell Rawson had, volgens de artsen op miraculeuze wijze, geen enkele last van de overdosis waterstofchloride die door Gerry Glynn was toegediend. Eigenlijk hadden zijn hersens blijvend beschadigd moeten zijn, maar in plaats daarvan werd hij slechts met hoofdpijn wakker en verder niets.

Zijn moeder, Danielle, stuurde me een kerstkaart met een verwarde bedankbrief erbij en de verzekering dat elke keer als ik in Reading kwam, ik bij de familie Rawson welkom was voor een warme maaltijd en vriendschap

Twee dagen na Gerry's dood keerden Grace en Mae terug van hun schuilplaats in Upstate New York. Grace nam haar positie weer in bij Beth Israel en belde me op de dag dat ik uit het ziekenhuis werd ontslagen.

Het was een van die ongemakkelijke gesprekken waarin beleefde reserve de plaats van intimiteit had ingenomen, en toen het hortende gesprek bijna was afgelopen, vroeg ik haar of ze een keer een borrel met me wilde drinken.

'Ik denk niet dat dat een goed idee is, Patrick.'

'Nooit meer?' vroeg ik.

Een lange, beklemmende pauze volgde, en dat was op zichzelf antwoord genoeg. Toen zei ze: 'Ik zal altijd om je geven.'

'Maar.'

'Maar mijn dochter komt eerst, en ik kan het me niet veroorloven om haar ooit nog eens aan jouw manier van leven bloot te stellen.'

Een donker, gapend gat opende zich en breidde zich uit van mijn keel naar mijn maag.

'Mag ik met haar praten? Haar gedag zeggen?'

'Ik denk dat dat niet gezond voor haar is. Voor jullie beiden niet.' Haar stem haperde, en haar vlugge ademhaling klonk sissend. 'Soms is het beter om de dingen op hun beloop te laten.'

Ik sloot mijn ogen en drukte even de telefoon tegen mijn hoofd.

'Grace, ik – '

'Ik moet neerleggen, Patrick. Zorg goed voor jezelf. Dat meen ik.

Zorg dat die baan je niet te pakken krijgt. Oké?'
'Oké.'
'Beloofd?'
'Dat beloof ik, Grace. Ik – '
'Dag, Patrick.'
'Dag.'

Angie vertrok na Phils begrafenis.
'Hij stierf,' zei ze, 'omdat hij te veel van ons hield en wij niet genoeg van hem hielden.'
'Waarom denk je dat?' Ik staarde in een open graf, dat in de keiharde, bevroren aarde was gehouwen.
'Het was niet zijn gevecht, maar toch was hij erbij betrokken. Voor ons. En wij hielden niet genoeg van hem om hem erbuiten te laten.'
'Ik weet niet of het zo simpel is.'
'Dat is het wel,' verzekerde ze mij, en liet de bloemen in het graf op zijn kist vallen.

De post had zich opgestapeld in mijn appartement – rekeningen, verzoeken van populaire tijdschriften, plaatselijke tv- en radiotalkshows. En maar praten, praten, praten. Ik merkte dat ik dacht: praten jullie maar raak, het verandert niets aan het feit dat Gerry bestond. En dat zoveel anderen als hij nog steeds in leven zijn.
Het enige dat ik uit die stapel trok, was een ansichtkaart van Angie.
Die werd twee weken geleden bezorgd en kwam uit Rome. Vogels slaan hun vleugels uit boven het Vaticaan.

Patrick,
Het is hier prachtig. Wat beslissen die kerels in deze gebouwen nu over mijn leven en mijn lichaam? De mannen hier knijpen in ons achterwerk, en binnenkort sla ik er een op zijn bek en begin een internationaal incident, dat voel ik gewoon. Morgen ga ik naar Toscane. En daarna, wie weet? Ik moet je van Renee de groeten doen. Ze zegt dat je geen zorgen over je baard moet hebben, want ze vond je met baard altijd een spetter. Mijn zuster zegt dat – ik zweer het je. Zorg goed voor jezelf.

Ik mis je,
Ange

Ik mis je.

Op advies van vrienden ging ik in de eerste week van december naar een psychiater.

Na een uur vertelde hij me dat ik aan een klinische depressie leed.

'Dat weet ik,' zei ik.

Hij boog zich naar me toe: 'En hoe gaan we je daarmee helpen?'

Ik keek naar de deur achter hem. Een kast, vermoedde ik.

'Zit Grace of Mae in die kast?' zei ik.

Hij draaide zelfs zijn hoofd om om te kijken. 'Nee, maar – '

'En Angie?'

'Patrick – '

'Kunt u Phil weer uit de dood opwekken, of ervoor zorgen dat de laatste paar maanden niet gebeurd zijn?'

'Nee.'

'Dan kunt u me niet helpen, dokter.'

'Maar Patrick, je zit in een diepe depressie, en je hebt – '

'Ik heb mijn vrienden nodig, dokter. Het spijt me, maar u bent een vreemde. Uw advies mag heel goed zijn, maar het is nog steeds het advies van een vreemde, en ik neem geen adviezen aan van vreemden. Dat heeft mijn moeder me geleerd.'

'Maar toch heb je – '

'Ik heb *Angie* nodig, dokter. Zo simpel is dat. Ik weet dat ik in een depressie zit, maar dat kan ik nu niet veranderen, en ik wil het ook niet.'

'Waarom niet?'

'Omdat het natuurlijk is. Zoals de herfst. Als u moet doormaken wat ik heb meegemaakt, dan zou u wel gek zijn om niet depressief te worden. Klopt dat?'

Hij knikte.

'Bedankt dat u me wilde spreken, dokter.'

Kerstavond
Halfacht

Nou, hier zit ik dan.

Op mijn veranda, drie dagen nadat iemand in een buurtwinkel een priester heeft neergeschoten, en ik wacht tot mijn leven weer een aanvang neemt.

Mijn krankzinnige huisbaas, Stanis, heeft me zelfs morgen voor het kerstdiner uitgenodigd, maar die uitnodiging heb ik afgeslagen en ik heb gezegd dat ik andere plannen had.

Misschien ga ik naar Richie en Sherilynn. Of naar Devin. Hij en Oscar nodigden me uit voor hun vrijgezellenkerst. Kalkoen uit de magnetron en grote glazen Jack Daniel's. Het klinkt erg verleidelijk, maar...

Ik ben weleens eerder met Kerstmis alleen geweest. Verscheidene keren. Maar nooit zoals nu. Ik heb dit nog nooit eerder gevoeld, deze ijzingwekkende eenzaamheid, de holle wanhoop.

'Je kunt van meer dan één persoon houden,' zei Phil ooit. 'De mensen maken er een rotzooi van.'

Dat gold zeker voor mij.

Alleen op de veranda hield ik van Angie en Grace en Mae en Phil en Kara Rider en Jason en Diandra Warren, Danielle en Campbell Rawson. Ik hield van hen allemaal en miste hen allemaal.

En voelde me nog eenzamer.

Phil was dood. Dat wist ik, maar ik kon het nog niet voldoende accepteren om niet wanhopig te willen dat hij er was.

In gedachten zag ik ons door het raam van onze respectieve huizen klimmen om elkaar op straat te ontmoeten, waarna we samen lachend wegrenden omdat het zo gemakkelijk ging. Daarna gingen we door de bitterkoude avond naar Angies raam om haar in onze groep van desperado's op te nemen.

Vervolgens verdwenen wij drieën in de nacht.

Ik heb geen enkel idee wat we tijdens onze een halfuur durende strooptochten deden, waarover we altijd praatten als we onze weg door de donkere, betonnen jungle van onze buurt zochten.

Ik weet alleen dat het voldoende was.

Ik mis je, had ze geschreven.
Ik mis jou ook.
Ik mis je meer dan de kapotgesneden zenuwen in mijn hand.

'Hallo,' zei ze.

Ik had in de stoel op de veranda zitten suffen en opende mijn ogen toen de eerste sneeuwvlokken van deze winter omlaagdwarrelden. Ik keek er met knipperende ogen naar en schudde mijn hoofd toen ik het wrede, lieve geluid van haar stem hoorde. En die klonk zó levendig dat ik, dwaas die ik was, een paar tellen oprecht geloofde dat het geen droom was.

'Heb je het niet koud?' vroeg ze.

Ik was nu wakker. En de laatste woorden werden niet in een droom gesproken.

Ik draaide me om in mijn stoel en ze stapte haastig de veranda op, alsof ze bezorgd was dat ze het laagje onaangeraakte vlokken op het hout zou doen smelten.

'Hallo,' zei ik.

'Hallo.'

Ik ging staan, en ze bleef op vijftien centimeter afstand van me staan.

'Ik kon niet wegblijven,' zei ze.

'Daar ben ik blij om.'

De sneeuw viel op haar haar en glinsterde heel even, voordat hij smolt en verdween.

Ze deed een aarzelende stap, en als compensatie nam ik er ook een, en toen hield ik haar vast terwijl de witte vlokken op onze lichamen vielen.

De winter, de echte winter, was gearriveerd.

'Ik heb je gemist,' zei ze, en drukte haar lichaam tegen het mijne.

'Ik heb jou ook gemist,' zei ik.

Ze kuste mijn wang, woelde met haar handen door mijn haar en keek me enige tijd aan terwijl de vlokken op haar oogwimpers vielen.

Ze liet haar hoofd zakken. 'En ik mis hem ook. Verschrikkelijk.'

'Ik ook.'

Toen ze haar hoofd weer oprichtte, was haar gezicht vochtig, maar ik wist niet of het door de gesmolten sneeuw kwam of niet.

'Heb je nog plannen voor de kerst?' vroeg ze.

'Zeg jij het maar.'

Ze veegde in haar linkeroog. 'Ik zou graag bij je willen zijn, Patrick. Kan dat?'

'Dat is het beste wat ik tot nu toe in het hele jaar gehoord heb, Ange.'

In de keuken maakten we hete chocola en staarden over de rand van onze beker naar elkaar, terwijl de radio in de woonkamer ons op de hoogte hield van de weersgesteldheid.

De sneeuw, vertelde de nieuwslezer ons, maakte deel uit van de eerste grote storm die Massachusetts deze winter zou treffen. Als we morgenochtend wakker werden, beloofde hij, zou er vijfentwintig tot vijfendertig centimeter sneeuw liggen.

'Echte sneeuw,' zei Angie. 'Wie had dat gedacht?'

'Het werd tijd.'

Na het weerbericht bracht de nieuwslezer ons op de hoogte van de toestand van pastoor Edward Brewer.

'Hoe lang denk je dat hij het volhoudt?' vroeg Angie.

Ik haalde mijn schouders op. 'Dat weet ik niet.'

We namen een slok uit onze beker, toen de nieuwslezer verslag uitbracht van de oproep van de burgemeester om strengere vuurwapenwetten en de oproep van de gouverneur om strengere toepassing van het straatverbod. Opdat een andere Eddie Brewer niet op het verkeerde tijdstip de verkeerde buurtwinkel zou binnenlopen. Opdat een andere Laura Stiles de relatie met haar mishandelende vriend zonder angst kon verbreken. Opdat de James Faheys in deze wereld ermee zouden stoppen ons doodsangsten te bezorgen.

Opdat onze stad op een dag net zou veilig zo zijn als Eden vóór de zondeval, en onze levens vrij waren van pijn en wanorde.

'Laten we naar de woonkamer gaan,' zei Angie, 'en de radio afzetten.'

Ze stak haar hand uit en ik greep haar hand in de donkere keuken, terwijl de sneeuw mijn raam zachte, witte vlekjes bezorgde. Ik volgde haar door de gang naar de woonkamer.

Eddie Brewers toestand was niet veranderd. Hij lag nog steeds in coma.

De stad, verklaarde de nieuwslezer, wachtte af. De stad, verzekerde de nieuwslezer ons, hield haar adem in.